Stefan Holtkötter
Bauernjagd

PIPER

Zu diesem Buch

Die Nachricht vom Tod Ewald Tönnes' platzt mitten in das Erlenbrook-Kapellener Schützenfest. Der alte Bauer ist in seiner Güllegrube an den giftigen Gasen erstickt. Man geht von einem tragischen Unfall aus. Bis kurz darauf bei der Maisernte ein weiterer Bauer aus der Nachbarschaft lebensgefährlich verletzt wird. Ein Unbekannter hat den Häcksler sabotiert, sodass die Messer wie Geschosse umherflogen – und den Fahrer mitten in die Brust trafen. Die Polizei findet allerdings keinerlei Hinweise, die auf einen Mordversuch deuten. Vielmehr sind die Beamten davon überzeugt, dass der Anschlag von Umweltschützern verübt wurde. Keine idealen Voraussetzungen für Kriminalhauptkommissar Bernhard Hambrock, der sich nur mühsam durch das komplizierte, von Missgunst und Zwietracht geprägte Beziehungsgeflecht in Erlenbrook-Kapelle arbeitet. Völlig unverdächtig scheint hier auf den ersten Blick jedenfalls keiner …

Stefan Holtkötter, geboren 1973 in Münster, lebte auf einem Bauernhof in Westfalen, bis er nach Berlin zog, wo er heute als Sozialarbeiter und Erwachsenenbildner arbeitet. Neben seiner erfolgreichen Krimiserie um den Münsteraner Ermittler Bernhard Hambrock schreibt er atmosphärische und temporeiche Kriminalromane, die in seiner Wahlheimat angesiedelt sind.
Weiteres zum Autor: www.stefan-holtkoetter.de

Stefan Holtkötter

BAUERNJAGD

Ein Münsterland-Krimi

Piper München Zürich

Mehr über unsere Autoren und Bücher:
www.piper.de

Von Stefan Holtkötter liegen bei Piper vor:
Das Geheimnis von Vennhues
Schneetreiben
Bauernjagd
Bullenball
Todesgarten

MIX
Papier aus verantwortungsvollen Quellen
FSC® C083411

Originalausgabe
1. Auflage Mai 2010
6. Auflage Juni 2012

Umschlaggestaltung: semper smile, München
Umschlagabbildungen: plainpicture/Deepol (Hintergrund)
und plainpicture/Dona (Traktor)
Satz: Kösel, Krugzell
Gesetzt aus der Sabon
Papier: Munken Print von Arctic Paper Munkedals AB, Schweden
Druck und Bindung: CPI – Clausen & Bosse, Leck
Printed in Germany ISBN 978-3-492-25778-7

für Willi und Mariele

1

Die Sonntagshemden klebten an ihren Körpern, in den Gesichtern glänzte der Schweiß. Das Einzige, was den Männern bei dieser Gluthitze einfiel, war, im Schatten zu stehen und Bier zu trinken.

»Verflucht, jetzt seht euch mal Magdas Vorbau an! Siebzig Jahre, und immer noch solche Dinger.«

»Hat sich wohl gelohnt, sieben Kinder zu kriegen.«

»Ach was, wartet nur, bis die ihr Geschirr ablegt, dann fällt doch alles auf den Boden!«

Sie brachen in wildes Gelächter aus, unter dem Coca-Cola-Schirm leuchteten ihre Gesichter hellrot.

»Tschuldigung.« Annikas Stimme war kaum zu hören. »Ich müsste hier mal durch ...«

Doch erst als sie versuchte, sich vorbeizudrängeln, wurden die Bauern auf sie aufmerksam.

»Annika Horstkemper! Das ist ja eine Überraschung!«

»Unsere rasende Reporterin!«

»Wieso hast du es denn so eilig? Willst du mit uns alten Herren nicht ein Bierchen trinken?«

Ihre Antwort ging im Getöse der Blaskapelle unter, die am Rande der Festwiese aufspielte. Wahrscheinlich war das auch besser so. Sie ließ Bierwagen und Stehtische hinter sich, grüßte ein paar Kinder, die vor der Tombola darüber diskutierten, welche Preise am meisten wert seien, und erreichte den Pommes- und Würstchenstand. Wie jedes Jahr arbeitete ihre Mutter auch auf diesem Schützenfest ehrenamtlich am Grillrost.

Sophia Horstkemper bemerkte ihre Tochter zunächst nicht. Würdevoll stand sie da, in der einen Hand eine Holzzange und auf dem Kopf eine Haube, die sie etwas schief in ihre kräftigen Locken gesteckt hatte. Wieder einmal war Annika fasziniert von der Schönheit ihrer Mutter. Selbst mit neunundfünfzig Jahren wirkte sie noch wie ein Filmstar, wie eine Göttin aus Hollywood.

Ihre drei erwachsenen Töchter waren nach dem Vater geraten, die Ähnlichkeit war unverkennbar. Theodor Horstkemper war ein netter Kerl gewesen, doch alles andere als eine Augenweide. Annika hatte das oft bedauert und sich irgendwann damit abgefunden.

»Annika!« Ihre Mutter hatte sie entdeckt. »Wo bleibst du denn nur? Ich habe mir Sorgen gemacht.«

»Ich hab gesehen, dass du mich auf dem Handy angerufen hast. Eigentlich wollte ich auch zurückrufen, aber dann hätte ich noch mehr Zeit verloren.« Sie blickte sich um. »Ist der Vogel denn schon unten? Komm ich etwa zu spät?«

»Keine Bange. Mario stellt sich nicht gerade geschickt an.«

Mario Westlake würde in diesem Jahr der Schützenkönig von Erlenbrook-Kapelle werden. Unter der Hand war alles längst abgesprochen, die Krone war seit Langem Marios großer Traum. So zielte keiner mehr ernsthaft auf den Holzvogel am Ende der Stange, stattdessen schossen alle absichtlich daneben und warteten darauf, dass Mario endlich den finalen Schuss abfeuerte. Was bislang nicht geschehen war.

»Mach schnell ein Foto von den Schützen. Sie stehen alle noch in Reih und Glied«, sagte ihre Mutter. »Und erzähl mir später, was los war.«

»Was für ein Glück! Bis später!«

Annika lief weiter zur Festwiese. Alles wegen dieser blöden Kamera, dachte sie. Die war erst unauffindbar gewesen, und dann hatte sich herausgestellt, dass der Akku leer war. Wenn sie nicht bald lernte, sich besser zu organisieren, würde sie ihren Job bei der Zeitung verlieren. Egal, wie sehr ihre Chefin sie mochte.

Die Schützen standen in einer Schlange vor dem Schießstand. Nur noch ein knappes Dutzend war übrig geblieben. Alles junge Männer, die in verschwitzten Uniformen und mit sonnenverbrannten Gesichtern in der Hitze ausharrten.

Anfangs beteiligten sich immer sämtliche Mitglieder des Schützenvereins am Schießen. Das gehörte zur Tradition. Doch wenn der Holzvogel erst einmal eine Reihe von Treffern abbekommen hatte und es nur noch eine Frage der Zeit war, bis er endgültig von der Stange fiel, lichtete sich das Feld der Schützen schnell. Die meisten siedelten zum Bierwagen über, wo sie sich unter die Sonnenschirme stellten und das Schießen aus der Ferne verfolgten.

Unter normalen Umständen wäre um diese Uhrzeit alles längst vorüber gewesen. Doch nicht heute. Annika hielt die Hand über die Augen und musterte den Vogel, von dem nur noch ein zerschossener Rumpf übrig war.

»Das war jetzt der zweihundertachtzigste Schuss!«, rief eine vertraute Stimme. »Du schaffst einen neuen Rekord, Mario!«

Ihre Schwester Marita lehnte am Wiesenzaun hinter dem Schießstand und betrachtete gut gelaunt Mario Westlake, der mit verkrampftem Gesicht das Gewehr entgegennahm und bemüht war, Kommentare zu überhören.

»Wenn ich schon sehe, wie du das Gewehr hältst! Das wird nie was!« Marita entdeckte Annika und winkte ihr zu. »Hey, Kurze! Wird auch Zeit, dass du hier auftauchst. Ich dachte schon, du kommst gar nicht mehr.«

»Kurze« war zu Annikas Bedauern ihr Spitzname in der Familie. Dass sie inzwischen einundzwanzig war, änderte nichts daran. Sie war eine Nachzüglerin gewesen, so etwas wie ein Betriebsunfall der Eltern. Marita und Mechthild waren bereits zehn und zwölf Jahre alt gewesen, als sie zur Welt kam. Durch den Altersunterschied war es ihr immer vorgekommen, als wäre sie mit zwei Tanten aufgewachsen und nicht mit zwei Schwestern.

Im Lauf der Jahre hatte sie einiges einstecken müssen, und immer, wenn ihre Schwestern es wieder einmal zu weit getrieben hatten mit ihren Späßen, war deren Kommentar gewesen: Ach komm schon, Kurze, sieh es mal so – wer uns überlebt, der überlebt einfach alles.

Sie zu foppen, war schon immer ihre Art gewesen, Annika

gegenüber ihre Zuneigung auszudrücken. Wenn Marita und Mechthild nämlich wirklich sauer auf sie waren, dann gab es plötzlich keine herablassenden Bemerkungen mehr, dann zeigten sie sich enttäuscht und verletzt und redeten nicht mehr mit ihr.

»Mario hätte den Vogel natürlich längst abgeschossen«, rief Marita. »Aber er ist fair und wollte damit warten, bis du dein Foto für die Zeitung gemacht hast.«

Die Männer in der Schlange lachten laut. Mario Westlake rang sich ein gequältes Lächeln ab.

»Wenn du es so gut weißt, dann schieß doch selber«, murrte er. »Vielleicht kann ich von dir noch was lernen.«

Marita tippte sich an die Stirn, doch unter den Schützen kam Stimmung auf.

»Genau, Marita. Zeig's ihm.«

»Das möchte ich sehen!«

»Ach, die! Großes Maul und nix dahinter!«

Marita machte sich an den Rückzug.

»Nein, nein, das macht mal schön allein. Ich sag schon nichts mehr. Versprochen.«

Doch da war es bereits zu spät.

»Komm schon, Marita! Jetzt wollen wir's sehen.«

»Natürlich schießt du! Du bist schließlich Mitglied im Schützenverein. Warum sollst du nicht schießen?«

»Ich wette, du kannst nicht mal ein Gewehr halten, so wie du aussiehst.«

Marita wirkte plötzlich klein.

»Jetzt mach schon deine verdammten Fotos«, raunte sie Annika zu. »Dann fällt es keinem auf, wenn ich mich währenddessen aus dem Staub mache.«

Einen Augenblick lang zog Annika in Erwägung, ihrer Schwester diesen Gefallen nicht zu tun. Nur so zum Spaß, um sie zu ärgern. Doch dann besann sie sich, schließlich musste der Zeitungsbericht in ein paar Stunden fertig sein. Annika schwang sich über den Zaun, zückte ihre Kamera und stellte sich, die brennende Sonne im Rücken, vor die Schützen.

»Bitte alle einmal aufstellen«, rief sie. »Und du, Mario, kannst du mal so tun, als ob du schießen würdest?«

»Er macht den ganzen Tag nichts anderes«, flüsterte jemand, doch offenbar hatte Mario es nicht gehört. Er hob das Gewehr und lächelte ins Objektiv.

Annika machte ein halbes Dutzend Fotos, dann steckte sie die Kamera ein und ließ die Schützen allein.

Sie merkte, wie die Anspannung von ihr abfiel. Das wäre also geschafft. Jetzt musste sie nur noch warten, bis der Vogel abgeschossen wurde. Gemächlich schlenderte sie über den Festplatz und blickte sich um. Für die Zeitung brauchte sie nur zwei Fotos, eins von den Schützen und eins vom neuen Königspaar. Trotzdem zog sie ihre Kamera noch einmal hervor, suchte nach Motiven und fotografierte ein bisschen herum. Sie knipste die Männer rund um den Bierwagen, ein paar Kinder, die mit einer am Würstchenstand ergatterten Fanta zurück zur Hüpfburg liefen, und ein Grüppchen von Landfrauen, die sich in den Schatten einer Linde gesetzt hatten und kichernd eine Flasche Likör öffneten.

Als sie das große Festzelt erreichte, traf sie Clemens Röttger, einen Großbauern aus der Nachbarschaft. Er gehörte zu den wenigen, denen die Schützenuniform wirklich gut stand. Die machte ihn jünger, fand sie, und betonte seine gute Figur.

»Hallo, Anni! Schön, dich zu sehen.«

Er zwinkerte ihr zu, und sie lächelte glücklich zurück.

Keiner sonst nannte sie so, nur Clemens Röttger. Er hatte ihr diesen Namen gegeben, als sie noch ein Kind gewesen und dem damaligen Jungbauern wie ein Hund hinterhergetrottet war. Sie hatte ihn zum Pflügen aufs Feld begleitet, zum Einkaufen in den Landhandel, und wenn bei Röttger Mittagsschlaf gehalten wurde, hatte sie geduldig in der Küche gesessen und auf ihn gewartet. Eine richtige Nervensäge war sie gewesen, doch er hatte sie nie weggeschickt. Heute wusste sie, dass er damals Mitleid für sie empfunden hatte. Nachdem ihr Vater unerwartet gestorben war, hatte sie sich an ihn rangehängt. Ein sechs Jahre altes Mädchen, das nicht verstehen konnte, wieso es plötzlich alleine war. Sie war doch der kleine Liebling ihres Vaters gewesen, sein Nesthäkchen.

»Musst du einen Artikel für die Zeitung schreiben?«, fragte Clemens Röttger und deutete auf die Kamera.

Sie verzog das Gesicht. »Ja, leider. Schützenfeste und Kaninchenzuchtvereine. Zu etwas Höherem sieht man mich nicht berufen.« Sie fügte hinzu: »Das Zeug liest doch eh kein Mensch.«

»Sag das nicht. Gerade die Artikel vom Schützenfest werden von allen gelesen. Die Leute finden es toll, ihren Namen in der Zeitung gedruckt zu sehen.«

Annika lächelte, obwohl sie fand, dass dies ein sehr zweifelhaftes Kompliment für ihre Arbeit war.

»Komm, lass uns ins Zelt gehen«, sagte er. »Ich lad dich zu Kaffee und Kuchen ein.«

Sie hakte sich bei ihm unter und ging mit. Im Innern des Festzelts staute sich die Hitze. Hier war die Luft schwer und drückend, es roch nach dem Harz der Birkenzweige, mit denen das Zelt geschmückt war. Lange Tische mit weißen Papierdecken und Blumenschmuck waren auf das Podest ausgerichtet, auf dem der Thron des Königspaars und die Tische der Ehrengäste standen.

Um diese Zeit war noch nicht viel los im Zelt. Ein paar Frauen spielten Karten, an der Kuchentheke drapierten zwei ehrenamtliche Helferinnen die Torten, und am Biertresen saß einsam ein alter Bauer, der in sein Glas starrte.

Annika setzte sich, während Clemens Röttger zur Kuchentheke ging, ohne sie gefragt zu haben, was sie gerne hätte. Sie legte die Kamera auf den Tisch und wartete.

Etwas abseits entdeckte sie eine Nachbarin, Hedwig Tönnes. Eine seltsame alte Frau, der sie schon als Kind aus dem Weg gegangen war. Früher hatte sie Angst vor ihrem fetten Krötengesicht gehabt, heute wusste sie, dass es durch den Alkohol so aufgequollen war. Doch auch ihre ewig miese Laune und ihr Frust über die vierzig schlechten Ehejahre mit ihrem Mann Ewald hatten sich tief in ihre Gesichtszüge gegraben. Solange Annika denken konnte, hatten sich die beiden entweder angeschnauzt, oder sie hatten stumm und gereizt in entgegengesetzte Richtungen geblickt.

Auch jetzt hockte Hedwig Tönnes übellaunig da und stopfte ein Stück Sahnetorte in sich hinein. Neben ihr saßen zwei alte Frauen aus dem Dorf, wahrscheinlich zerrissen sie sich wieder mal das Maul über jemanden.

Annika nahm die Kamera und zoomte das Krötengesicht heran. Wie sehr ein Leben seine Spuren hinterlässt, dachte sie und drückte den Auslöser. Irgendwie tat die Nachbarin ihr leid. Kein Mensch hatte es verdient, so auszusehen.

»Hedwig, wo bleibt denn dein Mann?«, rief Clemens Röttger, der Kaffee und Kuchen an ihrem Tisch vorbeibalancierte. »Das gab es ja noch nie, dass Ewald zu spät zum Schützenfest gekommen ist.«

Sein Lächeln und seine unbekümmerte Art entwaffneten die Frauen. Nur Hedwig Tönnes zeigte sich unbeeindruckt.

»Ich weiß auch nicht, was er sich dabei denkt«, knurrte sie.

»Aber er ist doch nicht krank?«, erkundigte sich Clemens Röttger.

»Nein, nein«, erwiderte eine der Frauen aus dem Dorf. »Er war ja heute Morgen zum Festgottesdienst hier. Er wollte nur kurz nach Hause zu den Schweinen.«

»Hubert Höing ist rübergegangen, um ihn zu holen«, sagte die andere. »Sie werden sicher gleich wieder hier sein.«

»Oder er hat sich seinen stinkenden Schweinen zum Fraß vorgeworfen«, kam es von Hedwig Tönnes. »Zuzutrauen wäre es ihm, diesem vertrottelten Nichtsnutz.«

Die beiden Frauen schwiegen betroffen, doch Clemens Röttger lachte laut.

»Ich glaube kaum, dass eure Schweine Interesse an ihm hätten. Sein Fleisch ist viel zu zäh.«

Einen Augenblick lang schien Hedwig Tönnes offenbar nicht zu wissen, was sie von diesem Scherz halten sollte, doch dann verzog sich ihr Mund zu einem widerstrebenden Lächeln, und sie machte eine wegwerfende Handbewegung.

»Dieser Trottel«, murrte sie, damit war das Thema beendet.

Clemens Röttger kam zu Annikas Tisch und stellte Kaffee und Kuchen ab.

»Marmorkuchen«, sagte er. »Den hast du als Kind immer am liebsten gegessen. Und deinen Kaffee trinkst du mit Milch und einem Stück Zucker. Oder hat sich daran in den letzten Monaten was geändert?«

»Nein. Es ist alles perfekt.« Sie betrachtete ihn. »Willst du dir denn gar nicht das Vogelschießen ansehen?«

»Ach was. Es ist doch klar, wer dieses Jahr König wird. Vorausgesetzt, dass sich eine seiner Kugeln zum Vogel verirrt.«

Er rückte den Stuhl heran. Sein Gesicht wurde ernst.

»Wie läuft's bei der Zeitung?«

»Ganz gut. Wieso?«

»Ach, nur so.« Er zögerte. »Gibt es neue Informationen zum Banküberfall? Hat die Polizei inzwischen einen Verdächtigen?«

Es war zwei Monate her, dass die Sparkasse im Nachbarort Nordwalde überfallen worden war. Der Täter hatte einen sechsstelligen Betrag erbeutet und war geflohen, ohne der Polizei allzu viele Spuren zu hinterlassen. Die Cousine von Clemens war in dieser Sparkasse am Schalter beschäftigt. Ihr hatte der Bankräuber früh morgens vor Arbeitsbeginn aufgelauert, hatte sie gefesselt und geknebelt und in Todesangst im Kundenraum zurückgelassen.

»Ich weiß nichts darüber«, sagte Annika. »Alle denken, nur weil ich bei der Zeitung arbeite, müsste ich etwas wissen, aber das ist totaler Quatsch. Ich schreibe über Fußballvereine und Gemeinderatssitzungen. Wenn ich Glück habe, auch mal über eine Kulturveranstaltung. Woher soll ich wissen, wie der Stand der Ermittlung ist?«

»Redet ihr denn nicht über diese Dinge? In der Redaktion, meine ich. Bestimmt gibt es Informationen, die nicht in der Zeitung stehen, weil sie inoffiziell sind.«

»In der Redaktion wird besprochen, wann ich einsatzfähig bin. Dann bekomme ich meine Termine und erfahre, worüber ich schreiben soll. Mehr nicht.«

Er schüttelte betrübt den Kopf.

»Wie geht es denn deiner Cousine?«, fragte Annika.

»Sie leidet immer noch unter dem Schock. Ihr Zustand bessert sich überhaupt nicht. Ich sage dir: Wenn ich diesen Typen in die Finger bekomme ...« Weiter kam er nicht. Draußen brach Jubel aus. Die Leute vor dem Zelt liefen in Richtung der Festwiese. Offenbar war der Vogel abgeschossen worden.

Clemens Röttger verlor alles Nachdenkliche. Er strahlte sie an und sprang auf.

»Hat es Mario also tatsächlich geschafft!«, meinte er lachend. »Wurde aber auch Zeit.«

Die Blaskapelle der Freiwilligen Feuerwehr dröhnte über den Platz. Einige Instrumente quietschten schief in die altbekannte Melodie hinein: »Es waren zwei Königskinder«, seit Jahren die heimliche Hymne des Erlenbrook-Kapellener Schützenfests.

Clemens Röttger lief zur Festwiese, wo sich die Schützen um den neuen König drängten. Annika blieb im Schatten des Zeltes stehen. Noch konnte sie Mario Westlake nicht entdecken, doch gleich würden ihn zwei Schützen auf ihre Schultern heben.

Ein paar Jugendliche liefen an ihr vorbei und zerrten saftiggrüne Fahnen aus dem Kofferraum eines Kombis. Dann stellten sie sich auf, hoben die Fahnen an ihre Schultern und marschierten auf die Wiese, um den Fahnenschlag vorzuführen.

Die Traube um den neuen König wurde immer größer. Jetzt hoben ihn zwei Männer hoch, und er ragte aus der Menge heraus. Erst in dem Moment sah Annika, dass es nicht Mario, sondern Marita war.

Sie lief über den staubigen Platz. Am Grillstand wechselte sie einen Blick mit ihrer Mutter, die sich erschrocken die Hand vor den Mund hielt.

»Mario, du Flasche!«, hörte sie jemanden rufen. »Musst

dir von einer Frau zeigen lassen, wie man einen ordentlichen Schuss abgibt.«

»Der Typ ist echt 'ne Schande! Für ganz Erlenbrook-Kapelle.«

Annika blickte zum Schießstand. Mario Westlake stand noch immer auf der Wiese, mit hochrotem Kopf und eingezogenen Schultern. Derweil rollte das Knäuel der jubelnden Schützen auf den Bierwagen zu. Marita tauchte zwischen ihnen auf. »Moment! Moment! Hört mir doch zu! Ich will gar nicht!«, rief sie, ehe sie wieder in der Menge verschwand.

Marita nutzte den einzigen Ausweg: Sie ließ sich zum Bierkönig ernennen. Dafür musste sie den Schützen ein Fünfzig-Liter-Fass Bier spendieren, sich eine aus Bierdeckeln gebastelte Königskette umhängen lassen, ihr Glas heben – und danach würde der Vogel wieder aufgesetzt, und das Schießen könnte weitergehen.

Die älteren und bereits stark angetrunkenen Männer bedauerten, dass ihnen nun entging, zum ersten Mal in der Geschichte ihres Schützenvereins eine Frau auf dem Thron zu sehen. Längst waren sie in der Stimmung, so etwas amüsant zu finden.

»Nicht so schnell!«, rief einer der Männer vor dem Bierstand. »So leicht entkommst du uns nicht, Marita. Wenigstens eine Bierkönigin musst du wählen! Tu es für uns.«

Erneut brach Jubel aus, und Annika erkannte, dass Marita zu ihrer gewohnten Form zurückgefunden hatte, denn sie grinste zufrieden, und Annika ahnte bereits, wen sie wählen würde.

»Manfred Schulze Ahlerkamp.«

Natürlich den großspurigen Schulzensohn. Manfred war ein Angeber und Großmaul, der sich gerne in Maritas Gegenwart mit chauvinistischen Sprüchen hervortat, nur um dann zu beobachten, wie sie in die Luft ging.

Heute war der Tag ihrer Rache.

Ein paar Nachbarn liefen los und entdeckten Manfred bei der Fahnenschlagtruppe, die er kommandierte. Noch ehe er begriff, wie ihm geschah, warfen sie sich auf ihn und schleppten ihn ins Festzelt, zur Verkleidungskiste der Tanzgruppe. Sie zerrten ihm die Uniform vom Leib, stülpten ihm ein knallrotes Abendkleid über, zwängten Perücke und Plastikdiadem auf seinen Kopf und bearbeiteten sein Gesicht mit Rouge und Lippenstift. Da er sich aus Leibeskräften wehrte und drei Männer ihn festhalten mussten, sah er schließlich aus wie ein blutverschmiertes Unfallopfer. Unter Jubel und Gelächter trugen sie ihn zum Bierwagen und setzten ihn neben Marita, seinen König, an die Theke.

Annika beobachtete das Treiben vom Würstchenstand aus.

»Es ist doch immer das Gleiche«, meinte ihre Mutter. »Marita muss sich in den Mittelpunkt drängen. Ich wünschte, sie wäre manchmal ein bisschen zurückhaltender.«

Doch Annika stellte fest, dass ihrer Mutter das Spektakel gar nicht so übel gefiel, auch wenn sie das niemals zugegeben hätte.

»Vielleicht solltest du dich dazusetzen«, schlug sie vor. »Schließlich bist du jetzt die Königsmutter.«

Doch ihre Mutter blickte sie nur ärgerlich an. Mit einem »Ach, du!« wandte sie sich wieder den Würstchen zu und beachtete sie nicht mehr.

Kurz darauf ging das Schießen weiter. Annika kehrte zurück zum Festzelt, in der Hoffnung, dass auch Clemens wiederkommen und noch ein bisschen mit ihr plaudern würde.

Vor dem Eingang blieb sie abrupt stehen. Sie blinzelte in die flirrende Luft. Auf dem Feldweg näherte sich Hubert Höing, der Nachbar, der losgegangen war, um Ewald Tönnes abzuholen. Er drückte sich beim Laufen die Hand aufs Herz und stolperte über die verdorrten Grasnarben. Schwer atmend erreichte er schließlich den Platz. Sein Gesicht war schreckensbleich.

»Ewald«, keuchte er. »Ewald Tönnes.«

»Was ist mit Ewald Tönnes?«, fragte eine Frau.

»Er ist verunglückt ... Er ist ... der Bodendeckel seiner Güllegrube stand offen. Er ... er hat die Gülle ins Silo umgepumpt und wollte wohl den Abfluss beobachten. Er ist ... er muss ausgerutscht sein ... Jedenfalls lag er unten in der Grube, als ich ihn gefunden habe ...«

Der Lärm und die fröhliche Musik des Schützenfests umrahmten das stumme Entsetzen vor dem Zelt.

»Ich konnte nichts mehr machen«, keuchte Hubert Höing.

Annika trat einen Schritt zurück und sah ins Zelt. Hedwig Tönnes und die beiden Frauen aus dem Dorf saßen unweit des Eingangs, sie hatten jedes Wort gehört. Während die beiden Frauen bestürzt die Hände auf den Mund pressten, hockte Hedwig Tönnes unverändert da, mitten in der Bewegung erstarrt. Sie sah aus, als würde sie nicht begreifen, was geschehen war.

»Er ist tot!«, rief Hubert Höing. »Ewald ist tot!«

Langsam sank die Gabel zurück auf den Teller. Hedwig Tönnes glotzte zu der Traube vor dem Zelteingang. Annika beobachtete gebannt ihr Krötengesicht. Der Mund öffnete und schloss sich langsam. Dann begann sie zu blinzeln, und ihre plötzlich verwundbaren Augen passten gar nicht mehr zu dem verhärmten Gesicht.

Sie senkte den Blick, starrte ihren Teller an, und irgendwann, nach endlos scheinenden Sekunden, nahm sie ihre Gabel und begann, langsam und bedächtig, den Rest ihrer Sahnetorte zu essen.

Plötzlich brach auf der Festwiese Lärm aus. Ein Triumphschrei, dann jubelnde Menschen und schließlich die Blaskapelle, die das Lied von den Königskindern anstimmte. Irritiert blickte sich Annika um. Die Vogelstange ragte jetzt nackt in den Sommerhimmel, der Holzvogel war endgültig abgeschossen worden. Männer stürmten auf die Wiese, setzten den Schützen auf ihre Schultern und trugen ihn zum Bierwagen. Mario Westlake war neuer Schützenkönig von Erlenbrook-Kapelle.

»Wir müssen das Fest abbrechen«, rief ein Nachbar völlig außer sich. »Einer muss die Polizei rufen.«

Annika sah zu Marios sonnenverbranntem Gesicht, das

aus der Menge ragte. Seine Augen leuchteten, er strahlte wie ein kleiner Junge, der eine riesige brandneue Carrerabahn geschenkt bekommen hatte.

»Die Musiker sollen aufhören zu spielen! Hört ihr denn nicht? Brecht doch endlich das Fest ab!«

Immer mehr Menschen blickten sich um, langsam erstarb der Lärm. In Marios Gesicht spiegelten sich jetzt Unverständnis und Verwirrung, und dann, zuletzt, kurz bevor er von den Schultern der Schützen rutschte und in die Menge abtauchte, sah Annika noch unsagbare Enttäuschung.

Die Beerdigung von Ewald Tönnes fand am darauffolgenden Freitag statt. Es war ein wunderschöner Spätsommertag, an dem es nach abgeernteten Weizenfeldern duftete und Insekten im goldenen Licht der Sonne trudelten. Alles war so hell und voller Leben, dass es Annika geradezu obszön vorkam, zum Friedhof zu fahren, um einen Menschen unter die Erde zu bringen.

Als sie in ihrem schwarzen Kleid vor die Haustür trat, wäre sie am liebsten in den Garten gelaufen, um mit Maritas Kindern zu spielen oder sich mit einem Buch unter den Birnbaum zu setzen. Doch daran war natürlich nicht zu denken.

Ihre Schwester tauchte hinter ihr auf, das schwarze Kostüm sah merkwürdig an ihr aus. Irgendwie standen ihr Arbeitssachen besser, fand Annika.

»Bist du fertig?«, fragte Marita. »Wir müssen los, sonst kommen wir zu spät. Der Gottesdienst beginnt um drei Uhr. Mutter fährt mit Tante Ada.«

Annika löste sich widerwillig vom sonnendurchfluteten Garten. »Ich bin fertig. Meinetwegen kann es losgehen.«

»Gut. Die Kinder sitzen schon im Auto. Wir setzen sie auf dem Weg bei Lütke-Woltering ab.« Marita zog die Haustür zu. »Ich will ihnen erst gar nicht die Gelegenheit geben, während der Zeremonie etwas anzustellen und mich vor allen Leuten zu blamieren.«

Marita war alleinerziehend. Andi, der Vater ihrer beiden Kinder, hatte sich vor Jahren aus dem Staub gemacht. Er war ein Metallbauer aus Erfurt, der kurz nach der Wende ins Münsterland gekommen war, um Arbeit zu finden. Doch es waren nur ein paar Gelegenheitsjobs herausgesprungen, bis er sich in Marita verliebt und von da an auf dem Bauernhof mitgearbeitet hatte. Das Leben auf dem Land war aber nichts für ihn gewesen, und als die Beziehung in einer tiefen Krise gesteckt und er plötzlich ein Stellenangebot aus Erfurt bekommen hatte, war er von heute auf morgen einfach verschwunden.

Die Kinder auf der Rückbank wirkten ungewohnt friedlich, als Annika ins Auto stieg. Emma, die Kleinere von beiden, döste in ihrem Kindersitz, und Paul, ihr älterer Bruder, spielte stumm mit einem Playmobilmännchen auf seinem Oberschenkel.

Marita startete den Motor. Beim Zurücksetzen bemerkte sie einen Joghurt-Fleck auf ihrer schwarzen Bluse und rubbelte nervös daran herum. Annika schnallte sich an. Eine Weile fuhren sie wortlos über die Landstraße, dann brach Marita das Schweigen.

»Was machst du eigentlich im nächsten Jahr? Hast du schon Pläne?«

Annika sah sie verwundert an. »Wie meinst du das? Was sollte ich denn für Pläne haben?«

»Keine Ahnung.« Maritas Augen lagen hinter der Sonnenbrille verborgen, ihre Stimme klang beiläufig. »Ich dachte, vielleicht willst du dich ja fürs Sommersemester an der Universität einschreiben. Die Frist fürs Wintersemester ist ja schon abgelaufen, aber der nächste Sommer kommt schneller, als man denkt.«

Das alte Thema, dachte Annika. Geht das schon wieder los.

»Gefällt es dir nicht, dass ich auf dem Hof mithelfe? Möchtest du mich loswerden?«

»Nein, natürlich nicht.« Marita stieß einen Seufzer aus. »Ehrlich gesagt, weiß ich gar nicht, wie wir die viele Arbeit ohne dich bewältigen sollen. Trotzdem. Ich will nicht, dass du bei mir versauerst. Du bist einfach kein Bauer, das ist nicht dein Ding. Mensch, Annika, du bist jetzt einundzwanzig! Wenn du nicht irgendwann eine Ausbildung oder ein Studium machst, wirst du es eines Tages bereuen.«

Marita warf ihr einen Seitenblick zu.

»Mir gefällt es aber so, wie es ist«, sagte Annika.

Marita schien zu überlegen, was sie darauf erwidern konnte. Doch ihr fiel offenbar nichts ein, denn sie schwieg. So gut sie darin ist, eine polternde Bemerkung herauszuhauen, dachte Annika, so schlecht ist sie darin, ein sensibles Thema anzusprechen. Aber ihr selbst ging es gar nicht anders. Auch sie tat sich schwer, über Dinge zu sprechen, die man nicht mit einem Witz auflockern konnte. Also sagte keine mehr ein Wort, bis sie den Hof von Lütke-Woltering erreichten.

Paul sprang sofort aus dem Wagen. Er kannte sich aus, sein Schulfreund lebte hier. Hinter der Scheune war die Reifenschaukel, dort würde er ihn und die anderen Jungen aus der Nachbarschaft finden. Emma hingegen blieb auf ihrem Kindersitz und blickte ein wenig scheu zum Haus hinüber.

»Frau Lütke-Woltering kennst du doch«, sagte Annika aufmunternd. »Sie hat bestimmt wieder einen Zitronenkuchen gebacken. Na, ist das was?«

Emma rutschte auf dem Sitz herum. »Ich möchte lieber mit euch mitkommen.«

»Das geht leider nicht, mein Engel.« Marita beugte sich nach hinten und öffnete den Anschnallgurt. »Wir gehen zu einer Beerdigung. Das habe ich dir doch erklärt. Der Onkel Tönnes ist jetzt beim lieben Gott, und die Erwachsenen gehen in die Kirche, um für ihn zu beten.«

Das Kind blickte auf seine Füße. »Ihr sollt da nicht hin.«

»Also wirklich, Emma. Wir sind doch in zwei Stunden wieder hier. So schlimm ist das nicht.«

»Onkel Tönnes war ein böser Mensch«, murmelte das Kind gerade so laut, dass sie es hören konnten.

»Wer sagt denn so etwas?«, wollte Marita wissen. Irgendwo musste die Kleine diese Worte aufgeschnappt haben.

»Wer das sagt, habe ich gefragt.«

Emma zögerte. Verlegen starrte sie zu Boden.

»Klooke«, sagte sie dann leise.

Marita stöhnte auf. »Du bist langsam aus dem Alter raus, in dem man unsichtbare Freunde hat, Emma.« Sie wechselte einen Blick mit Annika und deutete ein Lächeln an. »Richte Klooke bitte von mir aus, dass das nicht stimmt. Onkel Tönnes war kein böser Mensch. Und ich möchte auch nicht, dass du Frau Lütke-Woltering oder sonst jemandem davon erzählst. So, und jetzt raus mit dir.«

Sie öffnete die Fahrertür und stieg aus, um Emma hinten herauszulassen. Das Kind blickte Annika ernst ins Gesicht.

»Ich brauch Klooke nichts sagen. Sie hat alles gehört.«

Annika rang sich ein Lächeln ab, das sofort in sich zusammenfiel, als Emma ihr den Rücken zukehrte. Diese Klooke war ihr unheimlich. Der Name war eines der ersten Worte gewesen, die Emma sprechen konnte, gleich nach *Mama* und *Ball*. Und schon ebenso lange gab es dieses unsichtbare Wesen, mit dem Emma heimlich Zwiesprache hielt, ganz egal, was sie gerade tat. Keiner sonst in der Familie nahm Anstoß daran, im Gegenteil, sie trieben alle ihre Späße damit. Alle außer Annika.

Irgendwann einmal hatte sie im Kinderzimmer gesessen und Emma gefragt: »Wo lebt Klooke eigentlich? Schläft die bei dir im Bett?« Emma hatte daraufhin zu Boden geblickt und die Antwort hinausgezögert. Sie redete nicht gerne mit Erwachsenen über Klooke, am allerwenigsten, wenn sie direkt darauf angesprochen wurde. Doch schließlich hatte sie auf eine Stelle neben der Dachschräge gedeutet und gesagt: »Klooke wohnt da in der Wand.«

Das Kind konnte nicht wissen, dass sich hinter der Wand ein Hohlraum verbarg. Als kurz vor ihrer Geburt der Dachstuhl renoviert worden war, hatten Bauarbeiter eine alte Kammer entdeckt, die allen unbekannt gewesen war. Marita hatte sie nach kurzem Zögern einfach wieder zumauern lassen, doch Annika hatte sich gemerkt, wo sie sich befand – nämlich genau dort, wo Emma in jenem Moment mit ihrem ausgestreckten Finger hingedeutet hatte.

Mit einem leicht beklommenen Gefühl blickte sie dem Kind hinterher, das von Frau Lütke-Woltering an der Haustür in Empfang genommen wurde. Marita kehrte eilig zum Wagen zurück und setzte sich hinters Steuer.

»Du liebe Güte, wir kommen zu spät.« Sie startete den Motor. »Sieh mal ins Handschuhfach«, sagte sie, während sie den Wagen wendete. »Vielleicht ist jetzt nicht der richtige Moment dafür. Aber was soll's.«

Annika öffnete mit gerunzelter Stirn das Fach und zog einen dünnen Schnellhefter hervor. Sie blickte hinein.

»Das sind Informationen zum Studiengang Publizistik«, sagte sie verwundert. »An der Universität Münster. Was soll ich damit?«

»Wäre das denn nicht was? Wo du doch den Job bei der Zeitung hast. Das passt doch, oder?«

»Ich bin eine Vierhunderteurokraft beim Lokalteil. Ich schreibe hauptsächlich über Kinderschützenfeste, falls du es vergessen hast. Was hat das mit ernsthaftem Journalismus zu tun?«

»Ach, komm schon. Guck es dir wenigstens einmal an.« Marita schob die Sonnenbrille zurück auf die Nase. »Mehr verlange ich gar nicht.«

Annika betrachtete ihre Schwester, dann begann sie, in dem Hefter zu blättern. Sie tat es Marita zuliebe, die es schließlich gut mit ihr meinte. Doch Annika wollte nicht studieren, jedenfalls noch nicht.

Sobald sie die Kirche erreicht hatten, schob sie den Hefter zurück ins Handschuhfach und nahm sich vor, ihn später verschwinden zu lassen, damit Marita keinen Verdacht schöpfte. Dann stieg sie aus dem Wagen und folgte ihrer Schwester zum Kirchentor.

Ganz Erlenbrook-Kapelle war zur Beerdigung gekommen. So war es Tradition. Auch wenn keiner Ewald Tönnes besonders gut hatte leiden können, gehörte sich das einfach so. Die Nachbarn feierten die Totenmesse, folgten dem Sarg über den Friedhof und setzten sich danach bei Kaffee und Kuchen in der Dorfkneipe zusammen.

Im Gasthaus schienen Trauer und Bedrückung nach kurzer Zeit vergessen. Es kam nicht oft vor, dass alle aus der Bauernschaft zusammentrafen. Da gab es viel zu erzählen. Schnapsgläser mit Korn und Likör gingen durch die Reihen, und schon bald wurden Witze zum Besten gegeben. Vom Tod war nur noch wenig zu spüren in der engen Stube, vom Leben dafür umso mehr.

Als Annika von der Toilette zurückkam, hatten sich ein paar Frauen aus der Nachbarschaft um Marita versammelt und redeten lautstark auf sie ein. Es ging offenbar um den nächsten Ausflug ihres Kegelclubs.

»Natürlich kommst du mit zu den Chippendales!«, sagte eine zu Marita. »Wie oft kommt das schon vor, dass die hier auftreten?«

»Außerdem haben wir längst die Karten gekauft. In der Kegelkasse war genug Geld für alle.«

»Du musst alles andere absagen, Marita, uns zuliebe. Wir machen uns einen richtig schönen Hühner-Abend.«

Marita lehnte sich zurück und hob abwehrend die Hände.

»Also gut, ihr habt gewonnen. Ich sag die Gemeinderatssitzung ab.«

Die Frauen jubelten. Annika quetschte sich an ihnen vorbei, um zurück zu ihrem Platz zu gelangen.

»Marita bei den Chippendales?«, rief ein Bauer und begann zu lachen. »Na, vielleicht ist da ja einer dabei, der ihren Ansprüchen genügt. Obwohl mich das wundern würde, ehrlich gesagt.«

»Ach was, die Chippendales!«, kam es gut gelaunt von anderer Seite. »Die Jungs kriegen doch Angst vor der. So einer sind auch die nicht gewachsen.«

»Die trauen sich erst gar nicht auf die Bühne!«

»Lasst Marita doch in Ruhe!«, mischte sich Clemens Röttger ein. »Immer hackt ihr auf ihr herum.« Er lächelte nachsichtig. »Geh ruhig zu den Chippendales und amüsier dich, Marita.« Und mit gleicher Freundlichkeit: »Und nimm deine Bierkönigin vom Schützenfest mit. Vielleicht ist ja für sie ein Kerl dabei.«

Die Bauern grölten und jubelten. Manfred Schulze Ahlerkamp, den Marita zur Bierkönigin gewählt hatte, saß mit versteinertem Gesicht unter ihnen.

Marita grinste böse. »Wie sieht's aus, Manfred: Bist du dabei?«

Doch bevor der Schulzensohn etwas erwidern konnte, donnerte eine Faust auf die Tischplatte. Hedwig Tönnes war am Tisch der Nachbarn aufgetaucht und funkelte böse in die Runde. Keiner hatte sie kommen sehen.

»Wenn ihr hier schon auf meine Kosten sauft, könnt ihr wenigstens so tun, als wärt ihr wegen Ewald hier.«

Sofort wurde es ruhig, die Nachbarn blickten schuldbewusst zu Boden. Hedwig Tönnes sah voller Verachtung von einem zum anderen.

»Ich hätte Ewald in der Güllegrube verrotten lassen sollen«, spuckte sie aus. »Dann hätte ich das Geld für diese lächerliche Beerdigung gespart.«

Damit wandte sie sich ab und kehrte zum Tisch der Familie zurück, der sich am anderen Ende des Gastraums befand.

Ein Moment lang herrschte betroffenes Schweigen. Annika rutschte auf ihren Platz neben Clemens Röttger. Dann nahmen die Nachbarn verhalten wieder das Gespräch auf, und nach kurzer Zeit herrschte erneut ausgelassene Stimmung.

Am Ende des Tages löste die Gesellschaft sich auf, und alle fuhren nach Hause. Auf dem Heimweg dachten sie wohl noch an Ewald Tönnes und an das Schicksal, das ihn ereilt hatte. Doch zu Hause warteten bereits das Abendessen und der Fernseher, der sie auf andere Gedanken brachte.

Es dauerte nur wenige Wochen, da waren der alte Bauer und sein grausamer Tod in Erlenbrook-Kapelle so gut wie vergessen.

2

Theodor Horstkemper war eines der letzten Opfer des Zweiten Weltkriegs geworden. Er starb in der Nacht zum 24. August 1992 auf einer einsamen Landstraße nahe Erlenbrook-Kapelle. Sein Wagen war von der Fahrbahn abgekommen und gegen einen Baum geprallt, trotz trockenen Asphalts, guter Sichtverhältnisse und einer schnurgeraden Straße. Er war sofort tot gewesen, ein Segen für ihn, wie sich herausstellte, denn der Wagen hatte Feuer gefangen, und er wäre sonst auf grausame Weise in den Flammen ums Leben gekommen.

Anfangs konnte sich keiner erklären, weshalb er in dieser ruhigen, lauen Sommernacht die Kontrolle über das Auto verloren hatte. Er war ein guter Fahrer gewesen, der sich niemals betrunken hinters Steuer setzte. Erst als eine Woche später ein Nachbar nachts dieselbe Strecke fuhr, fand sich eine Erklärung für den Unfall.

»Ich habe mich fast zu Tode erschreckt!«, raunte er später in der Dorfkneipe. »Ihr müsst euch das vorstellen: Plötzlich seh ich die Flak am Himmel! Fliegeralarm, wie damals 1944!«

Doch in der Kneipe lachten sie ihn aus. »So ein Unsinn, Fliegeralarm! Die neue Disko an der A 31 schickt diese Lichter in den Himmel. Im Rhythmus der Musik, verstehst du? Das ist ein Partyspaß.«

Theodor Horstkemper hatte wie viele in der Gegend die Bombennächte von Münster und die letzten Kriegswochen niemals vergessen können, auch wenn er kaum älter als fünf Jahre gewesen war. Er hatte die Schrecken dieser Zeit verdrängt, sie fest verschlossen in einer dunklen Kammer seiner Seele. Doch in dieser Nacht hatten sie sich daraus befreit und ihn die Kontrolle über seinen Wagen verlieren lassen.

Er hinterließ Frau und Kinder. Dazu einen kleinen, schlecht gehenden Hof in Erlenbrook-Kapelle und einen Berg Schulden bei der ortsansässigen Sparkasse. Er hinterließ einen ratlosen Kartenclub, der mit ihm seinen besten Spieler verlor, und eine altersmüde Ziege, die ihren Ruhestand auf der Wiese hinter dem Hof genoss. Vor allem aber hinterließ er mich, dachte Annika und drückte das Foto fest an ihre Brust. Sein Stoppelkätzchen, wie er sie genannt hatte. Seine jüngste Tochter.

An die Zeit nach seinem Tod konnte sie sich kaum erinnern. Es waren Monate wie im Nebel. Ihre Mutter war damals mit dem Hof völlig überfordert gewesen. Sie hatte nicht gewusst, wie sie das alles überstehen sollte, zumindest war das der Eindruck ihrer drei Töchter gewesen. Kurz nach der Beerdigung war Tante Ada zu ihnen gezogen, die unverheiratete Schwester ihres Vaters. »Damit hier wieder ein Mann im Haus ist«, so hatte sie ihr Auftauchen erklärt, und tatsächlich wären sie wohl alle untergegangen, hätte Ada den Betrieb nicht in Schwung gebracht.

Die unrentable Schweine- und Hühnerzucht wurde kurzerhand abgeschafft, stattdessen konzentrierte sie sich ganz auf Milchkühe. Sie ließ die Ställe für eine moderne, effiziente Milchproduktion ausbauen, pachtete Land dazu, ersteigerte Milchquoten, um die zulässige Milchproduktion zu erhöhen, und später, als es die finanzielle Situation zuließ, kaufte sie fünfzehn Hektar Land von einem Kleinbauern, der die Landwirtschaft aufgegeben und sich auf sein Altenteil zurückgezogen hatte.

Schon nach kurzer Zeit konnte sich keiner in der Familie mehr vorstellen, wie sie je ohne Ada zurechtgekommen waren. Sie war einfach unersetzlich auf dem »Frauenhof«, wie die Horstkempers in der Nachbarschaft leicht spöttisch genannt wurden. Doch den Vater ersetzte sie Annika nicht. Er hatte ein großes Loch in ihrem Herzen hinterlassen, das keiner füllen konnte.

Sie legte das Foto mit seinem Porträt zurück und zog ein anderes hervor. Es zeigte sie bei der Einschulung, kurz vor dem Unfall. Da hatte sie nicht gewollt, dass er sie zur Schule begleitet. Ich bin doch jetzt groß, hatte sie gesagt, da brauch ich keinen Vater mehr, der überallhin mitkommt. Zwei Wochen später war er tot gewesen, und danach hatte sie sich jeden Morgen auf dem Schulweg unendlich schuldig gefühlt.

»Kurze? Bist du hier oben?«

Die Stimme kam aus dem Flur vorm Schlafzimmer. Marita stand plötzlich in der Tür. Eilig schob Annika das Album unters Kopfkissen.

»Was gibt's denn?«, fragte sie.

Doch es war schon zu spät, ihre Schwester hatte das Album längst gesehen. Annika war die Einzige in der Familie, die nach all den Jahren noch ständig in den alten Fotos wühlte. Ein seltsamer Ausdruck trat in Maritas Gesicht. Annika glaubte, dass es Mitleid war. Es schien, als wollte Marita etwas Tröstendes sagen. Doch natürlich war sie damit völlig überfordert.

»Kannst du runterkommen?«, fragte sie stattdessen. »Jemand muss mit Paul zum Arzt fahren. Er hat sich beim Spielen den Kopf aufgeschlagen. Ist alles halb so schlimm, doch wie es aussieht, muss die Wunde mit ein oder zwei Stichen genäht werden.«

»Na klar. Kein Problem.« Sie sprang vom Bett, wobei sie darauf achtete, dass das Album unter dem Kopfkissen blieb, und folgte ihrer Schwester nach unten.

»Ich würde ihn ja selbst fahren«, sagte Marita. »Aber Clemens häckselt gerade Mais in der Nachbarschaft, und ich habe versprochen, ihn zum Mittagessen abzulösen.«

Clemens Röttger besaß einen Fuhrpark mit Landmaschinen, und der dazugehörige Maishäcksler wurde im Herbst von der gesamten Nachbarschaft für die Ernte gebucht. Da nur Clemens und Marita in der Lage waren, die große Maschine zu fahren, arbeiteten sie sich in wechselnden Schichten kreuz und quer über die Felder von Erlenbrook-Kapelle.

Unten in der Küche hörten sie schon Tante Ada, die lautstark auf den Jungen einredete.

»Was habe ich dir über das Spielen auf der Egge gesagt? Du weißt ganz genau, dass du da nicht rumklettern darfst.« Ihre Stimme schwoll an, sie hielt ihm eine ihrer berüchtigten Standpauken. »Irgendwann wirst du dir noch das Genick brechen, wenn du partout nicht auf das hören kannst, was man dir sagt. Aber wenn es so weit ist, brauchst du nicht zu mir angelaufen kommen. Dann kannst du meinetwegen verbluten, du verfluchter Bengel.«

Als sie die Küche betraten, rettete sich der Junge heulend in Maritas Arme. Er zitterte am ganzen Körper. Tante Ada hatte es wieder einmal zu weit getrieben. Sie stand vor der Anrichte: hochgewachsen, sehnig, die Arme fest vor der Kochschürze verschränkt.

»Ist doch nicht so schlimm«, flüsterte Marita. »Es wird alles gut. Annika fährt mit dir zum Arzt.«

»Du sollst mit mir zum Arzt fahren, Mama.«

»So weit kommt es noch!«, polterte Tante Ada weiter. »Erst kannst du nicht auf das hören, was man dir sagt, und dann soll es für dich noch Extrawürstchen geben.«

Marita warf ihr einen warnenden Blick zu. Der Junge klammerte sich wie ein Ertrinkender an seine Mutter und begann hemmungslos zu schluchzen. »Du sollst mit mir zum Arzt!«

Tante Ada erkannte, dass sie übers Ziel hinausgeschossen war. Sie presste die Lippen aufeinander, nahm einen Lappen und wischte über die Anrichte.

Marita blickte Hilfe suchend zu Annika.

»Wie es aussieht, muss ich selber fahren«, sagte sie. »Kannst du Clemens fragen, ob er meine Nachmittagsschicht übernimmt? Du kannst ihm sagen, ich mache dann morgen den ganzen Tag für ihn.«

Annika nickte. Sie hatte nichts dagegen, zu Clemens hinauszufahren. Ganz im Gegenteil, denn sie hatte ihn seit fast drei Monaten nicht mehr gesehen. Zuletzt bei der Beerdigung von Ewald Tönnes.

»Aber du gehst nicht mit leeren Händen!«, mischte sich Tante Ada ein. »Wenn Clemens schon unseretwegen den ganzen Tag arbeiten muss, soll er wenigstens ein ordentliches Mittagessen bekommen. «

Marita machte sich auf den Weg zum Arzt, und Tante Ada stellte sich an den Herd und backte Unmengen von Apfelpfannkuchen, von denen Annika wusste, dass Clemens sie leidenschaftlich gern aß. In dem Hängeschrank, der mit Adas heiß geliebter Tupperware vollgestopft war und von Marita nur spöttisch »das Depot« genannt wurde, fand die Tante den passenden Transportbehälter. Sie kochte Kaffee, holte eine Flasche Apfelschorle aus dem Vorratsraum und packte alles in einen Korb. Dann schickte sie Annika mit der Ermahnung los, sich zu beeilen, damit das Essen nicht kalt würde.

Es war nicht weit bis zum Maisfeld, keine fünf Minuten mit dem Fahrrad. Annika musste ein Stück an der Landstraße entlang, die nach Altenberge führte. Vorbei an Stoppelfeldern und abgelegenen Bauernhöfen, über den Landwehrbach – und dann, hinter einem Eichenwald, lag bereits das Feld, auf dem Clemens arbeitete.

Schon von ferne sah sie den Häcksler. Ein riesiger dröhnender Metallkäfer, der sich langsam durch die Maispflanzen fraß. Im Führerhäuschen oberhalb des Schneidwerks saß Clemens, von Weitem wirkte er klein wie eine Puppe. Ein Schlepper fuhr gerade vom Feld, auf dem Anhänger eine Ladung zerhäckselter Pflanzen.

Annika legte ihr Fahrrad ab, nahm den Korb und sprang über den Graben. Die Stümpfe der geernteten Maispflanzen waren von zerrissenen Blättern bedeckt, sie musste sich in Acht nehmen, um nicht zu stolpern.

Neben der Fahrspur des Häckslers ragte der noch nicht geerntete Mais wie eine Mauer empor. Sie folgte der Spur an den Pflanzen entlang. Clemens Röttger hatte sie entdeckt, er ließ eine Hupe ertönen und hob die Hand. Annika winkte zurück.

Im Mais neben ihr begann es zu rascheln. Sie blieb stehen und blickte neugierig hinein, doch die Pflanzen standen so eng, dass nichts zu erkennen war. Es wurde wieder ruhig. Das wird ein Fasan sein, dachte sie. Oder ein Feldhase.

In dem Moment kehrte das Rascheln zurück, diesmal lauter. Das war kein Hase. Etwas Größeres musste sich im Mais verbergen, keine fünf Meter von ihr entfernt. Sie drückte den Korb an ihre Brust.

»Hallo? Ist da jemand?«

Doch wer sollte da schon sein? Sie kam sich lächerlich vor. Der Häcksler näherte sich, sein Dröhnen wurde lauter und schluckte nun jedes Geräusch. Sie drehte sich um und lief ihm entgegen.

Clemens hielt die Maschine an, trat aus dem Führerhäuschen und sprang auf das Stoppelfeld.

»Lass mich raten. Marita kommt heute nicht.«

»Paul muss zum Arzt, er hat sich den Kopf aufgeschlagen. Sie sagt, es tut ihr leid.«

Er wischte sich den Schweiß von der Stirn. »Na großartig.«

»Tante Ada hat dir etwas zu essen gemacht. Und Marita will zum Ausgleich morgen deine Schicht übernehmen.«

Er lehnte sich gegen das Schneidwerk, sein typisches, verschmitztes Lächeln trat in sein Gesicht.

»Also gut. Dann lass mal sehen, was du da hast.« Er nahm ihr den Korb ab. »Das reicht ja für eine ganze Kompanie. Typisch Ada. Wer soll das denn alles essen?«

»Sie hat Apfelpfannkuchen gemacht. Die magst du doch so gerne.«

Er lachte. »Das hast du ihr verraten, nicht wahr? Komm, setz dich zu mir. Es reicht bestimmt für uns beide.«

Sie setzten sich neben den Maishäcksler. Clemens breitete ein Geschirrtuch aus und öffnete den Behälter. Sie redeten nicht viel, während sie aßen. Im Anschluss holte er seine Zigaretten aus der Brusttasche und bot Annika eine an. Das tat er erst, seit sie zwanzig geworden war, und sie fühlte sich immer sehr erwachsen, wenn sie neuerdings gemeinsam rauchten.

»Ich habe heute zwei Rehe gesehen«, sagte er und blies

Rauchringe in die Luft. »Die kamen direkt vor mir aus dem Mais geschossen. Zwei Ricken waren es, ganz prachtvolle Tiere.«

Annika blickte zu der Stelle, an der sie das Rascheln gehört hatte.

»Hoffentlich fallen sie nicht den Jägern zum Opfer.«

»Nein, das glaube ich nicht«, sagte Clemens. »Sie waren stark und schnell. Bestimmt sind sie schlauer als die Jäger.« Er legte den Arm um sie, wie er es getan hatte, als sie noch ein Kind gewesen war. »Schade, dass du nicht dabei warst. Ich hätte sie dir gerne gezeigt.«

Auf dem Rückweg blickte Annika nochmals in das Dickicht aus Maispflanzen, doch diesmal blieb alles still. Clemens ließ hinter ihr die Maschine an, das Dröhnen übertönte jedes andere Geräusch.

Als sie das Rad auf die Straße schieben wollte, donnerte ein Lkw auf sie zu. Er kam wie aus dem Nichts, der Mais hatte den Blick versperrt. Sie schrie auf. Das Fahrrad fiel auf den Weg. Ein wildes Hupen ertönte, der Wagen schlingerte in einem Bogen um sie herum. Dann war er auch schon vorbei, und Annika stand in einer Wolke aufgewirbelten Staubs.

Ihr Herzschlag beruhigte sich nur langsam. Sie blickte dem Lkw hinterher. Es war der Tanklastwagen der Molkerei, der in der Bauernschaft unterwegs war, um die Milch abzuholen.

Ewald Tönnes kam ihr in den Sinn. Sie hätte nicht sagen können, weshalb, doch als sie dem Tanklastwagen nachblickte, musste sie plötzlich an den toten Bauern denken. Mit einem Stirnrunzeln nahm sie das Rad auf, schwang sich auf den Sattel und fuhr nach Hause, wo Tante Ada ihr Vorhaltungen machte, weil sie nicht darauf geachtet habe, dass Clemens genügend aß, schließlich waren zwei Pfannkuchen übrig geblieben.

Während der Mittagsruhe saß Annika oben in ihrem Zimmer und las den Lokalteil der Zeitung. Marita und Paul kamen vom Krankenhaus zurück. Der Kleine trug einen Verband am Kopf, und Marita kümmerte sich um ihn. Irgendwann klingelte unten das Telefon, kurz darauf hörte Annika aufgeregte Stimmen im Wohnzimmer. Sie legte die Zeitung beiseite und ging leise hinunter.

Während sie mit angehaltenem Atem den Stimmen lauschte, kam ihr mit einem Mal die Nacht in den Sinn, in der ihr Vater gestorben war. Auch da hatte sie am Klang der Stimmen gehört, dass etwas Schreckliches passiert war. Sie war damals aus ihrem Bettchen geklettert und mit dem Teddy im Arm hinuntergeschlichen. Auf dem Treppenabsatz hatte ihre Mutter sie abgefangen, das Gesicht leichenblass und die Hände eiskalt. »Geh wieder ins Bett«, hatte sie gesagt, ohne Annika richtig anzusehen. Ihre schönen schwarzen Locken waren ganz durcheinander gewesen. »Mechthild und Marita sind da. Du musst dir keine Sorgen machen. Geh jetzt schlafen.« Draußen vor dem Haus hatte ein Auto gewartet. Ihre Mutter war nervös hinausgestolpert. Sie hatte den hübschen Mantel getragen, den Annika so gemocht hatte, doch war er nur zur Hälfte zugeknöpft gewesen. Zurück im Schlafzimmer, hatte Annika sich vor das Kruzifix gekniet. Bitte, lieber Gott, lass nichts Schlimmes passiert sein. Mach, dass alles gut ist. Bitte, bitte. Sie hatte nicht mehr aufgehört zu beten, völlig benommen war sie gewesen. Doch in ihrem Herzen hatte sie längst gewusst, dass ihre Gebete nicht erhört werden würden – nicht erhört werden konnten –, weil es dafür bereits zu spät gewesen war.

Als Annika ins Wohnzimmer trat, nahmen ihre Mutter und Tante Ada sie zunächst gar nicht wahr.

»Was ist denn passiert?«, fragte sie.

Etwas veränderte sich in Tante Adas Gesicht. Das Erschrecken wandelte sich in Sorge und Mitgefühl. Sie zögerte.

»Es hat einen Unfall auf dem Maisfeld gegeben.«

Sie streckte ihr den Arm entgegen, doch Annika wich aus. Ihr wurde übel. Bitte, lieber Gott, lass nichts passiert sein.

»Was ist mit Clemens? Geht es ihm gut?«

Ihre Mutter und Tante Ada tauschten einen Blick.

»Er ist sehr schwer verletzt. Die Ärzte können nicht sagen, ob er es schaffen wird.«

Tante Ada sank kraftlos auf die Sofalehne.

»Wir können nur beten«, sagte sie.

3

Als der untersetzte Streifenbeamte hinausging, um frischen Kaffee zu holen, war Hauptkommissar Bernhard Hambrock alleine im Raum. Zum ersten Mal seit er morgens seine Wohnung verlassen hatte, war er nicht umringt von Menschen. Er blickte sich in der fremden Umgebung um. Es war ein Gruppenraum wie jeder andere: stapelbare Bürostühle, ein graublau melierter Teppichboden, in der Ecke ein Flipchart. Trübes Licht fiel von draußen herein.

»Verfluchter Mist.«

Er fuhr sich mit der Hand übers Gesicht, stand auf und trat ans Fenster. Draußen, auf dem Parkplatz der Coesfelder Polizeiwache, führte ein Beamter die Zeugin, die sie gerade vernommen hatten, zu einem Streifenwagen. Die Frau wirkte völlig verstört, die Haare hingen ihr strähnig ins Gesicht, und der Beamte musste sie stützen. Sie war die Nachbarin des Mordopfers, um das es hier ging. Rein zufällig hatte sie am Morgen die Leiche gefunden und danach sofort die Polizei verständigt.

Er öffnete das Fenster einen Spalt weit und atmete die kühle Luft ein. Coesfeld!, dachte er. Als hätten wir nicht ohne diesen Mordfall schon genug zu tun.

Das Polizeipräsidium Münster, wo er und seine Ermittlungsgruppe arbeiteten, war zuständig fürs gesamte Münsterland. Sie wurden von den Polizeistellen der umliegenden Landkreise hinzugezogen, wenn ein Kapitalverbrechen vorlag, wie auch bei diesem Tötungsdelikt in Coesfeld.

Bis heute Morgen hatte er sich noch hartnäckig an die Hoffnung geklammert, in der nächsten Woche wie geplant ein paar Tage freizumachen. Aber wie es aussah, konnte er sich das abschminken. Eigentlich wollte er kommenden Mittwoch mit seiner Frau zu ihren Eltern in die Niederlande fahren und danach ein ausgedehntes Wochenende in Amsterdam verbringen. Nach langer Zeit mal wieder. Noch am Frühstückstisch hatte er Erlend versichert, dass dieses Mal bestimmt nichts dazwischenkommen würde. »Ich habe den Urlaub schon vor Wochen eingereicht. Glaub mir, da kann nichts mehr passieren.«

Erlend hatte sich gefreut wie ein Kind. Sie musste über sich selbst lachen, so überglücklich, wie sie war.

»Ach, Bernhard, ich kann es kaum glauben. Noch acht Mal schlafen, und dann haben wir tatsächlich fünf Tage ganz für uns allein.« Sie hatte seinen Kopf gepackt und ihm einen Kuss auf den Mund gedrückt. »Wir bleiben nur einen Tag bei meinen Eltern in Groningen, dann fahren wir weiter, versprochen. Vielleicht warten wir auch nur, bis sie schlafen, und türmen durchs Klofenster. Wir könnten in einer billigen Absteige unterkommen. Oder wir fahren gleich weiter nach Amsterdam. Dann pfeifen wir aufs Tempolimit und rasen über die Autobahn, und mit der Polizei liefern wir uns wilde Verfolgungsjagden – ach, das wird alles ganz herrlich!« Sie hörte gar nicht mehr auf zu reden, bis Hambrock irgendwann aufsprang und ihr lachend den Mund zuhielt.

Dieser Kurzurlaub wäre dringend nötig gewesen. In letzter Zeit hatten sie wenig Zeit füreinander gehabt. Hambrocks Beruf war schuld daran. Immer dann, wenn sie etwas unternehmen wollten, war seine Arbeit dazwischengekommen. Er konnte mittlerweile bereits vorhersagen, wann der nächste Einsatz anfallen würde – er brauchte sich dafür nur mit Erlend zum Kino zu verabreden, und schon ging um kurz vor acht das Diensthandy.

Er und seine Frau brauchten dringend Zeit füreinander. Um Dinge zu besprechen, sich auf dem Laufenden zu halten und Pläne zu schmieden. Sie brauchten Zeit, um sich wieder näherzukommen, nach all den Monaten, die sie mit ihrer Arbeit zugebracht hatten. Doch daraus wurde jetzt wohl nichts.

Die Tür zum Gruppenraum öffnete sich, und der Streifenbeamte kehrte mit einer Kanne Kaffee zurück.

»Der müsste besser schmecken als der letzte«, sagte er und stellte ihn auf den Tisch. »Den hab ich jetzt selber gemacht.«

Hambrock lächelte. »Es gibt also doch noch was Erfreuliches heute«, sagte er und goss sich eine Tasse ein.

Der Kaffee war tatsächlich gut. Er seufzte.

»Und wie geht's jetzt weiter?«, fragte der Beamte.

»In einer guten Stunde haben wir eine Besprechung. Dafür würde ich gerne diesen Raum hier haben, wenn das geht. Der Staatsanwalt müsste dann auch eingetroffen sein.«

»Der Raum ist frei, kein Problem.«

Hambrocks Kollegen waren allesamt unterwegs, um Nachbarn und Freunde des Mordopfers zu befragen. Es handelte sich bei der Toten um eine vierzigjährige Frau, die mit ihrem Mann auf einem heruntergewirtschafteten Gehöft nahe der Stadtgrenze wohnte. Am Vormittag wollte ihre Nachbarin einen Brief vorbeibringen, den der Postbote falsch eingeworfen hatte. Sie fand die Frau mit einem Beil im Kopf in ihrer Küche liegen. Die schmutzigen Bodenfliesen waren voller Blut gewesen, die Wohnungseinrichtung demoliert, und überall hatten leere Wodkaflaschen herumgelegen. Vom Ehemann fehlte jede Spur.

Soweit sie den Ablauf der Tat rekonstruieren konnten, musste der Täter während der Nacht zugeschlagen haben. Zunächst hatte er sich an der Wohnungseinrichtung ausgelassen, danach war er mit dem Beil auf das Opfer losgegangen. Dringend tatverdächtig war der verschwundene Ehemann. Die Polizei hatte ihn schon einmal wegen häuslicher Gewalt in Gewahrsam genommen. Er war Trinker, genau wie seine Frau. Bei den beiden waren häufig die Fetzen geflogen. Gut denkbar, dass er im Suff die Kontrolle verloren hatte. So etwas hatte Hambrock schon häufig erlebt: Nach dem Gewaltrausch kommt der Mann wieder zu sich, ist entsetzt über seine Tat und flieht.

Sein Handy ertönte. Mit einem Blick aufs Display sah er, dass es seine Mutter war. Sie rief ihn schon zum zweiten Mal an diesem Tag an. Ein paar Stunden zuvor, als sein

Handy am Tatort losgegangen war, hatte er sie einfach weggedrückt.

»Entschuldigen Sie mich«, sagte er zu dem Beamten, stand auf und trat mit dem Handy auf den Parkplatz.

»Bernhard, ich hoffe, ich störe dich nicht. Ich hätte auch nicht angerufen, wenn ich es nicht fest versprochen hätte.«

»Nein, du störst nicht. Was gibt es denn?«

Er hörte das leise Surren der Dunstabzugshaube. Seine Mutter kochte gerade das Mittagessen. Unwillkürlich fragte er sich, was bei ihr auf den Tisch kommen würde. Für ihn würde es heute wohl nicht einmal fades Kantinenessen geben. »Es ist doch nichts passiert?«, hakte er nach.

»Nein, nicht direkt. Ich habe heute Morgen mit Ada Horstkemper telefoniert. Sie war sehr aufgebracht wegen dieser Sache in Erlenbrook-Kapelle. Aber das kannst du dir sicherlich denken. So eine schreckliche Geschichte passiert ja nicht jeden Tag.«

Hambrock hörte nur noch mit halbem Ohr zu. Horstkemper aus Erlenbrook-Kapelle. Der Name klang vertraut, er versuchte ihn einzuordnen.

»Horstkemper – sind das nicht Verwandte von uns?«

Seine Mutter klang überrascht. »Erinnerst du dich nicht mehr an deine Großtante Emma Horstkemper, die Patentante von deinem Vater?«

»Tante Emma, natürlich.«

Diese bösartige alte Frau im Rollstuhl, die nach Krankheit und Tod gerochen hatte. Hambrock sah sie wieder vor sich, die dünne knochige Gestalt, die nur Plattdeutsch gesprochen hatte und halb taub gewesen war. Dazu die quälend langweiligen Sonntagnachmittage auf diesem düsteren Hof in Erlenbrook-Kapelle, wo es weit und breit keine Kinder in seinem Alter gegeben hatte. Etwa zwölf Jahre alt war er gewesen, als die alte Frau gestorben war, und danach hatte er den Hof in Erlenbrook-Kapelle niemals wiedergesehen.

»Ada ist eine von Emmas Töchtern«, erklärte seine Mutter. »Sie hat den Hof übernommen, nachdem Emmas ältester Sohn Anfang der Neunziger bei einem Verkehrsunfall umgekommen ist.«

Er hörte, wie sie die Dunstabzugshaube abstellte. Das Essen war also fertig. Er spürte seinen leeren Magen.

»Es geht um diesen Anschlag auf den Maishäcksler«, fuhr sie fort. »In der Bauernschaft sind alle ganz aus dem Häuschen deswegen.«

Hambrock hatte in der Zeitung davon gelesen. Jemand hatte Stahlschrauben mit Isolierband in die Maispflanzen gehängt. Vom Führerhaus des Häckslers waren die Metallteile nicht zu erkennen gewesen, und als das Schneidwerk sie mit den Pflanzen aufgenommen hatte, waren die Messer von der Welle gerissen worden und wie Geschosse durch die Gegend geflogen. Eines davon hatte den Fahrer in die Brust getroffen.

Es war nicht das erste Mal. Besonders Felder, auf denen genmanipulierter Mais gezüchtet wurde, waren in der Vergangenheit von solchen Sabotageakten betroffen gewesen. Bislang war aber kein Mensch dabei zu Schaden gekommen.

»Ada Horstkemper hat bereits mit der Polizei gesprochen. Aber nicht mit dir, sagt sie. Dich hat sie gar nicht gesehen, das müssen alles deine Kollegen gewesen sein.«

»Ich ermittele auch gar nicht in der Sache.«

»Nein?« Seine Mutter stockte. »Aber das war doch ein Mordversuch ... Ich dachte, ihr kommt, wenn so ein Verbrechen passiert?«

»Das war wohl eher Sachbeschädigung und fahrlässige Körperverletzung. Das machen die Kollegen von der Kreispolizei.«

»Ach so?« Sie schien nachzudenken.

»Du hast Ada Horstkemper bereits gesagt, dass ich zuständig bin, oder?«

»Na ja, ich habe ihr gesagt, dass du Bescheid wüsstest. Ich dachte ja, dass du da ermittelst. Sie will nämlich mit jemandem über den Fall reden, dem sie vertrauen kann. Die Polizisten, die sie besucht haben, waren wohl nicht sehr höflich zu ihr.«

Hambrock unterdrückte ein Stöhnen. »Und da hast du ihr gesagt, dass ich vorbeischauen würde?«

»Das macht nichts, ich rufe Ada einfach an und sage ihr, dass du keine Zeit hast. Du hast bestimmt auch ohne diese Sache genug zu tun, wo du doch mit Erlend nach Holland fahren willst. Da musst du sicher eine Menge vorarbeiten, wenn du nächste Woche beruhigt in den Urlaub ...«

»Mutter«, unterbrach er mit ruhiger Stimme. »Du hast es ihr doch bereits versprochen, oder etwa nicht?«

»Na ja«, räumte sie widerwillig ein, »aber das soll nicht dein Problem sein. Ich sag ihr einfach wieder ab.«

Seine Mutter hasste es, ihm zur Last zu fallen. Das war schon immer so gewesen.

»Wenn sie einen sachdienlichen Hinweis hat, sollten wir das ernst nehmen«, sagte er. »Ich kann dir die Nummer von einem Kollegen aus Steinfurt geben, mit dem ich bereits zusammengearbeitet habe. Das ist ein ganz netter Kerl. Den ruf ich vorher an und sage ihm, er soll sich Zeit für Ada nehmen. Damit sie sich gut behandelt fühlt.«

Seine Mutter zögerte. »Ja, das wird das Beste sein«, sagte sie schließlich. Doch der Klang ihrer Stimme strafte sie Lügen.

»Was ist denn das Problem? Soll ich selbst Ada anrufen und ihr die Nummer geben?«

»Sie will einfach nicht mit der Polizei sprechen, das ist alles. Wenn überhaupt, dann nur mit dir.«

»Na gut, eine halbe Stunde kann ich bestimmt entbehren.« Er verfluchte sich innerlich, aber es kam so gut wie nie vor, dass sie ihn um einen Gefallen bat. »So schwer beschäftigt bin ich nun auch wieder nicht«, log er. »Sag ihr, dass ich morgen Abend gegen halb sieben bei ihr vorbeischaue. Dann kann sie mit mir reden.«

»Aber ...«

»Nein, nein. Das geht schon in Ordnung. Aber wenn sie mir etwas sagt, was ermittlungsrelevant ist, werde ich das an die Kollegen weitergeben, egal, ob ihr das recht ist oder nicht.«

»Das wird kein Problem sein. Danke, Bernhard.«

Nachdem er das Gespräch beendet hatte, lief er fröstelnd zurück ins Gebäude. Nun hatte er noch einen Termin, auf den er gerne verzichtet hätte. Auf dem Flur kam ihm der Dienststellenleiter entgegen, ein rotgesichtiger, kettenrauchender Mann, der kurz vor der Pensionierung stand. Er hatte Hambrock am Morgen, als das Team aus Münster eingetroffen war, mit einem freundschaftlichen Schlag auf die Schulter begrüßt und ihn von Anfang an geduzt, als würden sie sich seit Jahren kennen. Hambrock war zuerst etwas irritiert gewesen, hatte dann aber beschlossen, den Mann ebenfalls zu duzen.

»Bernhard, da bist du ja«, rief der Dienstellenleiter über den Flur. »Es gibt Neuigkeiten.«

Er legte den Arm um seine Schulter und führte ihn zurück zum Gruppenraum. Wieder so eine vertrauliche Geste, doch Hambrock mochte den alten Kauz, er amüsierte sich über seine kumpelhafte Art.

»Jemand hat sich vor den Baumberge-Express geworfen, den Regionalzug von Coesfeld nach Münster. Kurz hinter der Stadtgrenze ist es passiert.«

Hambrock ahnte schon, wer das sein konnte.

»Die Identität ist zwar noch nicht geklärt«, sagte der Dienststellenleiter, »aber die Kollegen haben einen verwaisten Pkw am Feldweg entdeckt, an der Stelle, wo der Unbekannte aufs Gleis getreten ist.«

»Lass mich raten. Der Pkw ist auf den Ehemann unseres Mordopfers zugelassen.«

»So ist es.«

Ein Suizid war zwar fast so etwas wie ein Geständnis. Es bedeutete aber, dass sie kein echtes Geständnis mehr von dem Ehemann der Toten bekommen würden. Sie würden seine Schuld anhand der Tatortspuren beweisen müssen. Der Tathergang musste genau rekonstruiert, jeder noch so kleine Zweifel ausgeräumt werden.

Ein Geständnis wäre weniger Arbeit gewesen.

»Also gut«, sagte Hambrock. »Dann legen wir mal los. Je eher wir anfangen, desto schneller sind wir fertig.«

Am nächsten Abend fuhr er hinaus nach Erlenbrook-Kapelle. Die Sache mit dem Selbstmörder steckte ihm noch immer in den Knochen. Am Ereignisort war es viel schlimmer gewesen, als er erwartet hatte, die Bilder hatten sich tief in sein Bewusstsein gebrannt. Zerfetzte Körperteile entlang der Gleise, Blut an der Lok, irgendwo ein halber Arm, ein Schuh, eine kaputte Brille. Es war ein grauenhafter Anblick gewesen, und er hatte die Kollegen bedauert, die abkommandiert waren, die Leichenteile einzusammeln.

Er schaltete das Radio ein und suchte nach einem ruhigen Popsong, dann begann er am Navigationsgerät herumzufummeln. Erlend traf sich an diesem Abend mit Kollegen aus der Universität. Gegen neun wollte sie wieder zu Hause sein, und länger würde sein Ausflug auch nicht dauern.

»Ist doch egal«, hatte sie am Telefon gesagt. »Ab nächsten Mittwoch haben wir genügend Zeit füreinander, dann holen wir das alles nach.«

Hambrock hatte es noch nicht übers Herz gebracht, ihr zu sagen, dass der Urlaub ausfallen würde. Dabei drängte die Zeit, Erlend steckte schon mitten in den Vorbereitungen. Aber er hatte Angst vor ihrer Reaktion und vor der schlechten Stimmung, die ohne Zweifel danach herrschen würde. Heute Abend, ermahnte er sich, wirst du es ihr sagen. Dann gibt es keine Ausflüchte mehr.

Erlenbrook-Kapelle lag eine halbe Autostunde von Münster entfernt. Als er die Bundesstraße verließ und weiter über die Dörfer fuhr, war er dankbar für das Navigationsgerät. Ohne hätte er den Weg zu seinen Verwandten vermutlich nicht gefunden. Es war einfach zu lange her, dass er das letzte Mal dort gewesen war.

Die Erinnerung kam erst, als er den Hof von Weitem erblickte. Da fühlte er sich, als mache er eine Zeitreise. Er sah alles wieder vor sich: das überheizte Wohnzimmer von Emma Horstkemper, die Erwachsenen, die dicht gedrängt an einem Tisch voller klebrigsüßer Torten saßen, die hässlichen Tapeten und die schweren Vorhänge. In der Luft lag Kaffeedunst, es roch nach Schweiß und Schnaps und Kölnisch Wasser, und hinterm Tisch war eine Ecke mit fadem Spielzeug, in der er gelangweilt darauf wartete, dass seine Eltern endlich wieder nach Hause fuhren. Und jedes Mal beugte sich am Schluss Großtante Emma aus ihrem Rollstuhl und umarmte ihn mit stählernem Griff, wobei er jeden ihrer spitzen Knochen zu spüren glaubte.

Als er nun mit seinem Dienstwagen auf den Hof fuhr, flammte eine Außenbeleuchtung auf. Er blickte sich um. Das Wohnhaus wirkte heller als in seiner Erinnerung, heller und freundlicher. Es war umgebaut worden, die Fenster hatte man vergrößert und das Dach mit hellroten Ziegeln gedeckt.

Die Haustür aus beschlagenem Eichenholz öffnete sich, und eine große hagere Frau erschien. Sie hatte eine auffällig gerade Körperhaltung und strahlte Strenge und Autorität aus. Ohne Zweifel war das Tante Ada.

Er stieg aus und schloss den Wagen ab.

»Bernhard, bist du das?« Sie ging ihm entgegen. »Du lieber Himmel, ich hätte dich niemals wiedererkannt.«

Ihm erging es nicht anders, die Frau war wie eine Fremde. Er erinnerte sich, dass Großtante Emma drei erwachsene Töchter hatte, doch welche von ihnen Ada gewesen war, daran konnte er sich nicht erinnern. Wie alt mochte sie nun sein? Er schätzte sie auf Anfang bis Mitte sechzig. Sie schüttelten sich förmlich die Hand.

»Das letzte Mal habe ich dich gesehen, da warst du zwölf Jahre alt«, sagte sie. »Und jetzt bist du wie alt?«

»Dreiundvierzig.«

»Na, daran sieht man, wie die Zeit vergeht.«

Sie betrachtete ihn von oben bis unten, und Hambrock entging nicht, dass ihr Blick an seinem Bauch hängen blieb. Er war wahrscheinlich das, was sich am augenscheinlichsten an ihm verändert hatte.

Tante Ada führte ihn ins Haus. Sie hatte in der Küche das Abendessen vorbereitet, einen Teller mit liebevoll dekorierten Käseschnittchen und eine Kanne schwarzen Tee. Auf dem Tisch standen nur zwei Gedecke.

»Sind wir allein?«, fragte er.

»Die anderen sind im Kuhstall. Bis auf Sophia, die ist bei ihrem Kartenklub. Setz dich doch.«

Tante Ada hatte dafür gesorgt, dass sie mit ihm allein war. Sie wollte nicht, dass die anderen zuhörten, wenn sie über den Sabotageakt auf dem Maisfeld sprach.

Er setzte sich und betrachtete sie. »Mutter hat mich gebeten, dir diesen Besuch abzustatten. Sie hat dir bestimmt schon gesagt, dass ich mit dem Fall nichts zu tun habe. Die Kreispolizei Steinfurt ermittelt in der Sache. Vielleicht wäre es besser, wenn du mit diesen Leuten sprichst.«

»Die würden mir ohnehin nicht zuhören. Sie würden mich für eine überspannte alte Frau halten.«

»Soweit ich weiß, sind sie auf Hinweise dringend angewiesen. Ihnen fehlt nämlich jede Spur.«

Die Fingerabdrücke, die an den Stahlschrauben und auf dem Isolierband gesichert wurden, waren nicht im System vorhanden, was bedeutete, dass der Täter oder die Täterin nicht vorbestraft war. Vor ein paar Jahren hatte es schon einmal eine Reihe von Anschlägen dieser Art gegeben. Damals hatte ein alter Bauer dahintergesteckt, der die Landmaschinenbesitzer schädigen wollte. Es waren zähe und langwierige Ermittlungen gewesen, und die Kollegen hatten nun Angst, dass dies der Auftakt einer weiteren solchen Serie sein könnte.

Hambrock nahm sich ein Käseschnittchen.

»Also gut«, sagte er. »Dann lass mal hören.«

»Die Sache mit dem Maishäcksler hat uns alle ziemlich aus der Fassung gebracht.« Sie sah ihn finster an. »Aber das war nicht das einzige Unglück hier in der Bauernschaft.«

»Was meinst du damit?«

»Einer unserer Nachbarn ist ums Leben gekommen. Ewald Tönnes. Das ist noch keine drei Monate her. Sein Hof liegt ein Stück weiter oben an der Straße. Schweinemast – vielleicht kennst du ihn?«

Er schüttelte den Kopf. »Was ist passiert?«

»Er ist in seiner Güllegrube erstickt. Angeblich an der

Betonkante abgerutscht, während er den Abfluss überwacht hat. Das war jedenfalls der Schluss, zu dem die Polizei gekommen ist. Die haben hier ein paar Tage rumgeschnüffelt, aber wenn du mich fragst, waren die nicht besonders gründlich.«

Hambrock kannte genügend Gruselmärchen über die Gefährlichkeit von Güllegruben. Früher waren tatsächlich schlimme Dinge passiert. Mehrere Familienmitglieder waren mit einem Schlag ausgelöscht worden – irgendeiner stieg hinein und wurde ohnmächtig, die anderen, die ihn herausziehen wollten, kletterten nacheinander hinterher und fanden allesamt den Tod. Heutzutage waren die Anlagen moderner, und man ging generell viel vorsichtiger mit der Gefahr um.

»Ich weiß genau, was du denkst«, sagte Tante Ada. »So ein Unfall kommt halt vor. Trotzdem, Bernhard. Er könnte auch hineingestoßen worden sein.«

»Und hast du eine Idee, von wem?«

Sie hob hilflos die Schultern. »Nein. Es waren an dem Tag ja alle auf dem Schützenfest. Und was den Anschlag betrifft, weiß ich natürlich, was die Leute sagen: ein Sabotageakt, wie bei dieser Anschlagsserie vor ein paar Jahren, bei der ein halbes Dutzend Häcksler schwer beschädigt wurden. Aber ich sehe das anders.« Sie ballte die Hände zu Fäusten. »Das kann kein Zufall sein, Bernhard. Ich sage dir, hier geschieht etwas!«

Hambrock runzelte die Stirn. Die Leidenschaft, mit der sie sprach, erstaunte ihn.

»Also gut. Du denkst, dass der Tod dieses Bauern mit dem Anschlag auf dem Maisfeld zusammenhängt.«

Sie nickte. Hambrock betrachtete sie nachdenklich.

»Hast du denn irgendjemanden im Verdacht?«, fragte er dann.

»Du gütiger Gott, nein. Der Täter muss von außerhalb kommen. Jemand, der nichts mit uns hier zu tun hat.«

»Gibt es denn jemanden, der es auf Clemens Röttger abgesehen haben könnte?«

»Nein! Das ist es ja! Es ging gar nicht um Clemens! Der Anschlag galt Marita!«

»Wem?«

»Marita. Unserer Marita. Deiner Cousine, du kennst sie von früher. Sophias älteste Tochter.«

Hambrock hätte nicht einmal sagen können, wie viele Kinder damals auf dem Hof herumgewuselt waren. Kleinkinder und Säuglinge eben.

»Normalerweise hätte Clemens Röttger den Häcksler gar nicht gefahren«, fuhr Ada fort. »Du musst wissen, Marita und Clemens teilen sich die Arbeit auf den Feldern. Sie fahren in wechselnden Schichten, und eigentlich wäre an dem Nachmittag Marita dran gewesen. Eins ihrer Kinder hat sich den Kopf aufgeschlagen, deshalb war sie nicht auf dem Feld. Nur deshalb.«

Er wollte darauf etwas sagen, doch sie ließ ihn nicht zu Wort kommen.

»Jeder in Erlenbrook-Kapelle wusste, dass Clemens an diesem Nachmittag frei hatte. Verstehst du? Wer immer die Stahlschrauben in den Mais gehängt hat, er musste davon ausgehen, dass es Marita treffen würde.«

»Aber ich dachte, der Täter stammt nicht aus Erlenbrook-Kapelle? Es ist ein Fremder, das hast du selbst gesagt.«

»Jetzt dreh mir doch nicht jedes Wort im Mund um! Was ich sagen will, ist, dass jeder – auch jeder Fremde – herausfinden konnte, wer wann auf dem Häcksler sitzt. Glaub mir, der Anschlag galt Marita!«

Hambrock ging auf, weshalb er den weiten Weg hier herausgefahren war: Seine Tante hatte gar keine sachdienlichen Hinweise. Sie hatte ganz einfach schreckliche Angst um ihre Familie. Was ihr natürlich keiner verübeln konnte. Trotzdem fühlte er sich plötzlich unendlich erschöpft. Er sehnte sich nach seinem Sofa in seiner Münsteraner Wohnung.

»Es muss da eine Verbindung geben«, meinte Tante Ada. »Solche Dinge geschehen doch nicht zufällig. Erst der arme Ewald und jetzt unsere Marita.«

»Ich kann deine Sorge gut verstehen«, begann Hambrock

vorsichtig. »Aber du darfst nicht vergessen, dass keiner die Wirkung eines solchen Sabotageaktes vorhersehen kann. Es wurden schon häufig Metallteile an Maispflanzen gehängt, aber noch nie wurde jemand verletzt.«

Sie sah ihn wütend an. »Wer Metallteile in den Mais hängt, muss damit rechnen, den Fahrer des Häckslers zu töten.«

»Sicher, aber wenn es jemand auf den Fahrer abgesehen hätte, würde er sich etwas anderes ausdenken, verstehst du? Mit Metallteilen im Mais den Fahrer töten zu wollen, das wäre wie Lottospielen.« Er atmete tief durch. »Tut mir leid, aber ich sehe es wie die anderen: Es geht hier eher um Sachbeschädigung. Die Gefahr für den Fahrer wurde dabei nur billigend in Kauf genommen.«

»Bernhard, ich lebe seit über sechzig Jahren in Erlenbrook-Kapelle. Ich kenne diese Bauernschaft. Wenn ich nicht das sichere Gefühl hätte, dass hier etwas im Busch ist, dann würde ich nichts sagen.«

Er suchte nach Worten, die sie nicht verletzen würden. Doch sie hatte längst begriffen. Grimmig verschränkte sie die Arme. Er stieß einen hilflosen Seufzer aus.

»Also gut. Ich werde mit den zuständigen Kollegen sprechen, sie sollen sich die Sache mit dem Bauern und seiner Güllegrube noch mal ansehen. Vielleicht sind sie ja selbst schon drauf gekommen. Sie sollen die Geschichte prüfen und nach Verbindungen Ausschau halten.«

»Ist das alles, was du tun willst?«

»Ich rede gleich morgen früh mit ihnen. Ich kenne dort ein paar Leute persönlich, ich sage ihnen, dass sie die Sache im Auge behalten sollen. Darauf kann man sich verlassen. Das verläuft dann nicht im Sande.« Er bemerkte ihren Gesichtsausdruck. »Was erwartest du noch?«

»Nun, du gehörst schließlich zur Familie. Ich muss gestehen, da habe ich mir schon etwas mehr erhofft. Vielleicht Polizeischutz oder so etwas.«

Hambrock merkte, dass er ärgerlich wurde. »Die Kollegen werden sich darum kümmern, Tante Ada. Vielleicht fällt dir ja noch etwas ein. In dem Fall kannst du mich jederzeit anrufen. Tag und Nacht. Mehr kann ich auch nicht tun.«

»Und was ist mit Marita?«

»Gibt es jemanden, der Grund hätte, ihr Schaden zuzufügen?«

»Um Himmels willen, nein!«

»Dann würde ich sagen, wir warten die Ergebnisse ab.«

Ihre Züge verhärteten sich. »Gut. Dann weiß ich, wie du zu der Sache stehst.«

Sie wartete stumm, bis er seinen Tee ausgetrunken hatte. Dann räusperte sie sich und stand auf. Tante Ada gab ihm seinen Mantel und führte ihn zur Tür.

»Grüß Tante Sophia von mir«, sagte er und trat auf den Hof. »Und melde dich, falls dir etwas einfällt. Wie gesagt: Du kannst jederzeit bei mir anrufen.«

Sie schnaubte spöttisch. Gerade wollte sie die Tür hinter ihm ins Schloss werfen, als sie nochmals innehielt.

»Ausschließen kannst du es nicht, dass Marita mit dem Anschlag gemeint war, ganz egal, was du sagst.«

Er kam gar nicht dazu, etwas zu erwidern. Sie reckte das Kinn vor. »Was, wenn es tatsächlich so ist, Bernhard? Willst du die Verantwortung tragen, wenn der nächste Anschlag gelingt?« Ihre dunklen Augen funkelten herausfordernd. »Sag schon. Willst du die Verantwortung tragen?«

»Tante Ada …«, versuchte er einzulenken.

Doch ihre Züge blieben hart. Sie nickte, als habe sie eine Bestätigung von ihm erhalten, und schloss die Haustür. Hambrock blickte noch eine Weile auf das hölzerne Türblatt. Dann blies er die Backen auf, drehte sich um und trottete zurück zum Wagen.

Familie!, dachte er.

4

An die Sache mit dem Tanklastwagen erinnerte sich Annika erst ein paar Tage später wieder. Das war kurz nach dem Frühstück, als sie Emma zum Kindergarten fuhr. Gerade bog sie auf die Hauptstraße, als sie in der Ferne den Wagen der Molkerei entdeckte. Er fuhr auf der Zufahrtsstraße zu einem abgelegenen Hof, klein wie ein Spielzeugauto. Sein silberner Tank reflektierte das Morgenlicht.

In diesem Moment fiel es ihr wieder ein. Natürlich. Sie hatte den Tanklaster am Tag von Ewald Tönnes' Tod gesehen, als sie mit dem Fahrrad auf dem Weg zum Schützenfest gewesen war. Der Laster hatte in der Nähe seines Hofs am Straßenrand gestanden. Ihr war noch durch den Kopf gegangen, dass die Milch in Erlenbrook-Kapelle nur alle zwei Tage abgeholt wurde und der Tanklastwagen bereits am Vortag da gewesen war. Doch dann war sie in die Pedalen getreten, um ja nicht zu spät zu kommen.

Der Spielzeuglaster fuhr auf den Hof und verschwand zwischen den Wirtschaftsgebäuden. Der silberne Tank blitzte noch einmal auf, dann war er fort.

Plötzlich wurde ihr auch klar, weshalb ihr an dem Maisfeld Ewald Tönnes in den Sinn gekommen war. Sie blickte nachdenklich zu dem abgelegenen Hof. Es war schon seltsam. Natürlich war alles nur Zufall, trotzdem hatte dieser Tanklastwagen etwas Unheilvolles an sich. Ganz so, als wäre er ein Todesbote.

Im Rückspiegel sah sie Emma auf ihrem Kindersitz. Sie hielt den Kopf gesenkt und tuschelte mit dem leeren Platz neben sich.

»Sitzt da Klooke neben dir?«, fragte Annika.

Emma erstarrte. »Nein.«

Sie log, das sah Annika sofort. Emma wollte es also geheim halten. Annika beschloss, sie nicht weiter zu bedrängen.

»Bist du überhaupt angeschnallt?«, fragte sie stattdessen. »Ich kann das von hier aus nicht erkennen.«

Emma zog den Anorak hoch, um den Gurt zu zeigen, der darunter verborgen war.

»Also gut«, murmelte Annika und konzentrierte sich ganz auf die Landstraße.

Nachdem sie Emma im Kindergarten abgesetzt hatte, fuhr sie weiter zur Redaktion. In Altenberge gab es eine kleine Außenstelle des Steinfurter Kreisanzeigers, für den sie schrieb. Ihre Chefin, Sabine Wegener, fungierte als Ein-Frau-Redaktion für den Ortsteil Altenberge. Das wöchentliche Meeting, bei dem die freien Mitarbeiter ihre Termine bekamen, würde zwar erst in zwei Stunden stattfinden, doch es lohnte sich für Annika nicht, zwischendurch noch mal nach Hause zu fahren. Sie parkte Maritas Auto vor der Redaktion, zog das Buch hervor, das sie mitgenommen hatte, und begann zu lesen.

Irgendwann donnerte eine Hand auf das Autodach. Annika schrak auf und blickte in das grinsende Gesicht ihrer Kollegin Lisa, einer Abiturientin aus Holthausen, die seit ein paar Wochen zum Team gehörte. Lisa hatte zuvor in einem Lokal in der Nähe gearbeitet, doch dann waren ihr die betrunkenen, grapschenden Gäste zu viel geworden, und sie hatte beim Lokalteil angefangen. Seitdem waren sie Freundinnen. Annika kurbelte die Scheibe herunter.

»Wo warst du denn letzte Woche?«, begrüßte Lisa sie. »Bei der Teamsitzung haben wir dich vermisst.«

»Bei uns haben zwei Kühe gekalbt, da konnte ich nicht weg. Ich hab bei Frau Wegener angerufen und meine Termine am Telefon abgeklärt. War denn irgendetwas?«

»Mal sehen ... Judiths Kamera ist schon wieder kaputt. Das war jetzt die dritte. Keine Ahnung, wie sie das immer hinkriegt. Sie meint, die drückt nur den Auslöser, mehr nicht. Aber irgendwie sind die Dinger anschließend Schrott. Frau Wegener meint, die Versicherung würde sich langsam von ihr verarscht fühlen.« Lisa begann zu grinsen. »Ach, und dann haben wir noch einen Neuen im Team. Der ist mit seinen Eltern aus dem Ruhrgebiet hergezogen und gehört jetzt zu den Freien. Ist ein süßer Typ, echt. Judith meint, er hat noch keine Freundin.«

Annika machte ein skeptisches Gesicht.

»Bernd heißt er«, sagte Lisa. »Aber du wirst ihn ja gleich selber kennenlernen.«

»Du kannst ihn gerne haben«, meinte Annika und stieg aus dem Wagen. »Ich hab im Moment keine Lust auf irgendwelche Jungs.«

Eine halbe Stunde später hatten sich die meisten Freien in der Redaktion versammelt, einem ebenerdigen Ladenlokal, das früher einmal ein Strumpfgeschäft beherbergt hatte.

Bernd tauchte jedoch nicht auf, und die Chefin war sauer, weil immer ein paar Freie fehlten, ohne sich abzumelden. Gerade wollte sie anfangen, da öffnete sich die Tür, und ein hochgewachsener Zwanzigjähriger mit einem Helm unter dem Arm betrat geduckt den Raum. Er entschuldigte sich zerknirscht und strich sich durch seine weizenblonden Haare. Sabine Wegener quittierte es mit einem unwilligen Brummen, drehte ihm den Rücken zu und fuhr mit der Planung fort. Während des Meetings lugte Annika immer wieder neugierig zu ihm hinüber. Einmal bemerkte er es, und sie sah schnell zu Boden. Später sollte ihr klar werden, dass sie sich besser auf die Besprechung konzentriert hätte. Als die Sitzung zu Ende ging, blieben wieder einmal nur Termine übrig, die keinen interessierten.

»Also gut, Annika«, sagte Sabine Wegener. »Dann bleiben für dich die Sitzung der Jagdgenossenschaft am Donnerstag und das Vorstandstreffen des Pfarrgemeinderats am Mittwoch. Das wär's dann.« Sie sah von ihren Unterlagen auf. »Ach, wartet mal. Apropos Jagd. Am Samstagmorgen begleitet eine Klasse der Grundschule die Jäger auf die Pirsch. Geht sehr früh los, so gegen sechs. Kann das einer von euch machen?«

Die meisten betrachteten eingehend ihre Schuhspitzen. Annika war wohl die Einzige in der Runde, die das frühe Aufstehen gewohnt war. Sie meldete sich freiwillig.

»Hervorragend«, sagte ihre Chefin.

Nach der Sitzung standen sie noch eine Weile auf der Straße zusammen und redeten. Der neue Kollege tauchte hinter Annika auf.

»Ich bin übrigens Bernd. Wir kennen uns noch gar nicht.«

»Annika.« Sie gab ihm die Hand. »Willkommen im Team.«

»Mal sehen, wie lange ich bleibe. Ich habe in Gelsenkirchen schon drei Jahre beim Lokalteil gearbeitet. Irgendwann muss mal was anderes kommen. Ich fange im nächsten Sommersemester an zu studieren. Publizistik, in Münster.«

«Wirklich? Das mache ich vielleicht auch. Ich denke gerade darüber nach. Ich habe die Unterlagen schon zu Hause liegen.«

Er lächelte. »Dann sehen wir uns ja.« Sein blondes Haar verschwand unter dem Helm. »Bis bald, Annika.«

Sie sah ihn seinen Motorroller starten und davonfahren.

Ihre Chefin steckte den Kopf durch die Tür.

»Annika? Hast du noch einen Moment Zeit?«

Sie verabschiedete sich von den anderen und folgte Sabine Wegener in ihr Büro. Ihre Chefin kam sofort zur Sache.

»Ich habe gestern erfahren, dass in der Steinfurter Redaktion die Volontariatsstelle neu besetzt werden soll. Da habe ich sofort an dich gedacht. Wäre das nichts?«

»Im Ernst? Wieso ausgerechnet ich?«

»Dein Stil ist gut, du schreibst frisch und locker, hast Humor und den Blick fürs Wesentliche. Warum also nicht?« Sie lächelte. »Manchmal bist du vielleicht ein bisschen chaotisch, aber daran kann man ja arbeiten.«

»Aber muss man dafür nicht studiert haben?«

»Nun ja, in den großen Redaktionen in Münster geht wohl tatsächlich nichts mehr ohne Studium. Aber hier draußen ist das nicht unbedingt Voraussetzung. Der letzte Volontär hatte auch nur Abitur.«

Annika wusste nicht, was sie sagen sollte. Die erste Frage, die ihr in den Sinn kam, war, ob sie dafür den Hof verlassen musste. Am liebsten würde sie ja bleiben. Aber wäre das überhaupt möglich, auf dem Hof zu leben, ohne dort zu arbeiten? Sie hätte nicht das Gefühl, dann noch dazuzugehören.

»Denk mal darüber nach«, sagte ihre Chefin. »Du hast dir deine Sporen verdient. Ich werde ein gutes Wort für dich einlegen.«

»Danke«, sagte Annika. »Das ist sehr nett von Ihnen.«

Auf dem Weg zurück zum Kindergarten ging ihr der Vorschlag nicht mehr aus dem Kopf. Alles würde sich dadurch ändern. Ist es nicht zu früh dafür?, fragte sie sich. Will ich das überhaupt zu diesem Zeitpunkt?

Emma kletterte auf die Rückbank und plapperte sofort drauflos. Erzählte alles, was sie den Vormittag über im Kindergarten erlebt hatte. Annika hörte gar nicht richtig zu, doch Emma schien sich daran nicht zu stören.

Als sie auf dem Hof ankam, war sie noch immer in Gedanken. Sie bremste so abrupt, dass Emma einen Schrei ausstieß. Annika starrte durch die Windschutzscheibe. Mitten auf dem Hof stand der Tanklaster der Molkerei. Der Motor war abgestellt, der Fahrer nirgends zu sehen. Aus der Nähe wirkte der Wagen riesengroß. Wie ein Ungeheuer, das man besser nicht weckt.

Mit klopfendem Herzen fuhr Annika das Auto vors Tennentor und stellte den Motor ab.

»Emma, bleib einen Moment im Wagen sitzen, ja? Ich komme gleich wieder.«

Sie stieg aus und umrundete den Laster. Es sah aus, als wäre die Milch bereits abgetankt worden.

»Marita? Bist du hier irgendwo?«

Keiner antwortete. Die Tür zur Melkkammer war geschlossen. Vorsichtig öffnete Annika sie. Mitten im Raum stand der Milchtank. Das Licht war gelöscht, die Milch war tatsächlich abgepumpt.

»Marita! Wo bist du?«

»Was schreist du denn so?«

Sie wirbelte herum. Ihre Schwester war wie aus dem Nichts aufgetaucht. Hinter ihr der Mitarbeiter der Molkerei, ein hochgewachsener Mann mit breitem Kreuz und

Blaumann. Er hatte ein Klemmbrett in der Hand und hielt es Marita hin.

»Du musst hier noch unterschreiben.«

Sie nahm seinen Kugelschreiber und kritzelte ihren Namen an das Ende einer Zeile.

»Also gut, Elmar, dann bis übermorgen.«

»Bis übermorgen.« Er hob die Hand zum Gruß und nickte Annika knapp zu. Dann stieg er in sein Führerhaus.

»Alles in Ordnung?«, wollte Marita wissen.

Annika fragte sich, was ihre Schwester da wohl unterschrieben hatte.

»Ja klar. Alles in Ordnung.« Sie deutete zum Hof. »Wir sind wieder da. Ich bringe Emma mal besser ins Haus. Vielleicht kann Mutter auf sie aufpassen. Ich würde jetzt gern nach Münster fahren und Clemens im Krankenhaus besuchen.«

»Es ist keiner da. Mutter ist zum Einkaufen nach Altenberge gefahren, und Tante Ada ist bei Hedwig Tönnes.«

»Bei Hedwig Tönnes? Was macht sie denn da?«

»Keine Ahnung. Wollte sie nicht sagen.«

»Sie wird doch nicht auf die Idee gekommen sein, Hedwig in ihrer Trauer beistehen zu wollen?«

Marita lachte. »Das wollen wir nicht hoffen. Die arme Hedwig hat schließlich schon genug gelitten.« Sie kratzte sich am Kopf. »Vielleicht kannst du mit deinem Besuch bei Clemens bis heute Nachmittag warten? Und so lange auf Emma aufpassen?«

»Na klar. Kein Problem.«

Annika ging zum Auto zurück. Der silbern glänzende Tank des Lasters verschwand gerade hinter der Scheune. Eine Abgaswolke puffte noch in ihr Blickfeld, dann löste auch die sich in nichts auf. Annika ging zur Autotür und öffnete sie, um Emma herauszulassen. Zu ihrer Überraschung nahm die aber gar keine Notiz von ihr. Sie saß auf ihrem Kindersitz und blickte ebenfalls dem Laster nach. Dabei schien sie angestrengt über etwas nachzudenken, die Stirn hatte sie in tiefe Falten gelegt.

Hedwig Tönnes hatte ihre Fenster nicht geputzt, das merkte Ada sofort. Nun ja, man musste es ihr nachsehen. Bestimmt war es keine leichte Zeit für sie. Sie drückte den Klingelknopf, irgendwo im Haus ertönte ein schrilles Bimmeln. Es dauerte, bis Hedwig Tönnes die Eichentür aufzog und durch den Spalt blickte.

Sie sah furchtbar aus. Ihr verbittertes Gesicht war schmutzig und aufgequollen, die dünnen Haare standen ungekämmt vom Kopf ab.

»Was willst du hier?«, bellte sie.

»Sehen, wie du zurechtkommst.«

»Ich brauche deine Hilfe nicht!«

»Mensch, Hedwig, wir sind Nachbarn. Nun hab dich nicht so. Ich will mich nur vergewissern, dass es dir gut geht. Vielleicht kann ich dir bei etwas behilflich sein.«

Sie streckte ihren Kopf aus der Tür heraus.

»Denkst du, ich trauere?«

Ihre Stimme war schrill. Ada machte einen Schritt zurück.

»Ich bin froh, dass ich diesen Nichtsnutz los bin! Diesen Tölpel! Ich hoffe, er brennt in der Hölle.«

»Hedwig! Wie redest du denn!«

»Schockiert dich das etwa?«

Ihr Auflachen ging in ein Husten über.

»Du stehst offenbar unter Schock«, sagte Ada. »Sonst würdest du nicht so reden. Lass dir doch helfen.«

»Deswegen bist du also gekommen. Die arme Hedwig, kommt nicht alleine klar. Da muss man hin, egal, ob man sie ausstehen kann oder nicht. Einfach nur, damit man sich über sie erheben kann. So ist es doch, oder?«

Ada wurde wütend. »Ich stehe hier für einen Nachbarn ein, wie es sich gehört. Es gibt keinen Grund, mich deshalb so anzugehen.«

Hedwig Tönnes verzog die Mundwinkel. »Steck deine Bibel wieder ein, und deinen Rosenkranz dazu. Ich brauche dich nicht.«

Mit diesen Worten knallte sie die Tür zu. Ada zuckte zusammen. Hedwig hatte sie nicht einmal hineingebeten.

Unschlüssig blieb Ada vor der Tür stehen. Sie war gekommen, um herauszufinden, was Hedwig über den Tod ihres Mannes dachte. Hielt sie ihn für einen Unfall oder für Mord? Hatte Hedwig vielleicht sogar einen konkreten Verdacht? Doch ihre Nachbarin hatte sie abgewimmelt wie einen Staubsaugervertreter.

Es blieb ihr nichts übrig, als unverrichteter Dinge nach Hause zu fahren. Sie zog das Gartentor hinter sich zu und trat auf die Straße. Ihr Fahrrad lehnte am Zaun, widerstrebend schob sie es auf den Weg.

Gegenüber führte ein Schotterweg zum alten Gehöft der Vestings. Früher einmal war es einer der schönsten Höfe in der Gegend gewesen, selbst heute ließ sich die alte Pracht noch erahnen. Doch die heruntergekommenen Fachwerkgebäude verfielen zunehmend, und der dahinterliegende Wald verschlang nach und nach das Gelände. Lange würde es nicht mehr dauern, bis die Gebäude ineinanderstürzten und der wuchernde Wald den Kampf gewonnen hätte. Es war eine Schande.

Der alte Vesting lebte vom Amt. Wohnte dort allein mit seinem behinderten Sohn und ließ sich niemals blicken. Landwirtschaft wurde schon lange nicht mehr betrieben.

Sie können einem leidtun, die beiden, dachte Ada. Trotzdem waren sie ein komisches Volk, diese Vestings, und sie hatte sich immer ein wenig von ihnen ferngehalten.

Nun überlegte sie, ob sie nicht kurz hinübergehen und Guten Tag sagen sollte. Vielleicht hatte der alte Vesting an Ewalds Todestag ja etwas gesehen. Schließlich war er nicht auf dem Schützenfest gewesen.

Ein Schuss ließ sie zusammenfahren. Zwei Fasane flatterten in der Ferne aus einer Wallhecke und flogen davon. Fast hätte Ada vergessen, dass die Jagdsaison begonnen hatte. Sie hielt nach den Jägern Ausschau, doch sie konnte sie nirgends entdecken. Als sie sich wieder zum Hof der Vestings wandte, verwarf sie ihren Gedanken. Was sollte der verschrobene Mann schon gesehen haben? Dem war doch ohnehin alles egal.

Sie stieg aufs Fahrrad und machte sich auf den Heimweg. Sie wollte sich lieber beeilen, bevor einer der Jäger sie noch für einen Rehbock hielt.

Gut hundert Meter entfernt stand verborgen hinter einem Rosenbusch Melchior Vesting, der Ada Horstkemper längst entdeckt hatte. Einer seiner Pfaue stolzierte mit gemessenem Schritt an ihm vorbei und verschwand in der offenen Scheune. Vesting trat einen weiteren Schritt hinter den verwilderten Rosen zurück, um ganz sicher zu gehen, dass Ada ihn nicht sehen konnte.

Was machte die nur bei Hedwig Tönnes? Konnte sich wohl wieder nicht um ihre eigenen Angelegenheiten kümmern.

Sie starrte lange zu seinem Hof hinüber, so als überlegte sie, sich auf ihr Rad zu setzen und zu ihm herüberzufahren.

Bleib ja, wo du bist, du alte Wachtel, dachte Vesting.

Schüsse ertönten, Ada schrak zusammen und sah sich um. Dann nahm sie mit einem Kopfschütteln ihr Rad und machte sich auf den Heimweg.

Zögernd trat Vesting hinter dem Rosenbusch hervor und blickte ihr hinterher. Es wurde Zeit, dass er die Menschenfallen überprüfte, die er rund um den Hof aufgestellt hatte.

5

Im Wagen des Selbstmörders war ein Abschiedsbrief aufgetaucht. Bevor er vor den Zug gesprungen war, hatte er ihn auf das Armaturenbrett gelegt, wo für gewöhnlich die Parkscheine stecken. In dem Brief gestand er den Mord an seine Frau. Er habe nicht beabsichtigt, sie zu töten, als er mit dem Beil auf sie eingeschlagen habe. Er sei nur wütend auf sie gewesen, und dann habe er die Kontrolle über sich verloren. Hambrock hatte schon etliche solcher Briefe gelesen, es stand beinahe immer das Gleiche drin. Ich wollte das alles gar nicht, es tut mir schrecklich leid, ich kann mit dieser Schuld nicht leben.

Er saß an seinem Schreibtisch und betrachtete das Schreiben. Das Schriftbild war zittrig, die Buchstaben dicht gedrängt und kaum lesbar. Er fragte sich, was ein Grafologe dazu sagen würde.

Die Existenz dieses Abschiedsbriefs war eine große Erleichterung für die Ermittlung. Fügte man ihn der Spurenlage am Tatort hinzu, gab es keinen Zweifel mehr, dass der Ehemann der Toten den Mord begangen hatte. Es ging jetzt nur noch darum, alles zu dokumentieren und der Staatsanwaltschaft zu übergeben.

Um sich danach den zahlreichen anderen Fällen zu widmen, die leider nicht so einfach abzuschließen waren.

Sein Blick fiel auf die Uhr. Es war kurz vor halb zwei. Erlend würde gleich kommen, um ihn von der Arbeit abzuholen. Es war im Grunde kaum zu verantworten, an diesem Freitagnachmittag früher zu gehen. Aber er musste sich diese Freiheit einfach nehmen. Erlend wusste noch immer nicht, dass der Urlaub nächste Woche ins Wasser fallen würde. Er hätte es ihr längst sagen müssen, doch es hatte sich einfach nicht der richtige Moment ergeben. Das schlechte Gewissen drückte ihn.

Er stand auf und trat ans Fenster. Elli bog gerade mit ihrem Fahrrad auf den Parkplatz des Präsidiums. Sie schloss es an eine Laterne an, warf ihr Haar zurück und betrat das Gebäude. Sie wirkte gut gelaunt.

Du musst es ihr jetzt sagen, dachte er. Gleich als Erstes. Wenn du es weiter aufschiebst, wird sie dich umbringen.

Als sie in seiner Bürotür auftauchte, merkte sie sofort, dass etwas nicht stimmte. Sie zog die Brauen zusammen und betrachtete ihn aufmerksam.

»Du musst heute doch länger bleiben, habe ich recht?«

»Nein, das ist es nicht. Aber ich muss mit dir sprechen.«

Bevor er weiterreden konnte, tauchte seine Kollegin Heike Holthausen mit einem Ordner unterm Arm in der Tür auf.

»Hallo, Erlend«, sagte sie und trat in den Raum. »Tut mir leid wegen eurem Kurzurlaub. Ist echt dumm gelaufen. Aber hier geht es wirklich drunter und drüber, du machst dir keine Vorstellung.« Sie wandte sich an Hambrock. »Ich wollte dir nur kurz die Akte vorbeibringen. Es reicht, wenn du am Montagmorgen einen Blick hineinwirfst. Wir sehen uns dann ja beim Frühstück, da können wir alles Weitere besprechen.« Erlends versteinerte Miene irritierte sie. »Nun ja. Ich muss weiter. Schönes Wochenende. Bis bald, Erlend.« Damit verschwand sie wieder im Flur.

Jetzt war es also heraus. Hambrock hatte damit gerechnet, dass seine Frau wütend werden und herumschreien würde. Doch nichts dergleichen geschah. Sie sah ihn schweigend an, ihr Blick war undurchdringlich.

Er hob hilflos die Hände. »Ich kann hier nicht weg.«

»Seit wann weißt du es?«

»Seit drei Tagen.«

Sie wurde immer noch nicht wütend.

»Drei Kollegen sind krank geworden«, sagte er. »Und selbst wenn alle da wären – wir würden mit der Arbeit kaum hinterherkommen. Ich hab hier die Leitung, was soll ich denn machen?«

Sie schwieg.

»Wir holen das nach, Elli. Versprochen. Wir machen jetzt

einen Kurztrip nach Holland, verbringen das Wochenende bei deinen Eltern, und sobald es hier etwas ruhiger geworden ist, machen wir den Rest. Ich werde ganz kurzfristig ein paar Tage freimachen, vielleicht in den Semesterferien, wenn du nicht jeden Tag in die Uni musst. Wir holen diesen Urlaub so schnell wie möglich nach, ich mache alles wieder gut.«

Erfolglos versuchte er in ihren Augen zu lesen. Er hatte keine Ahnung, was sie dachte.

»Und was, wenn wir diesen Urlaub jetzt machen müssen?«

»Es tut mir doch auch leid, Elli!«

Sie nickte bedächtig. Dann wandte sie sich zur Tür.

»Elli, bitte. Lass uns darüber reden.«

»Ich habe für heute keine Lust mehr, mit dir zu reden.«

Sie sagte es ganz ruhig, ohne eine Spur von Ärger. Im nächsten Moment war sie auf dem Flur.

»Elli, warte!«

Hambrock nahm seine Jacke und lief ihr hinterher. Nur gut, dass er angekündigt hatte, früher zu gehen. Er musste sie unbedingt aufhalten.

»Hambrock!« Heike Holthausen fing ihn in der Tür ab. »Ein Glück, dass du noch da bist. Es kam gerade eine Meldung aus Steinfurt rein. Es gibt ein Tötungsdelikt in der Nähe von Altenberge. Ein Jäger wurde offenbar aus nächster Nähe erschossen.«

Er starrte seine Kollegin an, als wüsste er nicht, wovon sie redete. Erlends wehendes Haar verschwand hinter der Tür zum Treppenhaus. Nicht jetzt, dachte er, bitte nicht jetzt.

»In der Nähe von Altenberge?«, fragte er benommen.

»Ganz genau. In einer Bauernschaft namens Erlenbrook-Kapelle – ich weiß nicht, ob dir das was sagt.«

Die Streifen- und Zivilwagen der Polizei parkten in einer langen Schlange auf dem Feldweg. Der Leichenfundort lag am Rande eines Rapsfelds in einer Wallhecke. Die grellweißroten Absperrbänder der Spurensicherung leuchteten zwischen den herbstlichen Sträuchern. Der abgelegene Ort war bevölkert von Menschen. Uniformierte, Zivilbeamte und Spurenermittler in weißen Overalls. Sieht fast aus wie auf einem Volksfest, dachte Hambrock.

Er stellte seinen Wagen ans Ende der Schlange. Das letzte Stück gingen er und Heike Holthausen zu Fuß. Außerhalb des abgesperrten Areals stand eine Gruppe von Kollegen zusammen und rauchte. Hambrock erkannte Henrik Korb, einen der leitenden Beamten der Kriminalpolizei Steinfurt, mit dem er noch vor wenigen Wochen in einem anderen Fall zusammengearbeitet hatte. Ein hochgewachsener Mann mit einer ungewöhnlich hellen Stimme, der, wann immer Hambrock ihn sah, einen Becher Kaffee in der Hand hatte, als brauchte er etwas, woran er sich festhalten konnte. Korb löste sich aus der Gruppe, trat seine Zigarette aus und ging ihnen entgegen.

»Bernhard Hambrock! So schnell sieht man sich wieder.«

»Schneller, als mir lieb ist. Das ist meine Kollegin Heike Holthausen. Ich weiß gar nicht, ob ihr euch kennt?«

»Flüchtig«, sagte Heike und begrüßte Korb mit einem knappen Nicken.

»Was haben wir denn?«, fragte Hambrock.

»Bisher noch nicht viel. Der Tote liegt in der Wallhecke, wir haben ihn für euch da liegen lassen. Einer der Jäger hat ihn gefunden. Offenbar hatte keiner bemerkt, was passiert ist. Die Gruppe hat sich gesammelt, um zum nächsten Feld weiterzuziehen, erst da ist ihnen aufgefallen, dass einer fehlt. Sein Name ist Heinrich Uhlmann. Die anderen haben ihn gesucht und, nun ja, schließlich auch gefunden.«

»Wer ist der Auffindungszeuge?«

»Jens Leuschner, ein Jäger aus Altenberge. Er ist bereits in Steinfurt, zusammen mit den anderen. Dort werden alle zu den Geschehnissen befragt.«

»Gibt's einen Tatverdächtigen?«

»Bist jetzt noch nicht. Man muss abwarten, was die Befragungen ergeben.«

Hambrock nickte. Sie würden später nach Steinfurt fahren. Er blickte zum Fundort hinüber. Ein schmaler Feldweg führte an den Sträuchern entlang und trennte die Hecke vom Rapsfeld. Ein oder zwei Schritte reichten aus, um im dichten gelb leuchtenden Blätterwerk der Hainbuchen vollständig zu verschwinden. Er ließ seinen Blick weiter über das Rapsfeld schweifen, das sich bis zu einem Wald erstreckte. Es war ein klarer, kühler Tag. In der Ferne konnte er sogar den Kirchturm von Altenberge erkennen.

Ideale Sichtverhältnisse für die Jagd, dachte er.

»Wollt ihr euch jetzt den Fundort ansehen?«, erkundigte sich Korb.

»Gerne«, sagte Heike.

Sie folgten dem Kommissar über einen abgesteckten Trampelpfad. Drum herum bewegten sich die Spurenkundler in ihren Sicherheitsanzügen und untersuchten das Gelände. Ein kalter Wind kam auf, Blätter wirbelten durch die Luft. Hambrock zog den Reißverschluss seiner Jacke zu.

Der Tote lag unterhalb einer Erle in einem Brombeerstrauch. Er trug einen Lodenmantel und waldgrüne Hosen, sein Jägerhut war ins Gestrüpp gefallen. Nach dem Schuss war er offenbar der Länge nach in die Dornen gestürzt.

Liegt da wie ein erlegter Rehbock, dachte Hambrock.

»Kommt mal herum, und seht euch sein Gesicht an«, sagte Korb. »Oder das, was davon übrig ist.«

Sie umrundeten die Leiche. Korb hob einen Brombeerzweig an, unter dem der Kopf des Toten verborgen lag. Das Gesicht war kaum mehr als ein blutiger Klumpen. Knochensplitter und Knorpelstücke ragten aus der Masse heraus, nur das Kinn und die Zahnreihe des Unterkiefers waren noch als solche zu erkennen.

»Kein schöner Anblick«, sagte Hambrock matt.

Heike sog die Luft ein und wandte sich ab. Henrik Korb ließ den Zweig wieder sinken.

»Der Schuss muss aus nächster Nähe abgegeben worden sein«, sagte er. »Ein Unfall kann deshalb ausgeschlossen werden.« Er deutete auf das Rapsfeld und machte eine ausschweifende Armbewegung. »Bei der Treibjagd teilen sich die Jäger in zwei Gruppen auf. Die eine durchstreift mit

Jagdhunden das Feld und treibt Hasen und Fasane vor sich her. Die andere stellt sich am Rand des Feldes auf. Hier vorn, seht ihr? Die schießen dann auf alles, was aus dem Feld herauskommt.« Er wies auf den toten Jäger. »Eine solche Schussverletzung kann dabei nicht auftreten. Die Jäger stehen nämlich in einem Abstand von fünfzig bis hundert Metern voneinander entfernt. In diesem Fall muss der Todesschütze aber direkt hinter dem Opfer in der Wallhecke gestanden haben, also keine zehn Meter entfernt.«

»Haben die Spurenleute Patronenhülsen gefunden?«, fragte Hambrock.

»Die sind noch nicht soweit. Warten wir es ab.«

»Sind die Waffen der Jäger sichergestellt worden?«

»Natürlich.« Er zögerte. »Nur werden euch die Waffen kaum weiterhelfen.«

Hambrock verstand sofort. »Das Opfer wurde mit Schrot erschossen?«

Henrik Korb lächelte freudlos.

»Richtig.«

Hambrock seufzte. Für gewöhnlich ließ sich in der Ballistik problemlos nachweisen, aus welcher Waffe ein tödlicher Schuss gefeuert worden war. Das Geschoss hinterließ Einkerbungen im Lauf, anhand derer sich die Waffe bestimmen ließ. Eine Ausnahme bildeten Schrotgeschosse. Die weichen Schrotkugeln verformten sich, und somit blieb nichts zurück, was sich abgleichen ließ.

»Also gut«, sagte Hambrock. »Dann werden wir am besten nach Steinfurt fahren und sehen, was die Befragungen machen.«

Er machte ein paar Schritte zurück und überblickte noch mal das Gelände. Hinter den Sträuchern gab es genügend Möglichkeiten, unbemerkt zum Tatort zu gelangen und wieder zu verschwinden. Die Hecke endete an einem Bauernhof.

Hambrock deutete zu dem Haus hinüber.

»Wer wohnt dort drüben?«, fragte er.

»Eine Frau namens Hedwig Tönnes.« Henrik Korb nahm

einen Schluck aus seinem Kaffeebecher. »Wir haben uns gefragt, ob sie etwas gesehen haben könnte. Schließlich hat sie einen Logenblick auf den Tatort. Ich habe eben zwei Leute losgeschickt, um sie zu befragen.«

Tönnes. Der Name sagte ihm etwas.

»Gab es da nicht einen Unfall in der Güllegrube?«

»Ja, das stimmt, das war ihr Ehemann. Der alte Tönnes ist an der Betonkante ausgerutscht und hineingefallen. Das muss etwa drei Monate her sein. Du hast davon gehört?«

»Ja, zufällig. Du hast in dem Fall ermittelt?«

»Richtig.«

»Hinweise für Fremdverschulden?«

»Fehlanzeige. Weder am Ereignisort noch bei den Befragungen hat sich ein solcher Verdacht ergeben.«

Hambrock blickte sich um. Falls keiner der Jäger den tödlichen Schuss abgegeben hatte, musste der Täter über den Bauernhof geflohen sein. Nur so hätte er sichergehen können, von der Straße aus nicht gesehen zu werden.

Er nahm sich vor, Hedwig Tönnes selbst einmal einen Besuch abzustatten, ganz egal, was bei der Befragung herauskommen würde.

»Ist die Familie des Toten schon verständigt worden?«, erkundigte er sich.

Henrik Korb zögerte. »Nein, bislang noch nicht.«

Das bleibt also wieder an uns hängen, dachte Hambrock.

»Das sollten wir schnellstmöglich nachholen. Ich möchte nicht, dass sie es durch Nachbarn oder Bekannte erfahren. Vielleicht könnte ja ...«

Ein Schuss donnerte durch die herbstliche Landschaft. Hambrock zuckte zusammen und blickte sich um. Ein weiterer Schuss folgte.

»Was zum Teufel ...«

Am Hof von Hedwig Tönnes waren zwei Gestalten zu erkennen, die sich rasch vom Wohnhaus entfernten. Es waren Polizeibeamte in Uniform, sie flohen aus dem Vorgarten und gingen hinter der steinernen Tormauer in Deckung. Ein weiterer Schuss ertönte.

»Was ist denn da los?«, brüllte Korb mit seiner hohen Stimme.

Im Laufschritt eilte er zu einem Einsatzwagen und zerrte ein Funkgerät hervor. Kurz darauf hatte er Kontakt mit einem der Beamten, die hinter der Mauer hockten.

»Wir hören hier Schüsse. Ist bei euch alles in Ordnung?«

»Wir sind mit einem Gewehr empfangen worden«, drang es verzerrt durchs Funkgerät. »So eine alte Hexe stand plötzlich in der Tür. Wollte nicht mal wissen, was los ist. Hat einfach drauflosgeballert. Verschwindet von meinem Grundstück!, hat sie gerufen. Und gedroht, jeden zu erschießen, der sich ihrem Haus nähert.«

Henrik Korb blickte fassungslos zu den Kollegen hinüber. »Hedwig Tönnes«, sagte er matt.

»Du hast mit ihr schon Bekanntschaft geschlossen«, stellte Hambrock fest.

Henrik Korb nickte. »Nicht gerade eine nette Person.«

Ihm schien etwas durch den Kopf zu gehen. Er hielt sich das Funkgerät an den Mund. »Was war das für ein Gewehr?«

»Na, was schon?«, kam es verzerrt zurück. »Ein Jagdgewehr. Was diese Bauern halt so haben.«

»Also gut, bleibt, wo ihr seid. Wir sind auf dem Weg.« Er warf das Funkgerät zurück ins Auto, dann wandte er sich an Hambrock.

»Eine Jagdflinte«, sagte er und deutete hinüber zu dem Toten in der Wallhecke.

»Sie wird schon einen Grund haben, auf die Kollegen zu schießen«, fügte Hambrock hinzu.

»Das denke ich auch. Diese Frau würde ich mir gerne mal näher ansehen.« Korb kippte den Rest seines erkalteten Kaffees aufs Feld und warf den Becher auf die Rückbank. »Vielleicht ist dieser Fall ja schneller geklärt, als jemand geahnt hätte.«

6

Hedwig Tönnes hatte sich in ihrem Haus verbarrikadiert. Durchs Dielenfenster drohte sie lauthals, jeden zu erschießen, der es wagen sollte, ihr Grundstück zu betreten. Dann verschwand sie wieder und ließ nichts mehr von sich hören. Einsatzkräfte sicherten das Gelände rund um ihren Hof. Hambrock nahm sein Handy, und nach einer Weile gelang es ihm tatsächlich, Hedwig Tönnes ans Telefon zu bekommen. Er bemühte sich, mit ihr zu verhandeln. Zunächst versuchte er es mit Verständnis und Anteilnahme, dann mit ein paar psychologischen Tricks. Doch die alte Bäuerin blieb stur. Erst als er ihr völlig entnervt erklärte, was es bedeuten würde, ein Spezialeinsatzkommando aus Münster herzuholen, das ihr Haus stürmen und sie mithilfe von Rauchbomben und Tränengas überwältigen würde, änderte sie ihre Meinung und willigte schließlich ein, die Waffe niederzulegen. Sie erschien mit erhobenen Händen an der Haustür und ließ sich widerstandslos festnehmen.

Am Streifenwagen, zu dem sie eskortiert wurde, blickte sie Hambrock hasserfüllt an.

»Ihr könnt mich zwingen, meinen Hof zu verlassen«, sagte sie. »Aber mit euch reden werde ich nicht. Steckt mich doch in den Knast, macht mit mir, was ihr wollt. Ich werde nichts sagen.«

Hambrock ließ sie abführen. Sollte sie ruhig ein paar Stunden in einer Zelle sitzen und sehen, wie sich die Enge und eine harte Pritsche anfühlten. Manchmal wirkte so etwas Wunder.

»Und stellt alle Gewehre im Haus sicher«, rief er den Beamten zu.

Die Menschentraube vor dem Bauernhaus löste sich langsam auf, einige Kollegen fuhren weiter nach Steinfurt, andere kehrten zurück zum Fundort. Als Hambrock auf die

Straße trat, rollte der Leichenwagen an ihm vorbei und bog auf den Feldweg.

»Und was machen wir jetzt?«, fragte Heike. »Sollen wir uns Hedwig Tönnes vornehmen?«

»Nein, damit warten wir noch. Die soll sich erst mal abkühlen.« Er seufzte. »Vielleicht wäre es das Beste, wenn du schon mal mit den Kollegen nach Steinfurt fährst. Ich komme dann nach, sobald ich mit Heinrich Uhlmanns Frau gesprochen habe.«

»Das können wir auch gemeinsam machen«, sagte Heike. Den Angehörigen Todesnachrichten zu überbringen, gehörte zu den Dingen, um die sich alle am liebsten drückten. »Du musst ja nicht jedes Mal den Märtyrer spielen.«

»Nein, nein. Lass mal. Wir verlieren zu viel Zeit. Ich rede mit Renate Uhlmann, und du fährst nach Steinfurt. Ich möchte, dass du bei den Befragungen dabei bist.«

Heike hob die Schultern und gab sich geschlagen. Dann lächelte sie gequält. »So hast du dir deinen freien Nachmittag bestimmt nicht vorgestellt, oder?«

»Scheiß der Hund drauf.«

Er kehrte allein zum Wagen zurück, zog den Schlüssel hervor, trat auf das Rapsfeld – und versank augenblicklich knöcheltief im Schlamm. Fluchend zog er den Fuß aus dem Schlammloch und säuberte seinen Schuh an der feuchten Rasenkante.

»Na toll. Das also auch noch.«

Sein Blick fiel auf die Bahre mit dem Leichensack, die gerade in den Leichenwagen geschoben wurde. Der Notarzt stand daneben, zog sich die Plastikhandschuhe aus und stopfte sie in seine Arzttasche. Hambrock ging auf ihn zu.

»Hambrock, Kripo Münster«, stellte er sich vor. »Können Sie schon irgendetwas sagen? Außer dem Offensichtlichen, meine ich.«

»Ich fürchte, nein. Dem vorläufigen äußeren Befund nach haben wir nur die Schussverletzung. Offenbar hat die zum Tod geführt. Alles andere wird die Obduktion ergeben.«

Hambrock nickte, er hatte im Grunde nichts anderes erwartet.

»Und was ist mit dem genauen Todeszeitpunkt?«

»Auch da möchte ich mich nicht festlegen.«

»Gut. Dann werde ich später mal in der Rechtsmedizin vorbeischauen.« Er steuerte erneut seinen Wagen an, als einer der Spurenbeamten ihm hinterherrief: »Herr Hambrock! Warten Sie kurz!«

In seinem leuchtend weißen Overall stand er mitten im abgesperrten Terrain. Er beförderte einen kleinen Gegenstand mit der Pinzette in ein Plastiktütchen und sah auf. »Das hier sollten Sie sich ansehen!«

Hambrock wartete hinter der Absperrung, bis der Kollege ihn erreicht hatte.

»Was ist das?«

»Eine Schrotkugel«, sagte der Spurenbeamte und hielt ihm das Tütchen entgegen. »Vielleicht sogar aus der Ladung, die unser Opfer verpasst bekommen hat.«

Hambrock betrachtete schweigend das Kügelchen.

»Und weiter?«

»Fällt Ihnen nichts daran auf?«

Hambrock zuckte mit den Schultern.

»Wenn mich nicht alles täuscht«, meinte der Kollege, »hat diese Kugel einen ziemlich großen Durchmesser, der muss fünf bis sechs Millimeter betragen.«

»Will heißen?«

»Dass die Schrotkugel nicht für Niederwild bestimmt war. Solche dicken Kugeln benutzt man eher bei der Jagd auf Gänse. Manche schießen damit Wildschweine, auch wenn das verboten ist.«

»Ach so?« Er betrachtete den Fund nun eingehender.

»Wer mit so was auf Kaninchen schießt, wird nicht viel Freude daran haben. Das gibt keinen schönen Braten, mit solchen dicken Kugeln im Leib.«

»Sie meinen ...«

Der Spurenbeamte nickte. »... dass kein Jäger so ein Geschoss für die heutige Jagd hier benutzt hätte.«

Hambrock sah dem Leichenwagen nach, der sich im Schritttempo durch die Schlaglöcher des Feldwegs kämpfte, dann gab er dem Kollegen das Tütchen zurück.

»Sagen Sie mir bitte Bescheid, sobald Sie Genaueres wissen.«

Renate Uhlmann, die Ehefrau des Jägers, reagierte völlig apathisch auf die Todesnachricht. Mit leichenblassem Gesicht saß sie am Küchentisch, aufrecht und stumm, den Blick ins Nichts gerichtet. Die Fragen des Kommissars beantwortete sie mit leiser, brüchiger Stimme. Nein, ihr Mann habe keine Feinde gehabt. Es habe auch keinen Streit gegeben, weder unter Freunden noch innerhalb der Familie. Heinrich Uhlmann sei allseits beliebt gewesen, bei den Jägern wie auch in der Nachbarschaft. Dann verfiel sie wieder in Schweigen.

Hambrock fand es leichter erträglich, wenn die Angehörigen ihre Trauer einfach rausließen. Sollten sie ruhig schreien und heulen, alles war besser als dieses Erstarren. Er wollte nur noch raus aus der stillen Küche.

»Sagt Ihnen der Name Hedwig Tönnes etwas?«, fragte er.

Renate Uhlmann sah auf. »Hedwig? Das ist meine Schwester. Was ist mit ihr?«

Er versuchte, seine Überraschung zu verbergen.

»Wie würden Sie das Verhältnis zu Ihrer Schwester beschreiben?«

»Ganz normal, wie in allen Familien. Warum fragen Sie? Was ist denn mit ihr?«

»Gab es in der Vergangenheit Streit zwischen Ihrer Schwester und Ihnen? Oder zwischen ihr und Ihrem Mann?«

»Nein.« Sie starrte ihn verständnislos an. Dann gefror ihr Gesicht zu einer Maske. »Nein, das ist unmöglich. Hedwig hat meinen Mann nicht erschossen! So weit würde sie niemals gehen.«

Hambrock fixierte sie. »Wie weit ist sie denn bereits gegangen?«

Da blickte sie ihn an, als habe sie seine Anwesenheit gerade erst bemerkt. Sie presste die Lippen aufeinander.

»Was ist passiert, Frau Uhlmann?«

Sie schüttelte den Kopf. Sie schwieg eine ganze Weile, dann fragte sie mit brüchiger Stimme: »Hat Hedwig ihn erschossen?«

»Das wissen wir nicht. Deshalb ist es wichtig, dass Sie mir sagen, was es mit dem Streit zwischen Ihrem Mann und Ihrer Schwester auf sich hat.«

Doch sie saß einfach da und starrte ins Nichts.

»Frau Uhlmann, Sie müssen ...«

»Ich möchte, dass Sie jetzt gehen.«

»Ich weiß, es ist ein schwerer Schlag für Sie. Trotzdem ist es wichtig, dass ...«

»Ich möchte, dass Sie jetzt gehen.« Sie kämpfte sichtlich um ihre Fassung. »Gehen Sie.«

Da er nicht reagierte, schrie sie ihn plötzlich an: »Gehen Sie jetzt endlich!«

Hambrock erkannte, dass es keinen Zweck hatte weiterzumachen. Er stand auf.

»Ihre Tochter wird jeden Augenblick hier sein«, sagte er. »Ich werde auf dem Hof warten, bis sie eingetroffen ist. Falls Sie mich brauchen, wissen Sie, wo Sie mich finden.«

Dann verließ er das Haus. Draußen atmete er die kühle Herbstluft ein. Er lehnte sich an den Dienstwagen. Während er wartete, zog er sein Handy aus der Jackentasche und wählte Heikes Nummer.

»Hey, Hambrock«, begrüßte sie ihn. »Hast du den Besuch bei der Witwe hinter dich gebracht?«

»Habe ich. Wie kommt ihr in Steinfurt voran?«

»Tja, mühsam ernährt sich das Eichhörnchen. Hier sitzen knapp zwei Dutzend Jäger und schildern alles bis ins kleinste Detail. Es wird wohl noch ein paar Stunden dauern, bis ein vorläufiges Bild entsteht.«

»Haben die Kollegen Waffen und Munition sichergestellt?«

»Ich denke, schon.«

»Sag ihnen, sie sollen überprüfen, ob einer der Jäger Schrotmunition verwendet hat, die man normalerweise für die Gänsejagd benutzt.«

»Und was dann?«

»Dann würde ich mir denjenigen mal genauer ansehen. Es kann nämlich sein, dass das Opfer mit viel dickeren Kugeln erschossen wurde, als sie in der Fasanenjagd üblich sind. Ist bislang nur eine Vermutung, trotzdem kann es nicht schaden, der Sache nachzugehen. Ich mach mich gleich auf den Weg zu dir. In etwa einer halben Stunde dürfte ich da sein.«

Nachdem er das Handy wieder eingesteckt hatte, kam ihm Erlend in den Sinn. Seit sie am frühen Nachmittag aus seinem Büro gelaufen war, hatten sie nicht mehr miteinander gesprochen. Reflexartig griff er nach seinem Handy. Doch dann hielt er inne. Sich einfach zu melden, würde nicht genügen, um die Wogen zu glätten. Er musste erst darüber nachdenken, was er ihr sagen wollte.

Ein knallroter Opel Corsa fuhr mit hohem Tempo auf den Hof und bremste abrupt. Eine leicht übergewichtige Frau um die dreißig kletterte heraus. Offenbar die Tochter.

Er ging dem Wagen entgegen. »Sind Sie Beate Uhlmann? Mein Name ist Bernhard Hambrock, ich bin von der Kriminalpolizei.«

»Ach so.« Sie strich sich fahrig übers Gesicht. »Ich kann das alles noch gar nicht glauben … Wissen Sie inzwischen, wer das getan hat?«

»Leider noch nicht.«

»Ist meine Mutter im Haus?«

Er nickte, und sie machte Anstalten hineinzulaufen.

»Ich muss Ihnen allerdings noch ein paar Fragen stellen.«

»Hat das nicht Zeit? Meine Mutter …«

»Es geht ganz schnell. Hatte Ihr Vater unter den Jägern irgendwelche Feinde? Gab es vielleicht Streitigkeiten?«

Sie schüttelte irritiert den Kopf. »Er hat sich mit allen gut verstanden. Ich verstehe das gar nicht. Er ist doch nur ein einfacher Bauer.« Sie bemerkte ihren Fehler. »Er war …«, korrigierte sie sich benommen. »Wer sollte denn so etwas tun?«

»Gab es Streitigkeiten innerhalb Ihrer Familie?«

Sie wirkte irritiert. »Nein.«

»Wie war das Verhältnis Ihres Vater zu seiner Schwägerin Hedwig Tönnes?«

»Nun ja. Meine Eltern konnten Tante Hedwig noch nie besonders gut leiden. Aber Sie denken doch nicht etwa ...? Das ist Unsinn. Tante Hedwig würde so etwas niemals tun.«

»Ihre Tante hat vor ein paar Stunden mit einem Jagdgewehr auf Polizisten geschossen. Die können froh sein, dass nichts passiert ist. Sie sollte einfach nur eine Zeugenaussage machen.«

Das schien sie nicht zu überraschen. »Tante Hedwig eben. Man legt sich besser nicht mit ihr an. Sie ist ein bisschen eigen, und die Polizei konnte sie noch nie leiden. Trotzdem ist es völlig ausgeschlossen, dass sie meinen Vater ...«

»Was genau war der Grund für die Streitigkeiten zwischen Ihren Eltern und Ihrer Tante?«

Sie wurde ungeduldig, blickte immer wieder zum Haus.

»Sie mochten sich einfach nicht, schon als Kinder konnten meine Mutter und Tante Hedwig nichts miteinander anfangen. Ich meine, so etwas gibt es doch in jeder Familie. Deswegen wird doch kein Mensch ermordet.«

Du würdest dich wundern, wie viele Menschen deswegen ermordet werden, dachte er. Wahrscheinlich sogar die meisten.

»Bitte, darf ich jetzt zu meiner Mutter? Können wir das nicht später machen? Sie braucht mich jetzt.«

»Es wird später ein Kollege vorbeikommen, um Sie noch mal zu befragen. Ihre Schwester wird dann hoffentlich auch eingetroffen sein. Kennen Sie einen Arzt, den Sie rufen können, wenn Ihre Mutter Hilfe braucht?«

»Wir kennen unseren Hausarzt aus Altenberge privat. Ich werde ihn gleich anrufen, meine Mutter hält große Stücke auf ihn. Kann ich jetzt gehen?«

Er nickte und sah ihr nach, bis sie im Haus verschwunden war. Dann stieg er in seinen Wagen und machte sich auf den Weg nach Steinfurt.

Annika fand es komisch, für Clemens Röttger Blumen zu kaufen. Dass er jetzt hilflos im Krankenhaus lag und sie ihn besuchen fuhr, kam ihr vor, als spielten sie plötzlich mit vertauschten Rollen. Sonst war er es immer gewesen, der sich um sie gekümmert hatte.

Der Krankenhausflur war in ein helles Licht getaucht, an den Wänden hingen bunte Bilder, alles war warm und freundlich gestaltet. Dennoch herrschte eine drückende Stimmung, wie in allen Krankenhäusern, dazu kam dieser typische Geruch. Sie hasste das alles. Vor Clemens' Zimmertür blieb sie stehen und sammelte sich, dann klopfte sie an und trat ein.

Das Erste, was sie erblickte, war ihr Nachbar Melchior Vesting. Er saß am Bett und empfing sie mit einem finsteren Blick. Überrascht blieb sie in der Tür stehen. Er war der Letzte, mit dem sie hier gerechnet hätte. Keiner in der Nachbarschaft hatte mit den Vestings zu tun, sie lebten völlig zurückgezogen auf ihrem verfallenen Hof.

»Anni!«, erklang Clemens' Stimme. »Wie schön, dich zu sehen.«

Er lag auf seinem Krankenbett und wirkte noch immer blass und ausgezehrt. Wenigstens ragten keine Schläuche mehr aus seinem Körper, und sein Lächeln war etwas lebendiger. Vor ein paar Tagen noch hatte er so hilflos ausgesehen, dass sie am liebsten weggelaufen wäre.

Melchior Vesting stand auf und nickte Clemens zu.

»Ich werde dann mal.« Er bedachte Annika mit einem weiteren finsteren Blick und verschwand auf dem Flur.

»Du hast mir Blumen mitgebracht?«, sagte Clemens, als sie allein waren. »Das wäre doch nicht nötig gewesen.«

Sie blickte sich unsicher um.

»Soll ich eine Vase holen?«

»Später. Setz dich erst einmal zu mir.«

Er klopfte schwach mit der Hand auf sein Bett, zögernd nahm sie auf dem Matratzenrand Platz.

»Wie du siehst, geht es mir schon wieder etwas besser«, sagte er und lächelte. »Ich habe großes Glück gehabt.«

Ein umherfliegendes Messerteil war nur knapp an seinem Herzen vorbeigeschrammt. Er hatte viel Blut verloren, es grenzte an ein Wunder, dass er überhaupt gerettet werden konnte. Dazu kamen ein Schulterbruch und zahlreiche Prellungen, doch das waren im Vergleich dazu nur Kleinigkeiten.

Clemens schüttelte langsam den Kopf. »Es tut mir vor allem wegen Marita leid. Sie muss nun die Maisernte alleine schaffen, obwohl sie doch so schon genug um die Ohren hat.«

»Ach was, mach dir deswegen keine Sorgen. Das geht schon. Tante Ada, Mutter und ich arbeiten vorübergehend halt ein bisschen mehr. Wir teilen es uns auf. Außerdem ist die Maisernte ja so gut wie vorüber.«

Er wurde nachdenklich. »Ja, die Maisernte«, sagte er wie zu sich selbst. »Hoffentlich passiert so etwas nicht noch einmal.«

Annika hatte auch schon darüber nachgedacht. Sie machte sich große Sorgen um Marita, auch wenn diese sich völlig unbekümmert gab, wenn man die Gefahr eines weiteren Anschlags zur Sprache brachte.

Sie verfielen in Schweigen. Clemens schien in Gedanken bei dem Unglück zu sein.

Annika deutete zur Tür. »Was wollte Melchior Vesting eigentlich hier? Ich könnte dir nicht sagen, wann ich den zuletzt gesehen habe.«

»Er musste wegen Aalderk hierher ins Krankenhaus.«

Aalderk Vesting war sein behinderter Sohn, mit dem er allein auf dem Gehöft lebte, seit seine Frau die Scheidung eingereicht hatte und fortgezogen war. Keiner bekam Aalderk je zu Gesicht, Melchior Vesting verbarg ihn vor den Augen der Nachbarschaft. Der Junge war geistig zurückgeblieben, saß im Rollstuhl und hatte irgendeine seltene Hautkrankheit, die ihn völlig entstellte. Die Kinder in Erlenbrook-Kapelle hatten alle ein bisschen Angst vor dem hässlichen Jungen, der in dem dunklen Haus am Waldrand lebte, und wenn Annika ganz ehrlich war, erging es ihr nicht anders.

»Melchior hat von dem Unfall gehört«, sagte Clemens, »und wo er schon mal da war, hat er natürlich bei mir vorbeigesehen.«

»Ach ja?«

»Das ist doch ganz normal.«

Sie fand das überhaupt nicht normal. Eher merkwürdig. Sie sagte jedoch nichts, und Clemens wechselte das Thema.

»Was macht die Arbeit bei der Zeitung?«

Sie lächelte. »Meine Chefin hat vorgeschlagen, dass ich mich als Volontärin in Steinfurt bewerbe. Sie will ein gutes Wort für mich einlegen.«

»Wirklich? Das ist ja toll!«

Er versuchte, sich aufzurichten, verzog dann aber vor Schmerzen das Gesicht und sackte zurück ins Kissen.

»Und?«, fragte er. »Wirst du es tun?«

»Ich weiß nicht. Marita braucht mich auf dem Hof. Wir haben fünfundneunzig Kühe, du weißt, wie viel Arbeit die machen. Und Sophia und Tante Ada werden älter.«

»Ach, da wird sich schon eine Lösung finden, glaub mir. Du musst an dich denken.«

Sie zögerte. Eigentlich wollte sie das Thema nicht ansprechen, solange er krank war. Doch jetzt überlegte sie es sich anders.

»Ich möchte dich um etwas bitten. Du kannst mir vielleicht bei der Bewerbung helfen.«

»Wie denn? Schieß los.«

»Meine Chefin meint, ich soll mir etwas einfallen lassen, das sie mal außer der Reihe in den Lokalteil schieben kann. Als Referenz sozusagen. Sie denkt da an eine Reportage oder so. Ich habe auch schon eine Idee, doch da brauche ich deine Hilfe.«

»Was kann ich tun?«

»Nun ja. Es gab doch diesen Banküberfall in Nordwalde, bei dem deine Cousine die einzige Augenzeugin war. Ich dachte, vielleicht kannst du mit ihr reden und sie davon überzeugen, dass ich ein Interview mit ihr mache. So ein

Augenzeugenbericht könnte unter Umständen eine schöne Sache sein.«

»Das macht sie bestimmt!«, sagte er freudig. »Ich werde meine Frau bitten, sie anzurufen. Gleich heute Abend.«

»Ach was, das hat Zeit! Vielleicht sprichst du mit ihr, wenn du wieder gesund bist.«

»Nein, nein. Das machen wir gleich heute. Ich möchte doch deine Karriere unterstützen.«

Sie drückte ihm einen Kuss auf die Wange. »Danke schön.«

Eigentlich stammte die Idee nicht von ihr, sondern von Bernd Faber, ihrem neuen Kollegen. Kurz bevor sie sich auf den Weg zum Krankenhaus gemacht hatte, war der nämlich mit seinem Roller bei ihr aufgetaucht.

»Lisa hat mir erzählt, dass du hier wohnst. Ich komme jeden Tag auf dem Weg nach Münster hier vorbei. Da dachte ich, ich halte mal an und sage Guten Tag.«

Dabei gab er sich, als wären sie seit Langem die besten Freunde. Annika war ein bisschen irritiert darüber. Um irgendetwas zu sagen, erzählte sie ihm von dem Volontariat, für das ihre Chefin sie vorschlagen wollte, und von ihrer Idee, mal etwas außer der Reihe zu machen. Einen Artikel oder Hintergrundbericht, der thematisch ins Blatt passte.

»Das ist eine super Chance, die solltest du nutzen«, meinte Bernd. »Hast du denn schon eine Idee?«

Sie verzog das Gesicht. »Nicht so richtig.«

»Du brauchst etwas Zündendes. Etwas, worüber alle reden.«

»So was wie der Anschlag auf dem Maisfeld? Darüber habe ich schon nachgedacht.«

»Nein, das wurde doch schon überall breitgetreten. Da gab es sogar ausführliche Hintergrundberichte. Du brauchst etwas Besseres. So was wie den Banküberfall in Nordwalde. Toll wäre ein Interview mit der Kassiererin. Irgendetwas Persönliches über ihre Angst oder so.« Er schüttelte den Kopf. »Aber an die kommt man bestimmt nicht ran, sonst hätte da schon längst einer was gemacht. Egal. Aber wie wär's, wenn du ...«

»Nein, stopp!« Sie lachte. »Die Idee mit der Kassierein ist super. Sie ist die Cousine von meinem Nachbarn, er wird bestimmt ein gutes Wort für mich einlegen. Das könnte was werden.«

Er betrachtete sie interessiert. »Hier auf dem Land hängt ja alles irgendwie zusammen. Ich wünschte, ich hätte solche Kontakte.«

»Hat alles seine Vor- und Nachteile, das kannst du mir glauben.«

Eine Weile redeten sie noch über das mögliche Interview. Dann bedachte Bernd sie mit einem merkwürdigen Blick und sagte: »Wenn das klappt, wirst du wohl doch nicht zum nächsten Semester anfangen zu studieren.«

Sie wunderte sich, dass er sich überhaupt noch daran erinnerte. Ihr fiel keine passende Antwort ein.

»Dann muss ich wohl sehen, wie ich alleine in der großen Stadt zurechtkomme«, witzelte er, bevor er wieder auf seinen Roller stieg und davonfuhr.

Clemens versuchte sich nichts anmerken zu lassen, doch Annika erkannte, dass der Besuch ihn zunehmend anstrengte.

»Ich muss jetzt leider gehen«, sagte sie. »Die Arbeit wartet, du weißt schon.«

Er lächelte. »Du kommst mich doch wieder besuchen?«

»Natürlich. Jederzeit.«

Bevor sie ging, zog er sie zu sich heran.

»Sag Marita, sie soll auf sich aufpassen. Wir alle müssen Augen und Ohren offen halten. Ich habe das Gefühl, dass noch etwas passieren wird.«

Sie wollte etwas Beruhigendes sagen. »Was soll schon noch passieren? Die Ernte ist ja so gut wie vorbei.« Dann stand sie von seinem Bett auf und trat hinaus auf den Krankenhausflur.

In der Steinfurter Wache waren alle verfügbaren Räume belegt, um die Befragungen durchzuführen. Die Jäger sollten keine Gelegenheit bekommen, sich untereinander abzusprechen und ihre Aussagen abzustimmen. Da sein eigenes Büro ebenfalls belegt war, führte Dienststellenleiter Henrik Korb seinen Kollegen Hambrock nach draußen auf den Parkplatz, um dort ungestört mit ihm zu reden. Ein kalter Wind war aufgekommen und fegte über das Gelände. Doch das schien Korb nicht weiter zu stören. Er zog entspannt seine Zigarettenschachtel hervor, zündete sich eine an und inhalierte tief.

»Gibt's schon was Neues?«, fragte Hambrock.

»Nicht wirklich. Keiner will etwas gesehen oder gehört haben. Warten wir ab, ob etwas dabei herauskommt, wenn wir die Aussagen vergleichen.«

Eine Böe erfasste die Männer. Hambrock zog die Schultern hoch.

»Habt ihr das mit der Munition überprüft?«, fragte er.

»Du meinst wegen der Schrotkugeln?« Korb nickte. »Soweit wir das überblicken können, hat tatsächlich einer der Jäger mit viel dickeren Kugeln geschossen. Wir haben uns da schlau gemacht: Die Kugeln für die Gänsejagd haben einen Durchmesser von fünf Millimetern, während sie bei der Niederwildjagd nur um die drei Millimeter dick sind.«

»Wie heißt der Mann?«

»Jens Leuschner. Er kommt aus Altenberge und ist seit zehn Jahren Mitglied im Jagdverein.«

»Leuschner … Den Namen habe ich heute doch schon mal gehört?«

»Das war der Auffindungszeuge.«

»Tatsächlich? Na, das ist ja interessant. Kann ich mir den mal ansehen?«

»Deine Kollegin befragt ihn gerade. Sie hat dafür unseren Vernehmungsraum bekommen.«

Hambrock wandte sich zum Gebäude. Er hatte nichts dagegen, wieder ins warme Innere zurückzudürfen.

Er deutete zur Tür. »Stört es dich, wenn ich …?«

»Nein, geh ruhig. Ich bleib noch hier und rauche in Ruhe zu Ende. Der Vernehmungsraum ist am Ende des Flurs.«

Hambrock fand ihn auf Anhieb. Vor der Tür zögerte er, dann trat er ohne anzuklopfen ein.

Jens Leuschner saß mit dem Rücken zu ihm. Hockte auf der äußersten Kante des Stuhls und knetete unruhig seine Hände. Als Hambrock eintrat, drehte er sich um. Sein Blick wirkte gehetzt, er sah ihn fragend an.

»Erster Kriminalhauptkommissar Bernhard Hambrock betritt den Raum«, sagte Heike für das Aufzeichnungsband. Dann nickte sie ihm zu und deutete ein Lächeln an, bevor sie sich wieder mit deutlicher Kühle an den Zeugen wandte.

»Herr Leuschner, bitte beschreiben Sie mir Ihre genaue Position, nachdem sich die Gruppe am Rande des Rapsfeldes aufgeteilt hatte.«

Hambrock lehnte sich wortlos hinter den Zeugen an die Wand. Er steckte die Hände in die Taschen und betrachtete Leuschner, der sich mehrmals irritiert nach ihm umblickte. Hambrock sah mit unbewegter Miene zu ihm hinab.

»Herr Leuschner«, ermahnte Heike ihn. »Ihre Position.«

»Ich stand an der Wallhecke.« Seine Hände begannen zu flattern. »Zwischen mir und Heinrich standen aber noch zwei andere Jäger! Ich kann ihn gar nicht erschossen haben! Er war doch viel zu weit weg!«

»Bitte beantworten Sie nur meine Frage.«

Er rutschte nervös herum. »Ich stand an der Hecke, unterhalb der freistehenden Pappel. Etwa hundertfünfzig Meter von Heinrich entfernt.«

»Wer stand links von Ihnen?«

»Berthold Gerkamp.«

»Wie weit war der von Ihnen entfernt?«

»Ungefähr fünfzig Meter.«

»Wer stand rechts?«

Heike ließ sich alles bis ins kleinste Detail schildern. Hambrocks Anwesenheit erzielte dabei die gewünschte Wirkung. Mit dem Hauptkommissar im Rücken wurde Leuschner zunehmend unsicher.

»Mit welcher Munition haben Sie heute geschossen?«, fragte Heike unvermittelt.

Er begann zu stottern. »Ähm … mit Schrot.«

»Was für eine Art Schrot?«

»Nun … ähm, das ist ein 12er-Kaliber, glaube ich.«

»Ich meine nicht die Größe des Kalibers, sondern die Art der Schrotmunition.«

»Ach so. Na ja, was man halt so verwendet. Ganz normale Munition eben.«

»Könnten Sie das konkretisieren?«

»Bei der Niederwildjagd sind das Schrotkugeln mit einem Durchmesser von etwa drei Millimetern.«

»Und mit solchen Schrotkugeln haben Sie heute geschossen?«

»Ja.«

»Ausschließlich?«

»Ja. Ich verstehe nicht …«

»Wir haben in Ihrem Patronengürtel Schrotmunition sichergestellt, deren Kugeln einen Durchmesser von fünf Millimetern haben.«

»Das ist … das muss Zufall sein. Vielleicht habe ich vergessen, die Munition auszuwechseln.«

»Bevor Sie auf Fasanenjagd gingen?«

»Ich weiß nicht … kann schon sein.«

»Heinrich Uhlmann wurde mit Schrotkugeln erschossen, die einen Durchmesser von fünf Millimetern haben.«

Das entsprach zwar nicht ganz der Wahrheit, schließlich vermuteten sie das lediglich. Dennoch tat es seine Wirkung. Jens Leuschner wurde leichenblass.

»Ich muss da noch ein paar Patronen von der letzten Jagd im Gürtel gehabt haben«, sagte er fiebrig. »Man benutzt diese Munition für die Gänsejagd. Wegen der Reichweite. Das kann schon sein, dass ich noch welche dabeihatte. Aber die habe ich nicht benutzt. Wirklich nicht.«

»Wie gut kannten Sie Heinrich Uhlmann?«, fragte Heike.

»Wie bitte? Wir waren … ich meine, wir kannten uns aus dem Verein. Da lernt man ja viele Leute kennen.«

»Sie haben meine Frage nicht beantwortet.«

»Was? Ach so. Na ja, wir kannten uns nicht besonders gut, wenn Sie das meinen.«

»Hat es Streit zwischen Ihnen gegeben?«

Nun brach Leuschner der Schweiß aus.

»Ich habe Heinrich nicht getötet! Bitte, das müssen Sie mir glauben! Ich war es nicht.«

»Ob es Streit zwischen Ihnen gegeben hat.«

»Ähm, nein. Keinen Streit. Da war gar nichts.«

»Schildern Sie mir bitte noch mal die Geschehnisse ab dem Zeitpunkt, an dem Sie den Wagen am Rapsfeld verlassen und sich in zwei Gruppen aufgeteilt haben.«

Er starrte sie an. »Was?«

Heike trieb Leuschner in die Enge, um dadurch Widersprüche aufzuspüren. Hambrock wartete einen Moment, dann verließ er wortlos den Vernehmungsraum und schloss leise die Tür hinter sich. Henrik Korb fing ihn im Flur ab, wieder mit einem halb leeren Kaffeebecher in der Hand.

»Hast du heute überhaupt schon gegessen, Bernhard?«

»Frag besser nicht.« Seit dem Frühstück hatte er nur noch Kaffee getrunken.

»Es gibt in der Nähe nämlich eine gute Pizzeria. Wenn du Lust hast, könnten wir uns vielleicht für eine halbe Stunde davonstehlen. Ich sterbe nämlich vor Hunger.«

»Ich bin dabei.« Hambrock lächelte.

Bevor Sie sich auf den Weg machten, entschuldigte er sich und verschwand zu den Toiletten, dem einzigen Ort, an dem er ungestört telefonieren konnte. Er wählte Erlends Handynummer.

Das Freizeichen ertönte. Er überlegte, wie er sie am besten begrüßte. Doch dann sprang ihre Mailbox an.

»Ähm … Ja, hallo, Elli. Ich bin's. Also, ich wollte nur sagen, dass ich in Steinfurt bin. Es wird wohl etwas länger dauern. Ich … es tut mir leid. Ich melde mich wieder.«

Hastig beendete er die Verbindung. Auf die Mailbox hatte er eigentlich gar nicht sprechen wollen. Eine Weile stand er einfach da und starrte sein Handy an, dann wandte er sich zur Tür und verließ die Toiletten.

Was war er nur für ein Trottel.

7

Als sich Hambrock und Heike schließlich auf den Heimweg machten, wurde es bereits dunkel. Heike saß am Lenkrad und steuerte den Wagen auf die Bundesstraße nach Münster, während Hambrock hinaus auf die Felder starrte.

Die Rekonstruktion des Jagdgeschehens hatte sie kaum weitergebracht, bislang waren sie über nichts Verdächtiges gestolpert.

»Wie es aussieht, hat Leuschner seine Position die ganze Zeit über nicht verlassen«, sagte Heike. »Vier andere Jäger bezeugen, ihn gesehen zu haben. Selbst wenn er sich beeilt hätte, um im Schutz der Wallhecke zum Tatort zu gelangen, das Opfer niederzustrecken und zurück zu seinem Platz zu laufen, hätte er durch seine Abwesenheit Aufmerksamkeit erregt.«

»Du glaubst also, dass Leuschner unschuldig ist?«

»Keine Ahnung. Was ich glaube, ist, dass es verdammt schwer sein wird, einem der Jäger etwas nachzuweisen.«

Sie beugte sich vor und stellte das Radio an. Leise Popmusik erfüllte das Wageninnere. Hambrock ließ sich in den Sitz sinken.

»Und wie war es bei der Witwe des Toten?«, fragte Heike. Er berichtete von seinem Besuch bei Renate Uhlmann. Heike hörte mit gerunzelter Stirn zu.

»Die beiden sind also Schwestern«, sagte sie schließlich. »Wer hätte das gedacht? Und Renate Uhlmann weigert sich, über Familienstreitigkeiten zu reden. Hört sich ganz so an, als könnte Hedwig Tönnes durchaus ein Motiv gehabt haben, Heinrich Uhlmann zu ermorden.«

»Abwarten. Wir werden später noch mal mit Hedwig reden.«

»Falls sie dann offenherziger ist. Was ich allerdings bezweifle.« Heike schüttelte den Kopf. »Am besten wäre es, wir hätten jemanden, der sich in der Bauernschaft gut auskennt und keine Hemmungen hat, mit der Polizei zu reden. Jemanden, der gerne aus dem Nähkästchen plaudert. Solche Leute gibt's doch überall.«

Hambrock zögerte. Ja, solche Leute gab es überall. Er verspürte jedoch wenig Lust, bei Sophia und Ada Horstkemper vorbeizufahren. Nicht an diesem grauenhaften Tag, an dem ohnehin schon vieles schiefgelaufen war.

»Du kennst dich doch aus auf dem Land«, fuhr sie fort. »Wen spricht man am besten an, wenn man wissen will, was die Leute für Leichen im Keller haben?«

Da er nicht antwortete, löste sie ihren Blick von der Straße und sah ihn fragend an.

»Fahr da vorne links«, sagte er missmutig. »Wir machen einen kleinen Abstecher.«

Sophia Horstkemper hatte Kaffee gekocht und einen Teller mit Keksen auf den Tisch gestellt. Sie hatte ihr bestes Geschirr gewählt, das normalerweise nur an besonderen Tagen auf den Tisch kam. Hambrock erkannte das Service, seine Mutter hatte das gleiche. Nur bei besonderen Anlässen wurde es aus dem Schrank geholt, sie hütete es wie ihren Augapfel.

»Wir sind immer noch ganz durcheinander«, sagte Sophia und schenkte ihm Kaffee ein. »Und du bist sicher, dass es kein Jagdunfall war? Dass Heinrich tatsächlich *ermordet* wurde?«

»Ziemlich sicher.«

Sie stellte beunruhigt die Kanne ab und setzte sich zu Hambrock und Heike an den Esstisch.

»Aber wer sollte Heinrich umbringen? Er ist doch nur ein einfacher Bauer. Ich verstehe das nicht.« Sie sortierte ihre grauen Locken und zupfte den weichen Wollpullover zurecht. Hambrock fragte sich heimlich, ob seine Tante wohl eine Perücke trug. Er konnte sich kaum vorstellen, dass jemand in ihrem Alter noch so volles Haar hatte.

»Ich hatte gehofft, ihr könnt uns bei dieser Frage weiterhelfen«, sagte er. »Vielleicht erzählst du mir ein bisschen über Heinrich Uhlmann. Beginnen wir doch damit, was er …«

Die Wohnzimmertür öffnete sich, und Tante Ada erschien auf der Schwelle. Sie trug ein kariertes Flanellhemd und eine Daunenweste, die Enden ihrer Arbeitshosen hatte sie in Wollsocken gestopft. Offenbar kam sie gerade aus dem Stall.

»Hallo, Bernhard. So schnell sieht man sich wieder.«

Sie verlor kein Wort über ihren Streit, im Gegenteil. Sie schien Genugtuung darüber zu empfinden, ihn zu sehen. »Du kommst wegen dem Mord an Heinrich Uhlmann, nehme ich an?«

»Das stimmt«, erwiderte er. »Ich möchte euch ein paar Fragen stellen.«

»Viel Zeit habe ich allerdings nicht. Ich habe gerade die Bullen gefüttert. Wenn Marita gleich vom Feld kommt, müssen wir uns sofort ans Melken machen.«

Sie setzte sich an den Esstisch, sorgsam bedacht, nichts schmutzig zu machen. Sophia goss ihr eine Tasse Kaffee ein.

»Der ist koffeinfrei, keine Sorge«, sagte sie zu Ada.

Hambrock blickte von einer zur anderen.

»Wenn ihr über den Tod von Heinrich Uhlmann längst Bescheid wisst, dann habt ihr bestimmt auch schon gehört, dass wir Hedwig Tönnes festgenommen haben.«

»Stimmt es denn, dass sie auf Polizisten geschossen hat?«, fragte Sophia besorgt. »Vielleicht …« Sie sah hilfesuchend zu Ada.

»… vielleicht war sie ja betrunken«, beendete Ada den Satz. »Ich rede ungern schlecht über Nachbarn, Bernhard, aber der Tod von Ewald hat sie ganz schön mitgenommen. Und sie war auch schon zuvor dem Alkohol nicht abgeneigt, wenn du verstehst, was ich meine?«

»Sie hat es sich selbst nie leicht gemacht«, schob Sophia entschuldigend nach.

»Ich möchte euch bitten, ganz aufrichtig zu sein«, sagte er. »Es geht nicht darum, gut oder schlecht über Nachbarn zu reden. Wir müssen ganz einfach die Wahrheit wissen, um unsere Arbeit zu tun.«

»Gut«, sagte Tante Ada. »Wir werden ganz offen sein.«

Heike wandte sich an Hambrocks Tanten. »Könnten Sie uns das Verhältnis zwischen Hedwig Tönnes und Heinrich Uhlmann beschreiben? Und das zwischen ihr und ihrer Schwester Renate?«

Sophia und Ada wechselten schweigend einen Blick. Ada zuckte mit den Schultern, und Sophia begann zögernd zu berichten.

»Nun ja, besonders gut haben sie sich nicht verstanden. Aber das ist auch nicht verwunderlich. Keiner, den ich kenne, versteht sich besonders gut mit Hedwig Tönnes. Schon als Kinder waren Renate und Hedwig sehr unterschiedlich. Hedwig war die Ältere, und das hat sie ihre Schwester jede Sekunde spüren lassen. Renate musste nach ihrer Pfeife tanzen, sonst war was los. Manchmal ging das so weit, dass es für uns andere Kinder peinlich wurde. Ein richtiger Machtkampf war das, bei dem Renate keine Chance hatte. Hedwig ist nun mal ein Tyrann, daran hat sich nicht viel geändert. Heute schottet sich Renate von ihr ab, zusammen sieht man die beiden nur noch beim Nachbarschaftsfest und natürlich sonntags in der Kirche. Sonst haben sie kaum noch etwas miteinander zu tun.«

»Und was ist mit Heinrich Uhlmann?«, fragte Hambrock.

Seine Tanten sahen sich wieder an.

»Ich weiß nicht, ob man diese alten Geschichten wirklich noch mal aufkochen sollte«, sagte Sophia zweifelnd.

»Es geht hier um einen Mord.«

»Er hat recht«, sagte Ada.

Sophia seufzte. »Also gut. Hedwig Tönnes und Heinrich Uhlmann konnten sich nicht ausstehen. Sie haben sich regelrecht gehasst. Das hat mit Hedwigs elterlichem Hof zu tun. Ihr müsst wissen, Hedwig und Renate waren auf dem Hof die einzigen Kinder, es gab keinen männlichen Nachkommen. Nachdem Hedwig damals Ewald Tönnes geheiratet hat, ist sie natürlich zu ihm gezogen. Sie hat aber wohl gedacht, dass nach dem Tod ihrer Eltern die beiden Höfe zusammengeführt würden. Doch dann hat Renate Heinrich Uhlmann geheiratet, der zwei ältere Brüder hatte und deshalb über keinen eigenen Hof verfügte. Also hat er zusammen mit Renate den elterlichen Hof übernommen, er wurde ihnen überschrieben. Nach der Höfeordnung ist Hedwig so gut wie leer ausgegangen.«

»Der Hof von Tönnes war viel kleiner und ärmlicher«, fügte Ada hinzu. »Und Ewald war ein Trottel, der nicht wirtschaften konnte.«

»Ada, bitte«, flüsterte Sophia, »du sprichst über einen Toten!«

»Wenn es doch stimmt. Hedwig hat sich damals betrogen gefühlt. Sie glaubte, der Hof hätte ihr zugestanden. Aber wenn du mich fragst, ist das Unsinn. Sie hat sich ihr Leben selbst ausgesucht. Da kann sie keinem anderen die Verantwortung für geben.«

»Wie haben sich Heinrich Uhlmann und Ewald Tönnes denn verstanden?«, fragte Hambock.

»Sie waren Saufkumpanen«, sagte Ada. »Saufen, das war etwas, wovon sie beide viel verstanden. Ewald hat auf das Geschimpfe seiner Frau nie viel gegeben. Wenn es anders gewesen wäre, hätten sie es nicht so lange miteinander ausgehalten.«

In der Diele ertönte eine Stimme. »Mutter! Tante Ada! Wo seid ihr?«

Sophia wandte sich zur Tür. »Wir sind hier! Im Wohnzimmer.«

Eine Frau in den Dreißigern steckte den Kopf durch den Türspalt. Sie trug einen ölverschmierten Overall, ihr Haar war unter einer Baseballkappe verborgen. Das musste Marita sein, seine Cousine zweiten Grades.

Sophia deutete auf ihre Gäste. »Das sind Bernhard Hambrock und Heike Holthausen von der Münsteraner Kriminalpolizei. Sie sind wegen des Mordes an Heinrich Uhlmann hier. Bernhard kennst du noch, er ist der Älteste von deinem

Onkel Bernhard aus Vennhues. Früher, als ihr noch kleiner wart, waren wir dort ein paar Mal zu Besuch.«

Marita schien sich genauso wenig an ihn zu erinnern wie umgekehrt. Dennoch nickte sie ihm freundlich zu.

»Hallo, Bernhard. Ich bleib lieber hier draußen stehen, ich will nichts schmutzig machen.« Dann wandte sie sich an Ada. »Hast du schon gefüttert? War alles in Ordnung?«

»Alles bestens. Norma ist kurz davor zu kalben. Heute Nacht, spätestens morgen früh, denke ich.«

»Gut. Hilfst du mir beim Melken?«

Zu Hambrock sagte sie: »Tut mir leid, Bernhard. Du hast mit deinen Ermittlungen bestimmt ganz andere Sorgen. Trotzdem müssen die Kühe gemolken werden, sie sind schon überfällig. Ich muss dir also Tante Ada entführen.«

»Kein Problem. Wir sind ohnehin so gut wie fertig.«

Tante Ada stand auf, um hinauszugehen. Hambrocks Blick traf auf ihren. Der Streit von neulich Abend hing noch immer unausgesprochen zwischen ihnen. Er setzte ein versöhnliches Lächeln auf. »Den Rest können wir bestimmt mit Sophia besprechen.«

Tante Ada nickte. »Das denke ich auch.« Sie drehte sich um und folgte ihrer Nichte in die Diele.

Sein Diensthandy begann zu klingeln. Es war Henrik Korb.

»Hast du dir eigentlich die Waffen von Hedwig Tönnes genauer angesehen?«, fragte er.

»Ehrlich gesagt, noch nicht. Ich habe sie nur sicherstellen lassen. Ist denn etwas damit?«

»Das kann man wohl sagen.« Henrik Korb machte eine Pause, wie um die Spannung zu steigern, dann fragte er: »Sitzt du gerade?«

Draußen war es dunkel geworden. Die Luft war herbstlich kühl, auf den Wiesen bildete sich Nebel. Marita war bereits in den Melkstand geklettert. Die Tür neben der Melkkammer stand einen Spalt weit offen, ein schmaler Lichtstrahl fiel auf den Hof.

Ada ging zur Scheune, um Shakira, eine der älteren Kühe, zum Melkstall zu bringen. Sie lag in einem winzigen Bereich der Scheune, den alle nur die Krankenstation nannten. Dabei war Shakira nicht wirklich krank, sie benahm sich ganz einfach nicht gut in Gesellschaft anderer Kühe. Deshalb kam sie immer dann, wenn er nicht gebraucht wurde, in den Krankenstall und wurde nur zum Melken zu den anderen Kühen gebracht.

Ada zog die Brettertür auf und hantierte am Riegel des Eisengatters. Süßherber Dunggeruch schlug ihr entgegen. Shakira lag auf dem Stroh, blickte Ada gelangweilt an und rührte sich nicht.

»Steh schon auf, Shakira! Es geht zum Melkstall.«

Der Riegel klemmte. Ada zerrte daran herum und versuchte ihn zu lösen, als plötzlich etwas in ihrem Augenwinkel auftauchte. Hinter ihr war jemand. Ein Schatten, der sich über den Hof bewegte.

Sie drehte sich um. Doch der Hof war völlig verwaist. Suchend ließ sie den Blick zwischen den Gebäuden schweifen, doch nirgends war etwas zu sehen. Marita war bei der Arbeit, im Melkstall dröhnten die Maschinen. Sonst blieb alles still.

Dabei hätte sie schwören können, etwas gesehen zu haben.

Eine der Katzen huschte durch die Tennentür und schlich auf leisen Pfoten über den Hof. Du wirst langsam verrückt. Siehst schon Gespenster, sagte Ada sich und widmete sich wieder dem Gatter. Der Riegel glitt schließlich zur Seite, und sie zog es weit auf.

»Jetzt komm schon, Shakira.«

Doch die alte Kuh blickte sie nicht einmal an.

Auf der Straße näherte sich ein schwaches Licht. Ada klopfte sich die Hände sauber und ging neugierig zur Auffahrt. Es war Alwin Kötters, der seine Runde auf dem Fahrrad drehte.

Sie hob die Hand zum Gruß, den er klingelnd erwiderte. Seit er in Rente war, radelte Alwin täglich mehrere Kilometer, um sich fit zu halten, wie er immer beteuerte. Tatsächlich aber war er unterwegs, weil es ihm zu Hause zu langweilig war und er auf diese Weise überall in der Bauernschaft stehen bleiben und einen Schwatz halten konnte.

Ada redete nicht gern mit ihm. Er war neugierig wie ein altes Waschweib. Aber sie wollte sich mit den Menschen in der Bauernschaft gut stellen. Das hatte sie schon als junge Frau gelernt. Damals war ihr früh klar geworden, dass sie nicht heiraten wollte. Zu der Zeit brauchte es noch Mut und Stärke, um sich alleine zu behaupten. Eine berufstätige und unverheiratete Frau musste sich Respekt verschaffen. Sie musste Härte zeigen.

Alwin Kötters hielt vor dem Zaun und stieg vom Rad.

»Grüß dich, Alwin. Wieder unterwegs?«

»Muss ja. Man muss sich fit halten.« Er blickte neugierig über den Hof und deutete auf Bernhard Hambrocks Auto. »Habt ihr Besuch?«

Ada hob spöttisch eine Augenbraue, drehte sich um und tat, als hätte sie das Auto selbst gerade erst bemerkt.

»Ach so«, sagte sie. »Ja, das ist die Polizei. Sie sind wegen Heinrich Uhlmann hier und reden gerade mit Sophia.«

»Sie reden mit allen! Schreckliche Sache. Kaum zu glauben, oder? So etwas bei uns in Erlenbrook-Kapelle. Wirklich schrecklich.« Natürlich war er vorbeigekommen, um etwas Neues über den Mord zu erfahren. »Denkst du denn, dass Hedwig ihn erschossen hat? Mit Ewalds altem Jagdgewehr?«

»Keine Ahnung«, sagte sie unbeteiligt. »Wir sollten lieber keine voreiligen Schlüsse ziehen.«

»Ja, da hast du wohl recht.« Er räusperte sich umständlich. »Aber was sagt denn nun die Polizei? Wissen die mehr?«

»Nee. Aber sie werden sicher bald herausfinden, ob sie es war oder nicht.«

Alwin wirkte enttäuscht. »Es geht uns ja auch nichts an.« Er ließ seinen Blick wieder über den Hof schweifen, dann fügte er hinzu: »Das würde wenigstens erklären, weshalb

Ewald in der Gülle umgekommen ist. Das war sie dann wohl auch.«

Ada betrachtete ihn unwillig. Eigentlich gab sie nichts auf sein Gerede, aber nach einer Weile siegte ihre Neugier. »Du denkst, das war kein Unfall?«

»Keiner denkt das. Zumindest, was man so hört. Früher, als wir noch jung waren, da ist so etwas häufiger passiert. Doch wie lange ist das her? Heute geht man viel vorsichtiger mit der Gülle um. Da passieren keine Unfälle mehr.«

»Glaubst du wirklich, dass Ewald von Hedwig in die Güllegrube gestoßen wurde?«

In seiner Stimme lag aufrichtige Empörung. »Um Gottes willen, nein.« Dann fuhr er verschwörerisch fort: »Man macht sich nur seine Gedanken. Es hätte keiner gemerkt, wenn sie kurz vom Schützenfest verschwunden wäre. So weit ist der Hof von der Festwiese nicht entfernt.«

»Ich weiß nicht, Alwin. Natürlich ist Hedwig ein bisschen ... eigen. Aber dass sie deshalb gleich eine kaltblütige Mörderin ist?«

»Man kann den Menschen nur vor den Kopf gucken. Unter uns gesagt: Ich bin froh, dass sie jetzt hinter Gitter ist. Wer weiß schon, an wem sie sich sonst noch gerächt hätte. Wenn man erst einmal anfängt mit so etwas, dann ist es vielleicht gar nicht so leicht, wieder aufzuhören.«

Ada dachte an Marita und an den Anschlag im Maisfeld.

»Wer wäre denn sonst noch ein Kandidat für Hedwigs Rachefeldzug?«, fragte sie betont beiläufig und schüttelte dann sofort den Kopf. »Ach was. Mir kann es ja egal sein. Wir Horstkempers hätten wohl nichts zu befürchten gehabt.«

»Wenn du dich da mal nicht irrst. Ich würde sogar sagen, ihr wärt die Ersten gewesen.«

»Wieso denn das?«

Sie hatte sich immer gutgestellt mit allen. Das war ihr wichtig gewesen. Sie hatte dafür gesorgt, dass es niemals Ärger mit den Horstkempers gegeben hatte.

»Es ist der Neid, Ada. Der pure Neid.«

»Neid worauf denn?«

Die Frage schien ihn ein wenig in Verlegenheit zu bringen. Offenbar wusste er nicht recht, wo er anfangen sollte.

»Nun ja, du weißt schon. Als Theodor damals diesen Unfall hatte, da dachten alle, ihr würdet das nicht alleine schaffen. Die Leute meinten, Sophia müsste wieder heiraten, sonst würde hier alles vor die Hunde gehen. Und jetzt sieh dich einmal um.« Er deutete in einem Bogen auf die Wirtschaftsgebäude. »Alles picobello. Ein schöner Betrieb, und er wirft genug für euch ab.«

»Aber was stört Hedwig denn daran?«

Er senkte seine Stimme. »Sie hat finanzielle Probleme. Wahrscheinlich viel schlimmer, als alle denken. Ihre nutzlosen Söhne haben sich davongemacht und wollen mit der Landwirtschaft nichts zu tun haben. Achim ist Trinker und vegetiert in einer Sozialwohnung in Münster vor sich hin. Und Ludger, lange Zeit ihr großer Stolz, hat jetzt seinen Job verloren.«

»Ludger ist arbeitslos?«

»Hedwig hasst euch, weil ihr so erfolgreich seid. Und das bei den Voraussetzungen: Früher hattet ihr wenig Land, keinen Mann auf dem Hof. Und als Marita einen mitbrachte, hat der sich wieder aus dem Staub gemacht. Ihr hattet Schulden und veraltete Stallungen. Und was habt ihr daraus gemacht! Hedwig dagegen müsste eigentlich gut dastehen, doch das tut sie nicht. Sie ist von Neid zerfressen. Tut mir leid, dir das sagen zu müssen, aber sie lässt schon seit Langem kein gutes Haar mehr an euch.«

Ada fühlte sich ein wenig benommen. Sie hatte keine Ahnung davon gehabt.

»Nun ja«, sagte sie. »Dann bin ich froh, dass sie in Untersuchungshaft sitzt.« Sie wollte in Ruhe über diese Neuigkeiten nachdenken. »Hör zu, Alwin. Ich muss mich jetzt ans Melken machen.«

»Ich will ja auch nicht stören. Ich komm einfach die Tage mal wieder vorbei, dann können wir weiterreden.« Er stieg auf sein Fahrrad und fuhr grüßend weiter, wohl zum nächsten Hof, wo er erzählen konnte, dass bei den Horstkempers die Polizei zu Besuch war.

Shakira lag noch immer im Stroh. Sie hatte Ada demonstrativ das Hinterteil zugewendet.

»Nun komm schon, du dummes Vieh! Tu nicht so, als wüsstest du nicht, weshalb du aufstehen musst.«

Sie schlug mit der Hand auf Shakiras mächtiges Hinterteil, woraufhin sich die Kuh langsam und widerwillig erhob. Sie blickte Ada voller Verachtung an, dann wandte sie sich zur Tür und stolperte hinaus.

Der Vernehmungsraum war in kaltes Neonlicht getaucht. Hedwig Tönnes saß allein am Tisch und wartete. Zwei Beamte hatten sie aus ihrer Zelle geholt, die Vernehmung würde gleich beginnen. Sie blickte stur geradeaus und regte sich nicht.

»Sieh sie dir nur an«, sagte Heike Holthausen, die mit Hambrock im Nebenraum vorm Vernehmungsspiegel stand. »Sitzt da wie ein Kampfhund. Gleich fällt sie einen der Kollegen an.«

Hambrock seufzte. »Mein Gefühl sagt mir, dass sich an ihrer Stimmung nicht viel ändern wird, solange sie hier ist.«

Eine Weile schwiegen sie. Heike legte den Kopf schief.

»Dein Plan geht nicht auf, oder?«

»Nein, wohl nicht.«

Hambrock hatte Hedwig Tönnes mit Absicht in den kühlen und unwirtlichen Vernehmungsraum bringen lassen. Alles sollte möglichst förmlich und offiziell wirken. Er hatte gehofft, dass sie in so einer Umgebung ihre störrische Haltung aufgeben würde.

Worin er sich offenbar getäuscht hatte.

»Am Besuchertisch in meinem Büro wäre es aber auch nicht besser gelaufen«, sagte er und erntete dafür von Heike ein trockenes Lachen.

»Dann plaudere mal schön mit ihr«, sagte sie. »Bringen wir es hinter uns und machen Feierabend.«

Er nickte. »Zweiundzwanzig Uhr an einem Freitagabend. Das darf man keinem erzählen.«

Dann kippte er seinen Kaffee hinunter und ging hinüber in den Vernehmungsraum. Hedwig Tönnes reagierte kaum auf sein Eintreffen. Sie funkelte ihn aus ihren verquollenen Augen an, dann richtete sie den Blick wieder auf die Wand.

Er legte seine gefalteten Hände auf die Tischplatte.

Außer dem Rauschen des Aufnahmegeräts war nichts zu hören.

»Wo waren Sie am 24. Juli in der Zeit zwischen zwölf und vierzehn Uhr?«, fragte er.

Sie fixierte ihn feindselig. »Was soll das denn jetzt?«, bellte sie.

»Bitte beantworten Sie meine Frage.«

Er glaubte bereits, sie würde sich schlichtweg weigern, doch dann maulte sie: »Auf dem Erlenbrook-Kapellener Schützenfest.«

»Haben Sie den Festplatz in der besagten Zeit verlassen? Sagen wir für eine halbe Stunde, um kurz nach Hause zu gehen und dort etwas zu erledigen?«

Ihre Augen verengten sich.

»Das wollen Sie mir also auch anhängen.«

»Haben Sie den Festplatz …?«

»Nein! Habe ich nicht! Ich war die ganze Zeit über dort, es gibt bestimmt genügend Zeugen.«

»Könnten Sie das konkretisieren? Wer könnte sich daran erinnern, Sie in besagter Zeit gesehen zu haben?«

Ihre Körperhaltung drückte nichts als Missfallen aus. Unwillig nannte sie ihm ein paar Namen. Hambrock notierte sie.

»Hätte jemand ein Interesse daran haben können, Ihren Mann zu töten?«, fragte er.

»Außer mir, meinen Sie?«

»Hatten Sie ein Interesse daran?«

Sie antwortete nicht. Ihre Finger krallten sich ineinander, die Knöchel traten weiß hervor.

»Ewald war ein guter Mann.« Sie sagte es voller Verachtung.

»Das scheint mir eine ganz neue Erkenntnis zu sein. Oder haben Sie das zu seinen Lebzeiten auch behauptet?«

Sie starrte ihn an.

»Wir wissen, wie Ihre Ehe war, Frau Tönnes. Alle in Erlenbrook-Kapelle wussten es.«

Sie presste die Lippen aufeinander. »Ewald war ein guter Mann.«

»Sie waren unglücklich mit ihm.«

Sie schüttelte den Kopf. Ihr Panzer hielt stand.

Er suchte ihren Blick. »Ihre Ehe war die Hölle, habe ich nicht recht? Sie hassten Ewald. Sie konnten seine Anwesenheit nicht ertragen. Und doch waren Sie an ihn gekettet. Es musste ja eines Tages dazu kommen, dass einer von Ihnen durchdreht und ...«

Ihre Stimme donnerte durch den Vernehmungsraum. »Seien Sie still! Ich habe meinen Mann nicht ermordet!«

Doch Hambrock fuhr mit leiser, eindringlicher Stimme fort. »Er hat den Deckel seiner Güllegrube geöffnet und sich an den Betonrand gestellt, um den Abfluss zu beobachten. Nur ein winzig kleiner Stoß, und es wäre vorbei. Vielleicht hatte sein Mörder ja gar nicht vorgehabt, ihn zu töten. Vielleicht konnte er nur der Versuchung nicht widerstehen. Es war eine einmalige Gelegenheit.« Seine Stimme war kaum mehr zu hören. »War es so, Frau Tönnes? Konnten Sie der Versuchung nicht widerstehen?«

Sie antwortete nicht.

»War es so, Frau Tönnes?«

Ihre Stimme war eiskalt. »Nein. So war es nicht.«

Hambrock betrachtete sie.

»Er hat einfach nicht aufgepasst, dieser Trottel. Er war so ein gottverdammter Tollpatsch. Hätte er nur aufgepasst, dann wäre das alles nicht passiert.« Sie fixierte ihn. »Ich verstehe gar nicht, was diese Befragung soll. Die Polizei hat doch bereits festgestellt, dass es ein Unfall war.«

Hambrock fragte sich, ob er tatsächlich geglaubt hatte,

ihren Panzer durchbrechen zu können. Er dachte an das, was Henrik Korb über ihre Jagdwaffen gesagt hatte, und wechselte das Thema.

»Warum haben Sie Schüsse abgefeuert, als die Streifenbeamten vor Ihrer Tür auftauchten? Sie haben zwar auf den Boden geschossen, aber ein Irrläufer hätte gereicht, um einen der beiden zu verletzen, vielleicht sogar zu töten.«

»Ich wollte meine Ruhe.«

»Es waren Polizisten, keine Versicherungsvertreter. Sie wollten Ihnen nur ein paar Fragen stellen.«

»Sie hatten nichts auf meinem Grundstück zu suchen. Ich habe nichts verbrochen. Ich will nur meine Ruhe.«

»Und deshalb haben Sie nach dem Jagdgewehr gegriffen und auf Menschen geschossen? Hielten Sie das nicht für etwas übertrieben?«

»Sie sollten mich einfach in Ruhe lassen. Ist das denn zu viel verlangt?« Sie verschränkte ihre dicken Arme.

Hambrock schob seine Unterlagen zusammen.

»Also gut. Sie können gehen.«

»Wie bitte?«

»Es liegt kein dringender Tatverdacht mehr gegen Sie vor. Es gibt also keinen Grund, Sie weiter festzuhalten.«

Verständnislos starrte sie ihn an.

»Wir haben uns die Jagdwaffen Ihres verstorbenen Mannes angesehen. Er hat seine Waffen nicht sonderlich gepflegt, habe ich recht?«

Sie schien nicht zu begreifen. »Er ging schon seit Jahren nicht mehr auf die Jagd.«

»Als die Kollegen bei Ihnen vor der Tür auftauchten, haben Sie sich einfach irgendeine Waffe aus dem Schrank gegriffen, oder?«

»Und Munition. Ich weiß ja, wie man die Waffen lädt.«

»Richtig. Sie haben aber Ewalds Büchse gewählt, Frau Tönnes. Mit einer Büchse lassen sich keine Schrotkugeln verschießen. Dazu hätten Sie die Flinte nehmen müssen.«

»Aber …«

»Heinrich Uhlmann wurde mit einer Schrotflinte erschossen. Inzwischen haben wir festgestellt, dass aus der Schrotflinte Ihres Mannes seit einiger Zeit nicht mehr geschossen wurde. Im Inneren des Laufs hat sich Rost gebildet.«

»Rost?«

»Ganz genau. Den wir dort nicht gefunden hätten, wenn heute Mittag ein Schuss aus der Waffe abgegeben worden wäre. Heinrich Uhlmann wurde also nicht mit einem der Jagdgewehre Ihres Mannes erschossen. Und sollten sich keine weiteren Gewehre in Ihrem Besitz befinden, heißt das, dass vorerst kein dringender Tatverdacht mehr gegen Sie vorliegt.«

»Ich muss nicht zurück in die Zelle?«

»Nein, zumindest heute nicht. Ich mache Sie jedoch darauf aufmerksam, dass Sie sich uns zur Verfügung halten müssen. Außerdem wird Ihr Verhalten Konsequenzen haben. Sie hätten Ewalds Waffen nach seinem Tod abgeben müssen. Das ist unerlaubter Waffenbesitz. Und dann ist da natürlich noch der Widerstand gegen die Staatsgewalt.« Er seufzte. »Am besten besorgen Sie sich für diese Dinge einen Anwalt. Aber das hat Zeit bis Montag. Für heute wär's das.«

Es dauerte eine Weile, bis sie reagierte. Dann nickte sie langsam, schob ihren Stuhl zurück und erhob sich. »Gut. Dann gehe ich nach Hause.«

»Wenn Sie möchten, kann ich Sie von einem Streifenwagen nach Hause bringen lassen«, schlug Hambrock vor.

Doch da war sie bereits durch die Tür verschwunden.

8

Am Montagmittag sammelte Annika Emma am Kindergarten ein und machte auf der Rückfahrt einen kleinen Umweg, um Frau Röttger einen Besuch abzustatten. Clemens hatte gemeint, dass seine Frau heute bestimmt wisse, ob aus dem Interview etwas werden würde oder nicht.

»Warte hier, ich bin gleich wieder da«, sagte sie zu Emma, während sie ihren Gurt löste. »Ich muss nur kurz etwas bei Frau Röttger abholen. Wir fahren gleich weiter.«

Dann sprang sie aus dem Wagen, winkte Emma durch die Heckscheibe zu und lief an den großen Maschinenhallen vorbei zum Wohnhaus. Die Röttgers lebten in einem hübschen und liebevoll renovierten Bauernhaus, das allerdings inmitten der Industriehallen im Fertigbaustil ein wenig deplatziert wirkte. Annika trat an die verzierte Eichentür und klingelte.

Es dauerte nicht lange, bis Gabriele Röttger öffnete. Sie sah nicht gut aus. Ihr Gesicht war blass, die Augen rot gerändert. Offenbar hatte sie in den letzten Tagen nicht viel Schlaf bekommen.

»Hallo, Annika.« Sie lächelte bemüht. »Ich habe dich lange nicht mehr gesehen.«

»Das stimmt. Ich sollte häufiger vorbeikommen.«

Früher war Annika beinahe jeden Tag dort gewesen. Doch inzwischen traf sie Clemens nur noch zufällig: auf dem Feld, im Landhandel oder in der Gastwirtschaft. Sie konnte Gabriele Röttger nicht besonders gut leiden, was auf Gegenseitigkeit beruhte. Am liebsten war sie mit Clemens allein, und deshalb kam sie nur noch selten hierher.

»Du kommst wegen dem Interview mit Clemens' Cousine, nicht wahr? Ich habe dir ihre Telefonnummer aufgeschrieben.«

Sie ging zu dem schmalen Telefontisch und kehrte mit einem Zettel zurück.

»Hast du denn auch mit ihr gesprochen?«, fragte Annika.

Gabriele bedachte sie mit einem kühlen Blick.

»Natürlich. Sie hat gesagt, sie will eigentlich nicht mit der Zeitung reden, aber wenn Clemens so viel daran liegt, würde sie eine Ausnahme machen.«

Es klang wie ein Vorwurf. Annika nahm den Zettel und bedankte sich höflich, dann steckte sie ihn in die Hosentasche.

»Bevor ich es vergesse«, sagte sie. »Ich soll dich von Tante Ada fragen, ob sie sich euren Rasenmäher ausleihen kann. Bei unserem ist der Motor kaputt, und der Rasen muss dringend geschnitten werden.«

»Kein Problem. Will sie den Schlepper haben?«

»Nein, damit kommt sie nicht klar. Ihr habt doch auch noch diesen kleinen zum Schieben?«

»Schon. Aber da muss ich erst nachsehen, wo der steht. Sag ihr, sie soll heute Nachmittag vorbeikommen, dann kann sie ihn abholen.«

»Also gut.«

Die beiden Frauen standen sich gegenüber. Es gab nichts mehr zu sagen.

»Dann werde ich mal«, sagte Annika.

»Ja, bis dann, mach's gut.«

Gabriele Röttger schloss die Tür. Annika ging zurück zum Auto. Emma hielt den Kopf verrenkt und starrte zur anderen Straßenseite hinüber, als gäbe es dort etwas Wichtiges zu sehen. Annika folgte ihrem Blick.

Der Lastwagen der Molkerei. Er stand gegenüber, auf dem Hof von Hubert Höing. Der silberne Tank funkelte in der Sonne, vom Fahrer war nichts zu sehen.

Annika sah wieder zu Emma, doch die hatte nur Augen für den Laster. War es möglich, dass Klooke neben ihr saß? Und etwas über den Wagen sagte, das keiner wissen durfte?

Annika nahm sich ein Herz, dann setzte sie sich hinters Steuer und ließ ihre Stimme unbekümmert klingen.

»Na, Emma? Was siehst du da?«

Das Kind strahlte sie an. »Lotti!«

»Wie bitte?«

»Da ist Lotti!« Sie deutete auf den Milchtank, auf dem die Comiczeichnung einer Kuh mit Sonnenbrille abgebildet war. Darunter stand: »Lotti sagt: Schulmilch ist cool!«

Annika ernüchterte. »Ist euer Kindergartenkakao auch von Lotti?«

»Ja. Und wir haben eine Lotti-Puppe in der Spielecke, die ist sooo groß.« Sie streckte die Arme zum Autodach.

»Ach, so ist das.« Annika musste lachen. Sie wendete den Wagen und fuhr vom Hof.

Nachdem Annika fort war, ging Gabriele Röttger zum Schlüsselkasten und holte den Schlüssel für die große Halle hervor. Auf dem Weg nach draußen zog sie eine Strickjacke über. Es war kalt geworden, der Herbst war nun zu spüren.

Sie dachte an Clemens. Wie sie es seit dem Anschlag beinahe unentwegt tat. Sie hatte kaum geschlafen in den letzten Tagen. Ein paar Millimeter weiter, und das Messer hätte ihn getötet. Dann wäre alles vorbei gewesen. Und sie wäre jetzt mit allem allein.

Sie ließ die großen Rolltore der Halle hinter sich und ging zu dem kleinen Seiteneingang. Würde sie es jemals wieder ertragen können, ihren Mann hinaus auf die Maisfelder fahren zu sehen? Wenn er mit seinem fröhlichen Grinsen im Führerhäuschen saß und zum Abschied hupte, bevor er vom Hof fuhr?

Die Seitentür war unverschlossen. Überrascht steckte sie den Schlüssel wieder ein. Hatte Clemens vergessen abzusperren, als er das letzte Mal in der Halle gewesen war? Sie trat ein und schloss die Tür hinter sich. Die Halle war in schwaches Licht getaucht, die riesigen Landmaschinen standen da wie Dinosaurier in einem Museum. Alles war still.

Obwohl es völliger Unsinn war, fühlte sie sich plötzlich beobachtet. Als wäre sie nicht allein in der Halle. Sie wischte das Gefühl beiseite.

In der Ecke hinter dem Mähdrescher hatte Clemens eine kleine Werkstatt eingerichtet, dort irgendwo musste auch der alte Rasenmäher stehen. Ihre Schritte hallten von den Wänden wider.

Tatsächlich entdeckte sie den Rasenmäher neben einem Metallspind. Beim Blick in den Benzintank erkannte sie, dass nicht genügend Sprit drin war. Sie sah sich um. Irgendwo musste ein Kanister sein.

Am Spind stand eine Metalltür einen Spaltbreit offen. Eine Sporttasche ragte heraus, die so groß war, dass sich die Tür nicht ganz schließen ließ. Verwundert zog sie die Tasche hervor. Sie war nagelneu, Gabriele hatte sie noch nie gesehen. Seltsam. Clemens hätte es ihr doch gesagt, wenn er sich eine Sporttasche gekauft hätte. Zumal sie für gewöhnlich solche Dinge für ihn besorgte.

Vorsichtig zog sie den Reißverschluss auf. Obenauf lag ein Jagdgewehr. Es sah aus wie die alte Schrotflinte ihres Vaters. Wie war das möglich? Clemens hatte die Waffe doch verkauft. Schon vor Jahren. Zumindest hatte er ihr das gesagt. Unter dem Gewehr lag ein waldgrüner Lodenmantel, den sie ebenfalls noch nie gesehen hatte. Jäger trugen solche Mäntel. Heinrich Uhlmann hatte einen ganz ähnlichen gehabt.

Aber das war doch nicht möglich! Clemens lag im Krankenhaus, als der Mord passierte. Er konnte nichts damit zu tun haben. Oder etwa doch?

Sie starrte die Tasche an und dachte an sein blasses Gesicht auf dem Krankenbett. Wenn sie beide Geduld hätten, würde vielleicht alles wie früher werden. Dann könnten sie so leben, als wäre nichts geschehen. Vielleicht würde sie sogar irgendwann keine Angst mehr haben, wenn er mit dem Häcksler hinausfuhr.

Mit zitternden Händen zog sie den Reißverschluss wieder zu. Dann stellte sie die Sporttasche zurück in den Spind. Sie drückte die Tür zu.

Was, wenn sie gar nichts gesehen hätte? Wenn sie einfach

vergäße, dass dort diese Tasche stand? Was hier in der Werkstatt war, ging sie ohnehin nichts an, das waren Clemens' Dinge.

Wie betäubt wandte sie sich dem Benzinkanister zu. Sie füllte den Tank des Rasenmähers, ohne den Spind noch mal anzusehen. Dann schob sie das Gerät aus der Halle und schloss die Tür sorgsam ab.

Alles würde wieder wie früher werden, da war sie ganz sicher. Sie brauchten nur etwas Geduld.

Seit Hedwig Tönnes aus dem Münsteraner Polizeipräsidium zurückgekehrt war, saß sie am Küchentisch und starrte vor sich hin. Das tat sie ständig, seit Ewald fort war. Saß einfach da und tat nichts.

Da war dieser Moment gewesen, auf dem Schützenfest: Sie hatte in der Gluthitze des Festzelts gesessen und die Rufe von draußen gehört. Ihr war sofort klar gewesen, dass es kein Irrtum war. Ewald war tot, unabänderbar. Sie war nicht sicher gewesen, ob diese Nachricht einen Sieg oder eine Niederlage bedeutete. Alles hatte sich seltsam taub angefühlt. Vielleicht bin ich jetzt frei, war ihr erster Gedanke gewesen.

Im Haus war es nun still. Genau wie in den Ställen, seit die Schweine abgeholt worden waren. Nichts regte sich mehr auf dem Hof.

Sie kochte jetzt für sich allein. Stand morgens auf, putzte sich die Zähne, ging in die Küche, kochte Kaffee, räumte auf, spülte. Begleitet von der immergleichen Stille.

Selbst in der Zelle, in die man sie gesteckt hatte, war es nicht so ruhig gewesen. Da hatte sie gedämpfte Stimmen im Flur gehört und die Geräusche der Gefängnisküche im Heizungsrohr. Hier am Tisch aber hörte sie nur ihren eigenen Atem.

Sie legte die Hände in den Schoß und blickte auf die Tischplatte. Auf dem wurmstichigen Holz lagen die Tablettenpackungen, die sie bereitgestellt hatte. Daneben eine Flasche mit dem guten Westfälischen Korn, der aus Ewalds Besitz stammte und die Wirkung der Tabletten verstärken würde.

Es war alles vorbereitet. Sie brauchte nichts mehr zu tun. Nur noch aufzustehen, Tabletten und Schnaps zu nehmen und hinüber zur Güllegrube zu gehen.

Einen Moment noch, dachte sie. Gleich bin ich bereit.

9

Annika stand unter der Dusche und ließ das heiße Wasser über ihren Körper fließen. Sie dachte an Hedwig Tönnes. Seit Annika am vergangenen Nachmittag die Todesnachricht erhalten hatte, ging sie ihr nicht mehr aus dem Sinn. Hedwigs Sohn hatte sie neben der Güllegrube gefunden, in der auch ihr Mann ums Leben gekommen war. Offenbar war sie an einer Überdosis Schlaf- und Schmerztabletten gestorben, doch das musste die Obduktion noch bestätigen.

Ihr Schicksal berührte Annika mehr, als sie vermutet hatte. Viele hielten Hedwig Tönnes zwar immer noch für eine Mörderin, die sich aus Reue das Leben genommen hatte. Doch Annika sah das anders, und da war sie nicht die Einzige. »Am Ende konnten die beiden wohl doch nicht ohne einander«, hatte Tante Ada spätabends mit einem Blick über die Felder gesagt und dann ganz entgegen ihrer Art lange geschwiegen. Annika hatte am Tisch gesessen und gespannt darauf gewartet, dass sie weitersprach. Doch dann hatte sich Tante Ada umgedreht und war ohne ein weiteres Wort aus der Küche gegangen.

Sie stieg langsam aus der Dusche und trocknete sich ab. Sie hatte heute früh verschlafen, ihr Wecker war mitten in der Nacht einfach stehen geblieben. Als Sophia sie geweckt hatte, war sie mit einem gehörigen Schreck hochgefahren.

»Keine Sorge, Tante Ada hat heute Morgen die Kälber gefüttert. Wir wollten dich nicht wecken, wo doch gestern Abend dein Kollege von der Zeitung so lange da war.«

Bernd Faber war am vergangen Abend vorbeigekommen, um über das Interview zu sprechen. Es war schon spät gewesen, bis auf Tante Ada hatten alle anderen bereits im Bett gelegen. Nach der Todesnachricht war er eine willkommene Ablenkung gewesen. Ein paar Stunden, die sie nicht über Hedwig Tönnes nachdenken musste.

Nach dem Frühstück würde er sie mit dem Roller abholen. Marita brauchte das Auto am Vormittag, und da es draußen noch mild genug fürs Rollerfahren war, hatte sie sein Angebot angenommen, sie nach Altenberge zu bringen. Später hatte sie ihm sogar vorgeschlagen, beim Interview dabei zu sein. Es wäre ihr ungerecht vorgekommen, ihn auszuschließen, nach all dem, was er beigesteuert hatte. Erwartungsgemäß hatte Bernd sofort zugesagt, sie zu begleiten.

Sie stand lange vor dem Kleiderschrank und wählte schließlich ein helles Tanktop und einen dünnen Cardigan von H&M, auch wenn es dafür eigentlich zu kalt war.

»Du solltest etwas über den Selbstmord von dieser Bauersfrau schreiben«, hatte Bernd gesagt. »Das ist hundertmal besser als das Interview mit der Kassiererin. Du kennst die Frau doch seit deiner Kindheit und weißt bestimmt Sachen über diese Familie Tönnes, die außerhalb eurer Bauernschaft keiner ahnt.«

Doch sie wollte lieber nicht über Hedwig schreiben.

»Es fühlt sich nicht richtig an. Außerdem ist das Interview über den Banküberfall schon mit Frau Wegener abgesprochen.«

»Ach, das ist doch egal. Die wäre damit bestimmt mehr als einverstanden. Das ist eine einmalige Chance. Wann bist du schon mal so nah an einer Story dran?«

»Vielleicht hast du recht. Trotzdem. Ich bleibe dabei.«

Sie wollte die Toten ruhen lassen, egal, was Bernd darüber dachte.

Unten in der Küche saßen Marita und Tante Ada in Arbeitssachen am Frühstückstisch und lasen die Zeitung. Sophia stand am Herd und machte Spiegeleier. Es roch nach frischem Kaffee und gebratenem Speck. Annika wusste nicht, wann sie das letzte Mal so lange geschlafen hatte.

Sie schlang ihre Arme um Tante Ada und drückte ihr einen Kuss auf die Wange.

»Danke fürs Kälberfüttern«, sagte sie.

Tante Ada zog eine Grimasse und befreite sich aus der Umarmung. Dann warf sie Annika einen mürrischen Blick zu und beugte sich wieder über die Zeitung. Das war typisch für Tante Ada. Sie wäre ohne zu zögern bereit gewesen, für sie alle durchs Feuer zu gehen. Aber deswegen brauchte man ja nicht gleich anzufangen, Zärtlichkeiten auszutauschen.

»Kommt dein Verliebter gleich?«, fragte Emma in ihrem Kinderstuhl.

Annika blickte ärgerlich zu Marita, die schuldbewusst den Blick abwandte.

»Beeil dich lieber, Emma«, sagte Marita unwirsch. »Sonst kommen wir zu spät zum Kindergarten.«

Annika setzte sich an den Tisch, nahm eine Scheibe Brot und schnappte sich den einzigen Teil der Zeitung, der noch herumlag, den mit dem Lokalsport.

»Bist du rechtzeitig wieder da?«, fragte Tante Ada. »Ich möchte, dass wir heute geschlossen zu Ludger Tönnes gehen.«

Am späten Nachmittag würden die nächsten Nachbarn von Hedwig Tönnes zu ihrem Hof gehen und dort Gebete für die Verstorbene sprechen. Es war eine alte Tradition in Erlenbrook-Kapelle, die heute kaum noch gepflegt wurde. Aber dieses Mal hatte Tante Ada darauf bestanden. Sie hatte mit Ludger geredet und danach alle zusammengetrommelt. Der Leichnam war zwar nicht mehr im Haus, wie es früher üblich gewesen war, doch daran nahm keiner Anstoß.

»Na klar bin ich dann wieder hier«, sagte Annika und goss sich Kaffee ein. »Das schaffe ich bestimmt.«

»Reicht es nicht, wenn ihr ohne mich dorthin fahrt?«, meinte Marita. »Um drei Uhr kommt der Tierarzt, um die Kälber zu impfen, und danach wollte ich beginnen, die Rinder aufzustallen. Die Nächte werden kalt, es wird höchste Zeit dafür.«

»Diese eine Nacht werden sie schon noch auf der Weide bleiben können.« Adas Stimme duldete keinen Widerspruch.

»Aber es spielt doch keine Rolle, ob ich mitkomme oder nicht«, meinte Marita. »Hier ist so viel Arbeit liegen geblieben, da …«

»Ich habe gesagt, wir gehen geschlossen hin. Das sind wir Hedwig Tönnes schuldig. Ende der Diskussion.«

»So ein Quatsch, was haben wir denn mit Hedwig Tö…?«

Adas Stimme donnerte durch die Küche: »Wir werden die Toten nicht verspotten. Auch du nicht, Marita. Und jetzt will ich nichts mehr davon hören.«

Marita funkelte sie wütend an, sagte aber nichts. Als Tante Ada den Teller mit den Spiegeleiern nehmen wollte, zog Marita ihn unter ihrer Hand weg und schaufelte sich herausfordernd die letzten beiden Eier auf den Teller. Doch Ada sagte nichts. Sie hatte ihren Willen durchgesetzt, Marita würde mitgehen.

Kurz nach dem Frühstück hörte Annika das Knattern von Bernds Roller auf dem Hof. Sie schnappte sich die Tasche mit ihren Unterlagen, rief einen Abschiedsgruß in die Küche und lief hinaus.

»Soll ich nicht kurz mit reingehen und deiner Familie Guten Tag sagen?«, fragte Bernd. »Die haben mich schon gestern Abend nicht zu Gesicht bekommen.« Er lächelte schief. »Nicht dass sie denken, du treibst dich herum.«

Annika hielt das für keine gute Idee. Er sollte lieber wiederkommen, wenn bessere Stimmung herrschte.

»Lass uns einfach losfahren. Das holen wir ein anderes Mal nach.«

Sie setzte den mitgebrachten Helm auf und schwang sich auf den Sitz, dann machten sie sich auf den Weg nach Altenberge.

Clemens' Cousine wohnte in einem unauffälligen Reihenhaus in einem Neubauviertel. Der Rasen war ordentlich geschnitten, das Unkraut zwischen den Waschbetonsteinen beseitigt. Alles sah tadellos aus. Erst auf den zweiten Blick bemerkten sie, dass hinter den Fenstern zur Straße schwere Vorhänge hingen. Nach außen war alles abgeschottet. Annika wusste, dass Clemens' Cousine seit dem Überfall das Haus nicht mehr verließ. Sie litt unter Agoraphobie und Panikattacken und war deshalb in Behandlung.

»Wir müssen auf jeden Fall höflich bleiben«, sagte sie auf dem Weg zur Haustür zum x-ten Mal. »Eigentlich möchte sie nicht mit der Zeitung sprechen. Sie soll es nicht bereuen, dass sie uns hereingelassen hat.«

Er lächelte. »Ich werde ganz reizend sein, versprochen.«

Annika fragte sich, ob er sich über sie amüsierte.

»Ich meine es ernst«, sagte sie.

Sein Lächeln wurde noch breiter. »Das weiß ich. Du kannst dich auf mich verlassen.«

Sie atmete tief durch, dann drückte sie die Klingel. Hoffentlich würde sie alles richtig machen.

Am Abend nach dem Treffen mit der Nachbarschaft saßen Ada und Sophia im Wohnzimmer vor dem laufenden Fernseher. Ada hatte sich mit einem Bleistift und einem Sudoku-Heft unter die Leselampe gekauert, Sophia saß neben ihr auf dem Sofa und häkelte ein winziges Mäntelchen für eine ihrer Dekopuppen, an denen sie allabendlich bastelte und die sie einmal im Jahr auf dem Billerbecker Weihnachtsmarkt verkaufte. Vor ihren Füßen stand ein Korb mit Stoffresten, Wolle und anderen Utensilien, in den sie von Zeit zu Zeit hineingriff, um ein Stück Fell oder einen grünen Knopf herauszusuchen und prüfend an das Mäntelchen zu halten.

Ada versuchte vergeblich, sich auf ihr Sudoku-Heft zu konzentrieren. Ihre Gedanken schweiften immer wieder ab. Sie konnte kein Muster bei den Morden erkennen. Hedwigs Selbstmord hatte ihr einen zusätzlichen Schock versetzt. Natürlich war sie eine furchtbare Person gewesen. Trotzdem. Wenn sie in der Nachbarschaft wirklich zusammengehalten hätten, wie es früher einmal üblich gewesen war, dann wäre das vielleicht nicht passiert. Doch diesen Vorwurf musste Ada auch an sich selbst richten.

Irgendwann seufzte Sophia und ließ ihre Häkelarbeit sinken.

»Arme Hedwig«, sagte sie. »Ich denke die ganze Zeit darüber nach. Am Ende hat ihr der verhasste Ehemann doch gefehlt.«

»So sehr, dass sie ihm in den Tod gefolgt ist.«

Sie schwiegen. Im Fernsehen lief »Wer wird Millionär?«, eine Sekretärin aus Remscheid hatte die Fragerunde gewonnen und trat unter Applaus auf die Bühne.

»Bernhard Hambrock war so plötzlich wieder weg«, sagte Sophia, als sie die Häkelnadel wieder aufnahm. »Ich habe ihn nicht einmal begrüßen können.«

Als die Nachbarn bei Ludger Tönnes eingetroffen waren, hatte Bernhard Hambrock ihm gerade einen Besuch abgestattet. Doch als er begriff, weshalb sie alle gekommen waren, hatte er sich eilig verabschiedet, um sie nicht zu stören.

»Hast du denn mit ihm gesprochen?«, fragte Sophia.

»Nur kurz. Er hat mir nicht viel über die Ermittlungen gesagt, aber wenigstens weiß ich jetzt, dass sie in Hedwigs Haus nichts gefunden haben, was als Tatwaffe infrage käme. Außerdem hat sie für den Zeitpunkt von Ewalds Tod ein wasserdichtes Alibi. Bernhard sagt, dass sie tatsächlich die ganze Zeit über auf dem Schützenfest gewesen sein muss.«

»Das wundert mich nicht.«

»Nein, mich auch nicht.«

Ada vertiefte sich wieder in ihr Sudoku-Rätsel. Sophia strich das Mäntelchen glatt und hielt es hoch.

»Sieh mal, wie gefällt dir das? Es ist für den kleinen Waldkobold, an dem ich gerade arbeite.«

Ada hob kurz den Blick. »Hübsch.«

Im Fernsehen ertönte lang anhaltender Applaus. Die Kandidatin hatte ihre erste schwierige Frage richtig beantwortet und bekam tausend Euro. Sophia begann sich nun doch für die Sendung zu interessieren.

»Ich habe übrigens mit Ludger gesprochen«, sagte Ada. »Er will für eine Weile zurück nach Erlenbrook-Kapelle kommen, um den Haushalt seiner Eltern aufzulösen. Wahrscheinlich wird er Haus und Hof ganz verkaufen. Wir sollten überlegen, ob wir vielleicht ein bisschen Land dazukaufen wollen.«

Sophia war überrascht. »Er will verkaufen? Alles? Das

kann er doch nicht machen. Das Gehöft ist seit Generationen im Besitz der Familie.«

Die Besitzverhältnisse in Erlenbrook-Kapelle ließen sich bis in den Dreißigjährigen Krieg zurückverfolgen. Alle Kirchenbücher, die weiter zurückreichten, waren von den Soldaten Wallensteins in Brand gesteckt worden. Es hatte sich nicht viel verändert seitdem, die Höfe waren überwiegend in den Händen der Familien geblieben.

»Das ist die Zeit, in der wir leben«, sagte Ada. »Die jungen Leute legen keinen Wert mehr auf das Erbe ihrer Ahnen, Traditionen sind egal. Aber andererseits: Wer kann denn heute noch von der Landwirtschaft leben? Das sind doch die wenigsten.«

»Trotzdem ...«, murmelte Sophia.

»Wir können froh sein, dass wir Marita haben. Nicht überall gibt es ein fleißiges und geschäftstüchtiges Kind, das Lust hat, den Hof zu übernehmen. Es ist harte Arbeit, und viel Geld kommt nicht dabei herum.«

Sie wandte sich wieder ihrem Rätselheft zu. Günther Jauch gab eine offene Frage ans Publikum weiter und verabschiedete sich in die Werbung.

Sophia betrachtete Ada und lächelte. »Du denkst die ganze Zeit darüber nach, nicht wahr?«

»Wie bitte?«, fragte Ada.

»Über die Todesfälle. Du zermarterst dir deswegen den Kopf.«

War sie so leicht zu durchschauen? »Wie kommst du darauf?«

»Ich habe noch nie gesehen, dass du so lange für einen Rätselkasten gebraucht hast. Kein Mensch löst Sudoku schneller als du.«

Ada lächelte. »Du kennst mich halt zu gut.« Sie legte das Heft aus der Hand. »Es stimmt, ich denke darüber nach. Weißt du: Erst Ewald Tönnes, dann die Sache im Maisfeld und schließlich Heinrich Uhlmann. Wo liegt die Gemeinsamkeit? Ich grüble und grüble, doch ich komme nicht darauf. Es gibt keine Verbindung.«

»Sie lebten alle bei uns in der Bauernschaft.«

»Ja, das stimmt.« Ada schüttelte den Kopf. »Was ist bei uns nur los, Sophia? Was passiert hier? Wir sind doch alles kleine Leute, wer interessiert sich denn für uns?«

»Ich weiß es nicht.«

»Und soll das etwa so weitergehen? Werden weitere Menschen sterben? Das kann doch alles nicht wahr sein.«

Ada richtete den Blick ins Leere. Sie dachte an das, was Alwin Kötters gesagt hatte.

»Wusstest du, dass Hedwig Tönnes uns gehasst hat?«, fragte sie.

»Nein.« Sophia machte große Augen. »Wie kommst du darauf?«

»Alwin hat es mir gesagt. Sie war neidisch auf uns und unseren Hof.« Sie seufzte. »Manchmal frage ich mich, wie gut wir unsere Nachbarn überhaupt kennen.«

»Denkst du denn, dass jemand aus Erlenbrook-Kapelle hinter allem steckt?«

»Glaub mir, ich weiß es nicht. Bernhard scheint allerdings davon überzeugt zu sein.«

Sophia wollte etwas erwidern, doch da öffnete sich die Wohnzimmertür, und Annika kam herein. Sie ließ sich auf einen Sessel fallen und streckte die Beine von sich.

»Der Artikel ist fertig«, verkündete sie, »ich habe ihn gerade an die Redaktion gemailt.«

»Prima. Er ist bestimmt ganz wunderbar geworden«, sagte ihre Mutter. »Dürfen wir ihn lesen, oder sollen wir warten, bis er in der Zeitung steht?«

»Wenn ihr wollt, kann ich ihn ausdrucken. Aber das machen wir morgen, okay?«

»Wie war es denn heute Vormittag in Altenberge?«, fragte Sophia. »Wir haben noch gar nicht darüber gesprochen.«

Annika machte eine wegwerfende Handbewegung. »Es war ganz furchtbar, wenn ich ehrlich sein soll. Clemens' Cousine ist echt am Boden. Ich hätte nicht gedacht, dass ein Mensch von einer solchen Sache dermaßen aus der Bahn geworfen werden kann. Die steht immer noch unter Schock, wenn ihr mich fragt. Kann einem echt leidtun.«

Ada nickte nachdenklich. »Keiner kann vorhersagen, wie er in einer solchen Situation reagieren würde. Das weiß man wohl erst, wenn einem so etwas selbst passiert ist. Möge Gott uns davor bewahren.«

Annika lächelte. »Du hättest dem Bankräuber sicherlich gehörig die Leviten gelesen. Das hätte der sich kein zweites Mal getraut.«

Ada betrachtete zufrieden ihre Nichte. Sie gönnte sich ein Schmunzeln. »Das kann ich nur hoffen. Beschwören würde ich es aber nicht. Vielleicht wäre es mir auch genauso ergangen wie Clemens' Cousine.«

»Vielleicht kann sie ja von Glück reden, dass der Räuber sie nicht erschossen hat«, sagte Sophia. »Wer weiß schon, wie weit solche Leute gehen.«

Doch Annika zuckte nur mit den Schultern. Sie hatte offenbar keine Lust mehr, darüber zu reden.

»Guckt ihr Günther Jauch?«, fragte sie.

»Es geht gerade um die 16000-Euro-Frage«, antwortete Sophia. »Diese Sekretärin hat mehr Glück als Verstand.«

Für den Rest des Abends saßen sie vor dem Fernseher und ließen sich von dem unvermuteten Glück einer kleinen Sekretärin aus Remscheid berauschen. Das Flirren der Mattscheibe spiegelte sich in ihren Gesichtern wider, bis irgendwann die Sendung zu Ende war und sie sich gähnend auf den Weg ins Bett machten.

10

Als Sophia am nächsten Morgen das tote Huhn vor der Haustür fand, fütterte Annika gerade die Kälber in der Scheune. Die Schreie ihrer Mutter waren auf dem ganzen Hof zu hören. Annika schrak zusammen, der Eimer mit der Biestmilch fiel vor ihr auf den Boden. Draußen sah sie, dass Tante Ada bereits in der Tennentür aufgetaucht war. Marita kletterte ebenfalls hastig aus dem Melkstall. Sie fanden Sophia in der offenen Haustür, wo sie sich an den Rahmen klammerte. Jemand hatte dem Huhn den Kopf abgerissen und es blutend auf die Fußmatte gelegt. Sophia hatte es, als sie in der Dunkelheit des frühen Morgens die Zeitung holte, nicht rechtzeitig bemerkt und war hineingetreten.

Tante Ada nahm Sophia in den Arm und brachte sie ins Haus. Annika und Marita blieben vor der Tür stehen und starrten das tote Huhn an.

»Fasst nichts an!«, rief Tante Ada ihnen zu. »Ich werde Bernhard Hambrock anrufen.«

Eine halbe Stunde später tauchten zwei Streifenpolizisten auf, die Fotos schossen, Fußmatte und Boden nach Spuren absuchten und mit wenig Engagement Fragen stellten. Als sie wieder verschwanden, waren sie zumindest feinfühlig genug, den Kadaver mitzunehmen.

»Ich verstehe nicht, warum Bernhard nicht selbst gekommen ist«, sagte Ada, als sie fort waren.

»Er ist der Leiter der Mordkommission«, sagte Marita. »Er hat sich bestimmt um wichtigere Dinge zu kümmern.«

Ada erwiderte nichts, doch ihr Gesichtsausdruck ließ darauf schließen, dass sie anderer Meinung war.

Beim verspäteten Frühstück wurde nicht viel geredet. Sophia weigerte sich, etwas zu essen, und trank nur Kaffee. Ada und Marita saßen etwas steif daneben. Trost zu spenden, gehörte nicht zu ihren Stärken.

»Wer tut denn nur so was …?«, murmelte Ada immer wieder, doch natürlich hatte keine eine Antwort darauf. Genauso wenig wie auf die Frage, was es eigentlich zu bedeuten hatte, ein totes Huhn vor der Tür zu finden. Ein gutes Omen war es jedenfalls nicht.

Nach dem Frühstück verschwand Sophia wortlos in ihrem Bastelzimmer, wie sie es immer tat, wenn sie allein sein wollte. Tante Ada blickte auf dem Weg nach draußen besorgt zu der geschlossenen Tür, machte zögernd einen Schritt darauf zu, überlegte es sich dann aber anders und ging weiter zur Tenne.

Annika fragte sich ebenfalls, ob sie mit ihrer Mutter reden sollte. Sie fand aber erst am späten Vormittag den Mut, an die Tür des Bastelzimmers zu klopfen und in das Reich ihrer Mutter einzudringen. Der kleine Raum war vollgestopft mit Regalen und Schubladenschränken. Überall quollen Sophias Schätze hervor, bunte Stoffe, Fell- und Lederreste, Pappmaschee, Kunsthaar, Perlen. Auf einer Kommode standen Pinsel und Acrylfarben, auf einer anderen Kästen voller Knöpfe. Die fertigen Puppen hockten hoch oben auf einem Regal über dem Türrahmen und sahen auf das Chaos herab.

»Hallo, Mama«, sagte Annika und blieb in der Tür stehen.

Sophia saß am Fenster und malte Augen auf einen kleinen Koboldkopf.

»Ach, du bist es«, sagte sie mit brüchiger Stimme. »Komm doch herein.«

Annika betrat so gut wie nie das Bastelzimmer. Es war Sophias Rückzugsort und für Annika ein fremd anmutender Raum, der ihr vorkam, als würde er gar nicht zu dem Bauernhaus dazugehören.

»Ich wollte nur sehen, ob es dir gut geht«, sagte sie und setzte sich auf einen Hocker.

»Danke, das ist lieb von dir. Es geht schon wieder.«

Was natürlich gelogen war. Annika saß da und wusste nicht so recht, wie sie beginnen sollte. Sie war von klein auf ein Vaterkind gewesen, ihre Mutter und sie waren sich immer ein wenig fremd geblieben. Vielleicht, dachte sie nun, bin ich ja gar nicht die Richtige, um Trost zu spenden.

»Ich habe mich furchtbar erschrocken heute Morgen«, brach ihre Mutter das Schweigen.

»Da hat sich jemand einen Spaß mit uns erlaubt«, sagte Annika. »Ich bin mir ganz sicher. Auch wenn wir nicht sonderlich darüber lachen können. Trotzdem. Das war bestimmt nicht ernst gemeint.«

»Vielleicht hast du recht.« Sophia legte den Pinsel aus der Hand und sah ihrer Tochter direkt ins Gesicht. »Ich habe nur Angst um euch, das ist alles.«

Annika wusste nicht, was sie darauf sagen sollte.

»Es hat hier so viele Tote gegeben«, fuhr ihre Mutter fort, »da ist es doch kein Wunder, wenn man Angst um seine Familie kriegt. Ein totes Huhn, ist das nicht eine Warnung? Wenn doch nur Heinrich Uhlmanns Mörder schon gefasst wäre.«

»Es wird uns schon nichts passieren.«

Ihre Mutter wurde sehr ernst. »Ein zweites Mal stehe ich das nicht durch. Ich glaube nicht, dass ich die Kraft dazu habe, noch einmal ein Mitglied dieser Familie zu verlieren.«

»Ach, Mama ...«

»Wer sagt mir denn, dass es keiner auf euch abgesehen hat?«

Annika wurde verlegen. Sie ließ den Blick über die Stoffreste am Boden wandern. In dem engen Zimmer wurde es still.

Sophia betrachtete ihre Tochter. »Ich weiß, ich übertreibe ein bisschen, was die Sache mit dem Huhn angeht. Mich erinnert das eben alles an damals, obwohl das Unsinn ist.«

Annika schwieg. Sie wollte nicht über »damals« reden. Sophia legte die Hand an Annikas Wange, die Augen voller Wärme.

»Du hast ihn von allen am meisten vermisst. Marita und Mechthild haben es besser verkraftet als du, aber sie waren ja auch älter. Natürlich hat es uns alle sehr getroffen, aber ich glaube, am schlimmsten war es für dich.«

Sie lächelte traurig. Annika fühlte sich unwohl. Sie wünschte, ihre Mutter würde das Thema wechseln. Es war, als trennte sie eine unsichtbare Wand, so war es schon immer gewesen. Sie senkte den Blick und schwieg.

»Ist das der Grund, weshalb du bei uns auf dem Hof bleibst?«, fragte Sophia.

»Ich weiß nicht, was du meinst …«

»Weil dein Vater dir immer noch fehlt. Du fühlst dich ihm hier nahe, richtig? Bleibst du deshalb und ziehst nicht weg, um dein eigenes Leben zu führen, wie deine Schwester Mechthild es getan hat?«

Annika spürte einen Kloß im Hals. Vielleicht kannte ihre Mutter sie doch viel besser, als sie immer geglaubt hatte.

»Ich bin hier, weil es mir gefällt«, sagte sie. »Wenn es nicht so wäre, würde ich ausziehen.«

Sophia lächelte. »Natürlich.«

Sie nahm den Pinsel wieder auf und wandte sich dem geschnitzten Kobold zu.

»Bist du so lieb und holst mir zwei Stangen Porree aus dem Garten? Ich muss mich gleich um das Mittagessen kümmern.«

Annika stand etwas unbeholfen auf. »Klar. Mache ich.«

Mit der Türklinke in der Hand sah sie zurück zu ihrer Mutter, die konzentriert das Koboldgesicht bemalte. Vielleicht war es keine gute Idee gewesen, hierher zu kommen, dachte sie. Doch da blickte Sophia plötzlich auf und lächelte Annika an.

»Danke«, sagte sie.

Hambrock hatte Kopfschmerzen, den ganzen Vormittag schon. Drei Aspirin hatte er eingeworfen, doch bislang zeigten sie keinerlei Wirkung. Im Gegenteil, es wurde immer schlimmer. Die Buchstaben in dem Bericht, den er las, verschwammen vor seinen Augen. Er schob die Akte beiseite und rieb sich die Augen. Es war erst halb zwölf. Er beschloss, zwei weitere Tabletten zu nehmen.

Durch seine Bürotür, die wie gewöhnlich offen stand,

blickte er in den Flur des Präsidiums. Heike Holthausen ging gerade an seinem Büro vorbei und winkte ihm zu.

»Ich verschwinde jetzt«, rief sie. »Wir sehen uns heute Nachmittag.«

»Fährst du nach Erlenbrook-Kapelle raus?«

»Wohin denn sonst?«

In den vergangenen Tagen hatte Heike gemeinsam mit einem Kollegen die gesamte Bauernschaft abgeklappert und die Leute befragt, immer noch auf der Suche nach einem Motiv für den Mord an Heinrich Uhlmann. In alphabetischer Ordnung hatten sie die Höfe abgearbeitet, es waren jetzt nur noch die von Vesting, Wagenfeld, Woestmann und Zumbülte übrig.

Hambrock achtete nicht weiter auf sie, er suchte nach der Tablettenschachtel. Doch Heike war in der Tür stehen geblieben und sah ihn fragend an.

»Alles klar bei dir? Du siehst ziemlich mitgenommen aus.«

»Mir geht es gut«, sagte er schroff. »Sonst noch was?«

Sie warf ihm einen langen Blick zu, drehte sich dann um und ging weiter.

Hambrock schloss die Augen. Er durfte seine schlechte Laune nicht an den Kollegen auslassen, das hatte er sich immer geschworen.

Missmutig ließ er den Blick über seinen Schreibtisch wandern. An dem gerahmten Foto von Erlend blieb er hängen.

Heute wäre der Tag gewesen, an dem sie ihren Kurzurlaub angetreten hätten. Erlend war noch immer sauer auf ihn, doch sie sprach den verpatzten Urlaub mit keiner Silbe an. Sie mussten miteinander reden, in Ruhe und ohne Zeitdruck. Aber wann? Wenn er spätabends nach Hause kam und Erlend fernsah, dann hatte er das Gefühl, besser gar nichts zu sagen in der kurzen Zeit, die ihnen blieb. Die Folge war, dass sie seit Tagen nur noch das Nötigste miteinander sprachen.

Die Packung Aspirin hatte sich unter dem Aktendeckel versteckt. Er pulte zwei Tabletten heraus und ging zu der kleinen Kochnische am Ende des Flurs, um sich ein Glas Wasser zu holen. Auf dem Rückweg klopfte er an die Tür von Guido Gratczek, einem der Kommissionsmitglieder. Er war am Morgen in der Kriminaltechnischen Untersuchung gewesen, wo man die tödliche Schrotladung genauer untersuchte.

Als er eintrat, saß Gratczek in geradezu übertrieben aufrechter Haltung hinter seinem Schreibtisch. Er trug wie üblich einen teuren Anzug und dazu ein edles bordeauxrotes Hemd und wirkte damit auf Hambrock so fehl am Platz wie eine Gouvernante im Sexclub.

»Wie weit sind die Kollegen?«, kam Hambrock ohne Umschweife zur Sache. »Gibt's was Neues?«

»Na ja.« Gratczek faltete die Hände auf der Tischplatte. »Erst einmal herrscht jetzt Klarheit, dass die Schrotkugeln tatsächlich für die Gänsejagd benutzt werden. Da war unsere Vermutung richtig.«

»Ja, ja«, sagte er ungeduldig. »War das schon alles?«

Gratczek hob eine Augenbraue. »Alles klar bei dir?«

Hambrock rang sich ein entschuldigendes Lächeln ab. »Kopfschmerzen«, sagte er und ließ sich auf den Besucherstuhl sinken.

»Die Schrotkugeln waren mit einer Oxidschicht überzogen, was heißt, dass die Munition sehr alt gewesen sein muss. Die Kollegen versuchen, anhand der Legierung Näheres zu erfahren. Vielleicht kann man den Hersteller und den Produktionszeitraum genauer eingrenzen.«

Hambrock fragte sich, wie viele alte Waffen sich wohl noch auf den Bauernhöfen in Erlenbrook-Kapelle befanden. Es hatte vor einigen Jahren einen Aufruf gegeben, alle Waffen registrieren zu lassen, und viele hatten das zum Anlass genommen, sich von ihren alten Gewehren zu trennen. Doch bestimmt waren einige dabei, die alles einfach ignoriert hatten.

»Und was ist, wenn hier überhaupt keine Beziehungstat vorliegt und Heinrich Uhlmann nicht aus persönlichen Gründen erschossen wurde?«, fragte Gratczek.

»Von wem sollte er denn dann erschossen worden sein? Einen geistig Verwirrten können wir wohl ausschließen, genauso wie einen Serientäter, der seine Opfer willkürlich auswählt.« Hambrock schüttelte den Kopf. »Nein, Heinrich Uhlmann ist gezielt erschossen worden. Außerdem muss der Täter ortskundig gewesen sein, um ungesehen zum Tatort gelangen und wieder verschwinden zu können. Ich bin mir sicher, da gibt es eine vordeliktische Beziehung, die Frage ist nur, welche.«

»Es hat übrigens einen weiteren Vorfall in Erlenbrook-Kapelle gegeben. Ich weiß gar nicht, ob du das schon mitbekommen hast. Auf einem der Höfe wurde ein totes Huhn vor die Haustür gelegt.«

Hambrock gönnte sich ein müdes Lächeln. »Doch, davon habe ich schon gehört.«

»Und was sagst du dazu?«

»Keine Ahnung. Bislang wurde ohne Ankündigung getötet. Trotzdem sollten wir die Sache ernst nehmen.« Er stand schwerfällig auf. »Wie auch immer. Wir müssen ein Motiv finden. Dieser Uhlmann war doch kein Heiliger. Er muss eine Leiche im Keller gehabt haben.«

Er war schon in der Tür, als er sich nochmals umdrehte.

»Übrigens, ich fahre heute Mittag nach Erlenbrook-Kapelle. Ich werde für gut zwei Stunden weg sein, falls jemand nach mir fragt.«

»Du fährst raus?« Gratczek war überrascht. »Was gibt es denn so Dickes, dass der Chef persönlich loszieht? Ich dachte, wir stehen bei null.«

»Wir stehen auch bei null. Ich fahre nur raus, um einem toten Huhn meine Aufwartung zu machen. Entscheide selbst, ob das was Dickes ist.«

»Ich glaube, ich verstehe nicht ganz.«

»Hat sich das noch nicht rumgesprochen?«

Sonst wurde doch auch immer alles sofort betratscht. Über seine Eheprobleme wusste jedenfalls die ganze Kompanie Bescheid.

»Was denn?«, fragte Gratczek.

»Meine Tanten leben in Erlenbrook-Kapelle. Ihnen gehört der Hof, auf dem das tote Huhn gefunden wurde.«

»Deine Tanten?«

»Ganz richtig. Und sie würden es mir wohl nicht verzeihen, wenn ich nicht persönlich bei ihnen auftauche. Deshalb mache ich mich gleich auf den Weg.«

Damit zog er die Tür ins Schloss und ließ Gratczek allein.

Clemens saß aufrecht in seinem Bett und las in einem Buch. Er wirkte verändert. In sein Gesicht war die Farbe zurückgekehrt, außerdem schien er gute Laune zu haben. Als er Annika eintreten sah, strahlte er übers ganze Gesicht und legte das Buch weg.

»Ich komm heute raus, Anni. Was sagst du dazu?«

»Wirklich?«

»Die Ärzte machen später noch einen Check, aber heute Nachmittag wird mich Gabriele abholen.«

»Das ist ja toll.« Sie bemerkte, wie groß der Stein war, der ihr vom Herzen fiel. »Dann ist ja doch noch alles gut gegangen.«

»Ja. Ich bin dem Tod noch mal von der Schippe gesprungen.« Er grinste sie an. »Aber hast du etwas anderes von mir erwartet? Dachtest du etwa, Clemens Röttger lässt sich vom Tod eins auswischen? Da kennst du mich aber schlecht.« Er klopfte auf die Matratze. »Jetzt setz dich erst mal zu mir. Erzähl, wie war's bei meiner Cousine?«

Annika setzte sich aufs Bett.

»Traurig«, sagte sie. »Sie hat sich in ihr Haus zurückgezogen wie in einen Kokon. Saß die ganze Zeit einfach da und hat Kette geraucht.«

Es war für sie nicht leicht gewesen, das Interview zu führen. Annika wusste ja, dass Clemens' Cousine mit dem Überfall nicht fertigwurde und deshalb starke Tabletten nahm. Doch als sie dann dieser dünnen und blassen Frau gegenübersaß, war alles ganz anders, als sie es sich vorgestellt hatte. Zuerst hatte sie ganz normal gewirkt. Aber dann war Annika aufgefallen, wie langsam sie redete. Langsam und gleichmäßig, wie aufgezogen. Ihre Sätze besaßen kein Auf und Ab, keine Satzmelodie. Das war ihr mit der Zeit ein bisschen unheimlich geworden.

»Ich dachte zuerst, sie würde bestimmt zittern und zwischendurch weinen und sehr schreckhaft sein oder verschüchtert … Aber stattdessen wirkte sie wie eine Maschine.«

Er runzelte fragend die Stirn.

Annika zögerte. »Wie eine Sprechpuppe oder so etwas«, schob sie vorsichtig nach. Die Formulierung, die ihr eigentlich durch den Kopf ging, war: wie eine Untote. Aber das wollte sie Clemens gegenüber lieber verschweigen.

Sie erinnerte sich, wie Clemens' Cousine sie in die Küche geführt hatte. Während die Frau mit Bernd sprach, hatte Annika die ganzen vertrockneten Blumentöpfe auf dem Fensterbrett betrachtet. Aus dem Augenwinkel hatte sie gesehen, wie die Küchentür sich zu bewegen begann. Ein Windzug schlug sie laut krachend ins Schloss. Sie selbst wäre vor Schreck fast gestrauchelt. Doch die Frau sprach einfach weiter. Ohne Pause. Kein Stocken. Nichts. Als würde sie in dem einen Film sitzen, und Annika mitsamt Bernd und der Küche in einem ganz anderen.

»Ich werde sie mal besuchen, sobald ich wieder fit bin. Vielleicht kann ich mit ihr reden.«

Annika betrachtete seinen breiten Oberkörper.

»Wie lange wird das denn noch dauern? Ich meine, wissen die Ärzte, wann du wieder voll einsatzfähig bist?«

Er lächelte. »Das Schlimmste ist vorbei. Von jetzt an wird es jeden Tag ein bisschen besser, und das ist die Hauptsache.« Er beugte sich vor und flüsterte verschwörerisch: »In den Osterferien will ich zum Skifahren, das habe ich Gabriele schon gesagt. Aber erzähl den Ärzten noch nichts davon. Sonst drehen die durch.«

Er wuschelte ihr zufrieden durchs Haar.

»Und weißt du, was wir jetzt machen?«, sagte er. »Wir verlassen dieses deprimierende Gebäude und rauchen eine Zigarette. Was hältst du davon?«

Sie sprang vom Bett. »Ich bin dabei.«

In dem Moment öffnete sich die Tür des Krankenzimmers, und ein junger Pfleger trat ein, den Annika auf höchstens zwanzig schätzte. Sie kannte ihn bereits von vergangenen Besuchen. Es war ein kleiner und etwas zu dick geratener Blondschopf mit roten Wangen, der stets aufgesetzt gute Laune verströmte.

»Ich störe ja nur ungern«, sagte er fröhlich, »aber ich muss Blut abnehmen und ein paar Untersuchungen machen. Dauert nicht lange.«

Clemens ließ sich wieder zurück ins Bett sinken. Er seufzte resigniert.

»Annika, hast du vielleicht Lust, in die Cafeteria zu gehen und eine Tafel Schokolade zu holen? Am liebsten mit Nüssen. Ich sterbe vor Hunger.«

Der Pfleger lachte. »Sie sind wirklich auf dem Weg der Besserung. Trotzdem würde ich an Ihrer Stelle noch mal überdenken, ob Sie wirklich auf eigene Verantwortung das Krankenhaus verlassen wollen.«

Annika blieb in der Tür stehen. »Du willst was?«

Der Pfleger blickte sie überrascht an. »Das weißt du gar nicht? Er schlägt alle Warnungen der Ärzte in den Wind und entlässt sich selbst.«

Obwohl er das ganz fröhlich und mit einem Lächeln sagte, blickte Clemens ihn finster an.

»Mir geht es gut. Hör nicht auf den Quatsch, Anni. Die wollen hier nur Geld mit mir verdienen. Dabei werde ich auf dem Hof dringend gebraucht.«

Der Pfleger verdrehte ironisch die Augen. »Das geldgierige Krankenhauspersonal.« Er wandte sich an Annika. »Achte ein bisschen auf ihn. Er darf sich nicht anstrengen. Auf keinen Fall soll er schwere Arbeiten erledigen.« Zu Clemens sagte er: »Ich weiß, das ist nicht einfach. Gerade für einen Bauern. Trotzdem sollten Sie diesen Rat beherzigen.«

Annika drehte sich um. »Ich hole mal die Schokolade«, sagte sie und ging hinaus.

Das war typisch Clemens. Natürlich war es ihm zu blöd,

nutzlos im Krankenhaus herumzuliegen. Besonders, wenn Gabriele alleine mit allem klarkommen musste.

Auf dem Weg zur Cafeteria begegneten ihr mehrere Patienten, denen es weit weniger gut zu gehen schien. Auch wenn sie es nicht guthieß, dass Clemens sich selbst entließ – insgeheim war sie froh, fürs Erste nicht mehr hierher kommen zu müssen.

Sie besorgte die Nussschokolade und machte sich eilig auf den Rückweg. Dabei verlor sie jedoch die Orientierung und landete auf einer Station, wo gemalte Kinderbilder an den Wänden hingen, umgeben von Clownsnasen und gebastelten Mobiles. Sie sah sich nach einer Schwester um, die sie nach dem Weg fragen konnte, als ihr Blick an einem behinderten Jungen hinter einer Glastür hängen blieb.

Es war Aalderk Vesting. Sie erkannte ihn sofort. Sein Vater verbarg ihn zwar vor den Augen der Nachbarschaft, sodass Annika ihn erst zwei- oder dreimal gesehen hatte. Trotzdem gab es keinen Zweifel. Seine verkürzte Haltung, mit der er im Rollstuhl saß, der gesenkte Kopf und vor allem die schorfige, gelblich-braune Haut, die vermutlich seinen gesamten Körper überzog, zumindest die sichtbaren Stellen. Das alles machte ihn unverwechselbar.

Sie blieb vor der Glastür stehen und betrachtete ihn. Aus der Nähe und im hellen Licht des Krankenhauses wirkte er gar nicht mehr so Furcht einflößend wie in der düsteren Umgebung des Gehöfts. Er musste ungefähr so alt sein wie sie, doch er war kaum größer als ein zwölfjähriger Junge. Eine junge Frau in weißer Kleidung hob ihn aus dem Rollstuhl und legte ihn auf eine Matte. Sie strich ihm zärtlich über die Arme und begann mit einer Dehnübung. Da wandte Aalderk plötzlich den Kopf und sah Annika direkt ins Gesicht.

Seine Augen nahmen sie sofort gefangen. Sie hatten eine wunderschöne bernsteinfarbene Iris, umgeben von schneeweißer Lederhaut. Ruhe lag darin, Ruhe und Glanz. Sein Gesicht mochte aussehen wie der schmutzige Panzer einer Schildkröte, doch seine Augen funkelten darin wie Juwelen.

Die Krankengymnastin wandte seinen Kopf, so dass er zur anderen Seite sah. Annika blieb jenseits der Scheibe seltsam berührt zurück.

Der Pfleger aus Clemens' Zimmer tauchte hinter ihr auf.

»Du kannst ruhig zurück zu deinem Onkel gehen, ich bin längst fertig mit ihm.«

Er ist nicht mein Onkel, lag es ihr auf der Zunge. Doch sie nickte nur und wandte sich wieder der Glastür zu. Der Pfleger stellte sich neben sie und folgte ihrem Blick.

»Was hat der Junge?«, fragte sie.

»Das Sjögren-Larsson-Syndrom. Eine seltene Form der Ichthyose.«

Annika sah ihn verständnislos an.

»Fischschuppenflechte. So nennt man das im Volksmund.«

Der Begriff kam ihr vage bekannt vor. Bestimmt hatte sie einmal im Fernsehen etwas darüber gesehen. Sie deutete ein Nicken an.

»Kommt man mit zur Welt. Die Haut ist verhornt, reißt auf und wird schuppig. Schön aussehen tut es nicht, es ist aber nicht ansteckend.«

Er wollte bereits weiter, doch Annika hielt ihn zurück.

»Und wieso sitzt er im Rollstuhl?«

»Er ist spastisch gelähmt, das kommt bei diesem Syndrom dazu. Spastische Lähmung und mentale Retardierung, also geistige Behinderung.«

Sie legte die Hand an die Scheibe. »Armer Kerl.«

Der Pfleger betrachtete sie eingehend. Dann lächelte er. »Ich kenne diesen Jungen gut. Er hat ein sanftes und freundliches Wesen, man kommt gut mit ihm aus. Ich glaube nicht, dass er über seine Krankheit reflektieren kann. Ist mehr im Hier und Jetzt, verstehst du? Da kann sich unsereins eine Scheibe von abschneiden.«

»Aber er muss doch Schmerzen haben, oder?«

»Ja, die hat er bestimmt. Doch man kann was dagegen tun. Durch Hautpflege lassen sich der Juckreiz und auch das Aufreißen der Haut vermindern. Eine gute Ernährung ist ganz wichtig und dann natürlich Krankengymnastik wegen der Spastik. Er hat noch Glück, sein Vater kümmert sich nämlich sehr um ihn. Er übernimmt die ganze zeitaufwendige Pflege.«

»Sein Vater?« Sie konnte sich kaum vorstellen, dass der düstere Melchior Vesting damit gemeint war.

»Ja, wieso nicht? Wundert dich das?«

»Nein, nein.«

»Er bringt ihn regelmäßig hierher. Die Kasse übernimmt nur einen Teil der Behandlung, eine Menge zahlt er selbst.«

»Er muss für die Behandlungen zahlen?«

»Für einen Teil schon, es gibt einige sinnvolle OPs, die von der Kasse nicht übernommen werden. Außerdem hat er bereits zwei Operationen bezahlt, die sonst nicht möglich gewesen wären. Wahrscheinlich hat er das gesamte Familienvermögen dafür auf den Kopf gehauen. Wie gesagt, der Junge kann sich glücklich schätzen, nicht jeder würde so etwas tun.« Er kratzte sich am Hinterkopf. »Wie auch immer, ich muss jetzt weiter. Dein Onkel wartet auf dich.«

Er lief den Flur hinunter und verschwand im Schwesternzimmer. Annika blickte ihm nach.

Irgendwo musste Melchior Vesting das viele Geld aufgetrieben haben. Er lebte schließlich vom Amt, jedenfalls erzählte man sich das. Der Banküberfall, über den sie geschrieben hatte, kam ihr in den Sinn und auch die unaufgeklärten Morde in Erlenbrook-Kapelle.

Nur zögernd löste sie sich von der Glastür und machte sich langsam auf den Weg zurück zu Clemens' Krankenzimmer.

11

An einer Pappel vor der Hofeinfahrt war ein Pappplakat befestigt. »Bauern brauchen einen fairen Preis – 40 Cent pro Liter Milch« stand in grellen Buchstaben darauf. Daneben eine bunte Milchkanne und das Logo des Bundesverbands Deutscher Milchviehhalter. Hambrock fuhr mit dem Dienstwagen daran vorbei, hupte zweimal und parkte zwischen Scheune und Wohnhaus.

Seine Kopfschmerzen waren ebenso wenig verschwunden wie seine schlechte Laune. Verfluchte Verwandtschaft, dachte er. Im Grunde hatte er weder Zeit noch Lust auf diesen Besuch bei Ada Horstkemper. Aber was tat man nicht alles für die Familie. Zumindest würde er sich so einen Anruf seiner Mutter ersparen, bei der Tante Ada sich bestimmt beschweren würde, wenn er nicht persönlich auftauchte.

Er stieg aus dem Wagen. Ein vertrauter Dunggeruch wehte ihm entgegen. Das Scheunentor stand weit offen und gab den Blick auf die Bullenmastställe frei. Die großen Tiere kauten gemächlich das Futter aus den Trögen. Sie ließen sich von dem Lärm des Radladers nicht aus der Ruhe bringen, mit dem Marita hinter ihnen die Kälberställe ausmistete. Offenbar hatte seine Cousine das Hupen nicht gehört, denn sie kurvte weiterhin ruhig und konzentriert mit der großen Forke durch den Stall.

Hambrock hob die Hand und wollte auf sich aufmerksam machen, als er Tante Ada bemerkte, die hinter ihm in der Tennentür aufgetaucht war. Sie betrachtete ihn mit verschlossener Miene, zog die Arbeitshandschuhe aus und nahm das Kopftuch ab.

»Hallo, Tante Ada«, sagte er. »Entschuldige, dass ich hier unangemeldet auftauche. Ich wollte nur sehen, ob bei euch alles in Ordnung ist.«

Er hoffte vergeblich auf ein Lächeln.

»Wo warst du denn heute Morgen?«

»In Münster im Präsidium. Tut mir leid, dass ich nicht selbst kommen konnte, aber ich habe sofort jemanden losgeschickt. Die Kollegen haben mir bereits Bericht erstattet.«

»Bestimmt hattest du Wichtigeres zu tun.«

Ihre Stimme war kühl. Hambrocks Kopf pochte, die Schmerzen nagten an ihm. Er atmete durch, bevor er antwortete.

»Ich bin doch jetzt hier, Tante Ada. Sollen wir nicht erst einmal reingehen? Dann können wir in Ruhe reden. Wie geht es denn Tante Sophia? Hat sie sich inzwischen von dem Schreck erholt?«

Ada rührte sich nicht vom Fleck. Sie verschränkte die Arme. »Und dann, denkst du, ist alles wieder in Ordnung?«

»Ada, bitte. Es war für mich schwierig genug, hierher zu kommen. Bei mir auf der Arbeit ist der Teufel los. Ich konnte mich nun mal nicht früher loseisen.«

Tante Ada fixierte ihn.

»Nimmst du das alles hier überhaupt ernst?«

»Wie bitte?«

»Ich habe manchmal das Gefühl, dir ist völlig egal, was mit uns passiert.«

»Ada, jetzt mach aber mal halblang ...«

»Ich weiß ja nicht, ob du sonst ein guter Polizist bist, aber in dieser Sache machst du keine gute Figur. Wir fühlen uns ziemlich alleingelassen.«

Er schluckte seine aufsteigende Wut hinunter. Es wäre lächerlich, sich von so etwas provozieren zu lassen.

»Hör zu, Tante Ada. Es tut mir leid, dass ich heute Morgen nicht sofort zu euch rausfahren konnte, als ihr das Huhn gefunden habt. Aber ich kann mich nicht immer sofort frei machen, auch wenn ich mir das wünschte. Jetzt bin ich ja da. Können wir nicht reingehen und in Ruhe darüber sprechen, was heute Morgen passiert ist?«

»Du musst mich nicht behandeln, als wäre ich ein bisschen blöd. Ich hab schon verstanden, dass du die Warnung mit dem Huhn nicht ernst nimmst. Du kommst nur vorbei, um die verschreckten Tanten zu beruhigen, nicht wahr? Die alten Weiber, die ein bisschen plemplem sind.« Sie wurde lauter. »Dir ist wohl immer noch nicht klar, was hier passiert! Marita soll ermordet werden! Ihr galt der Anschlag auf dem Maisfeld, und ihr galt auch das tote Huhn vor unserer Tür. Jemand will sie ermorden, genau wie Ewald Tönnes und Heinrich Uhlmann. Wann geht das endlich in deinen Schädel?«

Bleib ruhig, Bernhard. Sie hat nur Angst um ihre Nichte. Versuch sie zu verstehen.

Doch bevor er etwas erwidern konnte, bohrte sie ihren Finger in seine Brust. »Eines will ich dir sagen, Bernhard Hambrock: Ich halte nicht sehr viel von der Polizei. Aber als ich erfahren habe, dass du in der Mordkommission arbeitest, hatte ich wirklich gehofft, dass weiteres Unglück abgewendet werden kann. Doch was hat man davon, einen Polizisten in der Familie zu haben, wenn der keinen Deut besser ist als alle anderen auch?«

Da riss Hambrock der Geduldsfaden.

»Ganz ehrlich, Tante Ada: Ich habe langsam die Schnauze voll von deiner Art. Wenn du mich fragst, dann hat sich hier jemand einen schlechten Scherz mit euch erlaubt. Keine Ahnung, ob wir herausfinden, wer das war. Wir werden es versuchen. Aber aktuell haben wir wirklich andere Probleme.«

»Du lässt uns also im Stich«, stellte sie fest.

»Mein Gott, Ada! Die Welt dreht sich nicht nur um dich. Hast du mal an Heinrich Uhlmanns Frau gedacht oder an seine Kinder? Vielleicht lässt du uns einfach unsere Arbeit machen, statt dich ständig einzumischen. Wir nehmen die Sache mit dem Huhn ernst, aber es gibt noch eine ganze Reihe anderer Spuren, denen wir folgen müssen.«

Tante Ada blickte ihn voller Verachtung an. Sie hatte offenbar aufgegeben, ihn überzeugen zu wollen. »Deine Eltern sind so freundliche und ordentliche Menschen, ich hätte gedacht, dass sie etwas Besseres zustande gebracht hätten.«

»Meine Eltern … Ach, das hat doch keinen Sinn! Soll ich dir sagen, was dein Problem ist? Du bist herrschsüchtig und hast keine Ahnung, wie man sich zu benehmen hat.«

»Was fällt dir …?«

»Und noch etwas. Du hast kein Gespür dafür, was andere deinetwillen für Kompromisse eingehen. Dafür bist du viel zu sehr mit dir selbst beschäftigt.«

»Das ist doch wohl die Höhe! Du willst mir etwas von Benehmen sagen? Dann pass mal auf, mein Freund. Ich sage dir jetzt …«

»Nein, Tante Ada. Du sagst mir gar nichts. Und weißt du auch, weshalb? Weil du mich mal kannst, und zwar kreuzweise!«

Damit wandte er sich ab und verschwand in seinem Auto. Er startete den Motor und setzte den Wagen zurück. Sein Kopf dröhnte. Als er vom Hof fuhr, sah er Marita im offenen Scheunentor stehen. Die Streitereien hatten sie offenbar hervorgelockt. Sie blickte verlegen zu Boden und trat von einem Bein aufs andere.

Er überlegte kurz, ob er anhalten und sich entschuldigen sollte. Doch seine Wut war noch nicht verraucht.

Vielleicht ist es auch gar nicht so übel, dass ich mal etwas überreagiert habe. So bin ich diese Sippschaft wenigstens ein für alle Mal los, dachte er.

Der Wagen fuhr vom Hof und wirbelte in der Auffahrt eine Staubwolke auf. Noch während Ada ihm wütend nachblickte und Bernhard innerlich verfluchte, kam Marita auf sie zu, die Hände tief in den Taschen und ein merkwürdiges Lächeln auf den Lippen. Sie muss alles mit angehört haben!, schoss es Ada durch den Kopf.

»Du denkst also, der Mörder hat es auf mich abgesehen?«

Was bist du nur für eine dumme Gans! Jetzt hast du in deiner Wut alles herausgeschrieen, schalt sich Ada.

»Ach nein, das tue ich ja gar nicht«, beeilte sie sich zu sagen. »Ich habe das nur so dahergesagt, weil ich wütend auf Bernhard war.«

»Du brauchst mir nichts vorzumachen, Tante Ada.«

»Ich weiß nicht, ob es jemand auf dich abgesehen hat«, sagte Ada kleinlaut. »Aber ich mache mir große Sorgen. Beim Anschlag im Maisfeld, da hättest du normalerweise auf dem Häcksler gesessen, jeder wusste das. Und jetzt die Sache mit dem toten Huhn. Ewald Tönnes, Clemens Röttger, Heinrich Uhlmann – sieht denn keiner, dass wir es mit einer Mordserie zu tun haben? Was muss denn noch alles passieren?«

Marita schüttelte den Kopf. »Glaub mir, Tante Ada. Niemand will mich ermorden. Das ist völlig ausgeschlossen.«

»Aber ...«

»Ewald ist wahrscheinlich nur verunglückt, und Clemens sollte bestimmt gar nicht verletzt werden, da war wohl eher der Häcksler gemeint. Und was Heinrich angeht, da wird die Polizei sicher bald den Täter fassen. Warum sollte es jemand, der Heinrich ermordet, auch auf mich abgesehen haben? Heinrich und ich haben doch nichts miteinander zu tun. Wir kannten uns kaum.«

»Und wie erklärst du dir das mit dem Huhn?«

»Da hat sich jemand einen üblen Scherz erlaubt.«

Ada blickte ihre Nichte an. Woher nahm sie diese Gewissheit? Nagte an ihr denn nicht der geringste Zweifel?

Bevor sie etwas erwidern konnte, wurde die Tennentür aufgerissen, und Paul stürmte auf den Hof. Er hatte die beiden nicht gesehen, stellte sich breitbeinig neben sie, stemmte die Hände in die Hüfte und holte tief Luft.

»Maaama! Tante Aaa ...«, dann entdeckte er sie und verstummte überrascht.

Marita lächelte. »Was gibt es denn?«

»Das Essen ist fertig. Oma hat gesagt, ich soll euch rufen.«

»Dann sag Oma, wir kommen sofort.«

Er drehte sich um und lief zurück ins Haus.

»Na, komm schon, Ada. Vergessen wir die Sache am besten. Mir wird nichts passieren, da bin ich ganz sicher.« Sie legte ihrer Tante kumpelhaft den Arm um die Schulter. »Wir wollen doch Sophia nicht warten lassen, oder? Sonst wird noch das Essen kalt.«

Ada nickte und beließ es dabei. Die Zuversicht ihrer Nichte hinterließ bei ihr jedoch ein seltsames Gefühl.

Das gewaltige Bauernhaus ragte wie ein Ozeandampfer aus dem Wald. Die Spitze des Fachwerkgiebels erhob sich stolz in den Himmel, die kleineren Wirtschaftsgebäude hingegen versanken bereits im Wald. Efeu und Knöterich überwucherten die Dächer, Eschen schlugen an den Mauern aus, und auf einem Dachfirst spross eine zittrige Birke, die ihre Wurzeln in den alten Stein bohrte.

Heike blieb mit einem Gefühl der Ehrfurcht stehen. Trotz des Verfalls strahlte das Gebäude große Würde aus. Die kunstvoll gemauerten Ziegel des Fachwerks, die gusseisernen Stallfenster und das prachtvolle Tennentor, alles schien sich eindrucksvoll gegen den Niedergang zu stemmen.

Ein Pfau schritt an ihr vorbei, ohne sie eines Blickes zu würdigen, und verschwand hinter einem der Rosensträucher. Dann hallte sein Ruf über den Hof. Heike fuhr zusammen. So schön diese Tiere auch sein mochten, so scheußlich waren ihre Schreie.

Sie öffnete das Gartentor und ging auf die Haustür zu. Der Hof von Hedwig Tönnes lag jenseits einer Wiese und war von ihrem Standpunkt aus gut zu erkennen. Genau wie die Wallhecke, die zum Tatort am Rapsfeld führte. Hätte Melchior Vesting zufällig in seinem Garten gestanden, hätte er den Täter zweifelsfrei erkennen können.

Sie erreichte den Eingang des Wohnbereichs, eine alte geschnitzte Eichentür. Natürlich gab es keine Klingel, und sie hob die Hand, um zu klopfen. Doch dann hielt sie inne. Zwischen ein paar Sträuchern entdeckte sie ein winziges Fachwerkhäuschen, kaum mehr als ein paar Quadratmeter groß und mit einem Schindeldach.

Sie fühlte sich wie in einem Freilichtmuseum: Das musste ein altes Backhaus sein. Sie hatte nicht geglaubt, dass es so etwas überhaupt noch gab. Neugierig ging sie durch das hohe Gras auf das verfallene Gebäude zu. Ein Schornstein ragte heraus, die Tür hing schief im Rahmen.

Dann bemerkte sie etwas im Schatten an der Wand. Dort lag ein Gegenstand im Gras verborgen. Sie konnte nicht erkennen, was es war. Oben ragte eine große Schlinge heraus. Sie machte einen weiteren Schritt darauf zu.

»Gehen Sie da weg!«

Heike erstarrte. Ein Mann war in der Haustür aufgetaucht, seine Stimme dröhnte durch den Garten. Sie wandte sich langsam um.

»Sie sollen da weggehen!«

Heike hob entschuldigend die Hände. Sie schätzte den Mann auf Anfang fünfzig, er hatte dunkle und tief liegende Augen und wirkte, als hätte er seit Tagen nicht mehr richtig geschlafen.

»Herr Melchior Vesting?«, fragte sie.

»Was wollen Sie? Sie haben hier nichts zu suchen, das ist ein Privatgrundstück. Verschwinden Sie, oder ich hole mein Jagdgewehr.«

»Mein Name ist Heike Holthausen. Ich komme von der Mordkommission.«

Er zögerte, dann nickte er. »Also gut.«

»Ich würde Ihnen gern ein paar Fragen stellen. Vielleicht können wir kurz reingehen?«

Er musterte sie widerwillig und blieb in der Tür stehen.

»Ihre Kollegen sind bereits hier gewesen, direkt nach dem Mord an Heinrich Uhlmann. Ich habe nichts beobachtet, das habe ich denen schon gesagt.«

»Natürlich. Trotzdem habe ich noch ein paar Fragen. Es wird nicht lange dauern, versprochen.«

Er stieß ein Grunzen aus und zog die Tür auf. Heike folgte ihm in die düstere Diele. Auch dort schien die Zeit stehen geblieben zu sein. Ein großer Kamin dominierte den Raum, es roch nach kaltem Feuer und geräucherter Wurst. Die Steinplatten auf dem Boden waren uneben und voller Risse, die gekalkten Wände vom Ruß geschwärzt. Der wuchtige Eichentisch in der Mitte des Raums war umgeben von gedrechselten Stühlen. Heike fragte sich, ob Melchior Vesting ihr einen Platz anbieten würde, doch er blieb mit verschränkten Armen stehen und blickte sie abwartend an.

»Von Ihrem Garten aus haben Sie einen guten Blick auf den Tatort. Wo waren Sie, als die tödlichen Schüsse auf Heinrich Uhlmann fielen?«

»Das weiß ich nicht mehr. Vielleicht habe ich auf dem Hof gearbeitet. Vielleicht war ich aber auch hier im Wohnhaus. Jedenfalls habe ich nichts gesehen.«

»Sie müssen die Schüsse aber doch gehört haben.«

»Natürlich habe ich Schüsse gehört. Die Jäger waren schließlich bei der Treibjagd. Später habe ich dann die Polizeifahrzeuge am Feldweg gesehen und den Notarztwagen.«

»Und Sie können sich nicht mehr erinnern, wo Sie vorher gewesen sind?«

»Wahrscheinlich habe ich die Hühner gefüttert. Ich kann nur wiederholen, dass ich nichts von allem mitbekommen habe.«

Heike nickte. »Sie waren früher selbst ein Jäger, nicht wahr? Ziemlich leidenschaftlich sogar, habe ich mir sagen lassen. Weshalb haben Sie damit aufgehört?«

»Aus privaten Gründen.«

»Könnten Sie das ein wenig näher erläutern?«

»Ich glaube nicht, dass Sie das etwas angeht.«

»Herr Vesting, wir versuchen einen Mord aufzuklären. Die kleinsten Details können von Bedeutung sein.«

Er sah sie widerwillig an.

»Es hat Streit gegeben«, sagte er dann.

»Streit? Mit wem?«

»Nicht mit Heinrich Uhlmann.«

»Sondern?«

»Es herrschten Uneinigkeiten, was den Vorstand betraf. Ich hatte zu der Zeit ohnehin überlegt aufzuhören. Mir passte einfach die Art einiger Jäger nicht.«

»Wessen Art passte Ihnen denn nicht?«

»Es bringt nichts, irgendwelche Namen zu nennen. Das

alles ist schon sehr lange her, ich bin seit über zehn Jahren nicht mehr dabei. Man versteht sich einfach nicht mit allen Leuten, so ist das Leben.«

»Aber die Missverständnisse waren groß genug, um das Jagen an den Nagel zu hängen.«

»Wie gesagt: Ich hatte sowieso erwogen aufzuhören. Mein Sohn ist sehr krank, wie Sie bestimmt wissen. Ich habe keine Zeit für Hobbys.«

»War Heinrich Uhlmann damals schon dabei, als Sie ausgetreten sind?«

Er nickte.

»Hat er sich mit allen Leuten verstanden?«

»Keine Ahnung. Sah zumindest so aus. Aber wie es sich in den letzten Jahren entwickelt hat, das weiß ich nicht.«

»Laut Ihrer Waffenkarte besitzen Sie noch immer zwei Jagdgewehre.«

»Das ist nicht verboten, oder? Ich besitze einen Waffenschein.«

»Nein, verboten ist das nicht. Könnte ich mir die Waffen trotzdem einmal ansehen?«

Er seufzte und ging zu einem dunklen Schrank an der Wand neben der Tennentür. Im Innern waren zwei Jagdgewehre befestigt. Heike betrachtete sie eingehend. Eines davon war eine Schrotflinte. Sie nahm sie aus dem Schrank und wog sie in der Hand. Dann warf sie einen Blick in das Patronenlager und hob den Lauf gegen das Licht.

»Die Waffe ist vor Kurzem gereinigt worden«, stellte sie fest.

»Das mache ich regelmäßig. Die Waffen sollen schließlich nicht verrosten.«

Sie gab ihm die Flinte zurück. »Mit welcher Munition schießen Sie für gewöhnlich?«

»Einfache Schrotmunition.« Er deutete auf das Ablagefach über den Gewehren, dort stapelten sich ein paar Munitionspakete. »Aber ich habe sie schon ewig nicht mehr verwendet.«

In einem Nebenraum polterte es. Melchior Vesting verstummte. Dann nahm er eilig die Waffe, verstaute sie im Schrank und schloss die Tür.

»Ich muss kurz nach meinem Sohn sehen. Bitte warten Sie.« Damit verschwand er in der Tür zum Nebenraum.

Heike betrachtete den Schrank. Sie erinnerte sich an das, was Guido Gratczek ihr berichtet hatte. Die Schrotkugeln, die sie an der Leiche gesichert hatten, waren von einer Oxydschicht umgeben, was die Kollegen zu dem Schluss brachte, dass die verwendete Munition sehr alt sein musste.

Mit einer schnellen Bewegung zog sie die Schranktür auf. Das Quietschen des Scharniers ließ sie zusammenfahren, doch Melchior Vesting schien nichts gehört zu haben. Sie prüfte die Munitionspakete. Das gesuchte Kaliber war ebenfalls dabei. Vorsichtig zog sie ein Paket hervor und ließ eine einzelne Schrotpatrone in ihre Manteltasche gleiten. Dann schloss sie die Schranktür, atmete durch und tat so, als würde sie interessiert die vergilbten Schwarz-Weiß-Fotografien betrachten, die auf dem alten Kamin standen.

Männer im Sonntagsrock und mit düsteren Mienen waren darauf abgebildet, Frauen mit hageren Gesichtern und streng geknotetem Haar. In der Mitte des Räucherbosen hing eine gerahmte Stickarbeit mit einem Sinnspruch: *Ruft einst das Vaterland uns wieder als Reservist und Landwehrmann, so legen wir die Arbeit nieder und folgen treu der Fahne dann.* Du liebe Güte, dachte sie, wo bin ich hier nur gelandet?

Melchior Vesting kehrte zurück. Blickte sie mit finsterer Miene an, als ob er ahnte, dass sie seine Abwesenheit für irgendetwas genutzt hatte. Heike umklammerte die Patrone in ihrer Manteltasche.

»War's das jetzt?«, fragte er schroff.

»Eine letzte Frage habe ich noch. Wo waren Sie am frühen Nachmittag des 24. Juli?«

»Woher soll ich das heute noch wissen?«

»Das war der Tag, an dem das Erlenbrook-Kapellener Schützenfest gefeiert wurde. Sie waren nicht dort und so ziemlich der Einzige aus der Bauernschaft, der nicht auf der Festwiese war. Wieso nicht?«

»Ich habe mit meinen Nachbarn nicht viel zu schaffen. Ich lege auch keinen Wert darauf.«

»Wissen Sie noch, was Sie zwischen zwölf und zwei getan haben?«

»Was ich immer um diese Uhrzeit tue: Erst essen wir zu Mittag, dann bringe ich meinen Sohn zu Bett und setze mich anschließend in die Küche, um die Zeitung zu lesen.«

»Haben Sie währenddessen vielleicht aus dem Fenster gesehen? Haben Sie irgendetwas auf dem Hof der Familie Tönnes bemerkt?«

»Nein. Ganz bestimmt nicht. Es interessiert mich nicht, was meine Nachbarn machen.«

Heike nickte. »Falls Ihnen noch etwas einfällt, möchte ich Sie bitten, uns sofort zu informieren.«

Er brummte etwas, was sie als Zustimmung auffasste. Sie verabschiedete sich und trat vor die Tür. Die Sonne schien ihr entgegen, ein frischer Wind kam auf, und sie spürte ein Gefühl der Erleichterung. Dieses dunkle Haus schlug einem aufs Gemüt. Kein Wunder, dass dieser Vesting ein so sonderbarer Kauz war.

Bevor sie zurück zum Wagen ging, sah sie noch mal neugierig zum Backhaus hinüber. Sie betrachtete das Gras neben der Fachwerkwand, doch von Weitem war erst recht nichts zu erkennen. In dem Moment bemerkte sie, dass Melchior Vesting hinter einem Fenster stand und sie beobachtete.

Also drehte sie sich um und steuerte ihren Dienstwagen an.

12

Annikas Arbeitstag endete in der Regel um kurz nach fünf, mit dem Kälberfüttern und dem anschließenden Reinigen der Milchtröge. Danach ging sie ins Haus, zog sich um und gesellte sich meist zu ihrer Mutter in die Küche, um bei der Vorbereitung des Abendessens zu helfen. Doch heute blieb sie in ihrem Zimmer. Sie wollte allein sein und nachdenken.

Die Sache mit dem toten Huhn schwebte wie ein dunkler Schatten über allem. Keine der Frauen sprach darüber, dennoch war es allen anzumerken, dass sie von den Ereignissen ziemlich mitgenommen waren.

Vor ihrem Zimmerfenster tanzten die letzten Mücken des Jahres über dem nebligen Dunst, der sich aus Gräben und Wiesen erhob. Hinterm Horizont verschwand die Sonne und hinterließ am Abendhimmel leuchtend rote Wolkenfetzen.

Sie fragte sich, wie ihr Vater reagiert hätte. Wie ernst hätte er die Sache genommen? Wenn er nur hier wäre. Dann bräuchten sie keine Angst zu haben.

Eine der Katzen lief durch den Garten und schlich die steinernen Stufen zur Terrasse hinauf, bis sie im Schatten der Stallwand verschwunden war.

Annika erinnerte sich, wie sie mit vier Jahren über eben diese Steinstufen gestolpert war und sich einen komplizierten Beinbruch zugezogen hatte. Sechs Wochen Krankenhaus waren die Folge gewesen. Sechs endlose Wochen auf einer Station voller schwerkranker Kinder, mit einer herrischen Nachtschwester, die kein Erbarmen kannte mit den heimwehkranken kleinen Patienten, die sich durch unruhige Nächte quälten.

Es war im Spätsommer gewesen, die Ernte wurde eingebracht, und niemand hatte Zeit, sie zu besuchen. Außerdem hatte sich im Kälberstall eine gefährliche Durchfallkrankheit ausgebreitet. Und doch war er plötzlich da gewesen, ihr Vater! Ganz unerwartet, trotz der vielen Arbeit auf dem Hof, war er gekommen. Ein einziger Blick hatte ihm gereicht, um zu sehen, was in ihr vorging. Sein tapferes kleines Mädchen. Annika hatte nicht geklagt und nicht um Hilfe gerufen. Und doch hatte er sie gehört und war gekommen. Er hatte sich vergewissert, dass sie unbeobachtet waren, sie aus dem Bett gehievt und geflüstert: »Wir gehen jetzt ein Eis essen.« Dann hatte er seinen schwieligen Zeigefinger auf die Lippen gelegt, ihr verschwörerisch zugezwinkert und sie eilig durch die Flure und den verwaisten Haupteingang getragen.

Einen ganzen Nachmittag lang hatten sie am Aasee gesessen, miteinander geredet und über das glitzernde Wasser geblickt, endlose Stunden voller Wärme und Zuneigung. Es war bereits dunkel gewesen, als er sie in ihr Krankenzimmer zurückbrachte, flankiert von einer herumzeternden Nachtschwester. Doch ihr Vater hatte gar nicht darauf reagiert, er hatte sie ruhig ins Bett gelegt, ihr noch einmal zugezwinkert und dann die Zimmertür hinter sich geschlossen, um sich dem Krankenhauspersonal zu stellen.

Annika legte die Hand an die kühle Scheibe ihres Fensters. Es kam häufig vor, dass sie einfach so dasaß, herumträumte und sich fragte, welcher wohl der schönste Tag ihres Lebens gewesen war. Es kamen bestimmt einige in Frage, aber dieser Tag, als ihr Vater mitten in der Erntezeit zu ihr gekommen und sie aus dem Krankenhaus entführt hatte, gehörte mit Sicherheit zu den glücklichsten. Sie wünschte sich so sehr, sie hätte ihm das irgendwann einmal gesagt. Das wünschte sie sich mehr als alles andere.

»Kurze? Bist du hier oben?«

Marita war in ihrer Zimmertür aufgetaucht. Sie war auf dem Weg zur Dusche und lehnte sich in den Türrahmen. Offenbar bemerkte sie, dass ihre Schwester in Gedanken weit entfernt war. Sie lächelte.

»Na? Woran denkst du gerade?«

Annika ließ sich Zeit mit ihrer Antwort.

»Frau Wegener hat mich für eine Volontariatsstelle vorgeschlagen. Ich weiß nicht genau, was ich davon halten soll.«

»Hast du deswegen dieses Interview mit Clemens' Cousine gemacht?«

Sie nickte.

»Aber das ist doch toll, das müssen wir feiern.«

»Noch habe ich den Job nicht. Außerdem wäre der in Steinfurt. Ich müsste ganztags arbeiten.«

»Und wo ist das Problem?«

»Ich bin doch fest eingeplant auf dem Hof. Wer soll denn meine ganze Arbeit machen?«

»Da mach dir mal keine Sorgen. Das kriegen wir schon irgendwie hin. Ich freu mich ja, dass du endlich mal an dich denkst.«

»Vielleicht könnte ich morgens vor der Arbeit melken, und nach Feierabend fege ich die Ställe.«

Doch Marita winkte ab. »Das wirst du schön bleiben lassen! Wir finden schon eine Lösung, irgendwie geht es immer.« Sie betrachtete Annika neugierig. »Was ist das eigentlich mit diesem Bernd? Willst du ihn uns nicht einmal vorstellen?«

»Wir sind nur Kollegen. Da ist sonst nichts.«

»Aber du hättest nichts dagegen, wenn mehr daraus werden würde, oder?«

Annika wollte bereits dagegenhalten, doch dann ließ sie es bleiben und stieß einen Seufzer aus.

»Ach, ich weiß nicht. Er ist viel zu hübsch für mich. Außerdem sind alle hinter ihm her.«

»Na, und?«

»Mir kommt es ja gar nicht so sehr auf das Aussehen an. Weshalb sollte er sich schon für mich entscheiden? Und selbst wenn er es täte ... Wie lange würde er dann bleiben? Er kann wirklich jede haben.«

Marita grinste. »Sollte er sich für dich entschieden haben, kannst du ihm das Gesicht zerschneiden. Dann will ihn keine mehr. Und dir kommt es ja nicht darauf an.«

»Ja«, sagte Annika mit einem schiefen Lächeln, »vielleicht sollte ich das tun.«

»Und versteck ihn nicht länger vor uns. Ich würde ihn mir gerne mal ansehen.«

Marita hatte sich bereits abgewandt, als sie innehielt und sich umdrehte. Sie schien über etwas nachzugrübeln.

»Tante Ada denkt, dass mich jemand ermorden will«, sagte sie dann.

»Wie bitte?«

»Na ja, sie glaubt wohl, dass dieser Mörder von Heinrich es auch auf mich abgesehen hat.«

»Aber wieso das denn? Wie kommt sie darauf?«

»Wegen des Anschlags im Maisfeld. Sie glaubt, dass es ein und derselbe Täter war. Und es war allgemein bekannt, dass eigentlich ich auf dem Bock gesessen hätte.«

»Aber wer sollte denn ein Motiv haben, dich zu ermorden? Das ist doch absurd!«

Marita hob die Schultern. »Wer sollte ein Motiv haben, Heinrich Uhlmann zu ermorden?« Doch dann machte sie eine wegwerfende Handbewegung. »Tante Ada«, sagte sie, als wäre damit alles erklärt. »So ist sie nun einmal.«

Trotzdem schien das Thema noch nicht erledigt zu sein. Sie betrachtete Annika prüfend.

»Was glaubst du?«, fragte sie.

»Ich glaube, dass das totaler Quatsch ist. Du hast keinem etwas getan, und es gibt niemanden, der einen Groll auf dich hat. Weiß der Himmel, welche Leichen Heinrich Uhlmann in seinem Keller hatte. Du hast jedenfalls keine.«

Marita nickte. Offenbar war sie mit der Antwort zufrieden. »Ich geh jetzt mal duschen«, sagte sie und verschwand auf dem Flur.

Annika erinnerte sich daran, was ihre Mutter gesagt hatte. Dass sie es nicht ertragen würde, ein weiteres Mitglied der Familie zu verlieren. Keine von ihnen würde das ertragen. Und deshalb würde es auch nicht passieren. Niemals.

Ada hatte im Kuhstall das Licht eingeschaltet, Leuchtstoffröhren erhellten die Gänge und den Boxenlaufstall. Es wurde nun jeden Tag ein bisschen früher dunkel, der Winter würde nicht mehr lange auf sich warten lassen.

Sie fegte das Heu von den Gängen. Es waren immer gleiche Bewegungen, Meter für Meter. Sie nutzte die Zeit zum Nachdenken.

Rätsel sind doch deine Stärke, Ada. Verflucht noch mal, du musst doch dahinterkommen, was hier geschieht.

Während der Mittagsruhe hatte sie keinen Schlaf gefunden und sich schließlich ein Sudoku-Heft geschnappt. Doch am Ende hatte sie nicht eine einzige Zahl in ein Kästchen eingetragen, stattdessen hatte sie unten am Rand drei Namen aufgelistet: Heinrich Uhlmann, Ewald Tönnes und Marita Horstkemper.

Heinrich und Ewald waren Trinkbrüder gewesen, sie hatten sich gut verstanden, trotz aller Streitigkeiten innerhalb der Familie. Doch wie passte Marita in diese Reihe? Ada suchte unentwegt nach einer Verbindung, doch es fiel ihr keine ein.

Eine der Kühe hatte ihren Kopf durch die Streben gesteckt und stupste Ada mit der Schnauze an. Es war Mina, ihre Lieblingskuh. Sie war zur Welt gekommen, obwohl der Tierarzt ihre Mutter bereits aufgegeben hatte. Ada war Tag und Nacht nicht von ihrer Seite gewichen. Schließlich war die alte Kuh wieder auf die Beine gekommen, und Mina hatte es geschafft. Sie war etwas kleiner als die anderen und gab am wenigsten Milch, doch dass sie überhaupt lebte, war Ada genug. Sie hatte sich nicht unterkriegen lassen.

Genau wie sie selbst.

»Na, Mina?« Ada kraulte ihr das Fell zwischen den Augen. »Du kannst mir beim Rätselraten auch nicht weiterhelfen, oder?«

Die Kuh blickte sie mit großen, traurigen Augen an und fuhr mit der Zunge über ihren Arm. Ada verzog lachend das Gesicht, stieß sie freundlich beiseite und wischte sich den Arm ab.

Draußen in der Dämmerung ertönte ein Fahrradklingeln. Alwin schon wieder. Ada seufzte. Im Grunde hatte sie keine Lust auf sein Getratsche, doch sie wusste, dass es besser wäre, mit ihm zu reden. Sie stellte den Besen an die Wand und trat hinaus auf den Hof. Alwin Kötters winkte ihr zu und stieg etwas unbeholfen vom Rad.

»Grüß dich, Ada. Was für ein wunderschöner Abend, nicht wahr?«

»Mhm.«

»Ich war zufällig in der Gegend.« Er lehnte das Rad an die Stallwand. »Euer Mais steht gut, ich bin gerade daran vorbeigekommen. Ihr seid spät dran dieses Jahr.«

»Wir dreschen Ende der Woche«, sagte Ada.

»Wenn das Wetter so bleibt, wird es eine gute Ernte.«

Sie nickte.

»Weiß die Polizei inzwischen mehr?«, fragte er.

»Ich glaube nicht.«

»Und was ist mir dir? Wie man hört, arbeitet einer deiner Verwandten bei der Kriminalpolizei. Redet ihr denn nicht über den Fall?«

»Du meinst Bernhard Hambrock? Nein, warum sollte er mit mir darüber reden? Ich bin schließlich keine Polizistin.«

Ada seufzte. Es hatte keinen Zweck, darauf zu warten, dass er von alleine darauf kam. Da konnte sie auch gleich mit der Tür ins Haus fallen.

»Sag mal, Alwin. Hast du nicht irgendeine Idee, was die Verbindung zwischen Heinrich und Ewald sein könnte? Außer dass sie verschwägert waren, meine ich. Weshalb sollte es einer auf sie abgesehen haben?«

»Ich weiß nicht. Sie waren Saufkumpanen.«

»Das ist nichts Neues.«

»Nun ja. Sie haben beide keine guten Ehen geführt. In der Kneipe konnten sie sich in den Armen liegen und fröhlich über ihre Frauen schimpfen. Doch zu Hause war bei beiden von Spaß keine Rede.«

»Galt das denn für Heinrich auch?«

»Wusstest du das nicht? Er und Renate haben sich schon lange nicht mehr gut verstanden.«

Ada hatte keine Ahnung davon gehabt.

»Renate ist ein Putzteufel und will es immer allen recht machen. Sie will den Leuten gefallen, ganz egal, zu welchem Preis. Deshalb sind Haus und Hof immer blitzblank, deshalb backt sie Unmengen von Torten für das Pfarrfest. Es geht immer nur darum, was andere über sie denken könnten. Das ist Heinrich natürlich ziemlich auf die Nerven gefallen.«

Sieh mal einer an. Ein weiteres Geheimnis.

»Aber Probleme gibt es doch überall«, fügte Alwin hinzu. »Ich glaube nicht, dass das etwas mit den Verbrechen zu tun hat.«

»Trotzdem. Es muss eine Gemeinsamkeit geben, etwas, das mit ihrem Tod zu tun hat.«

Er hob bedauernd die Schultern. »Dein Bruder, der würde es wissen, wenn er noch lebte.«

»Theodor? Wieso denn das?«

»Ich meine nur. Er hatte mit den beiden viel zu tun. Die drei haben oft zusammengesessen und getrunken. Und Theodor hatte ja diese Art an sich. Die Leute haben sich ihm anvertraut.«

Das stimmte. Ihr Bruder war so etwas wie ein Beichtvater in Erlenbrook-Kapelle gewesen, nur dass sein Beichtstuhl nicht in der Kirche, sondern in der Dorfkneipe stand.

»Nun ja«, sagte Alwin. »Wie auch immer. Das bringt uns alles nicht weiter. Halt mich auf dem Laufenden, falls du etwas von der Polizei erfährst.«

Sie verabschiedeten sich, Alwin stieg schwerfällig aufs Rad und fuhr klingelnd davon.

Heinrich Uhlmann, Ewald Tönnes und Marita Horstkemper. Wenn sie den letzten Namen wegstrich und ihn durch Theodor Horstkemper ersetzte, dann ergab es plötzlich einen Sinn. Die Namen passten zusammen, denn Theodor hatte damals zu diesem Kreis dazugehört. Lag dort etwa der Hund begraben?

Sie nahm den Besen wieder auf und fegte weiter. Bahn um Bahn, tief versunken in ihren Gedanken. Sie hatte das Gefühl, auf einer neuen, vielversprechenden Spur zu sein. War Theodor in etwas verwickelt gewesen? Hatte er ein Geheimnis mit in den Tod genommen? Und drängte dieses Geheimnis nun ans Licht?

Als Sophia seinerzeit auf den Hof gezogen und mit Mechthild schwanger gewesen war, hatte Ada sich eine kleine Wohnung in Altenberge gemietet und eine Stellung in der katholischen Leihbücherei angenommen. Doch auch in dieser Zeit war sie jedes Wochenende auf dem Hof gewesen und häufig sogar unter der Woche, um nach ihrer Mutter zu sehen, die damals im Rollstuhl saß und deren Zustand sich ständig verschlechterte. Die ganze Zeit über war sie ein fester Bestandteil der Bauernschaft gewesen, hatte alles erfahren, was in der Nachbarschaft passierte. Irgendwo in ihren Erinnerungen musste ein Hinweis zu finden sein. Doch so sehr sie sich auch den Kopf zermarterte, ihr fiel einfach nichts ein.

Sie stellte schließlich den Besen beiseite und löschte das Licht. Es war Zeit fürs Abendessen, die anderen warteten bestimmt schon. Sie ließ die Rolltür des Boxenlaufstalls ins Schloss rattern und zog das Kopftuch herunter.

Abendliche Ruhe lag über den Stallungen. Die Dämmerung schritt voran, der Hof war verwaist. Ada spürte die Müdigkeit in ihren Knochen. Wenn sie wie heute ihren Mittagsschlaf verpasst hatte, zog sich der Nachmittag wie Kaugummi. Es wurde Zeit, dass sie die Beine hochlegte.

Sie trat gerade durch die Tennentür, als sie im Augenwinkel wieder eine Bewegung wahrnahm. Da war ein Schatten gewesen, hinter ihr. Genau wie am Vorabend, als sie Shakira zum Melken gebracht hatte. Ruckartig drehte sie sich um. Der Hof lag wie ausgestorben da.

Trotzdem. Dieses Mal würde sie sich nicht täuschen lassen. Da war etwas gewesen. Jemand war auf dem Hof.

Sie fixierte die Stelle an der Hauswand, wo die Bewegung gewesen war. Nichts zu sehen. Sie lauschte. Eine Weile war alles ruhig. Dann hörte sie hinter der Hausecke die Gartentür quietschen.

Annika tauchte in der Tenne auf.

»Tante Ada, das Essen ist …«

Ada presste den Finger an die Lippen. Annika begriff sofort und erstarrte. Ada schob sie zur Seite und schnappte sich die Forke aus der Tenne. Packte sie mit beiden Händen und ging zurück auf den Hof.

»Tu das nicht«, flüsterte Annika aufgeregt. »Wir rufen die Polizei.«

»Quatsch. Bis die hier sind, ist er längst über alle Berge.«

Entschlossen ging sie an der Hauswand entlang zum Garten. Annika folgte ihr.

An der Hausecke hielt Ada inne und holte tief Luft. Dann nahm sie die Forke und wirbelte um die Ecke.

In ihrem Beet stand ein Schaf. Stand einfach da und fraß genüsslich das Silberblatt, das sie erst tags zuvor gepflanzt hatte. Das wunderschöne Silberblatt.

Ada warf die Forke auf den Rasen. Das Schaf gehörte diesen Künstlern aus Münster, die seit einem Jahr auf dem Kotten am Ende der Straße wohnten. Türen und Fenster waren bunt gestrichen, seltsame Skulpturen standen im Garten, und auf einer Wiese hielten sie sich ein paar Hühner und eben dieses blöde Schaf, das längst gelernt hatte, mit der Schnauze das Gatter zu öffnen. Schon seit Wochen unternahm es regelmäßig Spaziergänge durch die Nachbarschaft. Und nun stand es hier und fraß Adas Vorgarten leer.

»Das gibt's ja wohl nicht!«, schrie sie dem Tier entgegen.

Das Schaf hielt verwundert mit dem Kauen inne und hob seinen Kopf. Ada packte so schnell zu, dass ihm keine Chance zur Flucht blieb. Es stieß einen einzigen erschrockenen Laut aus, dann hatte Ada es bereits am Halsband und zerrte es aus dem Garten heraus. Das Schaf blökte jetzt, als ginge es um sein Leben. Doch es war zwecklos.

»Tante Ada, du tust ihm weh!«, rief Annika, aber Adas

Griff war unerbittlich. Entschlossen steuerte sie den kleinen Kotten am Ende der Straße an.

»Na, ihr könnt was erleben!«

»Tante Ada, bitte!«

Doch Ada achtete nicht auf sie. Sie zog das stolpernde Tier hinter sich her wie einen Sack Mehl. Wartet nur!, dachte sie. Und ihre Wut wuchs mit jedem Meter, den sie sich dem Kotten näherte.

Als sie zwanzig Minuten später zurück zum Hof ging, merkte sie, dass ihr Hals schmerzte und ihre Stimme heiser war. Vielleicht hatte sie übertrieben? Sie dachte an das zarte Silberblatt in ihrem Garten. »Und wenn schon«, flüsterte sie. »Dann wissen sie jetzt wenigstens, dass sie ihr Schaf ordentlich festmachen müssen.«

Ihre eigentliche Wut galt jedoch dem Mörder. Sie fühlte sich machtlos. Das konnte doch so nicht weitergehen, verdammt noch mal. Sie ging durch die Tenne und löschte das Licht.

»Achtung, sie kommt«, hörte sie Annika in der Diele flüstern. Ein leises Kichern folgte.

Skeptisch öffnete Ada die Tür. Mitten im Raum kroch Annika auf allen vieren herum und trug einen Bademantelgürtel um den Hals. Über ihr stand Marita, sie zerrte am Gürtel und machte ein wütendes Gesicht.

»Kommst du wohl, du blödes Vieh!«, brüllte sie.

Die beiden konnten sich kaum halten vor Lachen, doch sie fanden immer wieder in ihre Rollen zurück.

»Das hast du das letzte Mal gewagt, meinen Garten leer zu fressen!«

Woraufhin Annika so panisch aufschrie, dass sie das Gleichgewicht verlor und unbeholfen zur Seite kippte. Marita stolperte über sie, und im nächsten Moment lagen die beiden kichernd auf dem Boden. Sophia stand hinter ihnen, sie lachte ebenfalls und schlug sich die Hände vors Gesicht.

Ada betrachtete die Szene mit unbewegter Miene. Blagen!, dachte sie. Aber sie spürte, dass ihre Wut bereits verraucht war, lächelte und schüttelte den Kopf.

»Wenn ihr nicht werdet wie die Kinder ...«, seufzte sie und machte sich auf den Weg in die Küche.

Es wurde wirklich Zeit, dass sie etwas zu essen bekam.

Die Nacht legte sich über Erlenbrook-Kapelle. Clemens Röttger war froh, endlich allein zu sein. Gabriele war zum Kegeln gefahren, sie traf sich einmal pro Monat mit Freundinnen in einer Gaststätte in Altenberge. Eigentlich hatte sie darauf bestanden, das Treffen abzusagen. Sie wollte bei ihm bleiben, schließlich war er gerade erst aus dem Krankenhaus gekommen. Doch Clemens hatte ihr das ausgeredet. »Wir wollen weitermachen wie bisher«, hatte er gesagt. »Ich will nicht, dass du wegen diesem Anschlag auch noch das Kegeln absagst. Du freust dich doch immer so darauf.« Sie wäre lieber bei ihm geblieben, das war ihr deutlich anzumerken, doch schließlich war sie einverstanden gewesen.

Er ging zur Garderobe, nahm den Schlüssel für die große Halle und trat vor die Tür. Die Bewegungen fielen ihm schwer, er fühlte sich erschöpft. Die Fahrt vom Krankenhaus nach Hause, das Festessen, das Gabriele für ihn zubereitet hatte, und der Gang über den Hof, das alles hatte ihn mehr Kraft gekostet, als er gedacht hatte. Er war eben bei Weitem noch nicht so fit, wie er sich heute Morgen bei der abschließenden Visite gefühlt hatte.

Er ließ die Rolltore hinter sich und ging zu der kleinen Seitentür. Schloss sie auf und ließ die Leuchtstoffröhren aufflammen. Langsam durchschritt er die Halle. Er musste die Sporttasche verschwinden lassen, das war jetzt das Allerwichtigste. Sonst würde Gabriele sie am Ende noch finden. Oder sonst wer.

Er umrundete den Mähdrescher. Die Tasche ragte unverändert aus dem Spind heraus. Er würde sie auf den Dachboden bringen, dorthin ging keiner außer ihm. Vorsichtig zog er die Tür auf und hob die Tasche an. Ein brennender Schmerz durchfuhr seinen Brustkasten. Er durfte nicht schwer tragen, das hatten ihm die Ärzte eingeschärft. Unter größter Anstrengung hievte er die Tasche aus dem Spind und ließ sie auf den Boden fallen. Danach musste er sich eine Weile ausruhen. Mit Sorge dachte er an den langen Weg zum Dachboden. Vor allem die Treppe würde ihm zusetzen.

Er sammelte Kraft. Irgendwie würde es schon gehen.

13

Der Hof von Werner Zumbülte lag direkt an der Hauptstraße, gut hundert Meter vom Hof der Horstkempers entfernt. Es war der letzte auf Heikes Liste, danach wäre sie durch mit den Befragungen. Tagelang war sie jetzt in der Bauernschaft unterwegs gewesen, doch sie waren nicht einen Schritt weitergekommen. Keiner konnte sich vorstellen, weshalb Heinrich Uhlmann erschossen worden war. Sah man von den Familienstreitigkeiten ab, gab es nicht den geringsten Anhaltspunkt für ein Motiv.

Nach dem Gespräch mit Melchior Vesting hatte sie sich bemüht, mehr über dessen Austritt aus dem Jagdverein zu erfahren. Doch auch das schien in eine Sackgasse zu führen. Vesting war ein Sonderling, so die einhellige Meinung. Ein mürrischer und eigensinniger Kerl, mit dem es sich einfach nicht auskommen ließ. Das war offenbar auch der Grund gewesen, weshalb er mit Heinrich Uhlmann aneinandergeraten war. Es habe zwar tatsächlich Unstimmigkeiten im Verein gegeben, sagte man ihr, doch die seien hauptsächlich Vesting zuzuschreiben gewesen. Er sei ein Unruhestifter, der sich jeglichen Kompromissen verschlossen habe. Die meisten Jäger waren erleichtert über seinen Entschluss gewesen, den Jagdverein zu verlassen.

Heike parkte den Dienstwagen am Straßenrand und stieg aus. Ein Lkw donnerte vorbei und hupte sie wild von der Straße. Im letzten Moment konnte sie sich auf die Rasenkante retten. »Idiot!«, brüllte sie ihm hinterher, doch da war er schon hinter der nächsten Kurve verschwunden.

Der Hof von Werner Zumbülte war ein kleiner Kotten, der ein bisschen heruntergekommen war, jedoch mit einfachen Mitteln liebevoll instand gehalten wurde. Zumbülte und seine Frau wohnten schon seit Jahren nicht mehr dort, sie hatten die Landwirtschaft aufgegeben und lebten in

Altenberge. Wie Heike erfahren hatte, wechselten die Mieter seitdem häufig. Seit einem Jahr teilten sich ein paar Künstler aus Münster die Miete für den Kotten. Sie lebten dort in einer WG und nutzten die kleine Scheune für ihre Arbeiten.

Das Haus bildete einen seltsamen Kontrast zu den anderen Höfen in Erlenbrook-Kapelle. Fenster und Türen waren bunt bemalt, der Gartenzaun war morsch und wacklig, und überall wucherten Kräuter und Wildblumen. Kein Vergleich zu den akkuraten Rasenflächen und den sauber bepflanzten Beeten in der Nachbarschaft. Heike musste von außen über das Gartentor greifen, um hineinzugelangen. Ein weiterer Lkw dröhnte an ihr vorbei, und sie trat eilig auf das Grundstück.

Im Garten standen seltsame Skulpturen. Sie waren aus rostendem Altmetall zusammengeschweißt, zwischen einzelnen Streben baumelten Elemente aus Stahl, die sich im Wind bewegten und scheppernd aneinanderschlugen. Sie trat an die Tür und klingelte. Im Innern ertönte ein Glockenspiel.

Es dauerte lange, doch schließlich wurde ihr geöffnet. Ein Mann um die vierzig stand vor ihr. Er trug einen löchrigen Wollpullover und eine dicke Brille, die seine Augen unglaublich groß erscheinen ließen. Er runzelte die Stirn.

»Ja bitte?«

»Mein Name ist Holthausen, Kriminalpolizei Münster. Sind Sie Peter Frohberg?«

Er nickte, und seine riesigen Augen weiteten sich vor Erstaunen.

»Ich würde gern mit Ihnen über den Mord an Heinrich Uhlmann sprechen. Sind Ihre Mitbewohner ebenfalls zu Hause?«

»Nein, die sind in Münster. Aber ich verstehe auch nicht, was genau Sie von uns wollen. Wir haben nichts mit den Leuten hier zu tun.«

»Aber Sie wohnen doch hier, oder? Wir müssen mit allen sprechen, die etwas gesehen haben könnten. Das sind reine Routinefragen, es wird nicht lange dauern.«

Er betrachtete sie verständnislos, dann hob er die Schultern und trat zur Seite. »Natürlich. Kommen Sie doch herein.«

Heike folgte ihm in die WG-Küche. Ein heller und gemütlicher Raum mit zusammengewürfeltem Mobiliar und bunt bemalten Wänden. Peter Frohberg blieb unschlüssig im Raum stehen.

»Möchten Sie vielleicht einen Kaffee?«

»Nein danke.« Sie setzte sich auf einen Küchenstuhl. »Sie sagen also, Sie haben keinerlei Kontakt zu den Bauern hier?«

»Na ja.« Er setzte sich ebenfalls. »Es ist nicht leicht, mit den Alteingesessenen zurechtzukommen. Und sehr beliebt sind wir hier auch nicht. Deshalb bleiben wir lieber unter uns.« Er lächelte gezwungen. »Gerade im Moment sind die Leute überhaupt nicht gut auf uns zu sprechen. Aber das liegt wohl an Daisy.«

»Daisy?«

Er deutete durchs Fenster auf die kleine Wiese hinter dem Haus. Dort stand ein Schaf und fraß gemütlich Gras.

»Ich weiß nicht, wie sie es macht, aber sie schafft es immer wieder, das Gatter zu öffnen. Und dann irrt sie in der Gegend herum.« Mit einem schweren Seufzer sagte er: »Erst gestern hat sie bei unserer Nachbarin ein paar Blumen aus dem Vorgarten gefressen. Die Frau ist völlig durchgedreht. Hat hier rumgeschrien, als hätten wir ihr das Haus angesteckt.«

Er sah sie auf eine Weise an, die seine völlige Überforderung mit der Situation zum Ausdruck brachte.

»Was sollen wir denn machen? Wir können Daisy doch nicht festbinden. Sie braucht doch ihren Freiraum.«

»War das bei den Horstkempers?«, fragte Heike.

Er nickte, und sie verkniff sich ein Lächeln. Sie konnte sich schon vorstellen, wie Hambrocks Tante die Situation geregelt hatte.

»Am Anfang fanden wir es ganz toll, aufs Land zu ziehen«, erklärte er. »Wir dachten, wir könnten bei den Bauern frisches Gemüse kaufen und jeden Tag unsere eigene Milch holen. Aber der nächste Biohof liegt kurz vor Münster, da kann man auch gleich in die Stadt fahren, wissen Sie.«

»Kannten Sie Heinrich Uhlmann?«

»Das ist der Bauer, der erschossen wurde, nicht wahr? Wir haben in der Zeitung davon gelesen. Persönlich kannte ihn keiner von uns. Sein Hof liegt ja auch ein gutes Stück von hier entfernt. Das sind bestimmt drei Kilometer.«

»Wo waren Sie an dem Tag, an dem die Schüsse fielen?«

»Wir waren alle in Osnabrück. Astrid hatte dort eine Ausstellungseröffnung. Leider können wir Ihnen nicht weiterhelfen, wir haben nichts gesehen.«

Heike stellte eine Reihe von Fragen, doch sie merkte schnell, dass sie auch hier nichts Neues erfahren würde.

»Erinnern Sie sich vielleicht an den 24. Juli? Da wurde hier das Schützenfest gefeiert.«

Er blickte sie durch seine dicke Brille an. »Daran erinnere ich mich tatsächlich. Ich bin mit dem Fahrrad an der Festwiese vorbeigekommen und habe gesehen, was da los war. Wir haben später überlegt, ob wir nicht einfach mal hingehen. Aber was hätten wir da gesollt? Wir haben uns dagegen entschieden.«

»Was haben Sie stattdessen gemacht?«

»Die anderen sind schwimmen gefahren. Es war ja so ein heißer Tag. Ich bin hiergeblieben und habe den Zaun repariert.«

»Ist Ihnen im Laufe des frühen Nachmittags etwas aufgefallen?«

Er dachte nach. »Nein, ich glaube nicht.«

»Haben Sie jemanden gesehen? War einer der Bauern hier während des Fests unterwegs?«

Er kratzte sich am Kopf. »Die jüngste Tochter von unseren Nachbarn ist mit dem Fahrrad hier vorbeigekommen. Sie hatte es ziemlich eilig.«

»Annika?«

»Ja, genau. Ich glaube, sie arbeitet bei der Zeitung. Ich habe ihren Namen ein paar Mal unter einem Artikel gesehen.«

Heike nickte. »Was war davor?«, fragte sie. »Haben Sie in den Stunden zuvor noch jemanden gesehen?«

»Nein.« Er sah auf. »Moment. Das heißt doch. Der Wagen der Molkerei ist hier vorbeigefahren. Er ist die kleine Straße hochgefahren, die nach Altenberge führt. Und kurz darauf war da noch ein Fahrrad gewesen. Aber auf die Entfernung habe ich nicht erkennen können, wer da unterwegs war.«

»Ebenfalls auf der Straße nach Altenberge?«

»Ganz genau.«

Die Straße führte am Hof von Ewald Tönnes vorbei. Heike nickte langsam. Es war das erste Mal seit Tagen, dass sie etwas Interessantes erfuhr.

»Wie spät war das ungefähr?«

»Kurz nach zwei Uhr mittags, schätze ich mal. Da habe ich gerade angefangen zu arbeiten.«

Laut den Ergebnissen der Rechtmedizin entsprach das etwa dem Todeszeitpunkt von Ewald Tönnes.

»Denken Sie noch mal an den Radfahrer. Können Sie den vielleicht näher beschreiben?«

»Nein ... ich habe nur gesehen, dass dort ein Fahrrad war.« Er hob die Schultern. »Keine Ahnung. Vielleicht war es ja dieser Typ von dem verfallenen Hof da oben.«

»Melchior Vesting?«

»Heißt der so? Kann schon sein.«

»Wieso denken Sie, dass er es war?«

»Nur so ein Gefühl. Er ist ja häufig dort oben mit dem Rad unterwegs, meist nach Einbruch der Dämmerung. Aber wie gesagt, auf die Entfernung ist das schwer zu sagen.«

»Er ist dort häufiger unterwegs?«

»Man sieht ihn zumindest immer mal wieder. Ich glaub, er kann ganz gut mit diesem Typen, bei dem die großen Landmaschinenhallen stehen. Fragen Sie mich aber nicht, wie der heißt.«

»Clemens Röttger.«

»Kann schon sein. Na ja, die beiden sieht man ab und zu zusammen an der Straße stehen und miteinander reden, und dann fährt dieser Vesting wieder mit dem Rad nach Hause.«

Clemens Röttger und Melchior Vesting sollten befreundet sein? Schwer zu glauben.

»Wie oft haben Sie die beiden zusammen gesehen?«

»Ich weiß nicht. Ab und zu halt.«

Heike saß noch eine Weile mit Peter Frohberg beisammen, doch wie es aussah, gab es weiter nichts zu erfahren. Schließlich stand sie auf, verabschiedete sich und machte sich auf den Weg.

Sie bog auf die Straße nach Münster, fuhr jedoch nur ein paar hundert Meter weit, bevor sie an einem Waldstück erneut den Blinker setzte. Vorsichtig steuerte sie das Auto auf den Wirtschaftsweg der Forstarbeiter und stellte den Motor ab. Die Sonne warf helle Flecken auf den Waldboden, das bunte Laub leuchtete in der klaren Luft. Es war niemand zu sehen.

Sie beugte sich vor und kramte im Handschuhfach nach der Zigarettenschachtel, die sie dort versteckt hielt. Alle glaubten, dass sie längst mit dem Rauchen aufgehört hatte, und so sollte es auch bleiben. Die paar heimlichen Zigaretten, die sie sich ab und zu genehmigte, taten schließlich keinem weh. Sie stieg aus dem Wagen und stellte sich unter einen Holunderstrauch am Waldrand. Dann zündete sie die Zigarette an und inhalierte tief, ließ sich die warme Herbstsonne ins Gesicht scheinen und genoss die Stille.

Ein paar hundert Meter weiter, jenseits eines abgeernteten Feldes, sah sie einen großen Bauernhof. Sie erkannte die Sandsteinscheune und den prachtvollen Glockenturm neben dem Haupthaus: Es war der Hof von Schulze Ahlerkamp. Sie war erst vor ein paar Tagen dort gewesen, hatte ihre Fragen gestellt und genauso viel erfahren wie überall sonst auch. Nämlich gar nichts.

Neben den Hofgebäuden stand eine riesige Biogasanlage. Turmartige Behälter, ein hässliches Generatorenhaus und mehrere Fahrsilos, in denen der Mais gelagert wurde. Verschandelt die ganze Landschaft, dachte sie. Eigentlich schade um den schönen Hof. Aber von irgendetwas mussten die Leute ja leben, was sollte man da machen.

Sie trat die Zigarette aus, und nach kurzem Zögern hob sie die Kippe auf, um sie später irgendwo in den Müll zu werfen. Dann ging sie zurück zum Wagen. Wenn sie sich beeilte, würde sie rechtzeitig wieder in Münster sein, bevor die Polizeikantine den Mittagstisch schloss.

Ludwig Schulze Ahlerkamp sah, wie ein Wagen aus seinem Waldstück herausfuhr und auf die Straße in Richtung Münster bog. Offenbar stammte er nicht aus Erlenbrook-Kapelle. Vielleicht ein Durchreisender, der nach Pilzen Ausschau gehalten hatte. Verfluchte Städter, dachte er. Die sollen sich von meinem Grund und Boden fernhalten. Er wandte sich ab und ging weiter zum Schweinestall.

Gerade wollte er die Stalltür öffnen, als er eine Bewegung hinter den Eichen bemerkte. Offenbar drückte sich dort jemand herum.

»Manfred, bist du das?«

Eine Gestalt löste sich aus dem Schatten der Eichen.

»Hallo, Ludwig.«

Im ersten Moment war er sprachlos. Mit diesem Besuch hatte er nicht gerechnet.

»Was machst du denn hier?«, fragte er perplex.

»Ich war gerade drüben auf dem Feld, und da habe ich dich hier gesehen. Du wolltest mir doch mal deine Biogasanlage zeigen. Das würde mich interessieren.«

»Na klar, kein Problem.«

Das hatte er einmal so dahergesagt. Ohne im Geringsten damit zu rechnen, dass sein Angebot tatsächlich angenommen werden würde. Irritiert machte er ein paar Schritte auf die Anlage zu.

»Komm mit. Ich zeig sie dir.«

Es waren schon häufig Nachbarn da gewesen, um sie zu besichtigen. Er war geübt darin, ihre Funktionen zu erklären. Gemeinsam traten sie an den Gasspeicher, und er gab einen knappen Überblick.

»Ist ja alles sehr gewaltig hier.«

Er nickte. »Teuer genug war sie jedenfalls.«

»Und wo kommen die Sonnenblumen und der Mais rein?«

»Da vorne ist der Tank für die Biomasse.«

»Kann ich den mal sehen?«

Er runzelte die Stirn. »Klar.«

Irgendetwas stimmte hier nicht. Es ging doch gar nicht um die Anlage. Was sollte dieses Theater? Er führte seinen Besuch zu dem drei Meter hohen Metalltank, stieg die schmalen Eisentreppen hinauf und hielt sich an der Kante fest.

»Vorsicht, hier kann man schnell abrutschen.«

Oben angekommen, blickten sie über den Rand. Riesige Stahlmesser arbeiteten sich spiralförmig durch die Biomasse. Ludwig hatte vor einer halben Stunde Maissilage und ein paar Strohballen hineinbefördert und danach die Maschinen eingeschaltet. Jetzt bewegten sich die Messer kraftvoll hindurch. Die Masse wurde zerteilt, durchmengt, verknetet und dann langsam in die Tiefe gezogen, wo immer schmalere Messer sie bearbeiteten, bis schließlich nur noch ein mehliger Brei übrig war, der am Boden des Tanks von einer Schnecke verschluckt wurde.

»Die Schnecke befördert das Zeug in den Fermenter«, erklärte er. »Das geht durch das Rohr da vorne. Und dann kommen die Bakterien ...« Im Augenwinkel sah er eine Bewegung. »Was ...«

Doch bevor er reagieren konnte, traf ihn der Hammer am Hinterkopf. Ein dumpfer Schlag, danach explodierten die Schmerzen. Er taumelte, krallte sich am Rand des Tanks fest. Nackte Panik erfasste ihn, doch es war zu spät. Ein weiterer Schlag folgte, in seinem Kopf zersplitterte etwas. Die Welt begann sich zu drehen.

Ein kleiner Stoß reichte aus, ihn über den Rand zu befördern. Er sah noch die schmutzig grüne Biomasse auf sich zuschnellen, dann verlor er das Bewusstsein.

14

Hambrock stand an seinem Bürofenster und blickte hinaus. Es war beinahe windstill, in der Sonne kletterten die Temperaturen auf bis zu zwanzig Grad. Er massierte seine verspannte Schulter, dann warf er einen Blick auf die Berge von Akten, die sich auf seinem Schreibtisch türmten.

Egal. Er schnappte sich seinen Autoschlüssel und verließ das Büro. Auf dem Flur begegnete ihm die Sekretärin.

»Ich bin in einer knappen Stunde wieder da«, sagte er im Vorbeigehen. »Ich esse heute auswärts.«

»Dann bis später.«

»Ach ...« Er hielt kurz inne. »Wenn Heike Holthausen in der Zwischenzeit zurückkommt, sagen Sie ihr doch bitte, sie soll mich anrufen.«

»Mache ich. Guten Appetit.«

Er trat auf den Parkplatz und atmete die warme, duftende Luft ein. Es war gut, einmal rauszukommen. Wer wusste schon, wie lange man die Sonne noch genießen konnte, bevor der Winter kam.

Am Morgen hatte er ein Gespräch mit Renate Uhlmann geführt. Sie war auf seine Bitte hin nochmals ins Präsidium gekommen. Er war bemüht gewesen, die Befragung in einem freundlichen Ton zu führen. Schließlich hatte die Frau innerhalb von drei Monaten den Großteil ihrer Familie verloren. Erst den Schwager, dann die Schwester und zuletzt ihren Ehemann. Trotzdem durfte er nicht ignorieren, dass sie momentan die einzige Verdächtige war, die sie hatten. Auch wenn er selbst nicht an ihre Schuld glaubte.

Sie betrat mit hölzernen Bewegungen sein Büro, begrüßte ihn knapp und nahm dann wortlos Platz. Hambrock konnte in ihrem Gesicht weder Trauer noch Verzweiflung erkennen. Im Gegenteil, ihre Züge wirkten hart. Es ging eine seltsame Kälte von ihr aus.

»Danke, dass Sie gekommen sind«, begann er. »Ich möchte mit Ihnen noch einmal über Ihren Mann reden. Seit seinem Mord haben wir …«

»Er wurde nicht ermordet.«

»Frau Uhlmann, es war kein Unfall. Das wissen Sie auch.« Sie antwortete nicht, und er fügte hinzu: »Keiner der anderen Jäger hat den Schuss abgegeben, auch nicht versehentlich. Das steht inzwischen fest. Außerdem wurde mit Munition geschossen, die bei der Fasanenjagd nicht verwendet wird.«

»Es war ein Unfall.« Ihre Stimme war kalt und entschlossen.

Er lehnte sich zurück. »Sie haben uns nicht die Wahrheit gesagt, als wir Sie nach dem Verhältnis zu Ihrer Schwester gefragt haben. Warum haben Sie abgestritten, dass es Streitigkeiten in der Familie gab?«

Sie starrte mit unbewegter Miene zu Boden.

»Frau Uhlmann, ich habe Sie etwas gefragt.«

»Das geht Sie nichts an.«

»Ich fürchte, es geht mich sehr wohl etwas an. Ihr Mann …«

»Es war ein Unfall.«

Hambrock sah sie durchdringend an. Es wurde still in seinem Büro. Von ferne drang das Rauschen des Stadtverkehrs zu ihnen hinein.

»Ich habe eine gute Ehe geführt«, behauptete sie. »Und ich habe meine Schwester geliebt, auch wenn wir manchmal Probleme miteinander hatten. Wir waren eine gute Familie. Jeder war für den anderen da, so wie es sich gehört.« Ihr Gesicht schien wächsern und leer. »Mehr müssen Sie nicht wissen.«

»Wo waren Sie am 24. Juli zwischen zwölf und vierzehn Uhr?«

Falls die Frage etwas in ihr auslöste, ließ sie es sich nicht anmerken.

»Ich war auf dem Schützenfest.«

»Die ganze Zeit über?«

»Nein. Nach dem Festgottesdienst bin ich nach Hause gefahren, um das Mittagessen vorzubereiten. Heinrich kam nach dem Frühschoppen dazu, und unsere Töchter waren ebenfalls da. Wir haben gegessen, und danach habe ich Sahne geschlagen und die Torten für die Kuchentheke fertiggestellt. Die Landfrauen haben den Kuchenverkauf organisiert, und da habe ich natürlich mitgeholfen.«

»Wann sind Ihre Töchter nach Hause gekommen?«

Sie hob die Schultern. »So gegen eins.«

»Sie hatten also Gelegenheit, unbemerkt zum Hof von Ewald Tönnes zu fahren.«

»Ich bin nicht dort gewesen. Und Sie sollten sich schämen, so etwas auch nur zu denken.«

Und so ging es immer weiter. Irgendwann hatte es Hambrock gereicht, und er hatte sie nach Hause geschickt.

Er stieg in sein Auto. Bei einem Chinesen gegenüber dem Theater besorgte er sich eine Portion gebratene Nudeln. Dankend lehnte er die Stäbchen ab, die der Verkäufer ihm über den Tresen reichte, und ließ sich stattdessen eine Plastikgabel geben. Dann fuhr er weiter zu einer freien Parkbucht unterhalb einer Platane, den Blick auf den Roggenmarkt mit seinen in der Nachkriegszeit rekonstruierten Mittelalterfassaden. Die Sonne schien durch die Windschutzscheibe und heizte den Wagen auf. Er spürte, wie er sich langsam entspannte. Vorsichtig packte er das Essen aus und nahm seine Gabel, als das Handy zu läuten begann. Es war Heike.

»Hallo, Hambrock! Ich sollte dich anrufen?«

»Ja.« Er balancierte das chinesische Essen auf den Beifahrersitz. »Ich wollte hören, wie es gelaufen ist. Du bist jetzt durch mit den Höfen, oder?«

»Ja, ich sitze gerade an den Berichten.«

»Hat sich was Neues ergeben?«

»So gut wie nichts. Außer dass jemand einen Radfahrer gesehen hat, der während des Schützenfests auf dem Weg zum Hof von Ewald Tönnes unterwegs war.«

»Ein Radfahrer? Von wem hast du das?«

»Von einem der Künstler.«

Er dachte darüber nach. »Das kann alles Mögliche bedeuten. Vielleicht hat jemand bei dem schönen Wetter einfach einen Ausflug gemacht.«

»Ja, das war auch mein Gedanke.«

»Da ist noch etwas anderes, worum ich dich bitten möchte. Du erinnerst dich an die Frauen, die auf dem Schützenfest den Kuchenstand gemacht haben, oder?«

»Natürlich.«

»Kannst du noch mal mit ihnen reden? Ich möchte wissen, wie lange Renate Uhlmann am Vormittag im Festzelt geblieben ist. Außerdem interessiert mich, ob den Frauen etwas an Frau Uhlmann aufgefallen ist. Vielleicht wirkte sie unkonzentriert oder erregt.«

»Klar. Kein Problem.«

»Wir sollten auch noch mal mit den Töchtern …«

Er stockte. Auf der Straße entdeckte er Erlend. Sie spazierte mit ihrem Arbeitskollegen über den Platz mit den Springbrunnen, in der Hand eine Eistüte. Es war Tobias Teuber, ihr junger Kollege, mit dem sie das Büro teilte. Hambrock und Erlend hatten sich schon einige Male mit ihm und seiner Freundin zum Essen getroffen.

Er lächelte. »Warte mal kurz«, sagte er zu Heike.

Dann kurbelte er das Fenster herunter. Er wollte hupen und auf sich aufmerksam machen. Aber dazu kam es nicht. Erlend hakte sich bei ihrem Kollegen ein und lehnte den Kopf an seine Schulter. Der Mann sagte etwas, und beide lächelten. Es lag Vertrautheit zwischen ihnen, sie wirkten wie ein eingespieltes Paar, das nicht viele Worte brauchte. Langsam schlenderten sie weiter, Hambrock blickte ihnen nach, bis sie verschwunden waren.

»Hambrock? Hambrock!«

Ihm wurde schwarz vor Augen. »Ja … ich bin hier.«

»Was ist denn los bei dir?«

»Nichts. Ich dachte nur, ich hätte etwas gesehen.«

»Ich soll also noch einmal mit den Töchtern von Renate Uhlmann sprechen?«

»Genau.« Er krallte sich am Lenkrad fest. »Wir sind bislang davon ausgegangen, dass sie während des Schützenfestes nicht in Erlenbrook-Kapelle waren. Aber offenbar stimmt das nicht. Zumindest zum Mittagessen waren sie kurz auf dem Hof ihrer Eltern. Versuche herauszufinden, wie spät sie dort eingetroffen sind und wann ihre Mutter sich auf den Weg zum Festzelt gemacht hat.«

»Alles klar.« Heike wartete. »Sonst noch was?«

»Nein, nein. Das ist alles. Wir sehen uns.«

Er beendete das Gespräch und ließ das Handy langsam sinken. Dann sah er zu der Stelle, an der gerade noch seine Frau gewesen war. Er starrte unbewegt durch die Windschutzscheibe. Das chinesische Essen auf dem Beifahrersitz wurde langsam kalt.

Heike legte den Hörer auf die Gabel. Es war Guido Gratczeks Apparat gewesen. An seinem missbilligenden Blick erkannte sie, was er davon hielt, dass sie sich während des Gesprächs auf seine Tischkante gesetzt hatte.

»Alles geklärt?«, fragte er, und sie hörte, was in dieser Frage mitschwang: Dann kannst du ja jetzt wieder verschwinden.

Sie schenkte ihm ein süßes Lächeln. »Alles geklärt. Bis später, Schatz.«

Seinen finsteren Blick ignorierte sie, wandte sich ab und ging zur Tür. Mit der Hand auf der Klinke fiel ihr etwas ein.

»Ach, Guido, bevor ich es vergesse ...«

Er fixierte bereits wieder den Bildschirm seines Computers. »Was denn?«, fragte er unwillig.

»Du hast doch so einen guten Draht zu den Kollegen aus der Kriminaltechnischen Untersuchung.«

»Und weiter?«

Sie kramte die Patronenhülse, die sie von Vesting mitgenommen hatte, aus ihrer Jackentasche hervor und legte sie auf seinen Schreibtisch.

»Vielleicht kannst du die Kollegen bitten, sich das mal anzusehen. Quasi in der Kaffeepause.«

»Wieso? Was ist das?«

»Zumindest ist es kein offizielles Beweisstück.«

Er hob eine Augenbraue.

»Die gehört Melchior Vesting«, erklärte sie. »Aus seinem Munitionslager sozusagen. Es ist die gleiche Schrotmunition, mit der auf Heinrich Uhlmann geschossen wurde. Und sie ist offenbar alt. Ich dachte, vielleicht können die Kollegen mal überprüfen, wie weit der Oxidationsprozess vorangeschritten ist.«

»Ich nehme einmal an, dass Herr Vesting dir die Munition nicht freiwillig ausgehändigt hat. Sonst wäre das hier kaum inoffiziell.«

»Er hat mich mit seinem Waffenschrank alleine gelassen! Was sollte ich denn tun?«

Guido steckte die Patrone mit einem skeptischen Blick ein. »Also gut. Ich werde sehen, was sich machen lässt.«

»Super! Sag mir Bescheid, sobald du etwas weißt.«

»Geht schon klar. Aber jetzt lass mich endlich weiterarbeiten.«

Sie deutete eine Verbeugung an und verließ das Büro.

15

Die erste Begegnung zwischen Bernd und ihrer Familie verlief wesentlich besser, als Annika gehofft hatte. Alle waren höflich und zuvorkommend, nicht einmal Marita sagte etwas Unpassendes. Selbst als Bernd einen etwas missglückten Scherz machte, um die Situation aufzulockern, lachte Marita höflich und schluckte jeden Kommentar herunter.

Nach der Begutachtung durch die Familie setzte sich Annika mit Bernd nach draußen, um über die Arbeit zu sprechen. Sie hatte Neuigkeiten, die sie Bernd erzählen wollte. Vor allem wollte sie mit ihm über Melchior Vesting reden. Bernd war ebenfalls in die Hintergründe des Banküberfalls eingeweiht, sie wollte unbedingt seine Meinung dazu hören.

Als sie auf die Terrasse traten, blieb Bernd abrupt stehen. »Wow«, sagte er mit Blick auf den prachtvollen Garten.

Die Anlage hinterm Haus war Sophias Reich. Eine riesige Blütenwiese und ein Gartenteich trennten die Terrasse vom Nutzgarten. Sophia verwendete sehr viel Sorgfalt darauf, dass alles wild und ursprünglich aussah. Gerade jetzt im Herbst hatte sie den Verfall eindrucksvoll inszeniert.

»Wir sitzen viel zu selten hier«, räumte Annika ein.

»Ihr habt es wirklich schön.« Bernd nahm auf einem Gartenstuhl Platz. »Echt idyllisch.« Dann wandte er sich ihr zu. »Aber jetzt erzähl mal. Weshalb sollte ich vorbeikommen? Es geht doch nicht nur um die Termine für die nächste Woche, oder?«

»Nein. Ich möchte deine Meinung zu etwas hören.«

Annika erzählte ihm alles, was sie im Krankenhaus über Melchior Vesting erfahren hatte. Bernd hörte aufmerksam zu, den Blick auf das Blütenmeer gerichtet.

»Dieser Typ braucht also Unmengen von Geld für die

Behandlungen«, sagte er. »Und du denkst, dass er deswegen die Bank überfallen hat?«

»Keine Ahnung. Es gibt ja keinerlei Spuren. Das Einzige, was die Polizei weiß, ist, dass der Täter ortskundig gewesen sein muss.«

»Einer der Bauern aus deiner Nachbarschaft?« Er dachte darüber nach. »Das könnte hinkommen.«

»Ich habe mir vorgenommen, mit Bernhard Hambrock zu sprechen, dem Leiter der Mordkommission. Er ist so was wie ein Cousin von mir. Irgendwie um zwei Ecken.«

Die Terrassentür öffnete sich, und Sophia balancierte ein Tablett mit Eiscafé heraus.

»Ich bin sofort wieder weg«, sagte sie schnell. »Ich dachte nur, das hier ist genau das Richtige bei dem schönen Wetter.«

»Ach, Mutter, das wäre doch nicht nötig gewesen.«

»Die sind doch schnell gemacht.« Sie stellte die Eisbecher ab und verschwand sofort wieder im Haus.

»Na, das nenn ich mal Service«, kommentierte Bernd und probierte den Eiscafé. »Deine Mutter versteht ihr Handwerk«, sagte er anerkennend. »Wo wohnt dieser Vesting eigentlich?«

»Wenn du von hier nach Altenberge fährst, kommst du daran vorbei. Der Hof liegt ein bisschen zurück und ist zur Hälfte im Wald versunken.«

»Du meinst das alte Geisterhaus?« Er schüttelte amüsiert den Kopf. »Das ist ja mal eine passende Kulisse für so eine Geschichte.«

»Und was denkst du jetzt? Soll ich damit zur Polizei gehen?«

»Ich denke, wir sollten zuerst überlegen, ob das nicht eine Story wäre. Schließlich wollen wir nicht ewig über Schützenfeste schreiben.« Er fixierte sie. »Und ich glaube auch, du denkst das Gleiche. Sonst hättest du das alles nicht mir, sondern deinem Cousin erzählt.«

Sie fühlte sich ertappt. »Mit Bernhard müssen wir trotzdem sprechen. Das ist eine viel zu große Sache, da dürfen wir der Polizei nichts verschweigen.«

»Das stimmt. Wir müssen dabei nur aufpassen, dass wir unseren Vorteil nutzen. Als dieser Jäger erschossen wurde, da saßen wir auch mittendrin. Aber dann kamen die Reporter aus Münster und haben uns zur Seite gedrängt. Diesmal müssen wir schneller sein.«

Natürlich hatte Annika mit dem Gedanken gespielt, etwas darüber zu schreiben – doch jetzt bekam sie plötzlich Angst vor ihrer eigenen Courage.

»Ich überlege nur«, sagte sie, »ob das alles nicht eine Nummer zu groß für uns ist. Schließlich geht es um bewaffneten Raubüberfall. Außerdem gibt es da noch diesen unaufgeklärten Mord. Was, wenn alles zusammenhängt?«

»Wir machen das ja nicht im Alleingang. Du redest mit deinem Cousin. Wir müssen nur aufmerksam bleiben und im richtigen Moment zuschlagen. Dann haben wir vielleicht Hintergrundinformationen, die in Münster noch keiner kennt.«

Er bemerkte ihren Gesichtsausdruck und lachte.

»Komm schon, Annika. Denen zeigen wir's. Für die sind wir zwei zwanzigjährige Aushilfen, die nichts auf dem Kasten haben. Weckt das denn nicht deinen Sportsgeist?«

Sie dachte nach und begann dann zu grinsen. »Auf gewisse Weise schon.«

»Na, wer sagt's denn. Wir könnten uns den Hof von Vesting schon mal näher ansehen. Ein paar Fotos schießen, Atmosphäre schnüffeln. Was hältst du davon?«

Sie spürte ein Kribbeln. Melchior Vesting könnte sie erwischen. Es war ein Abenteuer.

Bernd boxte sie in die Seite. »Ich sehe also, du bist dabei?«

Sie nickte. »Wann geht's los? Jetzt gleich?«

»Besser heute Abend. In der Dämmerung wirkt alles viel gruseliger dort. Vielleicht zieht sogar ein bisschen Nebel auf. Das würde sich toll auf den Fotos machen.«

»Wir müssen aber vorsichtig sein. Mit Vesting legt man sich besser nicht an.«

»Also gut. Ich hole dich dann mit dem Roller ab.«

Nachdem er gegangen war, räumte sie die leeren Eisbecher weg. Die Idee war wahnsinnig, trotzdem gefiel sie ihr sehr gut. Im hinteren Teil des Gartens entdeckte sie Emma. Sie hockte an den Brombeersträuchern, zupfte ein paar Beeren ab und reihte sie sorgfältig am Boden auf. Auf seltsame Weise wirkte sie traurig. Als hätte es gerade einen Streit gegeben und sie hätte sich zurückgezogen, um ihre Wunden zu lecken. Annika zögerte, doch dann steuerte sie die Terrassentür an und ging ins Haus.

Sie fand den Rest der Familie in der Küche versammelt. Marita und Tante Ada saßen am Tisch und tranken Kaffee, Sophia wischte mit einem Lappen über die Anrichte, und Paul schob einen Spielzeugtraktor über den Küchenboden.

Annika blieb in der Tür stehen. Sie wollte sich dafür bedanken, wie Bernd von ihnen allen empfangen worden war. Doch sie wusste nicht so recht, wie sie es ausdrücken sollte.

»Hört mal ...«, begann sie.

»Mensch, Marita!«, rief ihre Mutter. »Jetzt pass doch auf! Du hast den Kaffee verschüttet.«

Mit ihrem Lappen wischte sie die Kaffeelache auf, Marita hob lediglich die Tasse und achtete nicht weiter darauf.

Tante Ada blätterte im Landwirtschaftlichen Wochenblatt. Sie hatte gerade die Seite mit dem Fortsetzungsroman gelesen und hoffte vergeblich, dass er auf der nächsten Seite fortgeführt wurde.

»Erst kommt man nicht rein, und dann ist es schon wieder zu Ende«, sagte sie mürrisch.

»Dann kauf dir doch das blöde Buch!«, stöhnte Marita. »Meine Güte, jedes Mal das Gleiche.«

Doch Ada tat es mit einem Kopfschütteln ab. »Ich werde nächste Woche weiterlesen.« Damit war das Thema beendet.

»Du wolltest uns etwas sagen, Annika?«, fragte Sophia.

Angesichts des ruppigen Tonfalls in der Küche war Annika sich nicht mehr sicher, wie sie den anderen gegenüber ihre Zuneigung ausdrücken sollte. Wahrscheinlich würden sie Annika nur auslachen. Der Moment war einfach nicht günstig.

»Schon gut.« Sie stellte das Tablett auf die Spülmaschine. »Hattest du Streit mit Emma?«, fragte sie Marita.

»Nein, wie kommst du darauf? Wo ist sie denn?«

»Im Garten. Keine Ahnung, sie wirkte nur ... ach, egal.«

Marita quittierte es mit einem Brummen und las weiter im Sportteil. Annika nahm sich einen Lappen und ging hinaus. Sie wischte den Gartentisch ab und schlenderte dann zu den Brombersträuchern hinüber.

»Was machst du denn hier so alleine?«

Emma sah auf. Doch sie antwortete nicht und vertiefte sich stattdessen wieder in das Sortieren der Beeren. Annika setzte sich zu ihr in die Sonne.

»Geht's dir gut?« Und weil sie keine Antwort bekam: »Soll ich wieder gehen? Möchtest du vielleicht mit Klooke alleine sein?«

Emma schüttelte den Kopf, dann nahm sie die größte Beere und gab sie Annika, die sich bedankte und sie in den Mund steckte.

»Die schmeckt wirklich köstlich.« Sie blickte sich um. »Ist Klooke denn gar nicht hier?«

Emma schüttelte erneut den Kopf.

»Und wo ist sie?«

Sie deutete vage zur offenen Stalltür, einem klaffenden schwarzen Loch zwischen zwei hohen Nusssträuchern.

»Klooke ist im Schatten«, sagte sie. »Klooke ist immer im Schatten.«

Annika wusste nicht, was sie darauf sagen sollte. Sie sah beklommen zu der dunklen Öffnung. Emma malte mit dem Finger Kreise in die trockene Erde.

Sie sprach leise weiter. »Klooke sagt, dass was Schlimmes passieren wird.«

»Was soll denn Schlimmes passieren?«

Emma hob die Schultern. Annika wartete, doch offenbar wollte sie nicht mehr darüber verraten.

»Es wird nichts passieren«, sagte sie. »Glaub mir, du musst keine Angst haben. Das ist Quatsch, was Klooke sagt. Ganz sicher.«

Emma blinzelte gegen das Licht. Sie schien darüber nachzudenken, dann nickte sie ernst.

»Was meinst du?«, wechselte Annika das Thema. »Sollen wir Mama, Oma und Tante Ada ein paar Brombeeren bringen? Die sind so lecker, da freuen die sich bestimmt.«

Emma ließ sich schnell auf andere Gedanken bringen.

»Dann müssen wir aber noch welche pflücken!«, rief sie. »Nur die ganz großen.«

»Das machen wir.«

Annika machte sich einen Spaß daraus, sie so weit hochzuheben, dass sie die Beeren von den höchsten Zweigen pflücken konnte. Dazu ahmte sie die Geräusche eines Flugzeugs nach und ließ Emma immer wieder auf dem Rasen landen.

Schließlich rannte das Kind lachend zur Terrassentür, beide Hände voller Brombeeren. Annika lief ihr hinterher.

Sie warf im Vorbeigehen einen Blick zur offenen Stalltür, doch in der Dunkelheit war nichts zu erkennen. Trotzdem. Sie wurde das Gefühl nicht los, dass dort etwas lauerte. Etwas, das sie nicht aus den Augen ließ.

Clemens Röttger fuhr mit seinem Jeep auf den Hof von Ludwig Schulze Ahlerkamp. Manfred, sein ältester Sohn, erwartete ihn bereits. Er stand unter den Eichen, die Hände tief in den Taschen vergraben, und begrüßte ihn mit einem Kopfnicken.

Clemens stieg aus dem Wagen und warf die Tür zu.

»Hallo, Clemens. Danke, dass du gekommen bist.«

»Kein Problem. Wo ist denn dein Vater?«

»Was weiß ich. Irgendwo auf dem Feld, schätze ich mal. Der meldet sich ja nie ab.«

Clemens sah sich um. Die Biogasanlage lag wie ein schlafender Riese hinter der Scheune, ein paar Vögel flatterten an den Türmen vorbei.

»Dabei müsste er eigentlich wissen, was los ist«, sagte Manfred. »Wenn die Anlage eine Störung hat, bekommt er automatisch eine SMS auf sein Handy.«

»Auf sein Handy?« Clemens runzelte die Stirn. »Warum hast du ihn nicht angerufen?«

Manfred hob die Schultern. »Ich kenn die Nummer nicht. Er hat sie irgendwo aufgeschrieben, aber ich hab keine Ahnung, wo der Zettel ist.«

»Du kennst die Nummer nicht?«

»Ich hab ihn noch nie angerufen. Wozu auch? Wir können ja jederzeit miteinander reden. Er besitzt das Handy nur wegen der Anlage. Soweit ich weiß, kennt sonst keiner die Nummer.«

Clemens nickte. »Dann wollen wir uns die Sache mal ansehen.«

Er trat ins Maschinenhaus und erkannte auf den ersten Blick den Grund für die Störung. Die Schnecke war ausgefallen.

»Da muss irgendwas im Rohr feststecken«, sagte er. »Hast du einen Werkzeugkasten?«

»Klar. Gleich da vorne.«

»Du musst aber selber Hand anlegen. Ich darf meinen Oberkörper nicht belasten. Du weißt ja, die Verletzung.«

»Geht schon in Ordnung. Du musst mir nur sagen, was ich machen soll.«

Manfred ging voran, und Clemens folgte ihm kopfschüttelnd. Ludwigs Sohn besaß zwei linke Hände und hatte keinerlei Verständnis für technische Dinge. Clemens fragte sich, was werden sollte, wenn Manfred einmal den Hof übernahm.

Er stieg die Eisentreppe zum Tank hinauf und blickte über den Rand.

»Das hat keinen Zweck«, sagte er. »Es steckt noch zu viel Biomasse im Tank. Von hier oben kommen wir an die Schnecke nicht heran.«

»Und was heißt das?«

»Das heißt, dass wir unten das Rohr abschrauben müssen.«

Clemens stieg hinunter und klopfte sich den Schmutz von den Händen.

Manfred kratzte sich am Kopf. »Wie lange wird das dauern?«

»Nicht lange«, sagte er. »Eine gute halbe Stunde vielleicht. Ich zeig dir, was du machen musst.«

Die Sonne stand inzwischen blutrot am Horizont. Annika hockte vor dem Küchenfenster und sah die Hofauffahrt hinunter. Auf der Straße war noch nichts zu sehen, doch Bernd würde jeden Moment auftauchen, lange konnte es nicht mehr dauern.

Das Wetter war ideal zum Fotoschießen. Wenn sie Glück hatten, würde noch etwas Nebel aufziehen. Die Tage waren zwar sehr warm, aber sobald die Sonne verschwand, wurde es kalt. Dann bildete sich Dunst auf den Wiesen, gerade so viel, dass der Hof von Melchior Vesting noch ein wenig schauriger aussehen würde.

Den anderen hatte sie gesagt, dass Bernd und sie nach Altenberge fahren würden. Sie wollten ein Bier trinken und über die Arbeit sprechen. Das hatte ihr zwar einen anzüglichen Kommentar von Marita eingebracht, und auch Sophia und Tante Ada wechselten bedeutungsvolle Blicke. Aber das war ihr egal, es war besser, wenn keine wusste, was sie tatsächlich vorhatten.

Sophia stand am Herd und machte das Abendessen. Marita war unter der Dusche, und an dem Rumpeln in der Waschküche erkannte Annika, dass nun auch Tante Ada mit der Arbeit fertig war.

»Tu mir einen Gefallen und sag den anderen, dass das Essen fertig ist«, meinte Sophia. »Dadurch, dass du die ganze Zeit am Fenster sitzt, wird er auch nicht eher kommen.«

Annika fühlte sich ertappt. Mit einem finsteren Blick stand sie auf und verließ die Küche, um die anderen zusammenzutrommeln.

Die Kinder durften jeden Abend vor dem Essen eine Stunde lang fernsehen, doch heute traf sie im Wohnzimmer nur auf Paul. Er starrte gebannt auf den Bildschirm und konnte ihr nicht sagen, wo seine Schwester war.

»Emma!«, rief Annika durchs Haus. »Wo bist du?«

Sie bekam keine Antwort. Eilig ging sie nach oben und blickte ins Spielzimmer. Auch dort war alles verwaist.

»Emma! Sag doch was!«

Sie versuchte es im Kinderzimmer. Die Tür war nur angelehnt, Emmas Stimme war gedämpft zu hören.

»Nein! Geh weg!«

Annika drückte die Tür vorsichtig auf. Das Mädchen saß zusammengekauert vor dem Bett, presste sich die Hände gegen die Ohren und kniff die Augen zu.

»Hör auf!«, rief die Kleine. »Hör auf!«

Annika glitt neben ihr auf den Boden und nahm ihr behutsam die Hände von den Ohren.

»Was machst du denn hier?«

Emma blickte Annika erschrocken an.

»Was ist denn nur los?«

Der Blick des Mädchens verschloss sich. Es sah sich um und zog die Schultern ein. Dann presste es die Lippen aufeinander und blickte betreten zu Boden.

»Du brauchst dich nicht zu schämen. Sag einfach, was los ist.«

Emma ließ sich Zeit mit der Antwort. »Ich will nicht, dass Klooke da ist. Klooke soll weggehen.«

»Macht sie dir etwa Angst? Was sagt sie denn? Womit will sie dir Angst machen?«

»Geht es etwa um deine unsichtbare Freundin?« Marita war in der Tür aufgetaucht. Frisch geduscht und in Jeans und Pullover. Sie betrat das Zimmer.

»Komm mal her, mein Engel.« Sie nahm Emma in den Arm und drückte sie. »Du brauchst keine Angst zu haben. Wenn du nicht mit Klooke spielen willst, musst du ihr das einfach sagen.« Sie gab dem Mädchen einen Kuss auf die Stirn. »Du musst nichts tun, was du nicht willst.«

Emma sah sie mit großen Augen an. Maritas Stimme wurde flüsternd. »Du bist der Boss, hörst du? Du allein kannst bestimmen, wer mit dir spielt und wer nicht. Hast du das verstanden?«

Sie wartete, bis ihre Tochter zaghaft nickte. »Dann ist ja gut.« Sie drückte Emma, die ihre Ärmchen um Maritas Hals schlang. »Und jetzt gehen wir essen«, beendete sie das Thema und trug Emma hinaus.

In der Tür warf sie Annika ein Lächeln zu und verdrehte die Augen. Noch so eine Verrückte, schien ihr Blick zu sagen.

Annika folgte ihnen wortlos. Bevor sie die Tür hinter sich schloss, warf sie noch einen Blick ins Zimmer. Doch außer Emmas Sachen war nichts zu sehen.

Unten an der Haustür klingelte es. Das war Bernd, keiner sonst würde die Klingel benutzen. Sogar der Postbote ging über die Tenne ins Haus, wenn er ein Päckchen für sie hatte.

Tante Ada öffnete. Bernd begrüßte sie höflich mit Handschlag.

»Ich komme runter!«, rief Annika. »Eine Sekunde!«

Marita folgte ihr in die Diele.

»Wo wollt ihr denn eigentlich hin?«, fragte sie.

»Zum Spökenkieker.« Das war eine der Dorfkneipen in Altenberge.

Marita hob eine Augenbraue. »Nicht gerade der beste Ort für ein Date. Warum geht ihr nicht ins Mixed?«

»Weil es kein Date ist. Wir wollen an einem Artikel arbeiten«, erklärte Annika.

Bernd grinste. »Jedenfalls ist es nicht nur ein Date.«

Marita und Tante Ada lächelten. Ja, treibt nur alle eure Späße, dachte Annika, während sie ihre Jacke zuzog. Plötzlich fiel ihr etwas ein.

»Ich habe was vergessen«, sagte sie und machte auf der Treppe kehrt. »Bin sofort wieder da.«

Sie rannte in ihr Zimmer und schnappte sich die Geldbörse vom Schreibtisch. Für alle Fälle, dachte sie. Vielleicht gehen wir im Anschluss ja tatsächlich noch etwas trinken. Auf dem Flur vor den Kinderzimmern traf sie auf Emma, die ihr gefolgt war. Sie stand da und sah sie mit großen Augen an.

»Gute Nacht, Emma.« Annika gab ihr einen Kuss. »Schlaf schön.«

»Du sollst nicht weggehen.«

»Wie bitte?«

»Du sollst hierbleiben. Da, wo du hingehst, ist es dunkel. Und kalt. Da kommst du nicht wieder weg.«

Annikas Herz setzte einen Schlag aus. »Was sagst du da?«

Aber bevor sie antworten konnte, tauchte Marita im Flur auf.

»Wo bleibst du denn, Emma? Das Essen ist fertig.«

»Du sollst nicht weggehen«, flüsterte Emma noch einmal und ließ sich dann von ihrer Mutter nach unten tragen. Auf dem Treppenabsatz hob sie den Kopf. Sie blickte Annika an, als trüge sie die Verantwortung für die gesamte Welt auf ihren kleinen Schultern.

Marita bemerkte nichts davon. Sie wünschte fröhlich einen schönen Abend und verschwand mit dem Kind in der Küche. Annika taumelte benommen zur Treppe. Am liebsten wäre sie jetzt zu Hause geblieben. Aber was sollte sie Bernd sagen? Dass die kleine Emma mit den Toten sprach und deshalb wusste, dass bei Vesting etwas passieren würde?

Sie hörte selbst, wie lächerlich das klang. Und im Grunde glaubte sie nicht an so etwas.

Bernd stand unten in der Diele und sah zu ihr hoch. »Können wir los?«

»Ja«, sagte sie. »Wir können los.«

Hinter dem Hof von Ewald Tönnes verließen sie die Straße, um zu Fuß weiterzugehen. Den Motorroller schoben sie in die Wallhecke, damit er unsichtbar wurde. Dann schlichen sie zu dem kleinen Bach, der zu den verfallenen Hofgebäuden von Melchior Vesting führte.

Im Schutz der Uferböschung konnten sie ungesehen dorthin gelangen. Annika ging in geduckter Haltung voran, sie wollte möglichst schnell den Wald erreichen. Doch Bernd blieb auf halber Strecke stehen und packte seine Kamera aus dem Rucksack.

»Warte mal.« Er streckte den Kopf über die Böschung hinweg und begann Fotos zu schießen. »Super Perspektive«, kommentierte er. Annika zog ihn an der Jacke zurück in die Deckung.

»Am Hof gibt es genügend Verstecke. Das ist viel zu riskant hier. Glaub mir, du möchtest lieber keine Bekanntschaft mit Melchior Vesting machen.«

Sie schlich voran, und er folgte ihr. Im Wald konnten sie sich aufrecht fortbewegen. Brombeersträucher und Holunderbüsche bildeten ein beinahe undurchdringliches Dickicht, keiner würde sie hier entdecken. Annika blieb immer wieder an den Dornenbüschen hängen. Sie trat die Zweige vorsichtig nieder und befreite sich mit spitzen Fingern von den Ranken. Mit zerstochenen Händen und aufgekratzten Beinen erreichte sie schließlich das Grundstück von Melchior Vesting. Dort huschte sie zur Rückseite eines der Wirtschaftsgebäude und tauchte in den Schatten. Dann wandte sie sich um.

Bernd steckte noch immer in den Brombeeren fest. Die Kamera hielt er hoch über den Kopf, mit der freien Hand legte er vorsichtig Ranke um Ranke frei. Schließlich erreichte er ebenfalls die Rückwand.

»Wenn man dich so im Unterholz beobachtet«, flüsterte er, »könnte man denken, du wärst früher in Vietnam dabei gewesen.«

»Städter«, kommentierte sie und zog ihn hinter sich. »Komm mit!«

Sie schlich bis zum Ende der Wand, überblickte den Garten und lief eilig zur alten Schmiede. Dort angekommen, gab sie Bernd ein Zeichen: Die Luft ist rein. Er schloss zu ihr auf.

Von der Schmiede aus hatten sie einen hervorragenden Blick auf das Gelände. Annika lächelte zufrieden.

»Na, was sagst du jetzt?«

Bernd war beeindruckt. »Du kennst dich hier wirklich gut aus.«

»Als Kinder waren wir im Wald oft spielen. Doch Vesting hat sich lautstark beschwert, und weil unsere Eltern keinen

Ärger haben wollten, stand es plötzlich unter Todesstrafe, hierherzukommen.«

»Gehört der Wald zu seinem Grundstück?«

Sie nickte. »Privatbesitz.«

Bernd nahm die Kamera und begann Fotos zu schießen. »Einfach perfekt«, flüsterte er. »Genauso habe ich es mir vorgestellt.«

Annika betrachtete nachdenklich die alten Fachwerkgebäude.

»Eigentlich ist es ja wunderschön hier«, sagte sie.

Bernd spähte zum Haus. »Weißt du, wo das Zimmer von diesem Jungen ist? Von ihm hätte ich auch gerne ein Foto.«

»Von Aalderk? Wie stellst du dir das vor? Willst du durchs Fenster fotografieren?«

»Keine Ahnung. Vielleicht kommt er ja auch raus.«

»Weshalb sollte er das tun? Er sitzt im Rollstuhl.« Annika fasste ihn an der Schulter. »Lass uns lieber verschwinden. Wir haben alles, was wir brauchen. Es wird langsam dunkel.«

Hinter einem der Fenster brannte eine Glühbirne auf. Melchior Vesting tauchte auf und verschwand wieder. Das Licht blieb eingeschaltet.

»Dort muss es sein«, sagte Bernd nachdenklich. »Ich würde den Jungen wirklich zu gerne einmal sehen. Was meinst du: Können wir uns noch ein bisschen näher heranschleichen?«

»Ich weiß nicht. Vielleicht versuchen wir es besser im Krankenhaus.«

»Ach, komm. Wo wir schon mal hier sind.«

»Siehst du die Hecke da vorne?«, meinte Annika. »Da müssten wir vor Vestings Blicken geschützt sein.«

Er löste sich aus dem Schatten und rannte zu einem Rosenstrauch, wo er kurz verschnaufte, um dann durch das hohe Gras weiterzurobben. An der ungepflegten Hecke, nur ein paar Meter vom Haus entfernt, ging er in Deckung. Er zeigte Annika den erhobenen Daumen, im Gesicht ein breites Grinsen.

Das Haus wirkte ruhig und leer. Keiner war am Fenster zu sehen. Also gut, dachte sie. Es waren nur gute zehn Meter, doch der Weg kam ihr unendlich weit vor. Schwer atmend warf sie sich neben Bernd auf den Boden.

»Du hast es echt drauf«, sagte er anerkennend. »Respekt.«

»Was hast du jetzt vor?«

»Ich will nur durchs Fenster sehen. Mehr nicht. Danach verschwinden wir.«

»Beeil dich aber.«

Er sprang auf, hechtete zur Hauswand und drückte sich gegen das Sandsteinfundament. Vorsichtig spähte er durchs Fenster. Annika bekam feuchte Hände. Sie beobachtete ihn so gebannt, dass sie nicht bemerkte, wie die Haustür geöffnet wurde.

Ein Gewehrschuss donnerte durch die abendliche Stille. Annika unterdrückte einen Schrei. Bernd rutschte von der Wand ab und fiel zu Boden. Einen schrecklichen Moment lang glaubte sie, er sei getroffen worden. Doch Vesting hatte nur in die Luft geschossen. Er trat auf Bernd zu und richtete die Waffe auf seinen Oberkörper.

»Du verdammter kleiner Dieb!«

Bernds Gesicht war aschfahl. Er starrte Vesting wie einen Geist an. Zitternd hob er die Hände. Vesting trat vor, packte seinen Kragen und prügelte ihn zur Tür.

»Na warte, Bürschchen. Du kannst was erleben.«

Mit Tritten und Schubsen beförderte er Bernd ins Haus. Dann schloss er die Tür, und sie waren verschwunden. Es wurde still.

Annika wagte kaum zu atmen. Sie musste Hilfe holen. Die Polizei rufen. Vielleicht würde Bernd dann nichts passieren.

Hektisch sah sie sich um. Der Weg zurück zur Schmiede war zu gefährlich. Vesting durfte sie nicht entdecken. Hinter dem Haus lag eine Apfelwiese, darin das alte Backhaus. Von dort konnte man über das abgeerntete Maisfeld zur Straße gelangen. Das wäre der beste Weg.

Sie sprang auf und rannte los. Es waren nur ein paar hundert Meter bis zur Straße.

Sie achtete nicht auf die Schlinge, die im Gras neben dem Backhaus lag. Sie achtete auf gar nichts. Lief einfach weiter, so schnell sie konnte.

16

Hambrock fuhr langsam die Anhöhe hinauf. Der Hof von Ludwig Schulze Ahlerkamp tauchte vor ihm in der Dunkelheit auf. Die Biogasanlage hinter der Scheune war hell erleuchtet, überall standen große Strahler herum. Er erreichte den Hof, eine Gruppe von Menschen wurde von seinen Scheinwerfern erfasst. Sie blickten zu ihm herüber und hielten sich schützend die Hände vors Gesicht. Hambrock erkannte Henrik Korb und zwei seiner Mitarbeiter, ein paar Uniformierte standen ebenfalls dabei.

Er parkte neben einer Stallwand, schaltete das Licht aus und verließ den Wagen. Korb kam ihm entgegen, in der Hand einen Kaffeebecher. Hambrock machte einen Schritt auf ihn zu, als er eine Gestalt bemerkte, die an der Stallwand lehnte. Es war Heike. Sie starrte unbewegt vor sich hin und zog an einer Zigarette.

»Seit wann rauchst du denn wieder?«, begrüßte er sie. »Du wolltest doch ein für allemal damit aufhören.«

Sie blickte ihn an. Ihr Gesicht war leichenblass.

»Ach, leck mich am Arsch«, sagte sie, ging ein paar Schritte und zog wieder an der Zigarette. Die Glut leuchtete in der Dunkelheit.

Er wollte bereits hinterher, doch Korb hielt ihn auf.

»Lass sie«, sagte er. »Es sieht wirklich schlimm aus.«

»Was meinst du?«

»Du weißt es noch gar nicht?«

»Ich weiß nur, dass wir hier einen Leichenfund haben. Neben der Biogasanlage, hat man mir gesagt.«

»Die Leiche ist eher in der Anlage.« Korb leerte seinen Kaffee, zerdrückte den Pappbecher und warf ihn achtlos auf den Hof. »Komm mit, ich zeig sie dir. Du hast hoffentlich nichts gegessen.«

»Was ist denn überhaupt passiert?«

»Der Tote ist im Tank für die Biomasse zerhäckselt worden. Es handelt sich um Ludwig Schulze Ahlerkamp, den Hofherrn.«

»Zerhäckselt?« Hambrock spürte ein flaues Gefühl im Magen.

»Ganz richtig.« Korb deutete auf den Tank. »Da sind Stahlmesser drin. Der Motor wurde durch die Leichenteile überlastet und ist ausgefallen. So wurde der Tote erst entdeckt.«

Korb umrundete den Tank. Hambrock zögerte. Er dachte an den Selbstmörder, der sich vor den Zug geworfen hatte. An das Blut auf der Lok und die herumliegenden Körperteile. Er holte tief Luft, bevor er seinem Kollegen folgte.

Hinter dem Tank rückte eine Plane der Spurensicherung in sein Blickfeld. Sie lag am Boden ausgebreitet, dunkle Klumpen waren dort aufgereiht. Aus einigen ragten weiße Knochenteile heraus, die Bruchkanten ließen Spuren von den Stahlmessern erkennen. Keiner dieser Klumpen war als Leichenteil zu erkennen, es waren nur pampige Häuflein, von Blut und Maissilage schmutzig eingefärbt. Ihm wurde schwindelig. Korbs Stimme drang von ferne zu ihm durch.

»Sobald wir hier alles gesichert haben, leeren wir den Tank. Wir wissen nicht ...« Er stockte. »... wir wissen nicht, wie viel von dem Toten im Fermenter gelandet ist. Wir gehen aber davon aus, dass der größte Teil der Leiche noch im Tank steckt.«

Hambrock wandte sich ab. Sein Magen zog sich zusammen, Speichel schoss in seinen Mund. Er ging in die Hocke und atmete durch.

Korb zog eine Papiertüte aus seiner Manteltasche und hielt sie ihm hin. »Wenn du kotzen musst, nimm die hier. Tu dir keinen Zwang an, du wärst nicht der Erste heute.«

Doch Hambrock winkte ab. »Es geht schon«, log er. Er brauchte noch ein paar Atemzüge, bevor er sich imstande fühlte, wieder aufzustehen. Er versuchte, seine Gedanken zu sortieren.

»Was wissen wir über den Hergang?«, fragte er. »Deutet etwas auf Fremdverschulden hin?«

»Nun ja. Wäre er versehentlich in den Tank gefallen, hätte er wieder herausklettern können. Zumindest wären da Spuren gewesen, die auf einen Versuch hingedeutet hätten. Es ist also gut möglich, dass er schon tot war, als er hineingeworfen wurde.«

»Gibt es einen Tatverdächtigen?«

»Bislang noch nicht.«

»Wer war der Auffindungszeuge?«

»Manfred Schulze Ahlerkamp, sein Sohn.« Korb strich sich mit der Hand durchs Gesicht. »Er hat das Rohr vom Tank geschraubt, um der Störung auf den Grund zu gehen. Als er es abnahm, ist ihm der malträtierte Schädel seines Vaters entgegengefallen.«

»Du lieber Gott. Das darf doch nicht wahr sein.«

»Er ist ganz schön durch den Wind, wie du dir denken kannst. Befindet sich jetzt in der Uniklinik. Es wird wohl eine Weile dauern, bis er vernehmungsfähig ist.«

Was ist das nur für ein Alptraum?, dachte Hambrock.

»Die Eisentreppe, die zum Tank hinaufführt, ist voller frischer Fingerspuren«, sagte Korb. »Das könnte uns weiterhelfen. Außerdem haben wir einen Hammer gefunden, gleich unter der Treppe im Gras.«

»Einen Hammer?«, fragte jemand. »Das würde passen.«

Es war der Rechtsmediziner. Ein junger Mann, den Hambrock auf höchstens dreißig schätzte, mit kurz geschorenem rotem Haar und hervortretenden Augen. Hambrock hatte bereits gehört, dass es im Institut einen Neuzugang gab, ganz frisch von der Uni, doch er hatte ihn bislang noch nicht persönlich kennengelernt.

»Timon Busse. Ich bin der Neue, das ist auch der Grund, weshalb ich Bereitschaft habe.« Er lächelte schief. »Das mit dem Hammer, das würde zu den Verletzungen des Opfers passen. Kommen Sie, ich zeige es Ihnen.«

Hambrock folgte ihm zur Plane mit den Leichenteilen. Erst jetzt erkannte er in einem der aufgereihten Klumpen einen Schädel. Sein Magen machte sich erneut bemerkbar.

»Sehen Sie hier«, sagte Timon Busse und drehte den Schädel zur Seite. »Neben den Berstungsbrüchen, die wohl auf den Druck im Tank zurückzuführen sind, befindet sich am Hinterkopf ein Lochbruch. Die Ränder sind scharf begrenzt, und wenn Sie sich einmal die Schlagfläche eines Hammers ansehen, dann könnten die Bruchkanten durchaus der Kontur gleichen.«

»Sie meinen, er ist mit dem Hammer erschlagen worden, bevor er im Tank landete?«

»Sieht fast so aus. Besser, wir warten die Ergebnisse der Obduktion ab.«

»Gut«, sagte Hambrock. »Ist Ihnen sonst noch etwas aufgefallen?«

»Bislang noch nicht. Aber wir haben auch erst ein gutes Drittel von ihm hier liegen.«

Hambrock nickte und ging zurück auf den Hof. Er fühlte sich noch immer benommen. Es war der zweite Mord in dieser Bauernschaft – zählte man Ewald Tönnes dazu, sogar der dritte. Der Täter ging immer brutaler vor.

Er fragte sich, ob Ludwig Schulze Ahlerkamp zum Tank gelockt und dort niedergeschlagen worden war. Oder hatte der Täter ihn an dieser Stelle eingeholt, nachdem der Bauer versucht hatte zu fliehen? Es gab keine Kampfspuren vor dem Tank, doch das musste nichts bedeuten.

»Schöne Scheiße, was?« Heike war neben ihm aufgetaucht. Sie folgte seinem Blick zu der beleuchteten Anlage.

»Das kann man wohl sagen.« Hambrock verschränkte die Arme. »Wie es aussieht, wurde er mit dem Hammer erschlagen, den wir gefunden haben. Das meint zumindest der Neue von der Rechtsmedizin.«

»Dann stimmt es also, dass er schon tot war, als er in den Tank geworfen wurde?« Sie sagte es, als läge etwas Tröstliches darin.

»Schon möglich. Aber wieso lässt der Täter das Tatwerkzeug zurück?«

»Vielleicht wurde er gestört und musste abhauen? Möglich, dass er keine Zeit hatte, seine Spuren zu verwischen.«

»Oder er legt gar keinen Wert darauf, Spuren zu verwischen.«

»Wie meinst du das?«

»Wer sollte ihn hier schon stören?« Er deutete mit einer ausschweifenden Bewegung über den Hof. »Hier draußen ist doch kein Mensch. War denn überhaupt jemand zu Hause?«

»Sein Sohn war mit dem Traktor in der Werkstatt, und seine Frau war einkaufen.«

»Siehst du, das meine ich. Vielleicht ist es dem Täter inzwischen egal, ob er Spuren hinterlässt. Oder der Rausch der Gewalt ist so stark, dass er an nichts anderes mehr denkt.«

Er bemerkte ihr skeptisches Gesicht.

»Ich weiß es doch auch nicht«, sagte er.

Von der Straße drangen Motorengeräusche zu ihnen. Ein Auto raste in halsbrecherischem Tempo die Anhöhe hinauf, die Scheinwerfer wippten in den Schlaglöchern. Hambrock und Heike traten zur Seite, als der Wagen mit quietschenden Reifen über den Hof schoss und beinahe einen Streifenwagen gerammt hätte.

»Was zum Teufel …?«, begann Heike.

Aber Hambrock hatte das Auto bereits erkannt. Er stieß einen Seufzer aus. Tante Ada sprang auf den Hof. Ein Uniformierter versuchte sie abzufangen, doch nach einem kurzen Wortwechsel begann sie zu schreien: »Ich will sofort mit Bernhard Hambrock sprechen!«

»Ich kümmere mich mal darum«, sagte er und überquerte den Hof.

»Tante Ada? Was machst du hier?«

»Bernhard! Annika ist verschwunden!«

»Was meinst du damit, sie ist verschwunden?«

»Sie wollte in Altenberge ein Bier trinken gehen. Ich habe mir nichts dabei gedacht. Aber dann waren da die Polizeiwagen und die Feuerwehr, und ich dachte …«

Sie blickte zu der erleuchteten Biogasanlage und verlor den Faden. Erschrecken spiegelte sich in ihrem Gesicht.

»Ist etwa …?«

Hambrock nickte. »Ludwig Schulze Ahlerkamp. Wie es aussieht, wurde er ermordet.«

»Oh, mein Gott.« Sie stützte sich am Wagen ab. »Jetzt auch noch Ludwig.«

»Es tut mir leid, Tante Ada.«

»Aber was ist, wenn Annika auch etwas passiert ist? Wenn ich recht habe und der Mörder es ebenfalls auf uns abgesehen hat?«

»Jetzt mal der Reihe nach. Wann hat Annika das Haus verlassen, und wo wollte sie hin?«

»Um kurz vor sechs. Sie wollte zum Spökenkieker, zusammen mit einem Kollegen von der Zeitung. Um an einem Artikel zu arbeiten. Dann war da dieses Polizeiaufgebot, und ich habe es mit der Angst zu tun bekommen. Ich habe im Spökenkieker angerufen, doch man sagte mir, Annika sei gar nicht da gewesen. Der Wirt kennt sie, er hätte sich daran erinnert.«

»Vielleicht sind sie woanders hingegangen?«

»Ich habe alle Kneipen in Altenberge abtelefoniert, und dann habe ich noch mit Bernds Eltern gesprochen, das ist der Junge, mit dem sie unterwegs war. Doch keiner wusste etwas.«

»Wie gut kennt sie diesen Bernd denn? Wäre es nicht möglich, dass sie …?«

»Du meinst ein Liebesabenteuer?« Sie schüttelte energisch den Kopf. »Das würde Annika niemals tun.«

»Manchmal meint man, dass man die Kinder kennt, aber dann …«

»Nein, Bernhard! So ist es nicht, glaub mir. Ganz im Gegenteil. Ich würde mir wünschen, dass Annika Jungs gegenüber ein bisschen weniger schüchtern wäre, aber das ist sie nicht.« Sie sah ihn flehentlich an. »Bitte! Du musst mir helfen.«

»Also gut. Ich schicke sofort ein paar Wagen los. Wir

werden eine Suchaktion starten. Keine Angst, sie werden schon wieder auftauchen.« Er bemerkte ihren Blick. »Mehr kann ich nicht tun, Tante Ada. Ich kann hier nicht weg.«

»Aber sie ist deine Cousine. Wir brauchen dich. Bitte, lass mich jetzt nicht alleine.« Sie packte ihn am Arm. »Bitte, Bernhard.«

Er sah sich hilflos um. Heike beobachtete ihn von der Stallwand aus, sie hatte die Stirn in tiefe Falten gelegt. Die anderen auf dem Hof waren mit sich selbst beschäftigt, sie achteten nicht mehr auf Hambrock und seine Tante.

»Also gut«, sagte er. »Ich komme mit. Aber ich fahre. Geh du auf den Beifahrersitz.«

Heike begriff offenbar, was passierte. Sie machte ein paar Schritte auf ihn zu.

»Was hast du denn da vor? Du willst doch wohl nicht verschwinden?«

Tante Ada zog die Tür hinter sich zu und blickte Hambrock ungeduldig durch die Windschutzscheibe an.

»Die Staatsanwaltschaft kommt jeden Moment«, sagte Heike.

»Annika ist offensichtlich verschwunden. Tut mir leid. Ich bin in einer Stunde wieder da.«

»In einer Stunde? Spinnst du? Dann ist hier alles gelaufen.«

Er nahm sie zur Seite. »Bitte, Heike, du musst mir helfen. Ich muss das machen.«

Sie machte ein unwilliges Gesicht, sagte aber nichts.

»Es ist meine Familie! Komm schon, es wäre nicht das erste Mal, dass du meinen Job übernimmst. Spring für mich ein, bitte. Ich melde mich später auf deinem Handy.«

»Also gut. Verschwinde schon.«

Er hob bedauernd die Schultern, dann bat er Henrik Korb, sich um die Organisation der Suchaktion zu kümmern. Schließlich stieg er in den Wagen und fuhr vom Hof. Im Rückspiegel sah er Heike, die ihm verärgert hinterherblickte, und die erleuchteten Türme der Biogasanlage.

»Hat Annika einen Lieblingsplatz oder so etwas?«,

fragte er. »Irgendeinen Ort, den sie Bernd vielleicht zeigen wollte?«

»Sie mag den Hexenpütt bei Havixbeck. Dort geht sie gern spazieren. Aber da ist es jetzt stockdunkel.«

»Und sonst?«

»Nein, nichts.« Sie trommelte mit den Fingern auf ihrem Oberschenkel. »Was willst du denn jetzt machen?«

»Ich fahre erst einmal die Strecke nach Altenberge ab. Vielleicht hatten sie einen Unfall und wurden einfach noch nicht entdeckt. Sind sie mit dem Auto gefahren?«

»Nein, Bernd hat einen Motorroller.« Sie starrte auf die Straße. »Mein Gott, wenn ihnen etwas passiert ist…«

»Es wird schon alles in Ordnung kommen. Glaub mir, Tante Ada. Bestimmt gibt es eine ganz einfache Erklärung. Die meisten Vermisstenfälle lösen sich innerhalb der ersten Stunden in Wohlgefallen auf.«

»Aber bei diesen Fällen gibt es keinen Mörder, der in der Gegend sein Unwesen treibt!«

»Versuch einfach, ruhig zu bleiben.«

Der Nebel verdichtete sich, und Hambrock fuhr langsam über die Straße nach Altenberge. Seinen Blick hielt er auf die Gräben gerichtet. Sollten die beiden von der Fahrbahn abgekommen sein, würde er sie dort entdecken.

Irgendwann unterbrach Tante Ada das Schweigen.

»Hör zu, Bernhard, ich muss mich bei dir entschuldigen. Was ich da neulich gesagt habe, du weißt schon, dass du kein guter Polizist bist …«

»Schon verziehen.«

»Danke.« Sie starrte aus dem Fenster, nach einer Weile fuhr sie fort. »Mir fällt das nicht leicht, aber … Ich muss noch etwas loswerden. Ich will dir nur sagen … Ich bin froh, dass du hier bist. Das meine ich ganz ehrlich. Sonst wüsste ich gar nicht … Jedenfalls bin ich froh.«

Er lächelte. Für Tante Adas Verhältnisse musste das einer Liebeserklärung gleichkommen.

»Wir sind eine Familie«, sagte er. »Das ist doch selbstverständlich.«

Sie passierten den Hof von Ewald Tönnes. Die Gebäude ragten dunkel aus dem Nebel. Das Haus und die Ställe waren verlassen, nichts regte sich. Hambrock hatte gehört, dass alles verkauft werden sollte. Er fragte sich, was passieren würde, wenn seine Eltern eines Tages die Landwirtschaft aufgaben. Alt genug waren sie ja. Seine Schwester hatte mit ihrem Mann in Vennhues gebaut, und er selbst plante auch nicht zurückzukehren. Sein Leben spielte sich in Münster ab, gemeinsam mit Erlend.

Erlend …

»Halt!« Tante Ada erstarrte. »Bleib stehen!«

Er fuhr rechts heran. »Was ist denn? Hast du was gesehen?«

Ada blickte hinüber zum Hof von Melchior Vesting. Hinter einem Fenster im Wohnhaus brannte Licht, der Rest des Hofs lag in der Dunkelheit.

»Mein Gott«, flüsterte sie und blickte Hambrock an. Sie wirkte, als hätte sie ein Gespenst gesehen. »Melchior Vesting.«

»Was ist mit ihm?«

»Er hat die Morde begangen. Und ich weiß jetzt auch, warum. Vor allem ist mir endlich klar, weshalb eine Horstkemper sterben muss.« Sie legte eine Hand gegen die Scheibe. »Es ist alles ganz einfach. Wie konnte ich das nur die ganze Zeit übersehen?« Sie richtete sich auf. »Schnell, Bernhard! Du musst zum Hof fahren! Wir dürfen keine Zeit verlieren.«

»Tante Ada …«

»Fahr schon! Beeil dich!«

»Du wirst mir zunächst einmal sagen müssen, worum es geht. Ich werde dort nicht aufschlagen, ohne zu wissen, was hier läuft.«

»Verflucht, Bernhard! Wirst du wohl …«

Sie stockte. Ein Streifenwagen näherte sich auf der Landstraße. Sein Martinshorn war nicht eingeschaltet, aber das Blaulicht flackerte im Nebel. Kurz bevor er sie erreichte, bog er ab und fuhr über den Schotterweg zum Hof von Melchior Vesting.

»Was ist denn das jetzt?«, kam es von Ada.

Hambrocks Handy klingelte. Eilig zog er es aus der Jackentasche hervor. Es war Henrik Korb.

»Ich weiß nicht, ob es dich interessiert«, sagte der, »aber von den Kollegen weiß ich, dass sie gerade einen Einsatz in Erlenbrook-Kapelle haben.«

»Ja, das sehe ich. Worum geht es?«

»Einbruch. Ein Bauer hat den Notruf gewählt. Offenbar hat er den Einbrecher gestellt.«

»Wie denn das?«

»Er hält ihn mit seinem Jagdgewehr in Schach. Das sagen zumindest die Kollegen.«

»Also gut. Danke, dass du Bescheid gegeben hast.«

Er steckte das Handy zurück in die Jackentasche.

»Was ist passiert?«, fragte Tante Ada.

»Jemand hat versucht, bei Melchior Vesting einzubrechen.«

»Wie bitte? Was gibt es da schon zu holen?«

Doch Hambrock hatte längst einen Verdacht. Er fragte sich, wie sehr die zurückhaltende Annika am Ende wohl nach ihrer Tante kam.

»Ich werde der Sache mal auf den Grund gehen«, sagte er und folgte dem Streifenwagen zum Hof der Vestings.

Der unbefestigte Weg hatte zahlreiche Schlaglöcher, trotz des Schritttempos wurden sie kräftig durchgeschüttelt. Er passierte das hohe Eisentor an der Hofeinfahrt und parkte hinter dem Polizeiwagen. Die Beamten waren bereits im Haus verschwunden.

»Du bleibst hier im Wagen«, sagte er und öffnete die Tür.

»Einen Teufel werde ich tun!«

Sie ließ den Sicherheitsgurt aufschnappen.

Hambrock platzte der Kragen. »Du bleibst hier!«, herrschte er sie an. »Oder ich fahre dich zuerst nach Hause. Das ist ein Polizeieinsatz, da hast du nichts zu suchen.«

Sie funkelte ihn wütend an.

»Hast du mich verstanden?«

»Du warst ja nicht zu überhören.«

Er stieß einen Seufzer aus. »Bitte, Ada. Wenn du Annika helfen willst, dann lass mich das alleine machen. Wir reden später über alles andere.«

Sie nickte, woraufhin er ausstieg und am Stall entlang zur Haustür ging. Über dem Eingang funzelte eine Glühbirne, die Tür stand weit offen. Zwei Streifenbeamte traten aus dem Haus und führten einen blonden Jungen in Handschellen ab. Hambrock ging ihnen entgegen und zeigte seinen Dienstausweis.

»Mordkommission«, wunderte sich einer der Beamten, ein älterer Kollege mit dichtem Bart und müde wirkenden Augen. »Sieh mal einer an.«

Sein jüngerer Kollege schien interessierter zu sein. »Hat das hier etwa was mit den ermordeten Bauern zu tun?«

»Das wissen wir nicht«, sagte Hambrock. »Was ist hier vorgefallen?«

»Hausfriedensbruch«, sagte der Alte. »Der Junge hat offenbar versucht einzubrechen. Der Bauer hat ihn auf frischer Tat ertappt.«

Der blonde Junge in ihrer Mitte blickte zu Boden. Seine Haare fielen ihm ins Gesicht.

»Wie heißt er?«, fragte Hambrock.

»Keine Ahnung. Er redet nicht mit uns.« Der Alte seufzte schwer. »Mal sehen, wie lange er das Spiel auf der Wache durchhält.«

Sie setzten ihn auf die Rückbank des Streifenwagens, und der Kollege kehrte mit einem Klemmbrett zurück, um die Anzeige aufzunehmen.

»Ganz schön was los hier in letzter Zeit«, sagte er im Vorbeigehen zu Hambrock. »Normalerweise spielen wir um diese Zeit Skat.«

Er verschwand im Haus, und Hambrock trat an den Streifenwagen.

»Kann ich kurz mit ihm sprechen?«, fragte er.

»Nur zu.«

Hambrock beugte sich ins Wageninnere. »Sind Sie Bernd Faber?«

Der Junge blickte auf, seine blauen Augen weiteten sich. Seltsamerweise schien er sich zu freuen.

»Wenn Sie meinen Namen kennen, dann müssen Sie Bernhard Hambrock sein! Annika hat Sie hergeholt, nicht wahr? Ich wusste doch, dass sie mich nicht hängen lässt.«

Hambrock hatte mit seiner Vermutung richtig gelegen. Seine Cousine steckte hinter dieser Geschichte.

»Annika hat mich nicht gerufen. Ich dachte eigentlich, sie wäre die Einbrecherin.«

»Nein, sie ist ... ich verstehe nicht. Der Typ da hat nur mich geschnappt. Ich habe ihm nicht gesagt, dass Annika noch im Garten ist. Er hat mich stundenlang eingesperrt, doch ich habe nichts verraten.«

»Er hat dich eingesperrt? Wie lange seid ihr denn schon hier?«

»Seit sechs Uhr ungefähr. Der Typ wollte mich erst freilassen, wenn ich ihm sage, wieso ich auf seinem Hof Fotos gemacht habe. Doch ich hab geschwiegen wie ein Grab.«

Hambrock begann zu verstehen. Die beiden wollten wohl in der Zeitung irgendwas über Vesting bringen.

»War Herr Vesting die ganze Zeit über bei dir?«

»Nein, er hat mich eingesperrt und schmoren lassen. Ist einmal die Stunde reingekommen, um Fragen zu stellen. Wo er die restliche Zeit war, weiß ich nicht.«

Hambrock stand auf und überblickte das Gelände. Wenn Annika nicht mehr hier war, hatte sie längst versucht, Hilfe zu holen.

Er lief zurück zur Haustür, die noch immer einen Spalt weit offen stand. Drückte sie auf und trat entschlossen in die Diele. Ein modriger Geruch schlug ihm entgegen. Vesting hockte zusammen mit dem Polizisten vor dem Kamin, wo sie das Anzeigenformular durchgingen. Es war kalt in der Diele, das Feuer brannte nicht.

Vesting blickte ihn fragend an.

»Hambrock von der Kriminalpolizei«, sagte er knapp. »Was können Sie uns über den Verbleib von Annika Horstkemper sagen?«

»Annika?« Seine Überraschung war nicht gespielt. »Was hat die denn mit dieser Sache zu tun?«

»Sie war ebenfalls im Garten, als Sie den Jungen überwältigt haben.«

»Sie war …« Ein Schatten fiel über sein Gesicht. »Diese verfluchte Horstkemper!«

Er sprang auf, ging zum Schrank und holte eine Taschenlampe hervor.

»Das hat sie sich selbst zuzuschreiben, diese neugierige Gans!«

»Herr Vesting!« Hambrock wurde laut. »Können Sie mir bitte erklären, was hier …«

»Kommen Sie mit! Wir sollten uns beeilen.«

Dann stürmte er an den Polizisten vorbei nach draußen. Der ältere Beamte sah Hambrock an. In seinem Blick lag mildes Erstaunen. Er erhob sich mühsam, um mit Hambrock vors Haus zu treten.

Vesting stapfte mit der Taschenlampe durch den Garten, den Lichtkegel ließ er über die Rosensträucher wandern.

»Annika!«, brüllte er. »Du verfluchtes Gör!«

Hambrock beeilte sich, ihn einzuholen.

»Hier ist Bernhard«, rief er. »Es ist alles in Ordnung. Wenn du mich hörst, sag etwas.«

Sie lauschten in die Dunkelheit. Ein leises Wimmern ertönte.

»Verdammt!«, entfuhr es Vesting.

Er lief zu dem kleinen Backhaus, dort warf er die Taschenlampe ins Gras und legte ein Seil frei, das an einem Baum befestigt war.

»Helfen Sie mir!«, rief er Hambrock zu.

Vesting löste den Knoten und zog mühsam am Seil. Neben dem Backhaus entdeckte Hambrock ein Loch im Boden, das andere Ende des Seils führte hinein. Auch das Wimmern schien von dort unten zu stammen. Gemeinsam zogen sie ein Bündel aus der Grube.

Es war ein menschlicher Körper, der in einem Fischernetz zappelte. Vesting stemmte sich gegen das Gewicht, und

Hambrock eilte zur Grube, um Annika auf den Rasen zu heben und sie zu befreien. Sie ließ sich wimmernd in seine Arme fallen.

»Alles in Ordnung?«, fragte Hambrock. »Hast du dich verletzt?«

»Es geht schon.« Ihre Stimme zitterte. »Ich bin … Es war nur so eng da drin. Ich hab solche Angst gehabt.«

Sie hustete. Hambrock half ihr beim Aufstehen.

Er blickte zu Melchior Vesting, der mit betretenem Gesicht neben dem Backhaus stand. Nachdem er sich davon überzeugt hatte, dass Annika allein zurechtkam, machte er ein paar Schritte auf ihn zu.

»Herr Vesting«, sagte er. »Ich glaube, Sie haben einiges zu erklären.«

Es war bereits nach halb eins, als sie den Hof der Horstkempers erreichten. Tante Ada mit dem Mercedes und Hambrock und Annika mit dem Dienstwagen, den sie auf dem Hof von Schulze Ahlerkamp wieder eingesammelt hatten. Tante Ada bot ihm an, das Bett im Gästezimmer frisch zu beziehen. Sie fand, er solle so spät nicht mehr nach Münster zurückfahren, und Hambrock nahm dankend an. Annika schickte er in ihr Zimmer. Sie sollte sich erst mal von dem Schreck erholen und ein wenig schlafen. Morgen früh würde sie ihm in aller Ruhe erzählen können, was sie und Bernd auf dem Hof gewollt hatten.

»Es ging uns nur darum, ein paar Fotos zu schießen«, hatte Bernd der Polizei gesagt. »Weil der Hof so schön ist. Wir möchten eine Reportage über alte Höfe im Münsterland machen.«

Hambrock glaubte kein Wort davon.

Tante Ada führte Hambrock in die Küche, wo sie ungestört miteinander reden konnten. Sie stellte ein paar Flaschen Bier auf den Tisch und ließ sich mit einem schweren Seufzer auf den Stuhl sinken.

Die Polizei war von Vestings Hof abgezogen, nachdem Bernd dem Bauern angeboten hatte, auf eine Anzeige wegen

Nötigung zu verzichten, wenn der im Gegenzug ihn und Annika nicht wegen Hausfriedensbruch belangen ließ. Obwohl der Deal für ihn mehr als vorteilhaft gewesen war, hatte Vesting nur widerwillig und mit finsterer Miene eingeschlagen. Tante Ada war von der Einigung genauso wenig begeistert gewesen, wenn auch aus anderen Gründen.

»Ich kann immer noch nicht verstehen, dass Melchior Vesting nicht festgenommen wurde«, sagte sie. »So jemand gehört doch ins Gefängnis.«

»Du meinst wegen der Fallen? Da hat er keine Straftat begangen.« Hambrock öffnete ein Bier und nahm einen tiefen Schluck. »Wenn er auf seinem Privatgrundstück Erdlöcher ausheben will, kann er das jederzeit tun.«

»Aber das waren Menschenfallen! Mit Netzen und Tretschlingen. Es muss doch ein Gesetz geben, das so etwas verbietet.«

»Wenn er angespitzte Pfähle in die Gruben gestellt hätte, wäre das wohl etwas anderes gewesen. Aber so ... Er kann auf seinem Grund und Boden tun, was er will.«

Tante Ada schüttelte grimmig den Kopf. »Melchior stellt Menschenfallen auf und hat nichts zu befürchten, während Annika eine Anzeige wegen Hausfriedensbruch bekommt. Das geht mir nicht in den Kopf.«

Hambrock hatte noch nicht zu Abend gegessen und spürte sofort die Wirkung des Alkohols.

»Vesting hat doch auf eine Anzeige verzichtet«, sagte er. »Annika muss sich keine Sorgen machen.«

»Trotzdem«, murrte sie. »Wenn du mich fragst, hätte Melchior nicht einfach so davonkommen dürfen.« Sie nahm einen Lappen und wischte ärgerlich über den Tisch.

Hambrock lehnte sich zurück. »Vergiss die Sache, Tante Ada. Erzähl mir lieber, was du da eben im Auto angedeutet hast. Du denkst also, dass auch die Morde auf Vestings Konto gehen?«

»Das denke ich nicht, Bernhard. Ich weiß es.« Sie legte den Lappen weg und setzte sich wieder. »Ich könnte mich ohrfeigen, weil mir das nicht eher klar geworden ist.«

»Also gut. Ich höre.«

»Erinnerst du dich noch an die Verkopplung in den Achtzigerjahren?«, fragte sie.

In einer weitreichenden Flurreform waren Landparzellen neu aufgeteilt worden. Die Bauern sollten zusammenhängende Ackergebiete bekommen, um lange Wege zu versprengt liegenden Flächen zu verkürzen und die Landwirtschaft effizienter zu gestalten. In einigen Bauernschaften hatte es damals großen Wirbel gegeben, doch Hambrock konnte sich nur vage daran erinnern.

»Bei uns in Vennhues ist alles problemlos über die Bühne gegangen«, sagte er. »Es hat aber auch keine besonders großen Einschnitte gegeben.«

»Hier war das anders«, sagte Tante Ada. »Hier sollte alles von Grund auf erneuert werden. Die Leute haben sich bis aufs Blut bekämpft. Du kannst dir ja vorstellen, wie sich die alten Bauern gegen jede Veränderung gestemmt haben.«

»Und den Vestings kam bei diesen Reformen eine besondere Rolle zu?«

Sie nickte. »Das kann man wohl sagen. Vier Bauern haben damals Land von den Vestings bekommen. Natürlich haben die im Gegenzug auch Flächen erhalten. Aber Ambrosius Vesting, Melchiors Vater, der damals noch lebte, hat die ganze Sache abgelehnt. Einfach aus Prinzip. Er war ein noch sturerer Hund, als sein Sohn es ist. Versteh mich nicht falsch: Viele Bauern hatten damals was zu stänkern, oft sogar zu Recht. Da wurden Flächen zugewiesen, die viel feuchter waren als die Äcker, die man abgeben sollte. Es hat lange Nachverhandlungen gegeben, bis alle einigermaßen zufriedengestellt waren. Ambrosius aber wollte davon nichts wissen. Dass irgendjemand daherkam und über seinen Grund und Boden verfügen wollte, hat ihn rasend gemacht. Da brauchte auch keiner vom Landschaftsverband kommen und ihm die Rechtslage erklären. Er hat allen die Tür vor der Nase zugeschlagen.«

»Vier Bauern, sagst du?«

»Ganz richtig. Es ist wohl nicht schwer zu erraten, wer

das war: Ewald Tönnes, Heinrich Uhlmann, Ludwig Schulze Ahlerkamp und Theodor Horstkemper. Sie alle hatten Parzellen von den Vestings zugewiesen bekommen.«

»Aber Ambrosius hat das Land nicht abgegeben?«

Sie hob die Schultern. »Im Grunde blieb ihm ja nichts anderes übrig. Die Verkopplung war rechtskräftig. Wer unzufrieden war, konnte zwar nachverhandeln, doch am Prinzip wurde nicht gerüttelt.«

»Wie ging es dann weiter?«

»Es hat mächtigen Krach gegeben. Alle anderen haben sich mit dem veränderten Besitz angefreundet. Nur die Vestings nicht. Und irgendwann ist die Sache dann eskaliert.«

»Was ist passiert?«

Sie seufzte. »Ludwig Schulze Ahlerkamp hat seinen Betriebshelfer losgeschickt, um das Land zu pflügen, das er von Vesting bekommen hatte. Als Ambrosius gesehen hat, dass der Acker von jemand anderem befahren wurde, ist er wutentbrannt auf den Traktor gesprungen und hat den Betriebshelfer zur Rede gestellt. Das war ein Junge aus Nordwalde, gerade einmal zwanzig Jahre alt. Aber der machte ja nur, was Ludwig ihm aufgetragen hatte. Ambrosius hätte mit Ludwig reden müssen und nicht mit seinem Betriebshelfer. Die beiden haben eine Weile herumgestritten, und irgendwann ist Ambrosius auf seinen Trecker gesprungen und hat den Jungen einfach über den Haufen gefahren.«

»Er hat ihn überfahren?«

»Bei Gott, ja. ›Auf meinem Land hat keiner was zu suchen!‹, hat er dabei gebrüllt. Zum Glück war der Boden völlig aufgeweicht, und der Junge hat sich nur Knochenbrüche und Quetschungen zugezogen. Trotzdem lag er eine ganze Weile im Krankenhaus.«

Hambrock nahm einen Schluck von seinem Bier. »Wie ging es dann weiter?«

»Ambrosius wurde der Prozess gemacht. Schwere Körperverletzung und so weiter. Er musste sogar für ein paar Monate ins Gefängnis. Vor allem aber haben die Vestings eine saftige Geldstrafe bekommen. Sie mussten Land verkaufen, um alles bezahlen zu können.«

»Ich verstehe«, sagte er. »Wenn ich mir den Hof ansehe, vermute ich mal: Das war der Anfang vom Ende?«

Sie nickte. »Die Vestings haben sich nie richtig davon erholt. Kurz darauf ist Ambrosius gestorben, und Melchior hat den Hof übernommen. Da war viel Lack bereits ab, und dann ging es nur noch bergab. Und heute ... Im Grunde ist es eine Schande.«

Er dachte darüber nach. Erstmals war ein Motiv zu erkennen, das die Morde erklärte.

»Und was wirst du jetzt tun?«, fragte sie.

»Wir werden uns Vesting vornehmen. Gleich morgen. Wenn an der Sache etwas dran ist, werden wir das herausfinden.«

»Er hat sich für den Niedergang seines Hofs gerächt.«

Hambrock lehnte sich zurück. Da gab es noch eine Reihe von Fragen, die er seiner Tante stellen wollte, doch zunächst musste er etwas anderes erledigen.

»Kann ich mal euer Telefon benutzen?«, fragte er. »Ich möchte meiner Frau kurz sagen, dass ich heute Nacht hierbleibe.«

»Natürlich.« Tante Ada stand auf und holte das Funktelefon von nebenan.

»Ist sie denn so spät noch auf?«

»Erlend ist ein Nachtmensch. Ihre Arbeit beginnt immer erst um zehn, und trotzdem kommt sie fast nie rechtzeitig aus dem Bett.«

Er wählte die vertraute Nummer.

»Wenn sie ins Bett geht, stellt sie den Klingelton leise. Dann hört sie nichts mehr.«

Am anderen Ende ertönte ein Freizeichen. Er hätte schon viel früher anrufen müssen. Sie wusste zwar, dass es einen weiteren Leichenfund in Erlenbrook-Kapelle gegeben hatte, trotzdem meldete er sich für gewöhnlich irgendwann im Laufe des Abends, um zu sagen, wie lange es noch dauern würde.

Es läutete ein zweites, dann ein drittes Mal. Bitte, Elli, jetzt geh schon ran. Er wartete. Schließlich gab er auf und versuchte es auf ihrem Handy. Doch da war es das Gleiche.

»Sie schläft schon.«

Er wog das Telefon in seiner Hand, dann legte er es sorgsam auf den Tisch und faltete die Hände.

Ada betrachtete ihn aufmerksam.

»Vielleicht fährst du doch besser nach Hause?«

Er sah überrascht auf. War er so leicht zu durchschauen?

»Ich habe getrunken. Außerdem möchte ich euch nicht alleine lassen.«

»Wir kommen schon klar. Heute Nacht wird bestimmt nichts mehr passieren. Und die Straßen sind frei, du wirst schon gut rüberkommen.« Sie lächelte. »Die Bauern hier fahren ständig betrunken von der Kneipe nach Hause. Das ist noch immer gut gegangen.«

Wusste seine Tante etwas von seinen Eheproblemen? Das konnte kaum sein, wer hätte ihr schon etwas darüber erzählen können?

Er nickte. »Also gut. Vielleicht ist es besser.« Mühevoll erhob er sich. »Denkst du, Annika könnte morgen früh bei mir zu Hause vorbeikommen? Am besten gegen sieben, dann bin ich im Büro, wenn unsere Dienstbesprechung anfängt.«

»Wir stehen hier sehr zeitig auf. Das wird kein Problem sein.«

Während er seine genaue Adresse auf einem Zettel für Annika notierte, holte Tante Ada seine Daunenjacke. Wenn Erlend heute Nacht aufwachte, würde er wenigstens neben ihr im Bett liegen.

»Hier ist deine Jacke.« Sie reichte sie ihm und führte ihn zur Tür.

»Es war ein langer Tag, Tante Ada. Schlaf gut.«

»Du auch.« Sie klopfte ihm auf die Schulter, lächelte geheimnisvoll und schloss dann sorgfältig die Tür.

17

Annika machte sich noch vor dem Frühstück auf den Weg nach Münster. Sie nahm Maritas Auto. Sophia hatte sich bereit erklärt, Emma mit dem Kombi zum Kindergarten zu bringen.

Die Nacht war unruhig und voller Alpträume gewesen. Sie fühlte sich wie gerädert. Noch immer flammte Panik in ihr auf, wenn sie an die Grube zurückdachte. Es waren nur zwei oder drei Stunden gewesen, doch im Nachhinein kam ihr die Zeit wesentlich länger vor. Mit jedem Versuch, sich zu befreien, war sie tiefer in die Maschen gerutscht. Am Ende hatte sie sich reglos hängen lassen und einfach gehofft, irgendwie lebend aus der Sache herauszukommen.

Dabei überraschte es sie im Grunde gar nicht, dass Melchior Vesting rund um seinen Hof Fallen aufgestellt hatte. Im Gegenteil, das passte doch zu diesem sonderbaren Kauz.

Vor Bernhards Haustür betrachtete sie die vielen Namen auf den Klingelschildern. Ihr wurde bewusst, dass sie fast nur Menschen kannte, die in einem eigenen Haus wohnten. Das Leben in einer Mietwohnung, umgeben von fremden oder kaum bekannten Menschen, erschien ihr geheimnisvoll. Wie es sich wohl anfühlen mochte, in so einem Haus zu wohnen?

Der Summer ertönte, und sie drückte die schwere Eingangstür auf. Bernhard wartete im zweiten Stockwerk auf sie. Er begrüßte sie mit einem schiefen Lächeln.

»Ich hoffe, du hast dich von der vergangenen Nacht erholt«, sagte er. »Hast du denn ein bisschen schlafen können?«

»Nicht so richtig. Aber es geht schon wieder einigermaßen.«

Er nahm ihre Jacke und hängte sie an die Garderobe. Dann führte er sie in die Küche. Er trug ein weißes Hemd mit offenem Kragen, Jackett und Krawatte hingen locker über einer Stuhllehne. Der Duft von frischem Kaffee wehte ihr entgegen. Auf dem Tisch entdeckte sie einen großen Korb voller Croissants.

»Ich hoffe, du hast noch nicht gefrühstückt.« Er nahm Platz. »Ich habe für dich gedeckt. Wie trinkst du deinen Kaffee?«

»Mit Milch und einem Stück Zucker.« Sie setzte sich und blickte über den Tisch. »Ich liebe Croissants.«

»Tatsächlich? Wenn du mich fragst, gibt es nichts Besseres als das selbst gebackene Brot deiner Mutter.«

Sie lachte. »Es sei denn, man isst es an sieben Tagen in der Woche.«

»Dann lass sie dir schmecken, sie sind ganz frisch.«

Sie bedankte sich und griff zu. Bernhard sah ihr eine Weile beim Essen zu. Dann veränderte sich sein Gesichtsausdruck.

»Was war da gestern los, Annika? Ihr wart doch nicht bei Vesting, weil ihr über alte Höfe im Münsterland schreiben wollt.«

Sie legte das Croissant beiseite. »Nein, wohl nicht.«

Auf dem Weg hierher hatte sie sich vorgenommen, Bernhard gegenüber ehrlich zu sein. Sie wollte ihm alles erzählen, was sie wusste.

»Kannst du dich noch an den Banküberfall in Nordwalde erinnern?«, fragte sie. »Es ist schon ein paar Monate her.«

»Na klar.«

»Die Polizei glaubt, dass der Bankräuber über gute Ortskenntnisse verfügt. Nach dem Überfall war er wie vom Erdboden verschluckt, keinem ist ein fremdes Auto aufgefallen.«

»Und ihr glaubt jetzt, dass Melchior Vesting dieser Bankräuber ist?«

»Er hat Unmengen von Geld ausgegeben, um Operationen für seinen Sohn zu bezahlen. Aalderk hat eine seltene Krankheit. Die Krankenkasse übernimmt nur einen Teil der Kosten.«

»Und woher weißt du das alles?«

»Von einem Pfleger im Krankenhaus. Er hat gesagt, dass

Melchior Vesting bereits ein Vermögen dafür ausgegeben hat.«

»In welchem Krankenhaus?«

»Im Clemenshospital. Hier in Münster.«

Er stützte die Ellbogen auf den Tisch.

»Und deshalb habt ihr euch auf seinen Hof geschlichen?«

»Wir wollten Fotos machen. Ein bisschen Atmosphäre schnuppern, wie Bernd sagt. Falls er tatsächlich der Bankräuber ist, wollten wir die Ersten sein, die Hintergrundinformationen haben.«

»Bist du dir im Klaren darüber, was für ein Risiko du eingegangen bist?«

»Ich habe doch über den Banküberfall geschrieben«, verteidigte sie sich. »Ich bin drin im Thema. Es geht darum, dass ich die Chance auf eine Volontariatsstelle habe. Ich dachte … Ach, ich weiß auch nicht.«

»Wenn an der Sache etwas dran ist, war das ziemlich unvernünftig. Warum bist du denn nicht zu mir gekommen?«

»Das hatte ich ja vor. Wir wollten vorher nur ein paar Fotos schießen.«

Er stieß einen schweren Seufzer aus.

»Stell dir vor, Vesting hätte Messer in seinen Erdlöchern aufgestellt. Du kannst von Glück sagen, dass dir nichts Schlimmeres passiert ist.«

»Ich wollte zu dir kommen, Bernhard. Wirklich.«

Die Küchentür öffnete sich. Erlend stand auf der Schwelle. Sie trug einen Morgenmantel, und ihre Haare hingen zerzaust im Gesicht. Verwirrt blickte sie Annika an.

»Ähm … guten Morgen«, sagte sie.

Annika sprang vom Stuhl auf. Die Frau hatte ein freundliches Gesicht, sie begann sogar zu lächeln, trotzdem fühlte sich Annika wie ein Eindringling.

»Das ist Annika Horstkemper«, sagte Bernhard. »Annika, das ist meine Frau Erlend.«

Erlend machte einen Schritt auf sie zu und gab ihr die Hand.

»Bleib doch sitzen«, sagte sie, wandte sich an Bernhard und fragte: »Gibt es noch Kaffee?«

Sie versuchte ohne großen Erfolg, sich die Haare glatt zu streichen. Dann setzte sie sich zu den beiden an den Tisch.

»Du lieber Himmel«, sagte sie mit Blick auf die Küchenuhr. »Es ist ja noch mitten in der Nacht.«

Erlend hatte einen schwachen niederländischen Akzent, der alles, was sie sagte, leicht und heiter erscheinen ließ. Aber vielleicht lag das auch an ihrer Art.

»Wir wollten dich nicht wecken«, sagte Bernhard. »Annika ist vorbeigekommen, um mit mir über ein paar Dinge zu sprechen, für die gestern Nacht keine Zeit mehr war.«

Doch Erlend achtete gar nicht auf ihn. Sie lächelte Annika über den Rand ihrer Kaffeetasse hinweg an.

»Du bist also Bernhards Cousine«, stellte sie fest. »So lernt man sich mal kennen.«

»Ich glaube, Cousine trifft es nicht ganz. Mein Vater und Bernhards Vater waren Cousins. Ich weiß gar nicht, wie das heißt. Cousine zweiten Grades vielleicht?«

Bernhard lachte. »Keine Ahnung.«

»Tante Ada gehört noch der alten Garde an«, erklärte Annika. »Für sie steht die Großfamilie über allem. Da ist es egal, um wie viele Ecken man verwandt ist.«

»Das hat doch auch sein Gutes, oder etwa nicht?«, meinte Erlend und nahm sich ein Croissant. »Es tut mir leid, was bei euch in der Bauernschaft passiert. Bernhard hat mir natürlich davon erzählt. Das waren alles Nachbarn von dir, nicht wahr?«

»Zum Glück kannte ich keinen davon besonders gut. Verstehen Sie mich nicht falsch, aber die meisten der alten Bauern kenne ich nur aus der Kirche und vom Schützenfest.«

»Wir können uns doch duzen, oder?«, meinte Erlend. »Schließlich gehöre ich auch zur Großfamilie.«

»Tante Ada denkt, der Mörder hat es auch auf uns abgesehen.«

Erlend sah sie erschrocken an. »Wie bitte?«

Annika räusperte sich verlegen. »Na ja, Tante Ada eben. Sie ist manchmal ein bisschen speziell.«

»Euch wird nichts passieren.« Bernhards Stimme duldete keinen Widerspruch. »Wir haben ziemlich heiße Spuren, denen wir folgen. Mit etwas Glück braucht sich bald keiner mehr irgendwelche Sorgen zu machen.«

Erlend tunkte das Croissant in ihren Kaffee. Dann betrachtete sie ihren Mann nachdenklich. Die Atmosphäre in der Küche veränderte sich.

»Ich muss jetzt ins Präsidium«, sagte Bernhard und stand auf. Er griff nach der Krawatte und band sie sich um. »Kann ich dich irgendwo absetzen, Annika?«

Sie erhob sich. »Nein danke. Ich bin mit Maritas Auto hier. Außerdem habe ich noch was vor.«

Das Büro der Studienberatung würde bald öffnen. Sie wollte die Gelegenheit nutzen, um mit jemandem über ihre Zukunft zu sprechen. Falls das mit dem Volontariat nichts werden würde, konnte sie vielleicht im Sommersemester anfangen zu studieren. So wie Bernd das vorhatte.

»Dann lass uns gehen. Vielen Dank, dass du hergekommen bist.«

Erlend stand ebenfalls auf.

»Komm uns doch wieder besuchen«, sagte sie. »Es war sehr nett, dich kennenzulernen. Das nächste Mal kämme ich mir auch vorher die Haare.«

Annika lächelte. »Gern.« Ironisch fügte sie hinzu: »Cousine Erlend.«

Im Präsidium herrschte bereits Hochbetrieb. Hambrock fragte sich, wie viel Schlaf er in der vergangenen Nacht bekommen hatte. Es konnten kaum mehr als vier Stunden gewesen sein, und so fühlte er sich auch. Er war spät dran. Die Dienstbesprechung, bei der auch die Staatsanwaltschaft anwesend sein würde, begann in weniger als zehn Minuten. Er hastete in sein Büro, holte alle notwendigen Unterlagen und machte sich auf den Weg zum Gruppenraum.

Vor Heikes Bürotür hielt er inne. Er klopfte an und drückte die Klinke herunter, doch die Tür war verschlossen. Gestern Nacht auf dem Heimweg hatte er noch mit ihr telefoniert. Sie schien mit der Situation gut zurechtgekommen zu sein. Doch auch für sie war es sehr spät geworden. Er befürchtete bereits, dass sie verschlafen hatte, da tauchte sie plötzlich auf dem Flur auf. Sie trug einen dicken Stapel Akten unterm Arm. Ihre Augen waren rot gerändert, sie wirkte übernächtigt. Trotzdem begrüßte sie ihn mit einem fröhlichen Lächeln.

»Morgen, Hambrock. Gut geschlafen?«

»Lang und erholsam. Genau wie du, schätze ich?«

»So läuft das Spiel nun mal. Aber dafür haben wir ein paar interessante Neuigkeiten.«

Sie traten zur Seite, um ein paar Kollegen vorbeizulassen. Hambrock nahm ihr einige Akten ab.

»Wir gehen davon aus, dass die Fingerabdrücke am Hammer und am Geländer des Tanks tatsächlich vom Täter stammen. Sie gehören keinem aus der Familie und auch nicht Clemens Röttger, der Manfred beim Entfernen der Schnecke geholfen hat.«

»Und? Sind sie im System gespeichert?«

»Die Datenbank spuckt keinen Namen aus, wenn du das meinst. Aber die Abdrücke sind identisch mit den Fingerspuren, die an den Stahlschrauben im Maisfeld gesichert wurden. Du weißt schon, beim Anschlag auf den Häcksler.«

»Das ist nicht dein Ernst.«

»Und ob. Wer immer Ludwig Schulze Ahlerkamp in die Biogasanlage geworfen hat, es ist dieselbe Person, die hinter dem vermeintlichen Sabotageakt auf dem Maisfeld steckt. Wir müssen davon ausgehen, dass das tatsächlich ein missglückter Mordanschlag auf Clemens Röttger war.«

»Oder auf Marita Horstkemper.«

»Deine Cousine?«

»Sie häckselt die Felder gemeinsam mit Clemens Röttger. Es wäre eigentlich ihre Schicht gewesen. Es war nur ein Zufall, dass sie nicht auf der Maschine gesessen hat.«

»Scheiße.« Heike sah ihn beunruhigt an. »Wir sollten Vergleichsabdrücke nehmen lassen, am besten von allen in der Bauernschaft. Auf freiwilliger Basis natürlich.«

Hambrock nickte. »Du hast recht.«

»Wir fangen sofort damit an. Gleich nach der Sitzung. Ich werde da ein bisschen Dampf machen.«

Guido Gratczek erschien am anderen Ende des Flurs.

»Wo bleibt ihr denn?«, rief er ihnen entgegen. »Alle warten auf euch.«

Hambrock winkte ihn zu sich heran.

»Du musst mir einen Gefallen tun, Guido.«

Widerwillig trat er näher. »Hat das nicht Zeit bis nach der Besprechung?«

»Nein. Ich will möglichst schnell Gewissheit haben. Du musst zum Clemenshospital fahren und versuchen herauszufinden, ob Melchior Vesting tatsächlich mehrere Operationen aus eigener Tasche bezahlt hat. Es geht um seinen Sohn Aalderk. Ich will wissen, ob Melchior einspringt, wenn die Krankenkasse etwas nicht übernimmt.«

»Die werden mir nicht einfach so die Krankenakten aushändigen.«

»Ich weiß. Versuch mit dem Pflegepersonal zu sprechen. Informell sozusagen. Vielleicht erreichst du etwas.«

»Aber …«

»Bitte, tu es für mich. Es ist wichtig. Den offiziellen Weg gehen wir später. Ich will Vesting heute noch hierherbringen lassen, um ihn zu vernehmen.«

Gratczek verzog das Gesicht. »Also gut. Dann sehen wir uns später.«

Heike wartete, bis er verschwunden war.

»Was hat es denn mit diesen Operationen auf sich?«

»Das erkläre ich in der Sitzung. Wir sollten jetzt besser zu den anderen gehen, sonst kippt da noch die Stimmung.«

Sie betraten den Gruppenraum, in dem sich Ermittlungsbeamte und Staatanwaltschaft bereits über Kaffee und Kekse hermachten.

In seinem Kopf rauschte es. Die ganze Zeit über hatte er

geglaubt, dass Tante Ada paranoid wäre. Doch jetzt sah das anders aus. Wenn es dieser Mörder tatsächlich auf ein Mitglied der Familie Horstkemper abgesehen hatte, dann musste er handeln. Das durfte er auf keinen Fall zulassen.

Gabriele Röttger stand am Küchenfenster und sah hinaus. Auf dem Hof war niemand zu sehen. Clemens war nach Münster zur Krankengymnastik gefahren. Sie zögerte.

Denk nicht darüber nach. Manchmal ist es besser, Dinge auf sich beruhen zu lassen.

Wenn das nur so einfach wäre.

Mit einem Ruck wandte sie sich vom Fenster ab, ging in den Flur und nahm sich den Schlüssel für die große Halle. Sie lief eilig über den Hof. Blickte sich mehrmals um, als rechnete sie damit, beobachtet zu werden. Das war natürlich absurd, weit und breit war keine Menschenseele. Trotzdem war sie erleichtert, als sie endlich die Halle erreicht hatte.

Die Tür schlug hinter ihr ins Schloss. Es wurde still. Sie spürte ihr Herz schlagen. Entschlossen durchquerte sie den großen Raum. Diesmal war die Metalltür des Spinds zugeschoben. Nirgends ragte eine Tasche hervor. Zaghaft öffnete sie die Tür. Das Fach war leer.

Lass es auf sich beruhen, sagte sie sich wieder. Denk nicht mehr daran. Clemens ist gesund, er hat den Anschlag überstanden. Er lebt. Das ist doch das Einzige, was zählt.

18

Melchior Vesting wurde von einem Streifenbeamten in den Vernehmungsraum geführt. Mit skeptischen Blicken musterte er seine Fingerkuppen, suchte offenbar nach Resten der Stempelfarbe. Er war gebeten worden, seine Fingerabdrücke zu hinterlassen. Man hatte ihn zwar darauf hingewiesen, dass alles auf freiwilliger Basis geschehe, doch Vesting hatte schnell begriffen, dass es keinen guten Eindruck machen würde, sollte er sich verweigern. Hambrock stand vor dem Vernehmungsspiegel und beobachtete, wie Vesting zu seinem Stuhl geführt wurde.

Heike folgte seinem Blick. »Glaubst du, dass er mit dir reden wird?«

»Es wäre zumindest in seinem Interesse.«

»Bei diesen sturen Bauern weiß man nie.«

Er zuckte mit den Schultern, wandte sich ab und ging nach nebenan. Dort schloss er die Tür und setzte sich Vesting gegenüber.

»Danke, dass Sie Zeit gefunden haben, hierherzukommen.«

Vesting beäugte ihn mit finsterer Miene. »Mir blieb ja wohl nichts anderes übrig.« Er verschränkte die Arme. »Wie lange soll der Spaß denn dauern? Ich möchte möglichst schnell zu meinem Sohn zurück, er braucht mich.«

Hambrock lächelte. Dann schaltete er das Aufnahmegerät ein und nannte Datum, Uhrzeit und Namen der Anwesenden. Eine Pause entstand. Hambrock betrachtete Vesting. Er wollte direkt zur Sache kommen.

»Drei Bauern sind in Ihrer Nachbarschaft ums Leben gekommen: Ewald Tönnes, Heinrich Uhlmann und Ludwig Schulze Ahlerkamp. Ich habe mich gefragt, ob Sie vielleicht eine Idee haben, was diese drei Bauern miteinander verbindet.«

Vesting reagierte mit offenkundigem Missfallen.

»Keine Idee?«, hakte Hambrock nach.

»Ich weiß nicht, was Sie von mir wollen.«

»Vielleicht sollte ich einen weiteren Namen hinzufügen: Theodor Horstkemper.«

Hambrock merkte, dass Vesting wachsam wurde.

»Klingelt immer noch nichts? Vielleicht muss ich ein wenig nachhelfen: An die Flurreformen in den Achtzigerjahren werden Sie sich doch wohl erinnern. Sie mussten damals an vier Bauern Land abtreten, und das, obwohl Sie es mit allen Mitteln verhindern wollten.«

Vesting saß da und sah Hambrock unbewegt an.

»Vier Bauern«, wiederholte der. »Ewald Tönnes, Heinrich Uhlmann, Ludwig Schulze Ahlerkamp und Theodor Horstkemper. Sie alle sind jetzt tot. Ein merkwürdiger Zufall, finden Sie nicht?«

Vesting ballte seine Hände zu Fäusten.

»Sie können mir nichts nachweisen«, sagte er kalt.

»Sind Sie sich da sicher?«

Vestings Wutausbruch kam plötzlich. Er sprang auf und donnerte mit den Fäusten auf den Tisch. »Verdammt noch mal! Was denken Sie, wer Sie sind?«

Hambrock fixierte ihn. Er wusste, dass Heike nebenan am Vernehmungsspiegel stand. Sie würde sofort ein paar Beamte reinschicken, wenn die Situation außer Kontrolle geriet. Er versuchte, Vesting allein durch seine Blicke zu bezwingen.

Es funktionierte. Der Bauer ließ sich auf seinen Platz sinken. Hambrock sagte nichts, er wartete.

»Hört das denn nie auf?« Sein Wutausbruch war genauso schnell verraucht, wie er gekommen war. »Haben wir nicht schon genug für das bezahlt, was damals war?«

»Das weiß ich nicht. Vielleicht dachten Sie ja, dass jetzt andere an der Reihe sind zu bezahlen?«

Vesting strich sich durchs Gesicht. »Wir wollten doch nur unser Land behalten. Das war seit Jahrhunderten in Familienbesitz. Mein Vater legte viel Wert auf die Traditionen, das habe ich von ihm. Natürlich haben wir uns dagegen gewehrt, dass irgendwer über unseren Besitz verfügt.«

»Mit ziemlich rabiaten Mitteln allerdings. Der Betriebshelfer von Ludwig Schulze Ahlerkamp hätte damals dabei sterben können.«

»Mein Vater wollte ihn nicht verletzen. Er hatte die Kontrolle über sich verloren, das hat er später bereut.« Er schüttelte den Kopf. »Wir haben bitter dafür bezahlt. Mein Vater musste ins Gefängnis. Man kann so einem Menschen nicht die Freiheit nehmen. Er hat sich nie mehr davon erholt. Ein paar Jahre später ist er gestorben.« Er blickte Hambrock fest in die Augen. »Wir mussten Land verkaufen, um die Geldstrafe zu bezahlen. Der Hof hat sehr darunter gelitten. Ohne diese Sache würden wir heute woanders stehen. Die Ironie ist, dass uns das Stück Land, um das es damals ging, in den Nachverhandlungen wieder zugesprochen wurde. Es war alles umsonst gewesen.«

»Das muss Sie doch erst recht zornig gemacht haben.«

»Kann schon sein. Aber spielt das heute noch eine Rolle? Es ist alles so lange her.«

»Wenn sich Zorn und Verbitterung über Jahre aufstauen«, sagte Hambrock, »dann können sie sich irgendwann mit großen Folgen entladen. Das ist wie der Ausbruch eines Vulkans.«

Vesting lächelte freudlos. »Das mag stimmen.«

»Sie haben für keinen der Morde ein Alibi.«

»Auch das mag stimmen. Aber wissen Sie ... Ich habe keine Kraft mehr, zornig zu sein. Mir ist egal, was die anderen denken oder tun. Ich will nur noch meine Ruhe haben und keinen Menschen mehr sehen. Ist das so schwer zu verstehen?«

»Womit bestreiten Sie Ihren Lebensunterhalt?«

Vestings Gesicht verfinsterte sich erneut.

»Das geht Sie nun wirklich nichts an.«

»In Erlenbrook-Kapelle heißt es, Sie leben von staatlicher Unterstützung. Wir haben das natürlich nachgeprüft und herausgefunden, dass das nicht der Fall ist. Sie müssen andere Geldquellen haben.«

»Sie sollten nichts auf den Tratsch in der Bauernschaft geben. Die Leute zerreißen sich das Maul über alles und jeden, ganz egal, wie die Wahrheit aussieht. Ich weiß schon, weshalb ich nichts mit denen zu tun haben will.«

»Und wovon leben Sie tatsächlich?«

»Von den Einnahmen aus der Pacht. Wie Sie wissen, haben wir keine Landwirtschaft mehr. Unser Land ist verpachtet.«

»Wollen Sie mir etwa sagen, dass das zum Leben reicht?«

»Ich besitze ein Stück Acker bei Nordwalde, am Rande des Windparks, der dort steht. Zwei Windräder befinden sich auf meinem Land, die Betreiber des Windparks zahlen gut dafür. Zumindest reicht es aus, um irgendwie über die Runden zu kommen.«

»Reicht dieses Geld auch, um regelmäßig aufwendige Operationen zu bezahlen?«

Vesting wurde blass.

»Ihre Krankenhausrechnungen belaufen sich inzwischen auf fast achtzigtausend Euro. Eine Menge Geld, wenn man bedenkt, dass Sie hauptsächlich von den Zahlungen der Windparkbetreiber leben.« Hambrock ließ ihn nicht aus den Augen. »Wo kommt das Geld her, Herr Vesting?«

»Das ist meine Privatsache.«

»Lassen Sie mich überlegen.« Hambrock legte den Finger an die Lippen und tat, als müsse er nachdenken. »Achtzigtausend ... Dann müssten jetzt noch etwa dreißigtausend übrig sein, nicht wahr? Oder haben Sie das Geld für etwas anderes ausgegeben?«

»Ich weiß nicht, wovon Sie reden.«

»Hundertzehntausend Euro. Das war die Beute bei dem Bankraub in Nordwalde. Der Täter hat wahrscheinlich allein gearbeitet. Und er stammt aus der Gegend, sonst wäre er jemandem aufgefallen. Kein Fremder hätte das unbemerkt durchziehen können.«

Vesting saß einfach da und starrte zu Boden.

»Herr Vesting, haben Sie mich verstanden?«

Er nickte. »Das wollen Sie mir also auch zuschreiben«, stellte er fest. »Erst Mord und Totschlag und jetzt noch bewaffneten Raubüberfall. Sie trauen mir alles zu. Nur, weil ich unbeliebt bin in der Bauernschaft.«

»Sie haben Menschenfallen rund um Ihren Hof aufgestellt. Sie bedrohen Jugendliche mit Ihrem Jagdgewehr und sperren sie stundenlang ein. Nicht gerade das Verhalten eines unbescholtenen und rechtschaffenen Bürgers. Sie müssen uns schon zugestehen, dass wir uns Fragen stellen. Ganz unabhängig davon, ob Sie beliebt sind oder nicht.«

Er schwieg, und Hambrock rückte näher.

»Wo haben Sie das Geld her? Ich schlage vor, Sie geben mir eine Antwort.«

Er seufzte. »Ich habe unsere alten Möbel verkauft.«

»Wie bitte?«

»Die Bauernmöbel. Einige davon sind ein paar hundert Jahre alt. Ich war selbst überrascht, wie viel sie wert sind. Antiquitätenhändler zahlen ein Vermögen dafür.«

»Sie verkaufen Möbel?«

»Ganz richtig. Das meiste davon stammt noch aus der vornapoleonischen Zeit. So viele Kriege, und niemals wurde unser Hof geplündert. Die Möbel waren von jeher der Stolz unserer Familie. Trotzdem hätte ich nicht gedacht, dass sie auch einen materiellen Wert haben.«

»Bestimmt haben Sie Unterlagen über die Verkäufe und Adressen von den Händlern.«

»Clemens hat das alles für mich gemacht, Clemens Röttger. Ich wäre untergegangen in diesem Geschäft. Doch Clemens ist knallhart im Verhandeln. Er hat eine stolze Provision bekommen, aber das war nur sein gutes Recht. Er hat mir geschworen, keinem was davon zu erzählen, und soweit ich weiß, hat er auch Wort gehalten. Die zerreißen sich ohnehin das Maul über uns. Diese Genugtuung gönne ich ihnen nicht. Sie sollen nicht wissen, wie es um uns steht.«

Hambrock konnte sich kaum vorstellen, dass ein traditionsbewusster Mann wie Vesting einfach so sein Familienerbe verscherbelte. Er fragte sich, wie groß die Verzweiflung gewesen sein musste.

»Es sind nur Dinge«, sagte Vesting, als müsse er sich verteidigen. »Materielle Dinge. Am Ende spielen sie keine Rolle.«

Er schien mit sich zu ringen, doch schließlich entschied er sich dazu, Hambrock seine Geschichte zu erzählen.

»Aalderk hat keine Möglichkeit, sich der Welt zu stellen. Er ist völlig hilflos. Mit diesem Geld konnte ich etwas tun. Mir blieb gar nichts anderes übrig.« Seine Hände begannen zu zittern. Er drückte sie auf die Oberschenkel, um das Zittern zu unterdrücken. »Wenn man seinen Anblick nicht gewohnt ist, kann man sich vor ihm erschrecken. Seine Haut, die vielen Schuppen ... Die Kinder in der Umgebung hatten früher Angst vor ihm. Und den meisten Erwachsenen erging es nicht anders. Sogar seine Mutter hat sich von ihm abgewandt.«

Die Erwähnung seiner Exfrau schien ihm nicht leicht zu fallen. »Sie hat ihn einfach sich selbst überlassen. Können Sie sich das vorstellen? So etwas kann man doch nicht machen. Man kann doch sein Kind nicht im Stich lassen.«

»Da haben Sie recht.«

»Aalderk ist ein guter Junge, verstehen Sie? Wahrscheinlich der beste, den ich je getroffen habe. Da ist so viel Gutes in seinem Herzen, er ist gar nicht imstande, etwas anderes als Liebe für die Menschen zu empfinden. Er begreift die Welt um sich herum nicht. Er begreift nicht, warum andere ihn verletzen.« Seine Stimme wurde zu einem Flüstern. »Man kann doch sein Kind nicht alleine lassen. Sie wusste doch, dass er das nicht versteht. Dass er darunter schrecklich leiden wird. Und sein körperliches Leiden war doch schon schlimm genug.«

Es wurde still im Vernehmungsraum.

»Wieso erschafft Gott so ein Wesen?«, fragte Vesting nach einer Weile. »Warum legt er alles Gute in einen Menschen und versagt ihm dann die Möglichkeit, sich zu wehren? Warum schafft er ein Wesen, das völlig schutzlos ist und sein Leben lang unter Schmerzen leidet, die es nicht versteht. Können Sie mir das erklären?«

Eine Weile glaubte Hambrock, Vesting erwarte tatsächlich eine Antwort von ihm. Doch dann schüttelte er den Kopf und senkte den Blick.

»Es bringt mich um«, sagte er. »Wenn ich ihm doch wenigstens seine Schmerzen nehmen könnte.«

Die Trauer im Raum wurde erdrückend. Vesting hatte alles gesagt, was er zu sagen hatte. Hambrock nannte die Uhrzeit und stoppte das Aufnahmegerät.

»Wir machen eine kurze Pause«, sagte er. »Ich hole Ihnen einen Kaffee.«

Vesting dankte, und Hambrock verließ den Raum. Vor der Tür atmete er durch. Heike wartete im Beobachtungsraum auf ihn.

»Was denkst du über die Sache?«, fragte er.

Sie wandte sich vom Spiegel ab. »Sieht nicht so aus, als würde er eine Show abziehen.«

»Nein, das denke ich auch nicht.« Er ließ sich auf einen Stuhl sinken. »Sind die Fingerabdrücke schon abgeglichen worden?«

»Ja«, sagte sie. »Nicht identisch.«

Er nickte. »Das muss nichts bedeuten. Er kann einen Mittäter haben.«

»Glaubst du wirklich ...?«

»Nein. Trotzdem sollten wir uns alle Optionen offen halten. Wir müssen die Sache mit den Antiquitäten überprüfen.«

»Ich werde mit Clemens Röttger sprechen.«

Er blickte durch den Vernehmungsspiegel auf die zusammengesunkene Gestalt von Melchior Vesting.

»Und was hast du jetzt vor?«, fragte Heike.

»Ich hole ihm einen Kaffee. Und dann werde ich die Befragung weiterführen.«

Er sagte das, obwohl er Vesting am liebsten nach Hause geschickt hätte. Er machte Anstalten aufzustehen, doch Heike legte ihm die Hand auf die Schulter.

»Bleib ruhig sitzen«, sagte sie. »Ich besorge den Kaffee. Überleg dir in Ruhe, wie du weitermachen willst. Kann ich dir einen mitbringen?«

»Gerne.« Er lächelte dankbar. »Mit Milch und viel Zucker.«

Den Kofferraum voller Einkäufe machte sich Annika auf den Weg nach Hause. Sie fuhr mit dem Kombi ihrer Mutter vom Edeka-Parkplatz und bog auf die Straße nach Erlenbrook-Kapelle. Schon bald hatte sie Altenberge hinter sich gelassen. Die Herbstsonne schien durch die Windschutzscheibe, das getönte Glas ihrer Sonnenbrille verlieh der Landschaft einen besonderen Glanz. Sie fühlte sich, als führe sie durch den Süden Frankreichs.

Morgen sollte die Beerdigung von Ludwig Schulze Ahlerkamp stattfinden, wieder einmal würde die ganze Bauernschaft zusammenkommen. Mit jeder Trauerfeier änderte sich die Atmosphäre. Die Menschen rückten zusammen, wie um sich zu beweisen, dass das Leben stärker war als der Tod.

Manfred Schulze Ahlerkamp richtete die Feier auf dem Hof von Clemens Röttger aus. Die Maschinenhalle sollte geschmückt, Tische und Stühle aus dem Lager des Schützenvereins geholt werden. Manfred wollte eine große Feier, er hatte fast hundert Leute eingeladen. Annika war davon überzeugt, dass nicht einer fehlen würde.

Auf einem Stoppelfeld versuchten Grevings Kinder, einen Drachen steigen zu lassen. Doch bei dem schwachen Wind wollte das nicht so recht gelingen. Kurz darauf passierte sie das Maisfeld, in dem Clemens verunglückt war. Die Stöcke der Maispflanzen ragten aus dem Boden, vom Häcksler zerrissene Blätter lagen ausgedörrt in der Sonne.

Was ist hier nur los?, fragte sie sich. Wann wird dieses Morden endlich aufhören? Und wer kann hinter alldem stecken? Es fiel ihr schwer zu glauben, dass jemand aus Erlenbrook-Kapelle diese Taten begangen hatte.

Der Hof von Heinrich Uhlmann wirkte von Weitem verwaist. Renate ließ sich nicht mehr blicken, Annika traf sie nur noch auf den Beerdigungen. Sie sah aus wie ein Gespenst. Keiner wusste, was in ihr vorging.

Annika war so in Gedanken vertieft, dass sie beinahe den Radfahrer übersehen hätte. Im letzten Moment schlug sie das Lenkrad um und überholte. Es war Alwin Kötters. Sie hupte und hob die Hand. Im Rückspiegel sah sie, dass Alwin sie ebenfalls erkannt hatte. Er winkte ihr zu und geriet dadurch ins Schlingern.

Komischer Kauz, dachte sie. Selten war sie einem Mann begegnet, der so neugierig war wie Alwin. Wenn der Mörder tatsächlich aus Erlenbrook-Kapelle stammte, müsste Alwin ihn eigentlich kennen. Schließlich wusste er alles über seine Nachbarn.

Sie hatte die Auffahrt ihres Hofs erreicht und hupte kräftig. Marita kam aus dem Haus gelaufen, um ihr beim Tragen der Einkäufe zu helfen.

»Das hat ja lange gedauert«, begrüßte sie Annika. »Warst du noch Eis essen?«

»Ach, leck mich. Du kannst die Bierkisten tragen.«

Während sie den Kofferraum öffnete, entdeckte sie Emma. Sie hockte vor einer Stallwand und reihte ihre Puppen an der Mauer auf.

»Sie spricht jetzt mit ihren Puppen«, sagte Marita. »Klooke scheint fast vergessen zu sein.«

»Ach, wirklich?«

»Warum auch nicht? Sie ist langsam wirklich aus dem Alter raus. Ich glaube, von Klooke hören wir nicht mehr viel.«

»Ich bin gleich wieder da«, sagte Annika und ging hinüber zur Stallwand.

»Hallo, Emma.« Sie setzte sich zu ihr. »Sind das alles deine Puppen?« Sie überblickte die Reihe. »Wo ist denn Pia? Darf deine Lieblingspuppe gar nicht mitspielen?«

»Pia darf sich nicht schmutzig machen«, erklärte Emma. »Sie muss heute im Haus spielen.«

»Ach so. Die Ärmste.«

Annika überlegte. Vielleicht wäre es falsch, das Mädchen darauf anzusprechen. Schließlich war es doch gut, wenn Klooke aus ihrem Leben verschwand.

Emma schien zu bemerken, dass Annika etwas Wichtiges sagen wollte. Sie blickte auf und blinzelte gegen die Sonne. Annika holte Luft.

»Du wusstest das mit der Grube, nicht wahr? Dass ich da gefangen werde. Klooke hat dir das gesagt, oder?«

Emma senkte den Blick. Sie nahm eine Puppe, strich ihr übers Haar und setzte sie sorgsam zurück an ihren Platz.

»Ich spiele nicht mehr mit Klooke. Sie macht mir Angst.«

Annika spürte einen Kloß im Hals. Ihr schlechtes Gewissen machte sich bemerkbar. Sie wollte Emma nicht damit quälen, trotzdem gab es da noch eine Frage, auf die sie eine Antwort brauchte.

»Mama sagt, wenn ich es nicht will, dann kommt Klooke nicht mehr zu mir«, sagte Emma.

»Ich weiß, mein Schatz. Damit hat sie auch recht.«

Annika fühlte sich scheußlich. Aber sie bohrte weiter.

»Klooke hat dir noch etwas gesagt, oder? Dass etwas Schlimmes passieren wird. Damit hat sie doch nicht gemeint, dass ich in diese Grube falle.«

Emma schwieg. Annika hatte also recht behalten.

»Was wird passieren? Was ist es, das so schlimm ist?«

Sie fühlte die Bedrohung wie einen kalten Schatten über sich. Plötzlich war sie sich gar nicht mehr sicher, ob sie wirklich eine Antwort wollte.

»Wird jemand…?« Sie verlor den Faden. Wie sollte man mit einem Kind über Mord und Todschlag reden? Dafür gab es doch keine Worte. »Wird jemand … von uns fortgehen?«

Emma rührte sich nicht mehr. Sie schien nicht einmal mehr zu atmen.

»Hat Klooke das zu dir gesagt? Dass jemand fortgehen wird? Für immer fortgehen?«

Annika starrte Emma an, doch die hielt weiterhin den Blick auf den Boden gerichtet. Dann begann sie zu weinen. Eine Träne fiel vor ihr in den Staub. Annika fühlte sich wie gelähmt. Ihr wurde schwarz vor Augen. Doch sie kämpfte die aufkommende Panik nieder. Sie musste an Emma denken und alles andere beiseite schieben. Vorsichtig nahm sie das Mädchen in die Arme.

»Klooke hat das gesagt, weil sie dir wehtun wollte«, flüsterte sie. »Sie wollte dich nur ärgern.«

Emma klammerte sich an sie. »Klooke ist böse.«

»Ja, das ist sie. Denk nicht mehr darüber nach. Es wird keinem von uns etwas passieren. Das verspreche ich dir.« Sie strich ihr mit der Hand übers Gesicht. »Alles ist gut«, flüsterte sie.

Emma legte den Kopf an ihre Schulter. Annika ließ den Blick über den Hof schweifen. Sie musste mit Tante Ada reden, ganz egal, was die über Klooke dachte. Und mit Bernhard. Vielleicht konnte der ihnen helfen.

Sie mussten einfach alle zusammenhalten. So war es immer gewesen. Wenn sie zusammenhielten, konnte nichts geschehen. Dann konnte ihnen keiner etwas antun.

19

Gabriele Röttger räumte gerade die Spülmaschine aus, als sie den fremden Wagen auf ihren Hof fahren sah. Sie stellte das Nudelsieb, das sie in der Hand hielt, auf die Anrichte und trat ans Fenster. Das Auto hatte ein Münsteraner Kennzeichen, die Scheiben waren getönt. Die Tür wurde geöffnet, und eine Frau trat auf den Hof. Es war diese Mitarbeiterin der Mordkommission, Gabriele hatte ihren Namen vergessen. Sie trocknete sich die Hände ab und ging zur Tür. Die Frau kam ihr mit einem Lächeln entgegen.

»Guten Tag, Frau Röttger. Mein Name ist Holthausen, vielleicht erinnern Sie sich noch an mich?«

»Natürlich. Sie sind von der Polizei. Was kann ich für Sie tun?«

»Eigentlich würde ich gern mit Ihrem Mann sprechen. Ist er zu Hause?«

»Er ist im Wohnzimmer.« Sie trat zur Seite. »Kommen Sie herein, ich bringe Sie zu ihm.«

Sie nahm ihr die Jacke ab und hängte sie an die Garderobe. Dann führte sie die Kommissarin durch den Flur. Vielleicht gibt es ja Erkenntnisse, was den Anschlag im Maisfeld betrifft, dachte sie. Doch die Frau sah nicht so aus, als hätte sie gute Neuigkeiten im Gepäck.

Clemens saß in seinem Sessel am Fenster. Er las in einem Buch. Sie wusste nicht, wann er das zum letzten Mal getan hatte. Er erhob sich und begrüßte den Gast.

»Setzen Sie sich«, sagte er. »Ich hoffe, ich kann Ihnen bei den Ermittlungen behilflich sein.«

»Vielleicht möchten Sie Kaffee?«, mischte Gabriele sich ein. »Ich könnte rasch welchen kochen.«

»Das wäre sehr nett. Schwarz für mich bitte.«

»Gerne.« Sie drehte sich um, und die Kommissarin wandte sich an Clemens.

»Ich möchte ohne Umschweife zur Sache kommen, Herr Röttger. Haben Sie im Auftrag von Melchior Vesting Antiquitäten verkauft?«

Gabriele blieb in der Tür stehen.

»Melchior hat Ihnen das gesagt, nicht wahr?«, meinte Clemens. »Ich weiß, dass er heute zu Ihnen nach Münster gefahren ist.«

»Hat er denn recht mit dieser Behauptung?«

Er nickte. »Ich habe die Verkäufe für ihn veranlasst. Melchior befürchtete, dass er sich in diesem Geschäft nicht behaupten kann. Und wahrscheinlich stimmt das sogar.«

Gabriele war perplex. »Du hast Antiquitäten für ihn verkauft?«

Clemens sah sie widerwillig an. »Seine alten Bauernmöbel. Er wollte es so.«

»Aber davon hast du mir gar nichts gesagt.«

Er wurde ungehalten. »Gabi, bitte! Später!«

Mit einem Blick bedeutete er ihr, sich um den Kaffee zu kümmern. Mechanisch drehte sie sich um und ging in die Küche.

Während der Kaffee durch die Maschine plätscherte, stand sie einfach da und starrte vor sich hin. Ein weiteres Geheimnis, von dem sie nichts wusste. Sie stellte Tassen und Besteck auf ein Tablett, dann nahm sie den Kaffee und trug alles ins Wohnzimmer.

Clemens hatte einen Ordner aus dem Schrank geholt. Er lag aufgeschlagen auf dem Tisch, gemeinsam mit der Kommissarin beugte er sich darüber.

Gabriele schenkte Kaffee ein und machte Anstalten, wieder zu gehen. Doch Clemens hielt sie zurück.

»Setz dich doch zu uns«, sagte er.

Der Ausdruck in seinem Gesicht hatte sich verändert. Er lächelte jetzt. Widerstrebend nahm sie Platz.

»Ich wollte keine Geheimnisse vor dir haben«, sagte er. »Ich habe Melchior nur versprochen, keinem etwas zu sagen.«

Aber ich bin doch nicht irgendwer, hätte sie am liebsten

gesagt. Ich bin deine Frau. Doch sie wollte damit warten, bis sie alleine waren.

Nach einer Weile schlug die Kommissarin den Ordner zu.

»Ich würde mir den gerne ausleihen«, sagte sie. »Damit wir die Sache überprüfen können. In ein paar Tagen werde ich Ihnen alles zurückbringen.«

»Kein Problem. Wir helfen gern.«

»Also gut.« Sie trank ihren Kaffee aus, nahm den Ordner und verabschiedete sich. Gabriele brachte sie hinaus. Als sie die Tür ins Schloss gedrückt hatte, wurde es still im Haus. Plötzlich wollte sie gar nicht mehr zurück ins Wohnzimmer. Sie hatte Angst davor. Doch Clemens war bereits im Flur aufgetaucht. Er lehnte an der Wohnzimmertür.

»Ich habe es ihm versprochen«, sagte er noch einmal. »Keiner sollte davon etwas wissen, das war Melchiors Bedingung. Es sollte sich nicht herumsprechen in Erlenbrook-Kapelle.«

Sie wollte etwas entgegnen, aber sie schaffte es nicht. Da war ein riesiger Kloß in ihrem Hals.

»Ist schon gut«, brachte sie heraus.

»Er brauchte das Geld für Aalderk. Für die Operationen.«

Sie nickte. »Es tut mir leid«, sagte er.

Doch da war sie bereits in der Küche verschwunden.

Heike setzte sich in den Wagen und warf den Ordner auf den Beifahrersitz. Dann steckte sie ihr Handy in die Freisprechanlage und gab Hambrocks Nummer ein. Er ging sofort nach dem ersten Läuten an den Apparat.

»Ich bin gerade bei Röttgers auf dem Hof«, sagte sie. »Wie es aussieht, stimmt die Sache mit den Möbelverkäufen. Ich habe die Unterlagen mitgenommen, um alles zu überprüfen.«

»Unsere Vermutung war also richtig«, sagte er.

»Ja, sogar die Beträge kommen hin.« Sie startete den Wagen und fuhr vorsichtig die Auffahrt hinunter.

»Wo bist du jetzt?«, fragte sie.

»Ich bin ebenfalls in Erlenbrook-Kapelle. Auf dem Hof meiner Tanten.«

»Soll ich vorbeikommen? Ich bin nur ein paar hundert Meter entfernt.«

»Nein. Fahr lieber nach Münster und geh der Sache mit den Verkäufen nach. Außerdem möchte ich dich bitten, die Unterlagen von den Flurreformen anzufordern. Es kann kein Zufall sein, dass ausgerechnet die Bauern ermordet wurden, die damals mit dieser Sache zu tun hatten. Vielleicht stolpern wir noch über etwas anderes, wenn wir uns die Unterlagen näher ansehen.«

Sie wäre gern hier draußen geblieben. Bei dem schönen Wetter wollte sie nicht unbedingt zurück nach Münster.

»Also gut«, sagte sie. »Wir sehen uns später.«

Sie wollte bereits die Verbindung unterbrechen, doch Hambrock hielt sie zurück.

»Da ist noch etwas. Ich habe eben mit Guido Gratczek gesprochen.«

»Und weiter?«

»Es ging um irgendwelche Schrotgeschosse, die von den Kollegen der KTU inoffiziell untersucht worden sind.«

Sie schloss kurz die Augen. Diese kleine Petze, dachte sie.

Seine Stimme wurde frostig. »Dabei handelt es sich um Schrotgeschosse aus dem Besitz von Melchior Vesting, oder?«

»Sorry, Hambrock. Ich hätte das nicht tun sollen. Aber ich stand direkt vor seinem Waffenschrank. Es war nur ein winzig kleiner Handgriff, ich konnte gar nicht anders.«

»Sprich so etwas beim nächsten Mal bitte mit mir ab. Wenn eine solche Geschichte herauskommt, und ich weiß nichts davon ...«

»Du hast recht, wird nicht wieder vorkommen.« Sie zögerte. »Was hat die Untersuchung denn ergeben?«

»Nicht viel. Die Schrotmunition ist nicht identisch mit der Ladung, mit der Heinrich Uhlmann erschossen wurde.«

Im Grunde war das keine Überraschung mehr. Trotzdem hätte sie sich gewünscht, ihre Aktion wäre nicht umsonst gewesen.

»Wir sehen uns später«, sagte Hambrock und klang dabei schon wieder versöhnlich. »Ich komme in etwa einer Stunde nach.«

»Also gut. Bis später.«

Sie warf das Handy auf den Beifahrersitz. Vielleicht war es doch ganz gut, nicht länger in Erlenbrook-Kapelle zu bleiben. Wenn sie erst in Münster angekommen war, würde sie ein Wörtchen mit Guido Gratczek reden.

Hambrock beendete das Gespräch und steckte das Handy zurück in die Tasche seines Jacketts. Vor sich auf dem Küchentisch breitete er Stempelkissen und Kontaktpapier aus.

»Ist das denn wirklich nötig?«, fragte Tante Ada. »Wir sind doch wohl eher Opfer und nicht Täter.«

»Es geht darum, euch auszuschließen«, sagte er. »Wir nehmen Abdrücke von allen Bewohnern der Bauernschaft. Die Farbe lässt sich ganz leicht abwaschen, keine Sorge.«

Sophia setzte sich zu ihm an den Tisch.

»Hörst du, Ada? Alle geben ihre Abdrücke. Natürlich machen wir da mit. Ich werde anfangen, dann könnt ihr ja sehen, ob sich die Farbe gut abwaschen lässt oder nicht.«

Sie legte die Hände demonstrativ auf den Tisch, die Handflächen nach oben gerichtet.

»Es geht gleich los«, sagte Hambrock und sortierte das Papier.

»Marita ist aber nicht da«, sagte Annika und setzte sich ebenfalls. »Sie pflügt das Feld an der Straße nach Nordwalde.«

»Dann nehmen wir ihre Abdrücke eben später.« Er blickte in die Runde. »Viel wichtiger ist, dass ihr vorerst nicht mehr alleine das Haus verlasst. Wenn Marita vom Feld zurück ist, müsst ihr das mit ihr besprechen. In nächster Zeit wird nicht mehr alleine gepflügt.«

Er nahm Sophias linke Hand und begann damit, den Daumen über das Stempelkissen zu rollen. Paul stand neben dem Tisch und sah mit großen Augen zu.

»Sollen wir gleich auch deine Fingerabdrücke nehmen?«, fragte Hambrock ihn.

Das Gesicht des Jungen hellte sich auf. »Cool.«

Tante Ada verteilte Kaffeetassen auf dem Tisch. Wie selbstverständlich stellte sie für Hambrock Zucker und Milch dazu.

»Wie müssen wir uns das denn vorstellen mit dem Polizeischutz?«, fragte sie. »Haben wir hier dann fremde Leute im Haus?«

»Es wird ein Wagen auf dem Hof stehen«, sagte er. »Die Kollegen werden Präsenz zeigen und hoffentlich den Täter fernhalten. Sollte er trotzdem auftauchen, sind sie natürlich vorbreitet.«

Sophias linke Hand war fertig, sie reichte ihm die rechte.

»Und du glaubst wirklich …?« Sie warf einen Blick auf den Jungen. »Paul, geh doch mal kurz nach oben zu deiner Schwester. Wir rufen dich gleich, wenn du Fingerabdrücke geben darfst.«

Der Junge fügte sich murrend. Sophia wartete, bis er die Tür hinter sich geschlossen hatte, dann fuhr sie fort. »Und du glaubst wirklich, dass der Täter es auf uns abgesehen hat?«

»Das weiß ich nicht. Aber wir müssen davon ausgehen, dass der Anschlag auf dem Maisfeld Marita gegolten hat. Schließlich hat keiner gewusst, dass Clemens und nicht sie auf dem Häcksler saß.«

Er bemerkte ihr sorgenvolles Gesicht.

»Keine Angst, Tante Sophia. Wir gehen nur auf Nummer sicher. Lange kann es nicht mehr dauern, bis wir den Täter gefasst haben. Bis dahin wollen wir lieber alle Vorsichtsmaßnahmen ergreifen.«

»Hoffentlich reicht das aus«, murmelte Annika.

Er konnte sich schon denken, was Annika damit meinte. Sie hatte ihm von Emmas unsichtbarer Freundin erzählt, die den Tod eines Familienmitglieds vorhergesagt hatte. Der Rest der Horstkempers nahm diese Weissagung zwar nicht besonders ernst, wohl fühlten sie sich damit aber dennoch nicht.

»Du solltest dieser Sache mit Emma nicht zu viel Bedeutung beimessen«, sagte er. »Ich bin mir sicher, dass das Kind nicht mit den Toten spricht.«

»Das denke ich auch, mein Schatz«, sagte Sophia und drückte ihre Hand. »Klooke existiert nur in Emmas Phantasie.«

»Ich glaube ja gar nicht, dass Emma tatsächlich mit irgendwem spricht«, meinte Annika. »Aber vielleicht hat sie eine Gabe, Dinge vorherzusehen. Sie hat mich gewarnt, zum Hof von Vesting zu gehen. Sie wusste vorher, was passieren wird.«

»Kinder reagieren sehr sensibel auf ihre Umgebung«, sagte er. »Sie bekommen viel mehr mit, als wir denken. Vielleicht ist das ihre Art, die Geschehnisse zu verarbeiten. Sie redet mit einem vermeintlichen Geist, der ihr erklärt, was passiert.«

Annika seufzte. »Vielleicht hast du recht.«

»Es wird schon alles gut gehen. Außerdem bekommen wir jetzt Polizeischutz«, meinte Tante Ada.

Hambrock nickte. »Und lange kann dieser Spuk nicht mehr dauern.«

»Kommst du morgen zur Beerdigung?«, fragte Annika. »Ich meine, es ist Samstag, da hast du doch sicherlich frei.«

»Denkst du, dass ich bei so einem Fall einfach ins Wochenende gehe? Glaub mir, ich hätte keine Ruhe. Natürlich komme ich.«

Er bemerkte Adas zufriedenen Gesichtsausdruck und machte lächelnd den Abdruck von Sophias letztem Finger.

»So, jetzt kannst du dir die Hände waschen.« Er sah auf. »Wer ist als Nächstes dran?«

An diesem Abend saß Gabriele Röttger allein im Wohnzimmer vor dem Fernseher. Eine Hollywoodkomödie lief, doch sie konnte sich nicht darauf konzentrieren.

Clemens war in Münster. Er besuchte seinen Bruder, wie

an jedem Freitagabend. Die beiden standen sich sehr nah, das freitägliche Treffen hatte eine lange Tradition. Bis zum heutigen Tag war Gabriele noch nie auf die Idee gekommen, sich zu fragen, warum Clemens immer allein dorthin fuhr und sie nicht einmal mitnahm. Doch die Ereignisse der vergangenen Wochen hatten sie durcheinandergebracht. Alles fühlte sich falsch an, sie wusste nicht mehr, woran sie war.

Da war dieser Abend gewesen, vor ein paar Monaten, an dem Clemens nach Münster gefahren war. Sie wollte zu einer Theateraufführung der Landfrauen, aber dann bemerkte sie, dass der Tank ihres Wagens beinahe leer war. Sie rief in Münster an, um Clemens zu fragen, wo seine Brieftasche sei, doch sein Bruder sagte ihr, Clemens sei mit den Kindern im Garten und werde zurückrufen. Das tat er auch ein paar Minuten später, doch im Hintergrund waren seltsame Geräusche. Es hörte sich an, als wäre er auf einem Empfang oder im Vorraum eines Kinos.

Sie schaltete den Fernseher aus. Die Stille war wohltuend. Sie ließ den Blick durch den Raum schweifen. Clemens musste die Tasche aus dem Spind geholt haben, um sie woanders zu verstecken. Der Verdacht, den sie so beharrlich von sich geschoben hatte, drängte sich immer wieder in ihre Gedanken. Heinrich Uhlmann war mit einem Jagdgewehr erschossen worden, doch offenbar hatte keiner der Jäger den Schuss abgefeuert. Wieso besaß Clemens überhaupt so ein Gewehr?

Draußen war es bereits dunkel. Nebel zog herauf. Gabriele ging eine Weile vor dem Fenster auf und ab, dann fasste sie einen Entschluss. Sie schnappte sich ihren Autoschlüssel und ging hinaus zur Garage. Ließ das Rolltor hochrattern und setzte sich hinters Steuer. Dort atmete sie durch. Die Außenbeleuchtung warf ein grelles Licht auf den Hof, drum herum herrschte tiefe Dunkelheit. Sie fühlte sich mit einem Mal unendlich einsam. War es richtig, was sie vorhatte? Sollte sie nicht besser zu Hause bleiben und warten, bis Clemens zurückkehrte?

Doch dann ließ sie den Motor an und fuhr aus der Garage

hinaus. Sie bog auf die Straße in Richtung Münster. Jetzt gab es kein Zurück mehr. Sie fuhr schneller als erlaubt, es waren kaum andere Autos unterwegs. Den Blick hielt sie starr auf die Landstraße gerichtet, das Ziel fest vor Augen.

Es dauerte keine halbe Stunde, bis sie die Stadtgrenze erreicht hatte. Weitere fünfzehn Minuten, und sie bog in die Straße, in der Clemens' Bruder wohnte. Vor dessen Haus ließ sie den Wagen ausrollen. Sie blickte über den Gartenzaun. Johannes besaß einen Bungalow aus den Siebzigern, mit Flachdach und einer großen Fensterfront. Sie konnte direkt in sein Wohnzimmer hineinsehen. Er hockte in seinem Ohrensessel, las in der Zeitung und paffte eine Pfeife. Nichts deutete darauf hin, dass er Besuch hatte. Nicht einmal seine Frau und seine Kinder schienen zu Hause zu sein.

Sie entdeckte eine freie Parkbucht gegenüber des Bungalows und stellte den Motor ab. Ihr Herz klopfte wild, sie nahm ihr Handy und wählte die vertraute Nummer. Durchs Wohnzimmerfenster sah sie, wie Johannes den Kopf hob und lauschte. Dann legte er die Zeitung beiseite, stand schwerfällig auf und holte das Schnurlostelefon von nebenan.

»Röttger«, meldete sich seine Stimme an ihrem Ohr.

»Hallo Johannes, hier ist Gabriele.«

»Gabi, das ist ja eine Überraschung.« Er setzte sich wieder in seinen Sessel. »Wie geht es dir? Wir haben ja lange nichts voneinander gehört.«

»Es geht mir gut, danke. Die Sache mit dem Sabotageakt hat uns natürlich sehr mitgenommen, aber inzwischen haben wir uns alle wieder etwas beruhigt. Eigentlich wollte ich mit Clemens sprechen. Kannst du ihn kurz ans Telefon holen?«

»Er ist gerade auf die Toilette gegangen. Ist es denn wichtig?«

»Nein. Ich wollte ihn nur etwas fragen.«

»Ich sage es ihm, wenn er wiederkommt. Dann ruft er dich zurück.«

Gabriele zögerte. Sie wollte das Gespräch hinauszögern. Als hätte er ihre Gedanken gelesen, sagte Johannes: »Ich würde ja gerne so lange mit dir plaudern, aber dann brennt mir das Essen an. Ich stehe hier gerade am Herd und koche für uns.«

Sie spürte eine kalte Hand nach ihrem Herzen greifen.

»Also gut. Dann sag ihm bitte, er soll mich zurückrufen.«

»Das mache ich. Bis bald, Gabi.«

Sie beendete das Gespräch. Johannes betrachtete das Telefon in seiner Hand, dann wählte er eine Nummer. Sie sah, wie er mit jemandem redete. Keine Minute, dann legte er das Gerät wieder fort und nahm die Zeitung auf.

Gabriele wartete. Kurz darauf klingelte ihr Handy. Auf dem Display leuchtete Clemens' Nummer.

»Bist du nicht zu Hause?«, begrüßte er sie. »Ich habe es auf der Festnetznummer versucht.«

»Nein, ich war gerade bei Manfred. Wegen der Beerdigungsfeier.«

»Du solltest nicht alleine unterwegs sein. Nicht nach allem, was passiert ist.«

»Du hast recht. Wo bist du?«

Sie wurde von der wilden Hoffnung getrieben, dass er ihr die Wahrheit sagen würde. Vielleicht gab es für alles eine ganz einfache Erklärung.

»Bei Johannes. Ich bin kurz vor die Tür gegangen, um dich zurückzurufen. Was gibt es denn?«

Ihr wurde schwindelig. Doch sie riss sich zusammen.

»Ich wollte nur fragen, wann du nach Hause kommst. Ich könnte auf dich warten. Vielleicht trinken wir noch ein Glas Wein zusammen.«

»Lass uns das besser ein andermal machen. Johannes hat gekocht, wir essen gleich. Es wird wohl heute etwas länger dauern.«

Sie brachte kein Wort mehr heraus.

»Wir holen das nach, versprochen. Gute Nacht.«

Clemens drückte die Verbindung weg. Aus ihrem Handy drang kein Laut mehr. Langsam ließ sie es sinken. Am liebsten hätte sie losgeheult. Doch das durfte sie nicht, noch nicht. Sie öffnete den Sicherheitsgurt und verließ ihren

Wagen. Mit schnellen Schritten ging sie über die Straße und läutete an Johannes' Haustür Sturm, so lange, bis er verwundert öffnete. Seine Augen weiteten sich, als er sie erkannte. Er blieb wie angewurzelt stehen.

»Clemens ist gar nicht hier«, stellte sie fest.

»Nein.« Er nahm die Lesebrille ab und massierte seinen Nasenrücken. »Am besten kommst du erst einmal herein.«

»Sag mir, wo er ist. Sofort.«

»Gabi, bitte ...«

»Ich habe die Schnauze voll von euren Lügen. Sag mir, wo er ist!«

»Komm doch ins Haus«, flehte er.

Sie wurde laut. »Vergiss es! Ich schwör dir, ich schrei die ganze Nachbarschaft zusammen. Ich will jetzt wissen, wo Clemens ist.«

Er blickte sich ängstlich um.

»Ich weiß es nicht. Wirklich nicht.«

»Was soll das heißen?«

»Glaub mir, ich wollte da nicht mit reingezogen werden. Aber er ist mein Bruder, was sollte ich denn machen? Ich wollte doch auch nicht, dass er dich ...«

»Spar dir deinen Atem. Sag mir endlich, was das alles zu bedeuten hat.«

Er sträubte sich, doch sein Blick sprach Bände. Er musste gar nichts mehr erklären.

»Er hat eine Geliebte«, sagte sie.

Johannes antwortete nicht. Gabriele musste sich am Türrahmen abstützen. Kälte breitete sich in ihr aus.

»Wer ist sie?«

»Ich kenne sie nicht. Clemens erzählt nicht von ihr. Ich weiß nicht einmal, wo sie wohnt. Alles, was ich weiß, ist, dass er immer freitags zu ihr fährt.«

Voller Unbehagen strich er über seine Strickjacke.

»Willst du nicht doch hereinkommen? Wir können darüber reden.«

Doch sie hatte sich bereits abgewandt und lief eilig zum Auto zurück. Nur weg von hier.

»Gabi, warte!«, rief Johannes ihr hinterher. »Setz dich jetzt nicht hinters Steuer!«

Aber sie hatte die Tür bereits aufgerissen, sprang hinein und startete den Motor. Beim Zurücksetzen rammte sie ein parkendes Fahrrad. Dann trat sie aufs Gas und fuhr mit quietschenden Reifen davon.

Die Fahrt über fühlte sie sich wie in Trance. Sie bemerkte nicht, dass ihre Wangen nass von Tränen waren. Der Wagen schoss über die nächtlichen Straßen. Sie krallte sich ans Lenkrad. Drückte das Gaspedal durch. Immer weiter, bis sie endlich zu Hause angekommen war. Das Auto ließ sie mitten auf dem Hof stehen. Sie stellte nicht einmal den Motor ab. Rannte stattdessen ins Haus und schnappte sich den Schlüssel für die große Halle. Lief wieder hinaus zum Seiteneingang und fummelte am Schloss herum, bis die Tür endlich aufsprang. Dann hastete sie zum Spind. Riss nacheinander alle Türen auf, blickte in jedes Fach und suchte den Boden ab. Doch nichts. Die Tasche war verschwunden. Sie sah hinter der Werkbank nach, unter den Maschinen und auf den Regalen. Aber sie war nirgends zu sehen.

Bleib ruhig. Denk nach. Wo würde Clemens sie verstecken? Welchen Ort gibt es, an dem du sie niemals zufällig entdecken würdest?

Ihre Gedanken rasten. Sie musste die Tasche finden. Sie musste sie finden, um sie der Polizei zu überbringen. Alles andere war nicht mehr wichtig.

Der Dachboden! Natürlich. Das war es.

Sie drehte sich um und rannte zurück ins Haus. Die Tür ließ sie sperrangelweit auf. Im Obergeschoss befand sich eine Luke in der Decke. Mit einem Stock zog Gabriele sie herunter, eine ausziehbare Leiter fiel ihr entgegen. Die wackelige Konstruktion zitterte unter ihrem Gewicht, doch sie achtete nicht darauf und kletterte unbeirrt auf den Dachboden. Oben angekommen, knipste sie eine nackte Glühbirne an. Sie sah sich um.

Kisten und Säcke mit alten Kleidern standen herum. Dahinter, neben dem gemauerten Schornstein, entdeckte sie die Tasche. Clemens hatte sich nicht einmal die Mühe gemacht, sie zu verbergen.

Gabriele ging in die Knie und zog den Reißverschluss auf. Das Jagdgewehr lag oben auf. Nun wollte sie es genauer wissen. Vorsichtig nahm sie das Gewehr heraus und legte es auf die Dielen. Dann zog sie den Lodenmantel hervor. Sie fragte sich, was noch in der Tasche sein mochte. Als sie den Mantel beiseitelegte, fiel etwas Kleines, Metallenes auf die Holzdielen. Es war eine Pistole. Erneut wurde ihr schwindelig. Doch sie packte weiter aus. Zog einen dunklen Wollpullover hervor, eine schwarze Hose und eine Wollmütze, die sich übers Gesicht ziehen ließ. Doch die größte Überraschung wartete noch auf sie. Im Innern der Tasche befand sich ein Reißverschluss, der sich aufziehen ließ.

Geldbündel quollen hervor. Sie hatte noch nie so viel Geld auf einem Haufen gesehen. Vorsichtig zog sie eines der Bündel hervor. Es waren Fünfzig-Euro-Scheine. Nun war sie vollends sprachlos. Mit dem Geld in der Hand ließ sie sich neben die Tasche sinken.

Sie war so in Gedanken vertieft, dass sie gar nicht bemerkte, wie jemand bedächtig die Leiter hinaufkletterte. Erst als hinter ihr eine Diele knarrte, schreckte sie hoch und wirbelte herum.

Es war Clemens.

20

Die Morgensonne mühte sich noch, den Dunst zu vertreiben, der über dem Park schwebte. Die Promenade, die grüne Fahrradstraße entlang der ehemaligen Stadtmauer, war um diese Uhrzeit nahezu verwaist. Das Leben in Münster erwachte nur langsam. Übernächtigte Partygänger fuhren auf dem Rad nach Hause, ab und zu schlurfte ein Passant vorbei, der mit seinem Hund Gassi ging.

Hambrock saß in seinem Dienstwagen und beobachtete das Geschehen. Er fühlte sich an früher erinnert, an seine Zeit bei der Essener Polizei. Dort hatte es noch zu seinen Aufgaben gehört, gelegentlich Observationen durchzuführen. Seine damaligen Kollegen waren jedes Mal wenig begeistert gewesen, aber er hatte diese Arbeit gemocht. Er hatte sich eine Strategie zugelegt, bei der er zwei oder drei wesentliche Punkte genau im Blick behielt und gleichzeitig den Rest seines Gehirns einfach abschaltete. Es waren Stunden wie im Stand-by-Modus, in denen er sich entspannte und neue Kraft tankte. Keiner der anderen hatte das je verstanden, doch bei ihm funktionierte es recht gut.

Sein Wagen stand in einer Parkbucht am Rande der Promenade. Von dort konnte er den Hauseingang jenseits der Sträucher gut einsehen. Nichts würde ihm entgehen, er hatte Zeit. Erlend ging davon aus, dass er im Fitnessstudio war. Gemeinsam mit ein paar Kollegen, mit denen er im Anschluss frühstücken gehen würde. Sie rechnete nicht vor elf Uhr mit ihm. Am Nachmittag wäre dann die Beerdigung von Ludwig Schulze Ahlerkamp. Hambrock hatte ein schlechtes Gewissen, weil er schon wieder das halbe Wochenende mit seiner Arbeit verbringen würde. Deshalb hatte er Erlend gefragt, ob sie nicht Lust hätte, ihn zu begleiten. Dadurch bekämen sie die Chance, wenigstens ein bisschen Zeit miteinander zu verbringen.

»Dich begleiten?« Ihre Augen hatten sich verengt. »Zu einem Polizeieinsatz?«

»Es ist kein Polizeieinsatz. Du würdest mit mir zu meiner Familie fahren. Die meiste Zeit sitze ich da eh nur rum. Wir könnten es uns gemütlich machen, und du hättest die Chance, meine Familie besser kennenzulernen.«

Erlend war ein Lächeln über das Gesicht gehuscht, und er hatte sich beeilt hinzuzufügen: »Mir wäre es ja auch lieber, wir könnten auf dem Aasee Tretboot fahren. Aber es geht nun mal nicht.«

»Das ist es doch gar nicht. Ich wundere mich nur über deinen Sinneswandel.«

»Was meinst du damit?«

»Bis vor ein paar Wochen wusstest du gar nicht, dass diese entfernten Verwandten überhaupt existieren. Am Anfang warst du sogar ziemlich genervt von ihnen. Und jetzt tust du so, als wolltest du mich deinen Eltern vorstellen.«

Hambrock hatte darauf nichts zu sagen gewusst.

»Lass mal, Bernhard, ich komme gerne mit. Ich freu mich darauf, sie alle einmal kennenzulernen.«

Auf der anderen Straßenseite passierte etwas. Die Eingangstür öffnete sich, und jemand trat aus dem Haus. Es war Tobias Teuber, Erlends Arbeitskollege. Er trug Turnschuhe und Jogginghosen, hüpfte ein paar Mal auf der Stelle, machte kurze Dehnübungen und lief dann in mäßigem Tempo auf die Promenade. Hambrock beobachtete, wie er hinter ein paar Bäumen verschwand. Er blickte auf die Uhr. Die Promenade war viereinhalb Kilometer lang, mal sehen, wie lange Teuber für eine Umrundung brauchte.

Es dauerte knappe dreißig Minuten, bis er auf der anderen Seite auftauchte. Inzwischen war er völlig verschwitzt, sein Atem ging stoßweise, er bremste ab und humpelte über den Rasen zurück zu seiner Wohnung. An einer Parkbank machte er halt und begann mit seinen Dehnübungen.

Hambrock schnappte sich die Brötchentüte vom Beifahrersitz, die er eigens hierfür besorgt hatte, und stieg aus dem Wagen. Langsam und scheinbar in Gedanken versunken schlenderte er an Tobias Teuber vorbei. Es dauerte zwar, doch schließlich reagierte der.

»Bernhard!«, rief er ihm hinterher. »Das ist ja eine Überraschung.«

Hambrock sah sich um und tat erstaunt.

»Tobias! Du lieber Himmel, ich war so in Gedanken, ich wäre fast vorbeigegangen.«

Hambrock trat auf die Rasenfläche und gab ihm die Hand.

»Du bist früh unterwegs«, sagte er und deutete auf seine verschwitzten Sportsachen. »Ich sollte mir wohl ein Beispiel an dir nehmen. Ein bisschen Sport könnte mir auch nicht schaden.« Er schlug sich auf seinen Bauch und lachte.

Teuber tat es mit einer Handbewegung ab.

»Ich mach das nur, um Dampf abzulassen. Wenn man den ganzen Tag am Schreibtisch sitzt, braucht man einen Ausgleich.« Er ließ sich auf die Bank sinken und streckte die Beine von sich. »Und was treibt dich so früh aus dem Haus?«

Hambrock setzte sich zu ihm. »Ein Arbeitsfrühstück. Wir sind gerade an einem dicken Fall dran.«

»Etwa diese Mordserie bei Altenberge?«

»Woher weißt du das?«

»Nur geraten. Es steht ja jeden Tag was davon in der Zeitung. Sogar die Süddeutsche hat einen Artikel gebracht.«

Hambrock nickte. »Das ist unser Fall. Leider darf ich nicht darüber reden.«

»Schon klar.« Er blickte ihn bewundernd an. »Muss ein spannender Job sein. Nicht dass mir meine Arbeit nicht gefällt, aber … Ich stell mir das schon sehr aufregend vor.«

»Ich weiß nicht. Wir haben ein paar ziemlich übel zugerichtete Leichen gehabt. Nicht unbedingt das, was man gerne zu Gesicht bekommt.«

Teuber lachte. »Vielleicht hast du recht.« Er stieß ihm in die Seite. »Wir sollten mal wieder was zusammen unternehmen. Ich meine, du und Elli mit Susanne und mir. Ist ja schon ewig her.«

»Wie läuft es denn mit Susanne? Ich weiß nicht, ob ich das jetzt sagen sollte, aber ich habe erfahren, dass sie eine Zeit lang bei ihrer Mutter gewohnt hat.«

»Elli hat also gequatscht.«

»Nimm es ihr nicht übel. Ich bin geschult darin, Leute in Vernehmungen hart ranzunehmen.«

Er grinste. »Ist schon okay. Wir kriegen es einigermaßen auf die Reihe. Das Schlimmste ist überstanden, glaube ich.«

»Das freut mich zu hören.«

»Ich habe meine Dissertation vor ein paar Wochen abgegeben, und damit ist ein ziemlicher Stressfaktor weggefallen.« Er seufzte. »So ein Uni-Job kann dich auffressen. Du hast deine Studenten, dann sollst du ständig publizieren, und der ganze Uni-Zirkus drum herum kann dich auch sehr in Beschlag nehmen. Als dann die heiße Phase der Dissertation kam, habe ich nur noch gearbeitet. Zwölf bis sechzehn Stunden pro Tag, und das von Montag bis Sonntag. Kein Wunder, dass die Beziehung darunter gelitten hat.«

»Wem sagst du das.«

»Aber das ist jetzt hoffentlich vorbei. Und irgendwie habe ich es geschafft, die Sache mit Susanne wieder hinzubiegen. Glaube ich jedenfalls.«

»Ihr fliegt in den Weihnachtsferien nach Thailand, nicht wahr?«

»Elli erzählt dir ja eine ganze Menge«, sagte er, doch er klang nicht so, als würde er ihr das verübeln.

Hambrock lachte. »Ich kann nur hoffen, dass sie nicht umgekehrt genauso viel erzählt.«

»Ganz im Gegenteil. Sie hält sich immer sehr bedeckt.«

»Vielleicht erzählt sie deshalb nichts, weil bei uns im Moment auch nicht nur die Sonne scheint. Wir haben schon bessere Zeiten gehabt.«

»Aber du und Elli ... Ich weiß nicht, das sieht immer so harmonisch aus. Ich dachte ...« Er schüttelte den Kopf und lachte. »Aber das ist natürlich Quatsch. Es kriselt überall, das ist wohl der Lauf der Dinge.«

Hambrock hielt die Zeit für gekommen, sich ein wenig aus der Deckung zu bewegen.

»Mein Job kann auch sehr zeitraubend sein, da geht es mir nicht anders als dir. Und häufig lassen mich die Ermittlungen auch nach Feierabend nicht richtig los. Elli sitzt dann mit jemandem zusammen, der in Gedanken weit weg ist. Das muss für sie sehr frustrierend sein.«

»Kann ich verstehen.«

»Im Moment ist es besonders schlimm. Wir hatten einen Kurzurlaub geplant, doch dann konnte ich nicht weg. Dieser Fall fordert uns viel ab. Ich habe kurz vorher abgesagt, und das, obwohl ich genau wusste, wie wichtig dieser Trip für sie war. Ich hab mich ziemlich beschissen gefühlt.«

»Aber das kann doch mal passieren.« Teuber klopfte ihm auf die Schulter. »Sieh zu, dass du diesen Urlaub so schnell wie möglich nachholst. Lass dir was einfallen. Elli hat was über für große Gesten, aber das weißt du ja.«

»Da hast du wohl recht.«

Hambrock hatte mit allem gerechnet, aber nicht damit, dass Teuber ihm Ratschläge erteilte, wie er seine Probleme mit Erlend wieder in Ordnung bringen könnte. Trotzdem wollte er noch eine Sache klarstellen. Nur so für alle Fälle.

»Es ist nicht unsere erste Krise«, meinte er. »Und es wird auch nicht unsere letzte sein. Wir haben schon so manches durchgestanden. Auch das hier werden wir hinkriegen.«

»Davon bin ich überzeugt.«

Also gut, dachte Hambrock. Er stand auf.

»Ich muss jetzt weiter, sonst fragen sich die anderen, wo ich bleibe.«

»Geht mir nicht anders. Außerdem muss ich unter die Dusche.« Er erhob sich ebenfalls. »Wir sollten mal wieder einen Abend zu viert planen. Der letzte ist viel zu lange her.«

»Das denke ich auch. Bis bald, Tobias.«

Er wartete, bis Teuber im Haus verschwunden war, dann ging er zurück zu seinem Wagen. Nachdenklich startete er den Motor. Sollte sich Teuber verstellt haben, wäre er ein begnadeter Schauspieler. Hambrock glaubte nicht daran.

Trotzdem. Das Bild von ihm und Erlend auf dem Prinzipalmarkt hatte er nicht vergessen.

Er blickte auf die Uhr. Es war halb neun. Erlend lag sicherlich noch im Bett. Er zögerte und blickte auf die Brötchentüte. Dann wendete er den Wagen und steuerte ihre gemeinsame Wohnung an. Das Frühstück wäre ausgefallen, könnte er behaupten.

In den Ställen war alles ruhig. Ada schaltete das Licht an. Ihre Bewegungen waren noch mechanisch, wie immer um diese Uhrzeit. Sie brauchte ihre Zeit, um wach zu werden. Der Kontrollgang durch die Ställe gehörte zur ihrer morgendlichen Routine, genauso wie Waschen und Zähneputzen.

Marita schlurfte grußlos an ihr vorbei, überquerte den Hof und kletterte in den Melkstand, wo sie das Radio einschaltete. Die leise Stimme eines Nachrichtensprechers wehte zu Ada herüber. Sie betrat die Kälberställe. Dort regte sich erstes Leben, ein paar Jungtiere traten erwartungsvoll an die Tröge. Annika würde in ein paar Minuten folgen und die Kälbermilch zubereiten, so lange mussten sie sich gedulden.

Ada zog eine Banane aus ihrer Jackentasche und schälte sie. Eine der Katzen lief ihr entgegen und schmiegte sich an ihren Knöchel. Ada strich ihr übers Fell, schob sie dann vorsichtig zur Seite und ging weiter.

Shakira musste zum Boxenlaufstall getrieben werden, damit sie mit den anderen Kühen gemolken werden konnte. Ada gähnte. Der Gang, der zur Krankenstation führte, lag im Zwielicht, erhellt nur von den Leuchtstoffröhren im Kälberstall. Sie steckte sich das letzte Stück Banane in den Mund und faltete die Schale sorgfältig zusammen, um sie später zu entsorgen. Da bemerkte sie im Augenwinkel eine Bewegung. Keine fünf Meter von ihr entfernt, am anderen Ende des Gangs. Jemand drückte sich hinter einen Balken und tauchte in der Dunkelheit ab.

Bleib ruhig! Jetzt keine falsche Bewegung!

Draußen auf dem Hof stand der Wagen der Polizei. Direkt neben der Auffahrt. Sie musste aus dem Stall hinaus. Sofort. Als wäre sie in Gedanken versunken, wandte sie sich zur Seite und beugte sich über einen Milchtrog. Dann tat sie, als müsse sie den Eimer überprüfen, und zog die Saugvorrichtung zurecht. Ihre gesamte Aufmerksamkeit galt dabei der düsteren Ecke am anderen Ende des Gangs. Sie war bereit, sofort loszustürmen, sollte sich die Gestalt aus dem Schatten lösen. Doch es rührte sich nichts.

Wie ferngesteuert drehte sie sich um und kehrte langsam zum Hof zurück. Es kostete sie ihre gesamte Willenskraft, nicht einfach draufloszustolpern, sondern sich ruhig und scheinbar gleichmütig zu verhalten. Jeden Moment rechnete sie mit einem Angriff, doch die Gestalt blieb in der Dunkelheit verborgen.

Endlich hatte sie den Ausgang erreicht. Sie stürzte auf den Hof und rannte winkend auf das Polizeiauto zu. Die Beamten hoben alarmiert die Köpfe, dann öffneten sie die Türen.

»Im Kälberstall!«, keuchte Ada. »Da ist jemand. Ich hab ihn gesehen, er hält sich dort versteckt.«

Die Polizisten wechselten einen Blick.

»Wo genau haben Sie ihn dort gesehen?«

Während Ada dem einen alles erzählte, nahm sein Kollege das Funkgerät und rief Verstärkung. Sie schnappten sich ihre Waffen und näherten sich lautlos dem Kälberstall.

Marita war aus dem Melkstand geklettert und trat neugierig näher.

»Was ist denn hier los?«

»Der Mörder … er ist hier bei uns. Im Stall. Ich hab ihn gesehen.«

»Du hast … was? Das ist doch ein schlechter Scherz.«

»Sehe ich aus, als ob ich Witze mache?«

»Aber …« Sie verstummte und blickte zur offenen Stalltür. Entfernt erklangen Martinshörner. Zunächst nur ganz leise, doch sie wurden zunehmend lauter. Verstärkung war unterwegs.

Die Türöffnung gähnte verlassen im Morgengrauen. Sie warteten angespannt, keine sagte etwas. Doch nichts passierte. Nach einer Weile tauchten die Polizisten wieder auf. Sie waren allein. Nickten sich zu und umrundeten mit erhobenen Waffen das Gebäude.

Ada bemerkte, dass sie sich an Maritas Arm geklammert hatte. Eilig ließ sie ihn los und verschränkte die Arme fest vor ihrem Bauch. Die anschwellenden Martinshörner verstummten plötzlich, als Nächstes schossen Blaulichtfahrzeuge auf den Hof. Die beiden Frauen drehten sich um. Polizeiwagen umrundeten sie. Beamte sprangen auf den Hof. An der Stallwand tauchten die beiden Personenschützer auf. Sie liefen auf einen uniformierten Beamten zu, einem älteren Mann mit grauem Bart, offensichtlich der Einsatzleiter.

»Er ist weg. Weit kann er aber noch nicht sein.«

Einen kurzen Moment lang berieten sich die Männer, dann begann der Einsatzleiter, Befehle zu erteilen. Ada sah zur offenen Stalltür. Sie überlegte. Etwas stimmte hier nicht.

»Er hätte mich doch angreifen können. Warum hat er das nicht getan?«

Marita blickte sie verwirrt an. Sie schien gar nicht zu begreifen, was passierte.

»Ich bin eine alte Frau«, meinte Ada. »Es hätte nicht viel gebraucht, um mich zu überwältigen.«

»Spielt das denn jetzt eine Rolle?«

Doch Ada hatte sich bereits von ihr abgewandt. Entschlossen steuerte sie die Stalltür an.

»Bitte gehen Sie ins Haus«, sagte einer der Uniformierten. »Warten Sie dort, bis alles vorbei ist.«

Aber Ada achtete gar nicht auf ihn. Sie betrat den Kälberstall.

»Frau Horstkemper! Bitte gehen Sie ins Haus!«

Sie tauchte in das Licht der Leuchtstoffröhren. Die Kälber waren nun allesamt hellwach. Sie liefen unruhig herum, aufgescheucht von der plötzlichen Aufregung.

»Frau Horstkemper! Verdammt noch mal!«

Doch Ada hatte einen Verdacht. Was immer dieser Mann hier wollte, er hatte es nicht auf sie abgesehen.

Der Polizist war hinter ihr aufgetaucht. »Bitte verlassen Sie den Stall. Sie können hier nicht einfach herumlaufen. Das ist jetzt ein polizeilicher Ereignisort.«

»Warten Sie. Einen Moment noch.«

Der Polizist würde sie heraustragen müssen, wollte er sich durchsetzen. Ada erreichte den Gang zur Krankenstation. Die Tür war nur angelehnt. Sie drückte sie vorsichtig auf. Am Boden lag Shakira. Sie rührte sich kaum, lag einfach schwer atmend da und blickte Ada verständnislos an. Erst jetzt bemerkte sie das Blut. Shakiras Bauch war rot eingefärbt, Blutrinnsale liefen an ihrem Fell herab und tropften ins Stroh.

»Du lieber Gott!«, entfuhr es Ada.

Shakiras Eutervene war aufgeschnitten worden, gerade so weit, dass sie nicht gleich starb, sondern langsam und qualvoll verblutete.

Sie handelte schnell. Warf sich auf die Knie und riss sich die Jacke vom Körper. Dann drückte sie den Stoff verzweifelt gegen Shakrias Bauch. Doch sie konnte kaum etwas ausrichten, schon nach kurzer Zeit quoll überall das Blut hervor. Der Polizist stand immer noch hinter ihr und betrachtete verdutzt die Szene.

»Glotzen Sie nicht so blöd!«, brüllte sie ihn an. »Rufen Sie den Tierarzt! Sofort!«

21

Shakira wurde gerettet. Der Tierarzt war gerade noch rechtzeitig eingetroffen, um die Blutungen unter Kontrolle zu bringen und die Kuh zu stabilisieren. Tante Ada hatte gar nicht mehr aufhören wollen, sich bei ihm zu bedanken. Unter Tränen zwang sie ihm einen Korb mit Milch und Käse auf.

Jetzt stand sie in der Diele und telefonierte mit Bernhard Hambrock, ihre Stimme drang leise in die Küche. Annika saß am Tisch und sah ihrer Mutter dabei zu, wie sie Kaffee kochte und den Tisch deckte. Sophia verlor kein Wort über das, was passiert war. Sie tat, als gälte ihre ganze Aufmerksamkeit dem Frühstückstisch. Doch sie war in Gedanken weit weg.

Die Küchentür öffnete sich, und Tante Ada trat ein.

»Bernhard weiß Bescheid«, sagte sie. »Er macht sich gleich auf den Weg zu uns.«

Dann ließ sie sich kraftlos auf einen Stuhl sinken. Sie sah abgekämpft aus. Vor einer Stunde hatte sie noch energisch mit den Polizisten herumgestritten, doch nun schien alle Lebenskraft aus ihr geflossen zu sein. Annika wurde sich in diesem Moment bewusst, dass ihre Tante langsam auf die siebzig zuging. Ada war so energiegeladen, dass keiner sich je Gedanken über ihr Alter machte. Doch nun wirkte sie plötzlich grau und schrecklich müde.

Sophia goss ihr Kaffee ein.

»Shakira kommt wieder auf die Beine«, sagte sie. »Sie wird uns noch lange erhalten bleiben. Der Kaffee ist stark, du kannst ihn gebrauchen.« Sie stellte die Kanne zurück. »Und jetzt mach ich uns allen Rührei mit Speck. Nach einem ordentlichen Frühstück sieht die Welt wieder anders aus.«

Annika wunderte sich über das Verhalten ihrer Mutter. Auf das tote Huhn hatte sie noch ganz anders reagiert. Doch

Tante Ada schien das gar nicht zu bemerken. Sie sank noch tiefer in sich zusammen.

»Ich glaube nicht, dass ich heute einen Bissen herunterbekomme«, sagte sie.

Sophia legte ihr sanft die Hand auf die Schulter. »Doch, das wirst du. Wir haben einen langen Tag vor uns. Wollen wir uns etwa von diesem Menschen einschüchtern lassen?«

Ada atmete durch. »Nein. Du hast recht.«

Mühsam richtete sie sich auf, umklammerte die Kaffeetasse und nahm einen tiefen Schluck. Sophia holte Pfanne und Rührschüssel hervor und machte sich an die Arbeit. Sie hatte natürlich auch bemerkt, wie sehr Ada ins Straucheln geraten war. Von der gewohnten Bestimmtheit ihrer Schwägerin war nichts mehr zu spüren.

»Annika, Schatz, geh doch bitte nach oben und hol die Kinder«, sagte Sophia. »Marita kommt gleich aus dem Stall, und dann können wir frühstücken.«

»Bin schon dabei.« Sie stand auf und umrundete den Stuhl ihrer Tante.

Es klingelte an der Haustür. Sophia blickte erstaunt auf.

»Wer kann denn das sein?«, fragte sie.

»Vielleicht einer der Polizisten«, sagte Annika und steuerte die Haustür an. »Ich sehe mal nach.«

Es war keiner der Polizisten. Es war Bernd. Er stand auf der Fußmatte und lächelte schief. Unter den Armen hielt er zwei Motorradhelme.

»Ich störe doch nicht?«, fragte er.

Annika war perplex. »Was machst du denn hier?«

»Ich wollte dich überraschen.« Er deutete auf den Motorroller, der vor dem Haus in der Morgensonne stand. »Ich dachte mir, ich lade dich zu einem Ausflug ein. Wir könnten nach Münster fahren, ein bisschen über den Wochenmarkt schlendern und ein Eis essen gehen.« Er lächelte verlegen. »Ich möchte mich bei dir entschuldigen, Annika. Ich hab mich auf dem Hof von Melchior Vesting wie ein Idiot aufgeführt. Ich habe gehofft, ich könnte das wiedergutmachen.«

Marita tauchte hinter ihr an der Tür auf. Sie hatte die

Gummistiefel ausgezogen, ihre dicken Wollsocken waren voller Löcher. »Das hört sich doch sehr nach einem Date an«, sagte sie. »Sag besser zu, wer weiß, wann du wieder so eine Gelegenheit bekommst.«

»Der Scherz hat sich langsam abgenutzt, Schwesterherz.«

Marita achtete nicht auf sie und gab ihm die Hand. Er schlug lächelnd ein.

»Danke, Bernd, aber es geht leider nicht«, sagte Annika. »Ich kann heute nicht weg. Jemand hat versucht, eine unserer Kühe umzubringen. Wir sind alle ziemlich durcheinander.«

Bernds Lächeln war wie weggewischt. »Was?«

Marita ging dazwischen. »Gerade deshalb solltest du für ein paar Stunden verschwinden. Wenn wir hier aufeinanderhocken und uns gegenseitig bedauern, machen wir alles nur noch schlimmer. Fahr ruhig.«

»Wieso versucht jemand, eure Kühe zu töten? Wisst ihr denn, wer das war?«

Annika schüttelte den Kopf. Marita legte ihr den Arm um die Schulter. »Komm schon, verschwinde. Ich regle das mit den anderen. Aber sei rechtzeitig zur Beerdigung wieder da.«

Annika ließ ihren Blick über den Hof schweifen. Sie glaubte, hierbleiben zu müssen, bei den anderen. Aber vielleicht hatte Marita ja recht, und es war tatsächlich eine gute Idee, für ein paar Stunden etwas anderes zu sehen.

»Also gut.« Sie nickte Bernd zu. »Danke für die Einladung. Ich komme gerne mit.«

Bernd bemühte sich, seine Verwirrung beiseitezuschieben. »Ich bringe dich rechtzeitig zurück, versprochen.«

»Du musst dich aber bei unseren Personenschützern abmelden«, sagte Marita.

»Personenschützer?«, fragte er irritiert.

Annika seufzte. »Der Anschlag auf dem Maisfeld, der galt offenbar Marita. Die Polizei hat Fingerabdrücke sichergestellt, und jetzt glauben sie, dass es der Mörder auf eine von uns abgesehen hat.«

Er war nun völlig durcheinander. »Ich erkläre es dir später ausführlich«, sagte Annika.

Sie schnappte sich die Jacke und lief zu den Polizisten hinüber, die in ihrem Auto wieder Stellung bezogen hatten. Sie waren nicht begeistert davon, dass Annika fortwollte. Doch sie versprach, in ein paar Stunden zurückzusein und die ganze Zeit über nicht von Bernds Seite zu weichen. Schließlich stülpte sie den mitgebrachten Helm über ihren Kopf und nahm auf dem Roller Platz.

Als Bernd losfuhr, zögerte sie. Statt sich am Gepäckträger festzuhalten, legte sie ihre Arme um seine Taille. Es fühlte sich ganz natürlich an. Sie lächelte.

Auf der Straße kam ihnen ein Auto entgegen. Es war Clemens Röttger. Er erkannte Annika und bremste ab. Sie machte Bernd mit Handzeichen klar, dass er ebenfalls anhalten sollte.

Clemens kurbelte die Scheibe herunter, sie setzte den Helm ab. Auf dem Beifahrersitz entdeckte sie Gabriele. Etwas stimmte nicht mit ihr. Sie starrte abwesend durch die Windschutzscheibe, das Gesicht leichenblass, die Augen rot gerändert.

»Hallo, Anni«, sagte Clemens. »Gut, dass ich dich sehe. Kannst du Ada fragen, ob sie ihre Thermoskannen bei uns vorbeibringen kann, bevor sie zum Friedhof fährt? Es kann nicht schaden, für den Notfall gerüstet zu sein. Da kommen eine Menge Leute heute Nachmittag.«

»Na klar, ich sag's ihr. Brauchst du sonst noch etwas?«

»Nein, ich glaube nicht. Wir sind so weit gut vorbereitet.«

Er beugte sich aus dem Fenster.

»Was war eigentlich heute Morgen bei euch los? Das sah ja aus wie ein Großeinsatz der Polizei. Hatte es mit Werner Zumbülte zu tun?«

»Nein. Wieso sollte es?«

»Ich habe ihn heute Morgen gesehen. Er war zu Fuß unterwegs, offenbar wollte er zu euch. Ich war sehr früh auf wegen der Trauerfeier, deshalb ist er mir aufgefallen. Das war kurz bevor die Polizeiwagen kamen.«

»Wer ist Werner Zumbülte?«, fragte Bernd. Annika hatte gar nicht bemerkt, dass er ebenfalls den Helm abgesetzt hatte.

»Ein ehemaliger Nachbar von uns. Ihm gehört der Kotten unten an der Straße, in dem die Künstler leben. Er hat alles vermietet und ist in die Stadt gezogen.« An Clemens gewandt, fragte sie: »Bist du sicher, dass es Werner war?«

»Natürlich. War er denn gar nicht bei euch?«

»Nein. Aber eine unserer Kühe ist schwer verletzt worden. Mit einem Messer.«

Clemens machte ein erschrockenes Gesicht.

»Du liebe Güte! Und jetzt denkst du …?«

»Ich weiß nicht, was ich denken soll. Aber das ist schon ein merkwürdiger Zufall.« Zu Bernd sagte sie: »Wir müssen zurück auf den Hof und Bernhard Hambrock anrufen.«

»Können wir ihn nicht einfach auf dem Handy anrufen?«, fragte Bernd.

»Nein. Wir müssen zurück.« Sie lächelte bedauernd. »Es tut mir leid. Ich kann jetzt nicht weg.«

Bernd setzte den Helm wieder auf und ging in Position. Sie wechselte noch ein paar Worte mit Clemens, der sie mit Fragen löcherte. Gabriele saß derweil apathisch neben ihm, sie schien sich für die Neuigkeiten gar nicht zu interessieren. Schließlich verabschiedete Annika sich, und sie kehrten um.

Während der kurzen Fahrt zum Hof rasten ihre Gedanken. Sollte etwa Werner Zumbülte hinter den Morden stecken? Aber weshalb sollte er so etwas tun? Er hatte doch seit Jahren nichts mehr mit ihnen zu schaffen gehabt.

Auf den letzten Metern drosselte Bernd das Tempo, als wollte er die Fahrt herauszögern. Ein wehmütiges Gefühl nahm von ihr Besitz. Vielleicht können wir den Ausflug ja nachholen, dachte sie. Irgendwann, wenn dies alles hier vorbei ist.

Hambrock war ins Nebenzimmer gegangen, um zu telefonieren. Die Fahndung nach Werner Zumbülte war in die

Wege geleitet. Sollte alles glatt laufen, würden sie ihn in ein paar Stunden gefasst haben. Noch konnte sich zwar keiner erklären, was Zumbülte mit den Geschehnissen zu tun haben sollte, aber trotzdem hatten alle das Gefühl, endlich auf eine heiße Spur gestoßen zu sein.

Hambrock hatte Tante Ada versprochen, so schnell wie möglich nach Erlenbrook-Kapelle zu fahren, sie hatte sich am Telefon ziemlich mitgenommen angehört. Er blickte auf die Uhr. Es war halb elf. Eigentlich hatte er ja geplant, erst am Nachmittag zur Beerdigung zu fahren. Mit bedrücktem Gesicht kehrte er zurück in die Küche.

»Und?«, fragte Erlend. »Hast du etwas erreicht?«

»Die Kollegen aus Steinfurt fahnden jetzt nach diesem ehemaligen Nachbarn. Wenn er gefasst wird, können wir ihn vernehmen.«

Er setzte sich. Der Küchentisch war übersät mit den Resten ihres ausgedehnten Frühstücks. Halb leere Kaffeetassen, Brötchenkrümel, Eierschalen, Obstreste. Die Sonne schien durchs Fenster, alles sah nach einem perfekten Samstagmorgen aus. Er wünschte, er könnte einfach bleiben.

Erlend schien seine Gedanken zu lesen. Sie lehnte sich zurück und legte die Serviette auf den Tisch.

»Und jetzt musst du wieder los, nicht wahr?«

Er nickte. Alles, was er hätte sagen können, war, dass es ihm leidtat. Aber das wäre banal.

Sie seufzte. »Dann mach dich mal auf den Weg.«

Er rührte sich nicht von der Stelle.

»Willst du nicht mitkommen?«, fragte er.

»Was soll ich denn da? Das ist Ermittlungsarbeit. Nein, ich wäre dir nur ein Klotz am Bein. Ich begleite dich heute Nachmittag zu der Beerdigung, und selbst da kannst du mich im Grunde nicht gebrauchen.«

»Elli, ich …«

Sie stand auf und räumte die Teller zusammen.

»… ich weiß selbst, dass es so nicht weitergeht«, beendete er den Satz.

Er hätte gerne ein paar Vorschläge gemacht, wie sich in

Zukunft alles ändern würde, aber im Grunde hatte er keine Ideen.

»Ach, Bernhard.« Sie ließ sich wieder auf ihren Stuhl sinken. »Was soll ich denn deiner Meinung nach machen?«

»Du? Ich verstehe nicht.«

»Ich hasse es zu drängeln und zu nerven und hinter dir herzutelefonieren, wenn du wieder spätabends arbeitest. So eine Ehefrau wollte ich nie sein, das habe ich mir immer geschworen.« Sie lächelte freudlos. »Meine Mutter ist so, sie hat meinen Vater ein Leben lang moralisch erpresst. Und jetzt sieh mich an. Ich bin ständig wütend. Egal, was wir planen, immer kommt deine Arbeit dazwischen. Und ich stehe da und nörgele herum und trete dir auf die Füße.«

»Aber du hast doch ein gutes Recht …«

Sie hob die Hand. »Unterbrich mich nicht. Ich will das nur einmal loswerden.« Mit verschränkten Armen fuhr sie fort: »Ich möchte dich nicht einengen. Du sollst dein Ding machen, genau wie ich. Trotzdem gerät hier etwas aus der Bahn. Ich frage mich: Ist es okay, wenn jede zweite Verabredung platzt? Wenn ich abends immer alleine herumsitze? Wenn unser Kurzurlaub ausfällt? Ich weiß selbst nicht, wo die Grenze verläuft. Ich weiß nur, dass ich mich zunehmend aufführe wie meine Mutter. Ich kann mich selbst nicht mehr ausstehen.«

»Ich …«

»Sag besser nichts«, meinte sie.

Sie blickten sich in die Augen. Er begriff jetzt, dass von Tobias Teuber keine Gefahr ausging. Das Problem lag ganz woanders.

Sein Handy schrillte durch die plötzliche Stille. Er ignorierte es.

»Na, komm schon. Geh ran.«

»Nein. So wichtig ist das nicht.«

Sie griff über den Tisch, schnappte sich sein Handy und nahm den Anruf entgegen.

»Hallo, Heike«, sagte sie. »Ja, er ist da. Er sitzt mir gegenüber, ich gebe dich mal weiter … ja, mach's gut.«

Sie reichte ihm das Handy. Er sah sie lange an. Dann nahm er es mit einem Seufzer entgegen.

»Hallo, Hambrock. Ich störe doch nicht?«

»Doch. Was gibt's denn?«

»Ich bin jetzt in Steinfurt. Henrik Korb leitet die Fahndung nach Zumbülte. Die Kollegen waren gerade bei seiner Wohnung, aber sie haben niemanden angetroffen. Wir müssen uns also noch gedulden.«

»Haben wir denn inzwischen irgendeinen Anhaltspunkt für ein Motiv?«

»Leider nicht. Wir müssen mit den Leuten in Erlenbrook-Kapelle reden. Ehrlich gesagt, verspreche ich mir nicht viel davon. Wenn da einer eine Idee hätte, weshalb Zumbülte die Morde begangen haben könnte, wäre das längst zutage gefördert worden. Aber was bleibt uns schon übrig?«

»Hm. Bist du der Sache mit den Flurreformen schon auf den Grund gegangen?«

»Ja, aber da ist auch nichts zu finden. Außer Melchior Vesting hatte keiner ein Motiv.«

»Keine Erwähnung von Werner Zumbülte?«

»Nein. Seine Ländereien sind allesamt unberührt geblieben. Aber ich bin auf etwas ganz anderes gestoßen.«

»Ach ja?«

»Zumbülte hat 1994 die Landwirtschaft aufgegeben. Die Gebäude hat er nur vermietet, seine Ländereien wurden allerdings verkauft. Und jetzt rate mal, an wen.«

»Spuck's aus.«

»An Ada Horstkemper. Fünfzehn Hektar Land waren das, er hat einen guten Preis bekommen. Deine Tanten haben sich dadurch das Überleben ihres Hofs gesichert.«

»Sieh mal einer an.«

»Ich bin mal gespannt, was dabei herauskommt, wenn wir seine Fingerabdrücke mit denen von den Tatorten vergleichen.«

Das brachte ihn auf eine Idee. »Was ist mit den restlichen Vergleichsproben? Wurden die bereits untersucht?«

»Wir machen uns an die Arbeit. Es sind inzwischen fast

alle Vergleichsproben eingetroffen. Eine Probe fehlt allerdings noch: die von Marita Horstkemper.«

»Ja, ich weiß. Ich werde sie nach der Trauerfeier selbst nehmen, so lange kann das warten. Kommst du auch zur Beerdigung?«

»Das habe ich zumindest geplant.« Sie lachte. »Schöner freier Samstag, nicht wahr?«

»Wem sagst du das.«

»Also gut, Hambrock. Dann sehen wir uns später. Ich ruf dich an, sollte sich etwas ergeben.«

Er beendete das Gespräch und legte das Handy zurück auf den Tisch. Erlend lächelte auf eine Weise, die er nicht deuten konnte. Dann stand sie auf und ging zur Tür.

»Wenn du jetzt verschwindest, kann ich die Zeit nutzen und einkaufen gehen. Ich hole meinen Mantel.«

»Elli, warte doch!«

Aber da war sie bereits durch die Tür verschwunden.

Heike legte den Hörer zurück auf die Gabel. Das Telefon war voller Kaffeeflecken, ein Wunder, dass es überhaupt noch funktionierte. Sie war zum Telefonieren in Henrik Korbs Büro gegangen, damit sie ungestört mit Hambrock reden konnte.

Wie üblich war sein Büro ein Saustall. Die Putzkolonne kümmerte sich zwar um Fußböden und Mülleimer, für die Schreibtische waren die Beamten aber selber zuständig. Henrik Korb war, was Ordnung und Sauberkeit anging, nicht besonders pingelig. Auf seiner Tischplatte türmten sich fleckige und zerknitterte Unterlagen, eingetrocknete Kaffeetassen standen herum, ein überfüllter Aschenbecher und ein paar leere Hamburgerverpackungen.

Sie wischte sich die Hände an der Hose ab und sah durchs Fenster auf den Parkplatz. Ein Gruppenwagen fuhr vor. Zwei Streifenpolizisten sprangen heraus und zerrten einen Mann zum Gebäude. Er war etwas älter, trug Kleidung, die schon vor zehn Jahren nicht mehr modern gewesen war, und hatte lange fettige Haare. Er wehrte sich aus Leibeskräften und schrie wild herum. Versehentlich lockerte einer der Beamten den Polizeigriff. Der Mann befreite einen Arm und schlug sofort um sich. Die Kollegen packten ihn jetzt härter an, ignorierten sein Gebrüll und schoben ihn durch den Eingang.

Heike verließ das Büro und ging nach unten. Sie hörte den Mann durch die Korridore rufen.

»Nehmt eure dreckigen Hände weg! Ich hab nichts getan! Ihr verdammten Schweine!«

Als sie das Erdgeschoss erreichte, wurde es ruhiger. Der Mann war in den Vernehmungsraum gesperrt worden. Ein paar Mal schlug er von innen gegen die Tür, dann gab er auf.

Henrik Korb kam ihr entgegen.

»Was ist denn hier los?«, fragte sie.

Er versuchte erfolglos, ein Grinsen zu unterdrücken.

»Das war Werner Zumbülte. Die Kollegen haben ihn vor seiner Wohnung aufgegriffen, er war nur kurz Zigaretten holen.«

Sie blickte mit leichtem Unbehagen zum Vernehmungsraum.

»Sieht nicht so aus, als wäre er freiwillig mitgekommen.«

»Der beruhigt sich schon.« Süffisant fügte er hinzu: »Jedenfalls gehört er jetzt dir. Wir sind draußen. Du kannst ihn dir vorknöpfen.« Er prostete ihr mit seinem Kaffeebecher zu. »Viel Spaß.«

22

Die Einsegnungshalle auf dem Friedhof war bis auf den letzten Platz gefüllt. Draußen drängten sich ebenfalls die Menschen – keiner hatte es sich nehmen lassen, Ludwig Schulze Ahlerkamp die letzte Ehre zu erweisen. Annika fragte sich, ob ebenso viele Leute gekommen wären, wenn er an einem Herzinfarkt gestorben wäre. Wenn man einen großen Abgang will, muss man sich offenbar einfach ermorden lassen, dachte sie.

Die Nachbarn standen in schwarzer Trauerkleidung in der prallen Herbstsonne und schwitzten. Sie beteten den Rosenkranz. Tante Ada hatte die Rolle der Vorbeterin übernommen, ihre laute, getragene Stimme schwebte über der Gemeinde. »... gebenedeit ist die Frucht deines Leibes, Jesus, der für uns gegeißelt worden ist.«

Annika sah sich um. Am Rande der Trauergemeinde entdeckte sie Bernhard und Erlend. Erlend bemerkte ihren Blick und deutete einen Gruß an. Bernhard konzentrierte sich auf das Geschehen vor der Friedhofshalle. Mit seinem schwarzen Anzug und der würdevollen Haltung wirkte er gar nicht wie ein Polizist, eher wie einer der Nachbarn.

Der Pfarrer erschien auf dem Hauptweg, flankiert von festlich gekleideten Messdienern. Annika verschwand kurz in einer Weihrauchwolke, dann war die kleine Prozession vorüber und betrat die Friedhofshalle. Die Nachbarn verstummten, der Pfarrer begann mit der Zeremonie.

Marita beugte sich zu ihr. »Ich glaube, ich hab den Herd angelassen, da denke ich schon die ganze Zeit drüber nach.«

»Er ist nicht an«, flüsterte sie zurück. »Das hättest du gemerkt, als du mit dem Lappen über die Platten gegangen bist.«

»Meinst du?« Sie zupfte ihr Kostüm zurecht, offenbar langweilte sie sich. »Ich würde ja Manfred gerne mein Beileid aussprechen. Aber seit ich ihn zur Bierkönigin gewählt habe, ist er immer so komisch. Ich weiß gar nicht, wie ich das formulieren soll, ohne dass es falsch ankommt.«

»Vielleicht lässt du es besser.«

»Hm... ich weiß nicht.« Sie blickte sich um. »Mein Gott, diese Beerdigungen sind echt deprimierend.« Aus der Halle drangen gedämpft die Totengebete des Pfarrers. Marita seufzte. »Ich kann mir gar nicht vorstellen, dass Werner Zumbülte jetzt hinter allem stecken soll. Er scheint mir gar nicht der Typ für so was zu sein. Was denkst du darüber?«

Annika zuckte nur die Schultern. Bevor sie sich auf den Weg zur Beerdigung gemacht hatten, war sie in ihr Zimmer gegangen, um sich noch einmal die Fotos vom Schützenfest anzusehen. Sie waren allesamt im Speicher ihrer Digitalkamera. Sie wusste eigentlich nicht, wonach sie suchte. Als sie die Festwiese erreicht hatte, war Ewald Tönnes bereits tot gewesen, zumindest sagten das die Obduktionsergebnisse. Es hatte also keinen Zweck, nach jemandem zu suchen, der nicht auf den Fotos war – der Mörder hätte zu diesem Zeitpunkt längst wieder auf dem Fest sein können.

Trotzdem sah sie sich die Bilder genau an, vor allem die, auf denen Werner Zumbülte abgebildet war. Er stand mit ein paar alten Bauern aus der Nachbarschaft am Rande der Festwiese. Zumbülte sah zwar nicht aus, als würde er sich wohl fühlen, aber was hieß das schon. Er gehörte seit Langem nicht mehr zur Gemeinschaft. Bei den Alten, die noch seinen Vater gekannt hatten, wurde er zwar weiterhin mit offenen Armen empfangen – auch wenn sie seinen Entschluss, die Ländereien zu verkaufen und in die Stadt zu ziehen, niemals akzeptiert hatten. Doch die Jungen kümmerten sich kaum um ihn, für sie war er bereits ein Fremder.

»Denkst du, ausgegrenzt zu werden, ist ein Mordmotiv?«, fragte sie.

Marita runzelte die Stirn. »Ehrlich gesagt, kann ich mir das nicht vorstellen. Aber was wissen wir schon.«

Als die Einsegnungszeremonie vorüber war, setzte sich die

Gemeinde in Bewegung. Schulze Ahlerkamps direkte Nachbarn trugen den Sarg aus der Friedhofshalle. Es ging nun zur Familiengruft.

»Lass uns hinten bleiben«, sagte Marita. »Dann können wir hier verschwinden, bevor auf dem Parkplatz das Chaos ausbricht.«

In der vorbeiziehenden Menge tauchte das Gesicht von Melchior Vesting auf. Er entdeckte Annika und warf ihr einen finsteren Blick zu. Seit der Nacht auf seinem Grundstück hatte sie ihn nicht mehr gesehen. Unwillkürlich machte sie einen Schritt zurück.

Dann entdeckte er Marita, und jetzt glaubte Annika erst recht einen eisigen Wind zu spüren. Er fixierte ihre Schwester wie einen tollwütigen Hund, der vor dem Lauf seines Jagdgewehrs aufgetaucht war. Annika glaubte schon, er würde sich aus der Menge lösen und auf sie zugehen, doch dann war der Moment vorbei, und Vesting folgte weiter dem Sarg.

»Hast du gemerkt, wie der dich angeguckt hat?«, fragte Annika ihre Schwester.

»Nein, wieso?«

»Ich dachte schon, er hasst mich, aber im Vergleich dazu, wie er dich angestarrt hat, hegt er für mich zärtliche Gefühle.«

Marita schien das nicht zu stören. »Was erwartest du von jemandem, der Menschenfallen rund um seinen Hof aufstellt? Komm, lass uns aufschließen.«

Annika setzte sich in Bewegung. Sie achtete nicht auf die Zeremonie am Grab, stattdessen schielte sie immer wieder zum Hinterkopf von Melchior Vesting.

Nach der Beerdigung waren sie die Ersten, die auf dem Hof von Clemens Röttger eintrafen. Annika hatte versprochen, bei der Bewirtung der Gäste zu helfen. Sie rannte in die große Halle. Beinahe hätte sie sie nicht wiedererkannt. Lange Tischreihen mit Blumengestecken und weißen Tischdecken füllten den Raum. Kerzen brannten, sanftes Licht fiel von der Decke, Porzellangedecke und gefaltete Servietten standen überall bereit. Neben dem Eingang war die Theke aufgebaut worden, daneben ein großer Tisch für den Kuchen: Bienenstich und der für Beerdigungen obligatorische Streuselkuchen.

Gabriele Röttger tauchte neben der Theke auf. Ihre Bewegungen wirkten mechanisch, abwesend. Genau wie am Vormittag, als Annika sie in Clemens' Auto gesehen hatte.

»Hallo, Annika«, sagte sie tonlos und strich über eine Tischdecke.

»Sind die anderen drinnen? Soll ich denen was helfen?«, fragte Annika.

»Das wäre gut.«

Sie verließ leicht irritiert die Halle und ging zu den anderen ins Haus. Kurz darauf fuhren die ersten Wagen auf den Hof. Wenige Minuten später hatte sich die Halle mit Menschen gefüllt. Annika trug die belegten Brötchen hinüber. Zusammen mit den anderen Mädchen begann sie, Kaffee auszuschenken und Kuchen zu reichen.

Die Leute unterhielten sich ruhig und in gedämpfter Lautstärke, trotzdem entwickelte sich in der Halle ein erstaunlicher Geräuschpegel. Es war beinahe unmöglich, ein Gespräch aufzuschnappen, während sie die Kuchenbleche zwischen den Tischen balancierte.

Sie kehrte gerade mit einem leeren Blech zurück, als sie Renate Uhlmann entdeckte. Sie betrat aufrecht und würdevoll den Raum. Langsam, ganz in Schwarz, durchschritt sie die Halle.

»Guten Tag, Frau Uhlmann. Dort hinten am Tisch von Lütke-Woltering ist noch Platz. Vielleicht möchten Sie …«

Doch da hatte Frau Uhlmann ihr bereits den Rücken gekehrt, ohne sie eines Blickes zu würdigen. Erst als sie Margarete Schulze Ahlerkamp erblickte, veränderte sich ihre Haltung. Sie ging auf die Witwe zu, sprach mit ihr und nahm sie in den Arm.

»Hallo, Annika.« Bernhard Hambrock war hinter ihr aufgetaucht. Er war allein. Annika blickte sich um. Sie entdeckte Erlend bei Sophia und den anderen am Tisch.

»Ich habe gehört, du wolltest heute nach Münster fahren?«, fragte er. »Mit diesem Jungen von der Zeitung?«

Sie seufzte. »Ich weiß, das war wahrscheinlich keine gute Idee.«

»Ihr müsst auf dem Hof bleiben, wo ihr beschützt werdet. Das ist momentan das Wichtigste.« Doch Bernhard lächelte, sie begriff, dass er ihr nicht böse war.

»Ich wollte einfach nur ein paar Stunden lang was anderes sehen«, sagte sie.

»Das kann ich verstehen. Trotzdem. Halte durch, bis der Täter gefasst ist. Lange kann das nicht mehr dauern.«

»Habt ihr Werner Zumbülte inzwischen festgenommen?«

»Ja, das haben wir. Meine Kollegen sprechen gerade mit ihm. Bald wissen wir mehr.«

Sie dachte darüber nach. »Ich war acht, als er weggezogen ist. Ich kenne ihn kaum. Warum sollte er so etwas tun?«

»Wir müssen abwarten.« Er wollte noch etwas sagen, doch da tauchte seine Kollegin von der Mordkommission in der Tür auf. Sie blickte sich suchend um, entdeckte ihn und trat mit schnellen Schritten auf sie zu.

»Hambrock, ich habe Neuigkeiten«, begrüßte sie ihn. Dann entschuldigte sie sich bei Annika und führte Bernhard zu einem Stehtisch, der etwas abseits stand.

Annika versuchte zu lauschen, doch sie redeten zu leise. Sie kehrte zurück zur Theke, wo Clemens Röttger sie erwartete. Er hatte die Aufgaben seiner Frau übernommen, Gabriele war nirgends mehr zu sehen.

»Beeil dich, Anni«, sagte er. »Bring doch bitte ein Blech mit Streuselkuchen zum Tisch der Wagenfelds.«

Annika zögerte. Sie blickte noch einmal zu Bernhard und seiner Kollegin, die ihre Köpfe zusammengesteckt hatten, dann wandte sie sich ab und machte sich an die Arbeit.

»Ihr seid euch sicher?«, fragte Hambrock.

»Todsicher. Keine Übereinstimmung. Die Fingerabdrücke von den Tatorten passen nicht zu denen von Werner Zumbülte.«

»Das allein muss noch nichts heißen. Hast du was aus ihm herausbekommen?«

Heike lächelte. »Am Anfang nicht sehr viel. Es hat eine Weile gedauert, doch schließlich war er kooperativ. Wie es aussieht, ging es ihm darum, sich bei der Familie Horstkemper zu rächen. Als er von den Morden erfahren hat, wollte er ihnen ein bisschen Angst machen. Er hat ihnen erst das tote Huhn vor die Haustür gelegt, und dann wollte er die Kuh erstechen. Wie es aussieht, hat er aber nichts mit den Morden zu tun.«

»Er wollte sich rächen? Wofür denn?«

»Dafür, dass der Hof der Horstkempers überlebt hat.«

»Wie bitte?«

»Zumbülte war gezwungen, die Landwirtschaft aufzugeben. Sein Hof war zu klein, er hat sich einfach nicht mehr rentiert. Also hat er seine Ländereien verkauft, um ein bisschen Geld für einen Neustart zu bekommen.«

»Er hat an Ada Horstkemper verkauft.«

»Genau. Deine Tanten haben ihren Hof damit überlebensfähig gemacht. Es waren fünfzehn Hektar, und inzwischen haben sie sogar den Kredit dafür zurückgezahlt. Bei Zumbülte ist es weniger gut gelaufen. Er hat das Geld verbraten. Jetzt ist er arbeitslos und muss wohl seinen Kotten verkaufen, um weiterhin Sozialleistungen zu bekommen.«

»Und er gibt Ada Horstkemper die Schuld für seine Misere?«

»Es ist vielleicht ein bisschen verquer, doch aus seiner Sicht völlig logisch. Ada hat sich durch sein Land gesundgestoßen, er selbst ist bankrott gegangen. Er neidet ihr ihren Wohlstand.«

»Wohlstand«, schnaufte Hambrock. »Der Hof hält sich gerade so über Wasser. Wenn jetzt aber in Brüssel die Milchquote erhöht wird, geht es mit dem Milchpreis weiter bergab. Dann steht die Überlebensfähigkeit von Adas Hof auf einem ganz anderen Blatt.«

»Mir musst du das nicht erklären.«

»Schon gut, du hast ja recht.«

»Zumbülte befindet sich jetzt in Steinfurt. Wir können ihn aber nicht ewig festhalten. Eine Anzeige wegen Hausfriedensbruch und Tierquälerei, mehr ist im Moment nicht rauszuholen.«

Hambrock überlegte. »Sag ihnen, wenn alles geregelt ist, sollen sie ihn laufen lassen. Er steht jetzt unter Beobachtung, das wird ihm klar sein.« Er seufzte. »War das schon alles?«

»Nun ja, die Kollegen sichten jetzt die Fingerabdrücke. Es sind eine ganze Menge Vergleichsproben zusammengekommen, aber wir müssten jeden Moment erfahren, ob eine davon mit den Spuren an den Tatorten übereinstimmt. Sie wollen mich anrufen, wenn ...« Sie tastete die Taschen ab. »Ach herrje, ich habe mein Handy im Auto liegen lassen.« Mit einem entschuldigenden Lächeln wandte sie sich zur Tür.

»Ich gehe zum Tisch meiner Familie.«

Sie nickte und verließ die Halle. Draußen wurde sie von der Herbstsonne geblendet. Beinahe hätte sie Gabriele Röttger übersehen, die etwas verloren auf dem Hof stand und scheu zu ihr herüberblickte.

»Hallo, Frau Röttger.« Sie machte einen Schritt auf sie zu. Die Frau wirkte übernächtigt, sie hatte tiefe Ränder unter den Augen. »Alles in Ordnung? Geht es Ihnen gut?«

Sie blickte Heike ängstlich an, dann ging sie auf sie zu und fasste sie an den Händen. Unruhig sah sie sich um.

»Ich muss mit Ihnen sprechen«, sagte sie. »Gleich, sofort.«

Ada hätte am liebsten mit angepackt – diese jungen Frauen kamen mit dem Servieren kaum hinterher. An ihrer Freundlichkeit haperte es ebenfalls. Die Älteste von Lütke-Woltering, die mit schweißnasser Stirn die Kuchenbleche stemmte, giftete inzwischen jeden an, der ihr eine Bestellung zurief. Es war nicht mit anzusehen.

Ada stand auf und holte sich selbst ein Stück Streuselkuchen. Auf dem Rückweg grüßte sie Nachbarn und wechselte hier und da ein paar Worte. Etwas abseits entdeckte sie Melchior Vesting, der allein am Ende eines Tisches saß.

Obwohl die Halle bis zum Bersten gefüllt war, hatte sich keiner auf die freien Plätze an seinem Tisch gesetzt.

Er sah auf, und ihre Blicke trafen sich. Sein Gesicht trug demonstrative Verachtung zur Schau.

Sie wurde wütend. Na warte, mein Freund! Wenn du denkst, ich habe Angst vor dir, dann hast du dich geschnitten.

Entschlossen steuerte sie seinen Tisch an. Er betrachtete sie und verzog keine Miene. Sie baute sich vor ihm auf.

»Du solltest dich was schämen, Melchior Vesting! Fallen aufzustellen, wo du doch damit rechnen musst, dass sich Kinder aus der Nachbarschaft dorthin verlaufen. Was denkst du dir nur dabei?«

»Es geht dich nichts an, was ich auf meinem Grund und Boden mache.«

»Oh doch, das tut es sehr wohl. Schließlich leben wir hier alle zusammen, ob wir wollen oder nicht. Da kannst du nicht einfach Fallen aufstellen und keinem etwas sagen.«

Er lehnte sich zurück und verschränkte die Arme. »Was willst du eigentlich von mir?«

Sie donnerte den Kuchenteller auf den Tisch, nahm Platz und beugte sich zu ihm vor.

»Ich weiß, dass du hinter diesen Morden steckst. Ganz egal, was du der Polizei erzählt hast. Mich kannst du nicht hinters Licht führen.«

Zu ihrem Erstaunen begann er zu lachen.

»Ada Horstkemper«, sagte er und betonte dabei jede Silbe. »Du warst schon immer eine tratschsüchtige Wachtel. Viel zu sehr am Leben deiner Nachbarn interessiert, um zu bemerken, was in deinem eigenen Haus vorgeht.«

»Hör auf, vom Thema abzulenken. Ich weiß genau, was damals war. Du kannst mich nicht für dumm verkaufen. An Ludwigs Betriebshelfer habt ihr euch schon ausgelassen, beinahe hättet ihr ihn getötet. Und jetzt bringst du es zu Ende und zahlst es allen Bauern heim, die in diesem Stück eine Rolle gespielt haben.«

»Und da bist du dir sicher?«, fragte er amüsiert.

Ada schlug mit der Faust auf den Tisch. »Ich bin doch nicht bescheuert! Das ist die einzige Verbindung zwischen den Toten. Vier Bauern waren damals dabei, drei von ihnen sind ermordet worden. Und auf Marita wurde ein Anschlag verübt. Die Polizei wird noch dahinterkommen, wie du das angestellt hast. Dann ist es vorbei mit dir! Du wirst den Rest deines Lebens im Gefängnis verbringen!«

Er zeigte sich nicht im Mindesten beeindruckt.

»Deine Theorie klingt plausibel. Aber hast du schon einmal darüber nachgedacht, dass möglicherweise gar nicht Marita mit dem Anschlag gemeint war? Vielleicht war es ja Clemens, der ermordet werden sollte.«

»Es wusste keiner, dass Clemens auf dem Häcksler sitzen würde. Das hat sich erst im letzten Moment so ergeben.«

»Nein? Wusste tatsächlich *keiner* etwas?«

Er strahlte so viel Selbstsicherheit aus, dass es sie verunsicherte.

»Worauf willst du hinaus?«

Sein Lächeln erstarb, als hätte er einen Knopf gedrückt. Er musterte sie nun kühl.

»Als mich die Polizei gefragt hat, ob ich während des Schützenfests jemanden in der Nähe von Ewalds Hof gesehen habe, bin ich nicht ganz bei der Wahrheit geblieben. Ich stand nämlich zufällig am Fenster, kurz bevor er ermordet wurde. Ich habe einen Fahrradfahrer gesehen, der zum Hof von Ewald hochgefahren ist. Und jetzt rate mal, wer das war?«

Ada antworte nicht. Sie ließ ihn nicht aus den Augen.

»Es war Marita.«

»Das ist unmöglich. Marita war auf dem Schützenfest. Sie ist Bierkönig geworden.«

»War sie die ganze Zeit über dort? Bist du dir sicher?«

Natürlich hätte es keiner bemerkt, wenn sie für eine Weile verschwunden wäre. Trotzdem wollte Ada nicht wahrhaben, was Melchior da sagte. Es durfte einfach nicht wahr sein.

»Aber …« Sie fand keine Worte.

»Marita war am Tatort. Ich denke mir das nicht aus.«

»Ich glaube dir nicht.«

»Ich habe es nicht dir zuliebe der Polizei verschwiegen, sondern weil das diese Leute nichts angeht. Es wühlen ohnehin schon so viele Menschen hier im Dreck. Dabei sind das unsere Angelegenheiten, wir müssen sie selbst klären.«

Er packte Ada hart am Arm und zog sie zu sich heran.

»Du musst das in Ordnung bringen, hörst du, Ada?« Seine Stimme war eindringlich. »Bring das in Ordnung. Und dann lass mich und meinen Sohn ein für alle Mal in Frieden.«

Er stieß sie von sich fort. Ada ließ es geschehen. Schwerfällig stand sie auf und stützte sich an der Stuhllehne ab. Sie sammelte ihre letzten Kraftreserven. Dies hier musst du noch zu Ende bringen, dachte sie, erst danach darfst du dir erlauben, Schwäche zu zeigen.

Sie blickte hinüber zum Familientisch. Sophia saß dort mit Bernhards Frau, sie schienen sich angeregt zu unterhalten. Maritas Platz jedoch war leer. Gerade eben hatte sie noch dort gesessen. Doch jetzt war weit und breit nichts mehr von ihr zu sehen.

Annika war ins Wohnhaus gelaufen, um zur Toilette zu gehen. Sie hatte nicht viel Zeit, sie und die Nachbarsmädchen waren völlig überfordert mit dem Ansturm in der großen Halle. Eilig wusch sie sich die Hände und verließ das Bad. Im Haus war es totenstill. Das war ihr gleich als Erstes aufgefallen, als sie eingetreten war. Die Stille stand in einem seltsamen Kontrast zu dem geräuschvollen Treiben in der Halle. Sie bewegte sich wie in einer Blase.

Die Türen standen offen, sie blickte in die verwaisten Räume. Alles war blitzblank geputzt, Gabriele wollte sich offenbar nichts nachsagen lassen. Trotzdem wirkten die Räume unbewohnt und kalt.

Ihr wurde unbehaglich. Sie wollte raus aus diesem leeren Haus. Im Vorbeigehen warf sie einen Blick in die Küche. Abrupt blieb sie stehen. Auf dem blank geputzten Tisch lag ein großes Messer. Es befand sich im rechten Winkel zur Tischkante, die Klinge blitzte in der Nachmittagssonne. Sie sah sich um, doch außer dem Messer war in der Küche alles an seinem Platz. Sie zögerte, dann drehte sie sich um und lief eilig hinaus.

Draußen atmete sie auf. Ein warmer Wind fuhr ihr durchs Gesicht, aus der Halle drang das gedämpfte Stimmengewirr der Trauergäste. Doch dann mischte sich ein weiteres Geräusch in den Wind. Ein dumpfes Grollen, das langsam lauter wurde. Es kam von der Straße, eine Scheune versperrte ihr den Blick. Sie runzelte die Stirn. Das Grollen war jetzt ganz nah, und plötzlich tauchte ein riesiger Lastwagen hinter der Scheune auf. Die Maschinen heulten, eine Staubwolke wirbelte auf, auf dem silbernen Tank glitzerte das Sonnenlicht. Ihr Herz setzte einen Schlag aus: Es war der Lastwagen der Molkerei.

Gabriele Röttger führte Heike zu einer Holzbank hinter der großen Halle. Die Bank stand unter einer leuchtend roten Buche, von dort hatten sie einen weiten Blick über die herbstlichen Felder.

Gabriele saß schweigend neben ihr und betrachtete die Landschaft. Heike wartete. Ein schwacher Wind kam auf, abgestorbene Blätter segelten durch die Luft.

»Worüber wollten Sie mit mir sprechen?«

Gabriele Röttger begann zögernd zu reden.

»Clemens hat ein furchtbares Verbrechen begangen. Ich habe ihm geschworen, keinem etwas zu sagen. Aber es ist nicht recht. Ich kann das einfach nicht.« Daraufhin verfiel sie wieder in Schweigen. Heike unterdrückte den Impuls, sie zum Weiterreden zu drängen. »Clemens war es, der die Bank in Nordwalde überfallen hat«, sagte sie endlich.

»Er steckt hinter diesem Überfall?«

»Ja. Er brauchte Geld, und da war ihm jedes Mittel recht. Auf unserem Dachboden finden Sie alle Beweise, die Sie benötigen. Seine Maskierung, die Waffe und den Rest der Beute. Viel ist allerdings nicht mehr davon übrig.«

Heike versuchte, sich ihre Aufregung nicht anmerken zu lassen. Mit ruhiger Stimme fragte sie: »Seit wann wissen Sie das?«

»Seit gestern Abend. Clemens fährt schon seit Langem jeden Freitag zu seinem Bruder nach Münster. Zumindest ließ er mich das glauben. Tatsächlich aber war er woanders. Selbst seinem Bruder hat er nicht die Wahrheit gesagt. Der glaubte nämlich, Clemens hätte eine heimliche Geliebte, die er jeden Freitag besuchte. Deshalb hat er mir gegenüber so getan, als wäre Clemens immer bei ihm.«

»Wo war er stattdessen?«

»In Bad Oeynhausen. Im Casino. Jeden Freitagabend und wann immer er sich sonst ein paar Stunden wegschleichen konnte, ohne dass ich Verdacht geschöpft habe.«

»Er brauchte das Geld fürs Glücksspiel?«

Sie nickte. »Er hat unsere ganzen Ersparnisse verloren. Außerdem hat er Schulden gemacht. Wir stehen praktisch vor dem Nichts.« Sie blickte zu Boden. »Er glaubt immer noch, dass sich das Blatt wenden kann. Er hat mich inständig gebeten, ihm zu vertrauen. Im Casino will er sich alles wiederholen, was er verloren hat. Er sagt, es ist nur eine Frage der Zeit.«

»Aber das glauben Sie ihm nicht.«

»Es ist nicht nur das. Seine Cousine hat in der Bank gearbeitet. Er wusste, wann sie allein ist, und hat seinen Überfall geplant. Sie ist seit dieser Sache völlig verändert. Geht nicht mehr zur Arbeit, verbarrikadiert sich in ihrem Haus und nimmt Tabletten. Wie kann er ihr das antun? Wie kann er jetzt noch ruhig schlafen? Sie gehört doch zur Familie.« Sie blickte Heike fest in die Augen. »Ich kann da nicht mitmachen, ich musste einfach etwas sagen.«

»Sie haben alles richtig gemacht. Spielsucht ist genauso gefährlich wie jede andere Sucht. Mit dem Banküberfall hat Ihr Mann ein schweres Verbrechen begangen, und dafür muss er vor Gericht gestellt werden.«

Gabriele Röttger lächelte traurig. »Richtig wäre gewesen, ich hätte geschwiegen.« Sie stand auf und schlang die Arme um ihren Oberkörper. »Das wäre richtig gewesen. Aber ich kann es einfach nicht.«

Annika löste sich aus ihrer Starre, lief zur Straße und blickte dem Lastwagen hinterher. Nach ein paar hundert Metern bremste er ab und setzte den Blinker. Dann bog er auf den Wirtschaftsweg eines kleinen Waldes. Unter den Bäumen sah sie eine Gestalt stehen, die dem Fahrer zuwinkte. Sie traute ihren Augen nicht: Es war Marita.

Annika blickte zur Halle. Ein Grüppchen junger Männer stand vor dem Eingang und rauchte. Sie fragte sich, ob sie Bernhard Hambrock hinzuholen sollte. Schließlich hatte sie den Lastwagen zu dem Zeitpunkt, als Ewald Tönnes ermordet worden war, in unmittelbarer Nähe seines Hofs gesehen. Doch glaubte sie tatsächlich, dass Marita etwas mit den Mordfällen zu tun hatte?

Sie wandte sich von der Halle ab und ging entschlossen die Straße hinunter. Als der Wald näherrückte, sprang sie nach kurzem Zögern über den Straßengraben und lief im Schutze der Wallhecke weiter. Sie blieb mit dem Knöchel an der Ranke eines Brombeerstrauchs hängen, Dornen rissen ein Loch in ihre Nylonstrümpfe.

»Verdammt!« Sie löste die Ranke, doch eine Laufmasche arbeitete sich bereits an ihrer Wade hoch. Sie bewegte sich nun vorsichtiger und erreichte schließlich den Wald. Der silberne Tank des Lastwagens leuchtete zwischen den Zweigen. Sie verbarg sich hinter einem Baumstamm. Der Motor war abgeschaltet, Marita und der Fahrer waren weit und breit nicht zu sehen.

Was hat das nur zu bedeuten? Was machst du da, Marita?

Die Erkenntnis traf sie wie ein Blitzschlag. Sie krallte sich an die Baumrinde. Das Schützenfest. Natürlich. Es lag offen auf der Hand, und keinem war es aufgefallen. Marita war zur Tatzeit nicht auf dem Schützenfest gewesen. Kurz nachdem Annika dort aufgetaucht war, hatten die Schützen Marita überredet, sich am Schießen zu beteiligen. Dabei war es Tradition, dass gleich zu Anfang sämtliche Mitglieder des

Schützenvereins einen Schuss abgaben. Danach leerte sich das Feld, und es betätigte sich nur noch eine Handvoll Schützen am Wettbewerb. Marita musste zu diesem Zeitpunkt gefehlt haben, sonst hätte später keiner darauf bestanden, dass sie noch einen Schuss abfeuerte.

Das konnte doch alles nicht wahr sein ...

Am Molkereiwagen rührte sich nichts. Offenbar waren Marita und der Fahrer nicht mehr in der Nähe. Annika verließ ihr Versteck und näherte sich langsam dem Lastwagen. Die Reifen hatten tiefe Furchen im Waldboden hinterlassen, dazwischen erkannte sie die Abdrücke von Maritas Schuhen. Sie umrundete den Wagen und näherte sich der Beifahrertür. Vielleicht befand sich im Fahrerhäuschen etwas, das ihr Antwort auf ihre Fragen geben würde. Sie stieg an der Tür hoch und lugte durchs Fenster.

Was sie sah, war nackte Haut. Sich bewegende Körper. Arme, Beine, einen mächtigen Rücken. Maritas Kopf tauchte auf, sie hatte die Augen geschlossen, stöhnte und schlang ihre Arme um den nackten Rücken. Dann öffnete sie die Augen, und ihr Blick traf den von Annika. Marita erstarrte. Dann formte sie mit den Lippen ein Wort: »Kurze.«

Annika sprang auf den Waldboden. In ihrer Verwirrung schlug sie die falsche Richtung ein und lief in den Wald hinein. Die Tür des Wagens öffnete sich.

»Kurze!«, schrie Marita. »Warte!«

Sie zwängte sich in ihre Hose und griff nach dem Blazer. Dann sprang sie ebenfalls vom Lastwagen.

»Annika! Jetzt warte doch!«

Annika blieb zögernd stehen. Es wäre lächerlich gewesen, wegzulaufen, auch wenn sie das am liebsten getan hätte. Sie drehte sich langsam um und wartete darauf, dass ihre Schwester sie einholte.

Clemens Röttger versicherte sich, dass in den Kannen noch genügend Kaffee war, dann stapelte er die leeren Kuchenbleche übereinander und trug sie zum Haus hinüber. Bald wäre die Feier zu Ende, und dann könnten sie sich ans Aufräumen machen. Und er könnte endlich in Ruhe mit Gabriele sprechen. Er war sich nicht sicher, ob er sie in der vergangenen Nacht überzeugt hatte.

Die Haustür stand sperrangelweit offen. Das ärgerte ihn, die Fliegen konnten so ins Haus gelangen. Nachdem er eingetreten war, warf er sie mit dem Ellbogen ins Schloss. Dann steuerte er mit einem Seufzer die Küche an. In der Tür blieb er verdutzt stehen. An seinem Küchentisch saß reglos eine Gestalt. Als er sie erkannte, trat er verwundert näher und stellte die Bleche auf der Anrichte ab.

»Was machst du denn hier?«, fragte er.

Sie lächelte. »Ich habe auf dich gewartet.«

23

Heike war noch immer nicht zurückgekehrt, dabei wollte sie doch nur ihr Handy aus dem Wagen holen. Hambrock steuerte den Ausgang an. Die strenge Tischordnung hatte sich inzwischen aufgelöst, die Bauern drängten sich um die Stehtische. Bier und Korn wurden ausgeschenkt, trotzdem blieben die Gesichter ernst und die Gespräche gedämpft. Hambrock bahnte sich einen Weg durch die Menge. Sein Handy klingelte. Er zog es aus der Tasche, sah sich um und stellte sich in die Ecke hinter dem Kuchentisch, dem einzigen Ort in der Halle, an dem er ungestört war.

Es war Guido Gratczek, der aus Steinfurt anrief.

»Gut, dass ich dich erreiche, Hambrock. Heike geht nicht an ihr Handy, obwohl ich sie unbedingt anrufen sollte, sobald wir hier etwas erfahren.«

»Ihr Handy liegt im Auto. Was gibt es denn?«

Er zögerte. »Wir haben die Vergleichsprobe gefunden, nach der wir gesucht haben. Es steht nun fest, wessen Fingerabdrücke an den Tatorten gefunden wurden.«

»Ja, und weiter? Spann mich nicht auf die Folter.«

Am anderen Ende wurde es still. Hambrock glaubte bereits, die Verbindung sei unterbrochen, doch da räusperte sich Guido Gratzeck.

»Es ist Sophia Horstkemper«, sagte er.

Hambrock glaubte sich verhört zu haben. »Wie bitte?«

»Es tut mir leid, Hambrock.«

Die Gespräche in der Halle gingen unverändert weiter. Die Menschen, das Licht, die Farben, alles begann sich vor seinen Augen zu drehen.

»Das kann nicht sein.«

»Es gibt aber keinen Zweifel. Ihre Fingerabdrücke waren an den Stahlschrauben im Maisfeld und am Geländer der Biogasanlage.«

Tante Sophia. Diese sanfte und wunderschöne Frau.

In Gedanken suchte er nach einem Ausweg. Es musste eine einfache Erklärung dafür geben. Vielleicht war sie nur zufällig an den Tatorten gewesen.

»Bist du noch dran, Hambrock?«

»Ja. Ja, natürlich.«

»Die Einsatzkräfte sind bereits auf dem Weg zu euch. Du musst ... du musst sie festnehmen. Die Kollegen werden gleich eintreffen, du sollst sie ihnen übergeben.«

»Ich habe verstanden.«

»Es tut mir leid, Hambrock«, sagte er noch einmal, dann beendete er das Gespräch.

Hambrock ließ das Handy in seine Jackentasche gleiten. Er blickte sich um. Am Familientisch der Horstkempers saß nur noch Tante Ada. Sie wirkte müde und abgekämpft. Vor ihr auf dem Tisch stand ein unangerührtes Stück Streuselkuchen. Sie ließ die Kuchengabel in der Luft kreisen und starrte ins Nichts.

Hambrock zögerte. Er wollte nicht zu ihr an den Tisch und nach Sophia fragen. Sie würde darauf bestehen zu erfahren, was es so Wichtiges mit ihr zu besprechen gab. Aber wie sollte er ihr das erklären?

Tante Ada sah auf, ihre Blicke trafen sich. Sie erkannte sofort, dass etwas nicht stimmte. Angst und Sorge traten in ihr Gesicht.

Hambrock wandte sich eilig ab. Er drängte sich durch die Menge zum Ausgang. Er musste Sophia finden. Vielleicht würden sich die Anschuldigungen ja doch noch in Luft auflösen.

Marita begann zu lachen, offenbar fand sie die Situation komisch. Sie holte ihre Schwester ein.

»Also gut, du hast mich beim Sex erwischt. Aber musst du da gleich losrennen, als hättest du den Teufel gesehen?« Sie stemmte die Hände in die Hüften. »So abstoßend bin ich doch auch wieder nicht, oder?«

»Ich ...« Annika wusste nicht, was sie sagen sollte. »Ich wollte dir nicht nachspionieren.«

»Dafür ist es jetzt wohl zu spät.« Sie legte den Arm versöhnlich um Annikas Schultern und führte sie zu einem umgestürzten Baumstamm. Marita setzte sich und zog eine Zigarettenschachtel aus ihrem Blazer. Sie bot ihrer Schwester eine an. Annika setzte sich zu ihr.

»Ich bin ja selbst schuld«, sagte Marita. »Ich hätte wissen müssen, dass in dieser Familie auf Dauer nichts geheim zu halten ist.« Sie gab Annika Feuer. »Keine von uns schafft es, über ihre Probleme zu reden, aber wenn sie etwas über die anderen herausfindet, geht das in Windeseile rum.«

Annika lächelte. »Bist du mit diesem Typen richtig zusammen?«

»Er heißt Elmar.«

»Entschuldige.«

Doch Marita lachte sie nur aus. »Wir haben schon seit einer ganzen Weile was laufen. Ich wollte es für mich behalten, bis ich sicher bin, ob mehr daraus wird.«

Neben ein paar Sträuchern tauchte dieser Elmar plötzlich auf. Er blickte ernst zu ihnen herüber. Marita bedeutete ihm mit einer Handbewegung, dass alles in Ordnung sei. Er nickte, drehte sich um und verschwand wieder.

»Wie lange läuft das denn schon zwischen euch?«, fragte Annika.

»Seit etwa einem Jahr.«

»Und da hast du keinem etwas gesagt?« Sie fühlte sich seltsam verletzt. Zumindest ihr hätte sich Marita anvertrauen können.

»Du weißt doch selbst, dass unsere Familie da ein bisschen kompliziert ist. Man muss sehr vorsichtig sein, wem man Tante Ada vorstellt.«

Annika dachte an Andi, den Vater von Emma und Paul. Er und Tante Ada waren sich spinnefeind gewesen, und Ada hatte ihm das Leben nicht gerade leicht gemacht. Als die Beziehung zwischen ihm und Marita an einem Tiefpunkt angelangt war, spielte bei seinem Entschluss, nach Erfurt zurückzugehen, Tante Ada wohl eine nicht zu unterschätzende Rolle.

»Aber ich bin doch nicht Tante Ada.« Obwohl Annika es nicht wollte, klang ihre Stimme beleidigt.

»Glaubst du denn, du hättest es geschafft, die ganze Zeit über dichtzuhalten?« Marita legte ihr den Arm um die Schultern. »Sei mir nicht böse, Kurze, aber ich wollte das erst mal mit mir selbst ausmachen.«

Annika dachte darüber nach. »Bist du vom Schützenfest verschwunden, um dich mit ihm zu treffen?«

Marita grinste. »Du hast den Wagen gesehen? Ich dachte, es würde keinem auffallen. Elmar hatte an dem Tag frei, er ist mit dem leeren Tanklaster hergefahren. Eigentlich gibt es in einer Bauernschaft nichts Unauffälligeres als ein Fahrzeug von der Molkerei.«

»Ewald Tönnes wurde währenddessen ermordet.«

Maritas Grinsen verschwand. »Das stimmt. Schon unheimlich, wenn man darüber nachdenkt. Ich war keine hundert Meter von ihm entfernt.«

»Ja. Gruselig.« Annika wollte ihr lieber nicht verraten, dass sie die beiden verdächtigt hatte, den Mord begangen zu haben. »Warum hast du nach Ewalds Tod nicht gesagt, dass du in der Nähe warst?«

»Es hieß doch zunächst, es wäre ein Unfall. Außerdem haben wir ja nichts gesehen. Wir waren mit uns beschäftigt. Es gab überhaupt nichts, was ich irgendwem hätte sagen können.«

Marita zog an ihrer Zigarette und betrachtete sie.

»Versprichst du mir, keinem etwas zu erzählen?«

»Viel Vertrauen hast du ja nicht zu mir.«

»Komm schon, jetzt hör endlich auf. Ich will es ohnehin Mutter und Tante Ada sagen. Das Versteckspiel kommt mir mit der Zeit immer alberner vor. Ich möchte aber, dass sie es von mir erfahren.«

Annika warf die Zigarettenkippe auf den Boden, stand auf und trat sie aus.

»Ich werde nichts sagen.«

»Prima.« Marita stand ebenfalls auf. »Dann sieh zu, dass du zurück auf die Trauerfeier kommst. Wenn wir beide fehlen, fällt das sicher auf.« Sie deutete auf Annikas Laufmasche. »Aber besser ist es wohl, ich gebe dir meine Strumpfhose. Dann siehst du nicht ganz so billig aus.« Sie grinste und nahm sie in den Arm. »Komm mit, sie liegt im Molkereiwagen.«

Hambrock konnte Sophia unter den Gästen in der Halle nicht entdecken, auch Clemens Röttger war nirgends zu sehen. Er dachte an den Anschlag auf dem Maisfeld. Sie wird doch nicht ... Eilig ging er zur Theke und sprach eines der Mädchen aus der Nachbarschaft an, die sich inzwischen aufs Bierzapfen verlegt hatten.

»Ich suche Clemens Röttger. Wisst ihr, wo er ist?«

»Keine Ahnung. Er wollte eigentlich nur die leeren Kuchenbleche ins Haus bringen.« Sie wandte sich zu den anderen. »Habt ihr Clemens gesehen?«

Doch die schüttelten nur die Köpfe.

Hambrock drängte sich durch die Menge zum Ausgang. Er hoffte inständig, dass er nicht zu spät kommen würde. Im Laufschritt eilte er über den Hof. Die Tür des Wohnhauses war verschlossen, aus dem Innern drang kein Laut. Er drückte vorsichtig die Klinke, schob die Tür langsam auf und trat ein. Er lauschte. Auch hier drinnen war alles still. Er bereute, seine Dienstwaffe im Tresor des Präsidiums gelassen zu haben. Nicht im Traum wäre er auf die Idee gekommen, sie auf der Beerdigungsfeier zu vermissen. Unbewaffnet schlich er nun über die Holzdielen. Er spähte durch die offenen Zimmertüren, bis er die Küchentür erreicht hatte und der sonnendurchflutete Raum in sein Blickfeld rückte.

Clemens hockte am Küchentisch. Sein Kopf lag auf der Tischplatte, er regte sich nicht. Über ihm Sophia, die Hambrock den Rücken zugewandt hielt. Ihre schmalen Schultern bebten, ihr Atem ging schwer und stoßweise.

Eine Sekunde lang glaubte Hambrock, er wäre zu spät gekommen. Doch dann entdeckte er das lange Messer, das Sophia vor ihrem Körper hielt. Die Klinge schwebte zitternd in der Luft, das Sonnenlicht blitzte auf dem blanken Stahl.

Sie starrte eindringlich auf Clemens' Oberkörper, doch die Klinge schien sich zu weigern einzudringen.

Hambrock war mit zwei großen Schritten bei ihr. Er packte ihr Handgelenk, zog sie zurück und verdrehte ihren Arm. Sophia stieß einen überraschten Laut aus. Das Messer fiel scheppernd zu Boden. Sie stolperte zurück, verlor das Gleichgewicht und donnerte gegen den alten Bauernschrank. In der Vitrine klirrten die Gläser.

Hambrock wandte sich Clemens zu. Er überprüfte seinen Puls, doch der ging ruhig und gleichmäßig. Es gab keine Anzeichen für eine Verletzung. Im Gegenteil, er wirkte so, als würde er einfach einen Mittagsschlaf machen. Auf dem Tisch standen zwei Tassen mit Tee. Doch in der Tasse von Clemens schien mit der Farbe etwas nicht zu stimmen.

Er blickte auf und starrte Sophia ungläubig an. Sie hielt seinem Blick stand, in ihrem Gesicht spiegelten sich Anmut und Würde. Sorgsam zupfte sie ihre schwarze Strickjacke zurecht, dann strich sie sich eine Locke aus dem Gesicht.

Seine Stimme wurde hart. »Was hast du mit ihm gemacht?«

Bedächtig zog sie ein Medizinfläschchen aus ihrer Strickjacke und stellte es auf den Tisch. Es war ein starkes Schlafmittel. Hambrock zog sein Handy hervor und wählte die Nummer des Notrufs. Dabei ließ er Sophia nicht aus den Augen. Eine Frau meldete sich am anderen Ende.

»Erster Kriminalhauptkommissar Hambrock«, sagte er. »Wir haben einen Notfall. Bewusstlose Person, offenbar eine Überdosis Schlafmittel. Bitte schicken Sie sofort einen Wagen. Erlenbrook-Kapelle 19.«

Nachdem er die Verbindung beendet hatte, schenkte Sophia ihm ein zerbrechliches Lächeln.

»Das Schlafmittel ist gar nicht so stark. Er wird bald wieder aufwachen.« Sie sah auf Clemens hinab. »Ich konnte es nicht. Ich konnte ihn nicht töten.«

Hambrock schwirrte der Kopf. Alles fühlte sich unwirklich an. Er konnte nicht glauben, was er sah und hörte.

»Ich habe ihn unter einem Vorwand dazu gebracht, dass

er uns einen Tee kocht«, fuhr Sophia fort. »Annika wird studieren gehen, habe ich gesagt, und wir wissen nicht, wie wir die Studiengebühren aufbringen sollen. Er hat natürlich angeboten, die Kosten zu übernehmen. Und dann ist er eingeschlafen.«

»Du wolltest ihn töten. Wie die anderen auch.«

»Ja. Aber ich konnte es nicht.« Sie nahm eine aufrechte Haltung ein. »Nachdem Theodor verunglückt war, wurde Clemens für Annika so etwas wie ein Ersatzvater. Es wäre selbstsüchtig von mir gewesen, ihn zu töten.«

»Tante Sophia ...« Er schüttelte ungläubig den Kopf.

»Ich habe mich schon gefragt, wie lange es dauern würde, bis du das mit den Fingerabdrücken erfährst.« Sie zog sich ihr schwarzes Kleid zurecht und wandte sich zur Tür. »Komm mit. Ich will dir etwas zeigen.«

»Sophia, ich muss dich festnehmen.«

»Keine Sorge, ich werde mit dir mitgehen. Aber vorher will ich dir etwas zeigen.«

»Was willst du mir zeigen?«

»Es ist wichtig.«

Er dachte kurz darüber nach. Dann nickte er. »Also gut.«

Gemeinsam verließen sie das Haus. Sophia ging voran, ohne sich umzublicken, überquerte sie den Hof. Hambrock folgte ihr. Sie gingen ein Stück an der Straße entlang, dann bogen sie auf einen Feldweg, der an einem abgeernteten Maisfeld vorbeiführte. Sie sprachen kein Wort miteinander. Erst als Sophia plötzlich stehen blieb, brach sie das Schweigen.

»Hier ist es.«

Vor ihnen auf der Wiese stand eine verfallene Holzscheune. Die Balken waren kurz davor, ineinanderzustürzen, und die Dachpfannen sahen aus, als könnten sie vom nächsten Windstoß davongeblasen werden. Auch die hölzernen Wände waren kaum in besserem Zustand, zwischen den losen Brettern funkelte die Sonne.

»Die Scheune gehört zu unserem Besitz«, sagte Sophia mit seltsam veränderter Stimme. »Früher hatte sie den

Zweck, den Tieren Schutz vor Unwetter zu bieten. Wir wollten sie schon lange abreißen lassen, aber es ist nie etwas daraus geworden.«

Sie verstummte. Lange betrachtete sie das alte Gebäude. Beinahe schien es, als habe sie Hambrock vergessen.

»Tante Sophia …«

Sie hob die Hand und brachte ihn zum Schweigen.

»Ich sage dir, was geschehen ist. Aber du darfst mich nicht drängen.«

»Gehen wir hinein?«

»Ja. Wir gehen hinein.«

Doch sie rührte sich nicht vom Fleck. Mit starren Zügen verharrte sie in der Betrachtung der Scheune. Dann, ganz langsam, als bewegte sie sich auf Glasscherben, ging sie auf den Eingang zu. Hambrock folgte ihr.

Im Innern der Scheune standen verrottete Landmaschinen, wie sie vor dem Krieg verwendet wurden. Der Heubogen wölbte sich bedrohlich, eine Decke von dichten Spinnweben zog sich über das herumliegende Stroh. Die Sonne warf helle Flecken auf den schmutzigen Boden, Staubkörner schwebten in ihren Strahlen.

»Hier ist es geschehen«, sagte Sophia.

Sie betrat den Raum. Ihre Bewegungen glichen einer Schlafwandlerin. Hambrock wagte es nicht, etwas zu sagen. Er wartete. An einem der Balken in der Mitte des Raums blieb sie stehen. Sie berührte vorsichtig die Holzmaserung, als wäre die Struktur des Balkens wichtig für das, was sie sagen wollte.

»Was ist geschehen, Tante Sophia?«

Sie blickte sich nicht um, hatte ihm den Rücken zugewandt.

»Ich war hier, um nachzusehen, ob man die Scheune noch benutzen kann. Das war ein paar Monate nach Theodors Tod. Mein Mann hat alles alleine gemacht, ich hatte ja überhaupt keine Ahnung von der Bewirtschaftung eines Hofs. Ich habe … es war …«

Jetzt drehte sie sich zu ihm um. Die Sonne fiel auf ihr

Gesicht, der Staub umwirbelte ihre kräftigen Locken. Auf Hambrock wirkte es, als würde sie leuchten. Da war so viel Schönheit in diesem Bild, dass es ihm einen Stich versetzte. Er wartete regungslos darauf, dass sie weitersprach.

»Ich musste mit allem alleine klarkommen. Wie sollte ich das denn bewältigen? Und Theodor ... ich wusste nicht einmal, ob es mir gelingen würde, jemals wieder ohne ihn ruhig einschlafen zu können. Er war der gütigste und freundlichste Mensch, den ich je kennengelernt habe. Und dann war er einfach fort.«

Sie trat einen Schritt zurück und tauchte wieder ins Zwielicht.

»Es fing ganz harmlos an. Sie wollten einfach wissen, wann ich wieder heirate. Der Hof braucht einen Mann, haben sie gesagt. Alleine schaffst du das nicht. Du musst dir jemanden suchen, das ist für dich doch kein Problem. Sie waren eben betrunken. Es war anfangs gar nichts dabei.« Ihre Stimme wurde leise. »Ich muss etwas falsch gemacht haben. Irgendetwas muss ich gesagt oder getan haben, was sie dazu eingeladen hat. Es ging ja zuerst gar keine Gefahr von ihnen aus. Doch dann wurden ihre Kommentare immer anzüglicher. Sie haben sich gegenseitig aufgewiegelt. Mich umzingelt. Viel dringender noch brauchst du einen Mann im Bett, haben sie gesagt. Es wird Zeit, dass du mal wieder etwas Spaß hast. Und ich ... ich habe nichts dagegen getan. Ich habe nicht die richtigen Worte gefunden. Es lag in meiner Hand, aber ich habe alles falsch gemacht. Wäre das einer anderen überhaupt passiert? Sie haben sich auf mich geworfen wie die Tiere.«

Vor Hambrocks Augen veränderte sich die Scheune. Die Löcher im Dach verschwanden, das Stroh wurde hell und golden. Sophia stand mit dem Rücken zum Balken. Sie wurde von den besoffenen und geifernden Bauern eingekreist. Sie rückten immer näher und lachten ihre Beute höhnisch aus. Sophia, diese schöne und sanfte Frau, die nicht den Hauch einer Chance gegen sie hatte. Einer musste den ersten Schritt getan haben. War es Ewald Tönnes? Er packte sie grob an der Schulter und warf sie zu Boden. Dann stürzte er sich auf sie und begann, ihr die Kleider vom Leib zu reißen. Die anderen standen dahinter, sie grölten und stachelten ihn auf. Sophia versuchte sich zu schützen, doch es war zwecklos. Sie krümmte sich wimmernd am Boden. Der schwere, stinkende Körper von Ewald Tönnes war nun über ihr. Und die anderen machten sich bereit. Sie würden sie wieder und wieder vergewaltigen.

Hambrock schloss die Augen. Die Bilder verschwanden.

»Ich habe nichts dagegen gemacht«, flüsterte sie.

»So darfst du nicht denken, Sophia. Du darfst nicht dir die Schuld geben. Du hast nichts Falsches getan.«

Aber sie schien ihm gar nicht zuzuhören. Sie streckte den Arm aus und deutete auf ihre Umgebung.

»Hier in diesem Raum ist es geschehen. Ich dachte, wenn ich nie wieder zurückkehre, dann wird es eines Tages nur noch ein böser Traum sein. Die Erinnerung wird langsam verblassen, und irgendwann ist es dann ganz vergessen. Aber so war es nicht. Ich habe ihre Gesichter immer noch vor mir. Selbst heute.«

»Wer war dabei?«

»Ewald, Heinrich und Ludwig. Es war an einem Sonntag nach dem Frühschoppen. Die drei waren Saufbrüder, aber das weißt du ja bestimmt schon. Die Gaststätte wurde mittags immer geschlossen, dann war der Stammtisch vorüber. An diesem Sonntag wollten sie alleine weitertrinken. Und dabei haben sie mich entdeckt, wie ich zur Scheune bin.«

»Clemens Röttger war nicht dabei?«

Sie zuckte zusammen, und er bereute sofort, gefragt zu haben. Vielleicht wäre es besser gewesen, sie in ihrem eigenen Tempo erzählen zu lassen.

»Nein, er war nicht dabei«, sagte sie. »Trotzdem war das, was er mir angetan hat, das Schlimmste. Auch wenn es nach außen nicht den Anschein haben mag. Ein paar Wochen später hat er sich auf dem Nachbarschaftsfest mit mir unterhalten. Über Annika und darüber, dass sie jetzt ständig auf seinem Hof herumlungerte. Von allen Kindern hat es sie am meisten getroffen, dass ihr Vater gestorben war. Sie hat ihn vergöttert. Und sie war noch so klein. Sie konnte nicht verstehen, was passiert war …« Sie hielt inne. »Clemens hat angefangen, mich zu bedrängen«, sagte sie dann. »Er hat mich mit seinen klebrigen Händen begrabscht und mir widerliche Küsse aufgedrückt. Ich habe mich gewehrt, und schließlich hat er von mir abgelassen. Später hat er sich furchtbar geschämt für sein Verhalten und sich immer wieder entschuldigt. Trotzdem. Er hat mir dadurch gezeigt, dass dies hier kein Zufall war. Dass es an mir liegt. Verstehst du, Bernhard? Ich habe dadurch endgültig verstanden, dass ich die Schuld trage.«

Er hätte ihr am liebsten widersprochen, doch er begriff, dass sie das nicht wollte. Sie war hier, um ihre Beichte abzulegen. Sie wollte keine Hilfe.

»Ich wollte sie nicht töten. Das hatte ich nie geplant. Es hat sich irgendwie so ergeben. Als ich auf dem Schützenfest am Würstchenstand gearbeitet habe, war uns das Kleingeld ausgegangen. Ich wurde nach Altenberge geschickt, aber ich war zu spät, die Sparkasse hatte bereits geschlossen. Samstags macht sie schon um zwölf zu. Auf dem Rückweg ist mir eingefallen, dass Hedwig Tönnes die Gewinne unseres wöchentlichen Kartenspielens bei sich zu Hause aufbewahrt. Das sind Berge von Münzgeld, also habe ich gedacht, ich fahre einfach dort vorbei. Hedwig hätte es mir natürlich übelgenommen, wenn ich in ihrer Abwesenheit über die Tenne in die Küche gegangen wäre, um das große Sparschwein zu holen. Aber ich dachte, ich würde ihr das schon erklären können. Zu meiner Überraschung war Ewald da. Er stand an seiner Güllegrube und sah mich auf den Hof fahren. Ich wollte ihm kurz die Situation erklären und dann weiterfahren. Aber als wir an der Grube standen und miteinander sprachen, ist etwas Seltsames passiert. Er ist an der Betonkante abgerutscht. Kannst du dir das vorstellen? Ein einziger unbedachter Schritt, und er ist abgerutscht. Einen Moment lang schwebte er vor mir in der Luft. Er ruderte mit den Armen und sah mich entsetzt an. Ich hätte ihm nur meinen Arm reichen müssen, aber … aber ich habe mich nicht von der Stelle gerührt. Verstehst du, Bernhard? Ich habe zugelassen, dass er in die Gülle fällt. Er ist direkt vor meinen Augen gestorben.«

Sie zog ihre Strickjacke eng um den Oberkörper.

»Ich weiß, dass es sich grausam anhört, aber ich hatte kein Mitleid mit ihm. Im Gegenteil. Es kam mir auf einmal alles so gerecht vor. Das war ein gutes Gefühl, trotz seines schrecklichen Todes. Es war, als hätte er für das bezahlt, was ich seinetwegen erlitten habe. Zumindest kam es mir so vor.«

»Und das brachte dich auf die Idee weiterzumachen?«

»Ja. Zuerst wusste ich nicht, wie ich es angehen sollte. Als ich die Stahlschrauben in den Mais hängte, hatte ich noch Angst davor, ihnen ins Gesicht zu sehen. Ich dachte, es wäre besser, Abstand zu halten.« Sie lächelte. »Und so war es am Ende ja auch. Als Clemens vorhin auf dem Tisch lag, direkt vor meinen Augen, konnte ich ihn doch nicht töten.«

»Aber den anderen, denen konntest du ins Gesicht sehen?«

»Ich weiß, es ist barbarisch, was ich getan habe. Es war falsch und ist durch nichts zu entschuldigen. Aber ich musste es einfach tun. Ich konnte nicht anders. Nach Ewalds Tod habe ich nur noch daran denken können. Ich wollte es ihnen heimzahlen, allen. Ich wollte dieses Gefühl wieder und immer wieder erleben – dass sich alles fügt und Gerechtigkeit entsteht. Und es war so einfach. Viel einfacher, als ich gedacht hatte. Sie alle haben mich nur fassungslos angeglotzt. Und dann sind sie gestorben.«

Eine Schönwetterwolke schob sich vor die Sonne, die hellen Flecken und die glitzernden Staubpartikel verschwanden, es wurde dunkel in der Scheune.

»Auch wenn ich mir alles selbst zuzuschreiben habe«, sagte sie, »war doch das Gefühl, sie zu töten, unbeschreiblich. Zum ersten Mal habe ich mich wirklich stark gefühlt.«

Auf dem Hof von Clemens Röttger warteten bereits die Streifenwagen der Steinfurter Polizei, Beamte standen herum und unterhielten sich. Von Weitem erkannte er Heike Holthausen, die mit Henrik Korb sprach. Vor der großen Halle drängten sich die Gäste der Trauerfeier, neugierig verfolgten sie das Geschehen.

»Darf ich noch einmal auf unseren Hof und mir ein paar Sachen einpacken?«, fragte Sophia.

»Natürlich.« Er zückte sein Handy, das er vor der Scheune abgeschaltet hatte, und stellte es wieder an. Sofort signalisierte ihm ein Vibrieren, dass zwischenzeitlich Anrufe eingegangen waren.

»Ich sage ihnen, dass sie uns unten an der Straße einsammeln sollen«, meinte er. »Dann bleibt es dir erspart, vor allen Leuten festgenommen zu werden.«

Nachdem Sophia in Anwesenheit eines Streifenbeamten eine Tasche für die Untersuchungshaft gepackt hatte, wurde sie zurück auf den Hof geführt, wo sich inzwischen ihre Familie versammelt hatte. Hambrock nahm ihr die Tasche ab, damit sie sich verabschieden konnte. Zuerst nahm sie ihre Enkel in den Arm und drückte sie lange an sich. Die beiden weinten und umklammerten sie, bis Marita vortrat und sie sanft und tröstend zurückzog. Dann verabschiedete Sophia sich von ihren Töchtern. Erst von Marita, der ebenfalls die Tränen in den Augen standen und die plötzlich ganz durchlässig und verwundbar wirkte. Und schließlich von Annika, die blass und regungslos dastand. Sophia nahm ihr Gesicht in die Hände und drückte ihr einen Kuss auf den Mund.

»Ich konnte dir deinen Vater nicht ersetzen«, sagte sie. »Glaub mir, ich habe es versucht. Ich hätte alles dafür gegeben.« Da löste Annika sich aus ihrer Starre und fiel ihrer Mutter schluchzend um den Hals. Sie sagte etwas, das Hambrock nicht verstehen konnte, und Sophia strich ihr übers Haar, dankte ihr mit einem warmen Lächeln, küsste sie nochmals und wandte sich schließlich ab.

Zuletzt verabschiedete sie sich von Ada. Die beiden Frauen legten die Stirn aneinander und hielten sich lange fest, ohne ein Wort zu sagen. Sie standen einfach da und kosteten den wertvollen Moment der Nähe aus. Dann löste Sophia sich auch aus dieser Umarmung, wandte sich zu Hambrock und nickte ihm zu. Es konnte losgehen. Er nahm neben ihr auf der Rückbank Platz. Die Türen wurden geschlossen, die Beamten stiegen ebenfalls ein und fuhren vom Hof.

Hambrock blickte sich noch einmal um. Die Horstkempers standen mit reglosen Mienen vor dem Scheunentor. Eine Katze kam auf den Hof gelaufen und strich ihnen um die Beine. Die Kuhherde, die auf der Wiese vor dem Schotterweg graste, glotzte zu dem fahrenden Objekt hinüber. Einige Kühe setzten sich schwerfällig in Bewegung und folgten ihm, andere schlossen sich an, und schließlich rannte die ganze Herde dem Wagen hinterher, bis zu dem Elektrozaun, wo sie stehen blieben und sich versammelten. Hambrock sah sie langsam kleiner werden, bis der Wagen in eine Kurve fuhr und der Hof aus seinem Blickfeld rückte.

24

»Und wo hatte sie das Jagdgewehr her?«, fragte Heike.

Sie lehnte an seiner Fensterbank und aß einen Apfel. Hambrock konnte kaum mehr als ihre Silhouette erkennen, dahinter leuchtete die Vormittagssonne.

»Das lag auf ihrem Dachboden herum. Offenbar ist es kurz nach dem Krieg dort aufgetaucht, der alte Horstkemper hat es besorgt, um seine Familie in der Nachkriegszeit zu schützen. Später ist es dann wohl in Vergessenheit geraten.«

»Deshalb wurde es nie registriert.«

»Genauso wenig wie die Schrotflinte von Clemens Röttger. Ist er inzwischen vernommen worden?«

»Ja, und er ist geständig. Sein Gewehr stammt aus Belgien, er hat es dort eigens für den Überfall besorgt. Doch dann hat er seinen Plan geändert und eine einfache Pistole verwendet. Er hielt das für unauffälliger. Die Pistole war zwar nicht echt, aber er war überzeugt, dass seine Cousine darauf hereinfallen würde. Und so war es ja auch, es hat bestens funktioniert. Das Schrotgewehr hat er dann zur Tarnung verwendet. Im Lodenmantel und mit Jagdausrüstung ist er keinem verdächtig vorgekommen.«

»Aus Belgien …« Hambrock schüttelte den Kopf. »Ich möchte lieber nicht wissen, auf wie vielen Bauernhöfen noch Gewehre herumliegen, die von keiner Registrierung erfasst worden sind.«

»Wahrscheinlich kämen da einige zusammen. Ich meine …«

Die Bürotür flog auf, und Guido Gratczek stürmte herein. Er wedelte aufgeregt mit einer Zeitung.

»Habt ihr heute schon die Zeitung gelesen?«, begrüßte er sie atemlos.

Hambrock schüttelte den Kopf. Er war am Morgen ohne

Frühstück und Zeitung aus dem Haus gegangen. Die Befragungen am vergangenen Abend hatten sich lange hingezogen, und er war erst spät ins Bett gekommen.

Guido warf ihm die Zeitung auf den Schreibtisch. Auf der Titelseite war ein Foto vom Hof der Horstkempers abgebildet, daneben eins von Tante Sophia. Es zeigte sie in ihrer Küche, sie trug eine Kochschürze und lächelte scheu in die Kamera.

Hambrock ahnte schon, wer dahintersteckte. Er nahm sich nicht einmal die Zeit, die Schlagzeile zu lesen, stattdessen suchte er nach einem Namen unter der Bildunterschrift. Er fand eine Abkürzung: bf. Seine Befürchtung wurde bestätigt.

»Es ist nicht nur das Foto«, sagte Guido. »Die wissen einfach alles über den Fall. Jede Einzelheit. Sogar, dass Melchior Vesting kurzzeitig unter Verdacht stand. Die Geschichten rund um die Flurreformen, die Sache mit der Schrotmunition, der Polizeischutz für deine Familie, einfach alles steht da drin. Lies selbst.«

Heike war von der Fensterbank gesprungen und blickte Hambrock über die Schulter. Entschlossen schlug er die Zeitung auf. Er machte sich nicht die Mühe, den gesamten Artikel zu lesen. Ihn interessierten nur die Namen der Verfasser. Und tatsächlich. Unter dem Artikel stand es schwarz auf weiß: der Name des bekannten Leitartiklers und daneben: Bernd Faber.

»Dieses kleine Dreckschwein«, flüsterte er.

Guido betrachtete die aufgeführten Namen.

»Wen genau meinst du jetzt?«

Hambrock erklärte den Hintergrund. Bernd Faber musste das Foto von Sophia bei einem seiner Besuche geschossen haben, alle Einzelheiten des Falls wusste er von Annika. Hambrock nahm sich vor, sie später anzurufen und ihr zu sagen, wie schäbig er das Verhalten dieses Jungen fand.

»Tja«, sagte er wütend. »Damit hat er jedenfalls eine große Story. Dürfte eine gute Eintrittskarte für ihn sein.« Er schleuderte die Zeitung auf den Boden.

»Hast du denn Annika nicht eingeschärft, mit keinem über diese Dinge zu reden?«, fragte Heike.

»Er war doch die ganze Zeit über dabei. Ich dachte, er wäre in sie verknallt. So wirkte es zumindest.«

Heike hob die Zeitung auf und strich sie glatt. »Sie war ja offenbar in ihn verliebt. Die Ärmste.«

Er stand auf und umrundete schwerfällig den Schreibtisch.

»Wo willst du denn jetzt hin?«, fragte Heike.

»Ich hole mir erst einmal einen Kaffee. Wenn ich wiederkomme, will ich die Zeitung hier nicht mehr sehen.« Damit verließ er das Büro.

Im Laufe der Woche änderte sich das Wetter. Ein Tiefdruckgebiet zog vom Atlantik heran, die Temperaturen fielen, eine stürmische Regenfront brach über sie herein. Im Präsidium wurden die abschließenden Berichte verfasst, die Akten wurden geschlossen und der Staatsanwaltschaft übergeben. Nach der Arbeit fuhr Hambrock jeden Tag nach Erlenbrook-Kapelle, um mit Tante Ada zu sprechen. Er hatte Tante Sophia einen Anwalt besorgt, den besten Strafverteidiger von Münster. Zwei Morde, ein versuchter Mord und unterlassene Hilfeleistung. Sophia würde sehr alt geworden sein, wenn ihre Haftstrafe vorüber war. Falls sie nicht zuvor im Gefängnis starb. Aber diese Befürchtung erwähnte er gegenüber Tante Ada nicht.

In dieser Woche bekam Erlend ihn wieder einmal kaum zu Gesicht. Doch sie sagte nichts. Er hinterließ ihr Zettelchen, wenn er morgens aus dem Haus ging, und spät in der Nacht, wenn er heimkehrte, fand er jedes Mal ein Abendessen im Ofen vor. Meistens hatte er dann schon bei Tante Ada gegessen, trotzdem machte er sich das Essen warm und stopfte so viel davon in sich hinein, wie er schaffte.

Das Wetter wurde immer ungemütlicher, und er war froh, als endlich Freitag war und er ins Wochenende gehen konnte. Vom Präsidium aus fuhr er zur Universität. Dort stellte er sich ins absolute Halteverbot und wartete. Zum Glück dauerte es nicht lange, bis Erlend in der Eingangstür erschien. Sie zögerte und blickte missmutig in den Regen. Als sie ihren Mantelkragen hochschlug und gerade loslaufen wollte, drückte Hambrock auf die Hupe. Erst da wurde sie auf ihn aufmerksam. Ihr Gesicht hellte sich auf, sie rannte über die Straße und riss die Beifahrertür auf.

»Bernhard, du bist ein Schatz, dass du mich abholst. Ich habe meinen Schirm zu Hause vergessen. Dieses Scheißwetter.«

Sie ließ sich schwer auf den Sitz fallen. Er lächelte. Sie wollte bereits weiterreden, da bemerkte sie, dass etwas nicht stimmte.

»Was ist denn los mit dir?« Ihre Stimme wurde misstrauisch. »Das hat doch sicher einen Grund, dass du mich abholst, oder? Gib es zu.«

»Ja, du hast recht, es hat einen Grund.« Er zog zwei Flugtickets aus der Innentasche seines Jacketts. »Und zwar diesen hier.«

Sie nahm die Tickets entgegen und betrachtete sie ungläubig. »Venedig?«

»Ganz genau. Vier Tage Venedig. Das heißt, wenn du damit einverstanden bist, am Montag und Dienstag spontan Urlaub zu nehmen.«

Es dauerte, bis sie ihre Sprache wiederfand.

»Aber was ist mit dir? Du musst doch zur Arbeit, so viel, wie bei euch los ist. Da kannst du doch nicht einfach freimachen.«

Er hob betont gleichmütig die Schultern. »Ich muss dringend ein paar Überstunden loswerden. Heike wird schon alleine klarkommen. Am Mittwochmorgen bin ich ja wieder da.«

Sie strich zärtlich über die Tickets. »Venedig«, seufzte sie. Doch dann blickte sie ihn kühl an. »Wenn du glaubst, dass damit alles wieder in Ordnung ist, dann kann ich dir nur sagen: So einfach bin ich nicht zu haben.«

»Es ist nur ein Anfang. Es tut mir leid, dass in letzter Zeit so vieles schiefgelaufen ist. Ich will damit nur zeigen, dass ich …«

»Achtzehn Uhr dreißig«, schrie sie entsetzt. »Unser Flug geht um achtzehn Uhr dreißig von Düsseldorf.«

»Deswegen habe ich dich von der Arbeit abgeholt.«

»Aber wir haben nur noch gut zwei Stunden. Wie sollen wir das schaffen?«

»Wir fahren halt sofort los.« Er startete den Wagen. »Ich hab dir ein paar Sachen eingepackt.« Er deutete auf die Rückbank, auf der zwei Reisetaschen standen.

»Du hast … *was*?« Sie blickte verzweifelt auf das Gepäck. »Aber du weißt doch gar nicht, was ich anziehen will. Was hast du denn eingepackt? Schlabberjeans und Rollkragenpulli?« Sie raufte sich die Haare. »Oh, mein Gott, ist meine Tasche etwa die kleinere von den beiden?«

Hambrock, der vor einer roten Ampel halten musste, zog ein weiteres Papier aus seiner Innentasche. Es war ein Gutschein.

»Ein Einkaufsgutschein?«, fragte Erlend, und dann mit einem Lachen: »Hast du den etwa selbst gemalt?«

Tatsächlich hatte er ihn heimlich im Büro angefertigt. Zugegeben, in künstlerischer Hinsicht war der Gutschein eher bemitleidenswert. Aber die Geste zählte.

»Ich dachte mir, du brauchst dringend ein paar neue Outfits, oder? In Venedig gibt es bestimmt eine Menge hübscher Läden. Wozu also viel Gepäck mitnehmen? Das Einzige, was du brauchst, ist ein großer Koffer für den Rückflug. Und der liegt bereits im Kofferraum.«

Sein Plan war aufgegangen, das erkannte er sofort. Auch wenn sie noch bemüht war, ihm das nicht zu zeigen.

»Du fährst wirklich schwere Geschütze auf«, räumte sie ein. »Eine wohldurchdachte Angriffswelle.«

Sie passierten ein großes Verkehrsschild, das den Weg zur Autobahn wies. Er betätigte den Blinker.

»Und?«, fragte er. »Hat's funktioniert?«

Sie zögerte, doch dann breitete sich ein strahlendes Lächeln in ihrem Gesicht aus. »Es hat.«

Sie warf sich an seinen Hals und drückte ihm einen Kuss auf. Er versuchte lachend, die Kontrolle über sein Auto zu behalten, und fuhr auf die Autobahn.

Erlend sackte in ihren Sitz zurück und betrachtete zufrieden die regnerische Landschaft.

»Auf nach Venedig«, sagte sie.

25

Auf den Gräbern lag nasser, schmutziger Schnee. Annika konnte den Frühling riechen, er mischte sich bereits seit Tagen in die kalte Luft. Lange würde es nicht mehr dauern, bis die Temperaturen stiegen, und wenn es so weit war, würde für sie eine neue Zeit anbrechen.

Sie hätte nicht sagen können, wann sie das letzte Mal an seinem Grab gewesen war. Es schien ewig her zu sein. Bisher hatte sie es immer vermieden, allein zu kommen. Da war eine unbestimmte Angst gewesen, ihre Trauer könnte so groß werden, dass sie alles mitriss und Annika vollends unter sich begrub. Deshalb hatte sie sich beschützter gefühlt, wenn ihre Mutter oder Tante Ada dabei gewesen waren.

Doch heute hatte sie keine Angst. Sie stand in der kühlen feuchten Luft und sah auf das Grab hinab. Die Inschrift war tief in den Stein gemeißelt:

Theodor Horstkemper
26.03.1939–24.09.1992

Die Trauer war ein fernes, vertrautes Gefühl. Ein stiller Schmerz, ruhig und gleichmäßig wie die Dünung auf einem Ozean. Sie hatte so sehr um den Verlust ihres Vaters getrauert, dass sie die Liebe ihrer Mutter gar nicht wahrgenommen hatte. Sie hatte nicht bemerkt, was Sophia alles aus Liebe zu ihnen ausgehalten hatte.

Langsam hockte sie sich hin und zündete ein Grablicht an. Dann strich sie sorgsam den Schnee von den Glasfensterchen.

»Ich gehe fort«, sagte sie. »Ich verlasse den Hof. Es ist jetzt so weit.«

In sechs Wochen würde das Sommersemester an der Universität in Münster beginnen. Sie hatte einen Studienplatz in Publizistik bekommen. Das Vorlesungsverzeichnis lag seit

Wochen zerfleddert auf ihrem Bett, sogar ein Zimmer in einer WG hatte sie ergattert. Aus dem Volontariat in Steinfurt war nichts geworden. Bernd hatte die Stelle bekommen – er wollte lieber ohne Studium Karriere machen. Sollte er doch. Es war ihr inzwischen egal, was er machte.

Elmar war zu ihnen auf den Hof gezogen. Er hatte seinen Job bei der Molkerei an den Nagel gehängt und seine Zelte bei Marita aufgeschlagen. Zu Annikas Überraschung hatte er nicht nur die Herzen der Kinder im Sturm erobert, auch Tante Ada konnte beim besten Willen nichts Schlechtes an ihm finden. Er machte sich hervorragend in seiner Rolle als Milchbauer, ohne ihn wäre wohl alles zusammengebrochen.

Tante Ada gab sich energisch wie eh und je, doch das konnte nicht darüber hinwegtäuschen, dass sie einiges von ihrer Kraft verloren hatte. Sie besuchte Sophia, so oft es ging, im Gefängnis. Dann erzählte sie ihr alles, was auf dem Hof vor sich ging. Shakira hatte noch einmal gekalbt, trotz ihres Alters war alles problemlos verlaufen. Die neue Futtermischanlage funktionierte reibungslos, auch wenn es eine gewagte Investition war, jetzt, wo keiner wusste, wie sich die Milchpreise entwickeln würden. Und ein paar streunende Katzen waren aufgetaucht und begannen dank Emmas beharrlicher Zuwendung langsam zahm zu werden.

Klooke gab es nicht mehr, und Emma tat jetzt immer so, als wisse sie gar nicht, worum es gehe, wenn nach ihr gefragt wurde. Sie hatte beschlossen, sich von ihrer unsichtbaren Freundin zu trennen, und offenbar war es ihr geglückt.

Wenn Ada aus dem Gefängnis zurückkehrte, war sie oft schweigsam und verzog sich in den Stall zu ihren Kühen. Dann ließ man sie besser in Ruhe, auch wenn das Essen dabei kalt wurde. Sie redete mit keinem darüber, dennoch war allen klar, wie sehr es ihr das Herz brach, Sophia nicht mehr in ihrer Nähe zu haben.

Am Morgen nach der Trauerfeier war Annika in das Bastelzimmer ihrer Mutter gegangen. Sie hatte die vielen Dekopuppen betrachtet, die Stoffe, die Pinsel und Farben. Vor einem halb bemalten Koboldkopf war sie auf einen Hocker gesunken und hatte zu weinen begonnen, erst still, dann immer heftiger, bis sie schließlich gar nicht mehr aufhören konnte. Im Besucherzimmer des Gefängnisses saß sie nun häufig bei ihrer Mutter, sie hielten einander die Hände, und Annika erzählte so freimütig von ihrem Leben und ihren Plänen, wie sie es nie zuvor getan hatte. Niemand in der Familie hatte geahnt, wie groß das Loch sein würde, das ihre Mutter hinterließ. Und keiner war sich je dessen bewusst gewesen, welchen Preis sie dafür gezahlt hatte, um sie alleine durchzubringen.

»Leb wohl, Vati«, sagte Annika und stand auf. Sie zögerte, da war der Wunsch, noch etwas Wichtiges zu sagen. »Danke für alles. Ich liebe dich.«

Die kalten Hände in den Hosentaschen vergraben, machte sie sich auf den Weg zum Ausgang. Sie nahm sich vor, nicht zu viel Zeit verstreichen zu lassen bis zum nächsten Besuch auf dem Friedhof. Am Tor blickte sie noch einmal zurück. Dann stieg sie ins Auto und startete den Motor.

Stefan Holtkötter

Das Geheimnis von Vennhues

Ein Münsterland-Krimi.
272 Seiten. Piper Taschenbuch

Über zwanzig Jahre ist es her, dass im Vennhueser Moor im Münsterland ein grausamer Mord geschah. Der Hauptverdächtige Peter Bodenstein wurde seinerzeit aus Mangel an Beweisen freigesprochen. Nun ist er ins Dorf zurückgekehrt, um seine Unschuld zu beweisen. Doch wenig später wird wieder ein toter Junge im Moor gefunden. Erneut weisen alle Spuren auf Bodenstein. In Vennhues erhält Hauptkommissar Hambrock aus Münster kaum Unterstützung, und das, obwohl er selbst aus dem Dorf stammt. Es scheint ein Geheimnis zu geben, von dem er ausgeschlossen ist. Und wenn er die Wahrheit über Bodenstein herausfinden will, gibt es für ihn nur einen Weg – ins Moor …

05/2300/02/L

Stefan Holtkötter

Schneetreiben

Ein Münsterland-Krimi.
288 Seiten. Piper Taschenbuch

Innerhalb kurzer Zeit versinkt ein ganzer Landstrich im Schnee. Bäume knicken wie Streichhölzer um, die Stromversorgung bricht zusammen, Straßen und Schienennetze sind unpassierbar. Das Nest Birkenkotten ist wie viele andere Dörfer von der Außenwelt abgeschnitten. Mit dem Unterschied, dass hier kürzlich ein bestialischer Mord passiert ist und die Spur eines entflohenen Vergewaltigers in die ländliche Idylle führt. Hauptkommissar Hambrock, durch einen Zufall mit eingeschneit, bleibt nicht viel Zeit, um den Mordfall aufzuklären. Denn jeden Moment kann der Täter wieder zuschlagen … In seinem packenden Münsterland-Krimi zeichnet Stefan Holtkötter eine nur scheinbar idyllische Welt, hinter der sich Abgründe auftun.

05/2446/01/R

Nicola Förg

Tod auf der Piste

Ein Alpen-Krimi. 240 Seiten. Piper Taschenbuch

Die Garmischer Kommissarin Irmi Mangold, die gerne mit der Motorsäge ins Holz fährt und auch mal im Stall ihres Bruders mithilft, und ihre junge Kollegin Kathi Reindl, alleinerziehende Mutter mit chronisch schlechtem Gewissen, haben diesmal eine besonders harte Nuss zu knacken. Kurz vor Ende der Skisaison – im Tal ist längst Frühjahr – wird auf der Kandahar-Piste ein Toter gefunden, ermordet per Kopfschuss. Das Merkwürdige daran: Der Mann trägt ein altmodisches Skioutfit mit einer WM-Startnummer von 1978. Weshalb musste er sterben? Und was hat es nur mit der seltsamen Montur auf sich? Ausgerechnet beim Dirndlkauf stößt Irmi auf eine heiße Spur …

05/2409/01/L

Martin W. Brock

Nachtnebel

Ein München-Krimi. 288 Seiten. Piper Taschenbuch

In einem Waldstück bei München findet ein Spaziergänger einen ausgebrannten Pkw – und auf dem Fahrersitz die verkohlte Leiche eines Mannes. Wer ist er, und warum mußte er sterben? Zunächst tappt Hauptkommissar Ricardo Bauer im dunkeln, doch dann überstürzen sich die Geschehnisse. Die Polizisten selbst und ihre Familien geraten in die Schußlinie einer skrupellosen Verbrecherbande, die auch vor Mord nicht zurückschreckt …

»Wer ›Nachtnebel‹ liest, läuft selbst Gefahr, eine schlaflose Nacht zu verbringen. Denn einmal in den Fängen von Martin W. Brock, läßt einen der Roman nicht mehr los.«
Süddeutsche Zeitung

05/2215/02/R